平白 著

图书在版编目（CIP）数据

人生悟语·上 / 平白著 . -- 北京 : 新华出版社，2020.12
ISBN 978-7-5166-5584-9

Ⅰ . ①人…　Ⅱ . ①平…　Ⅲ . ①散文集—中国—当代 ②诗集—中国—当代
Ⅳ . ① I217.2

中国版本图书馆CIP数据核字（2020）第255512号

人生悟语（上下）
作　　者：平白

责任编辑：田丽丽　　封面设计：于丽姣

出版发行：新华出版社
地　　址：北京石景山区京原路8号　　邮　　编：100040
网　　址：http://www.xinhuanet.com/publish
经　　销：新华书店、新华出版社天猫旗舰店、京东旗舰店及各大网店
购书热线：010－63077122　　中国新闻书店购书热线：010－63072012

照　　排：河北鑫兆源印刷有限公司
印　　刷：河北鑫兆源印刷有限公司

成品尺寸：170mm×240mm
印　　张：45.25　　字　　数：401 千字
版　　次：2020年12月第一版　　印　　次：2020年12月第一次印刷

书　　号：ISBN 978-7-5166-5584-9
定　　价：99.80元

自序

人至衰暮之年，如日之西下。“夕阳无限好，只是近黄昏。”“近黄昏”也“无限好”。陆放翁有句曰：“壮心未与年俱老，老翁七十尚童心。”顾炎武则说：“苍龙暮时还行雨，老树春深更着花。”清代史学家赵翼，81 岁过除夕夜，闻鞭炮声，霍然起，朗声吟曰：“老夫冒冷披衣起，要听雄鸡第一声。”令人神往。不过，也只“神往”而已矣。老了，有那么大精神的不多。

70 岁之前，我用了三年多的时间，完成了百余万字的《白沟志》编纂任务。之后，完全没有了任务性的工作压力，每日课程，只有读书、走路、发呆。没人打扰的时间是宝贵的，宝贵的时间用来发呆。发呆是思考，发呆中，回顾曾走过的沟沟坎坎的路，曾熟悉的形形色色的人，曾经历的这样那样的事。忆之有得，思之有悟，辄记于片纸。零积碎累，而后归纳整理，竟得 10 章、33 题、1800 余节。

人生，很大的题目。概而言之，即人的生存和生活。吾年八旬，四顾人生世事变迁，比较所历之世事穷达，思考所见之成败得失，窃谓：人生，首先是一个时间概念，如生命之长短；又是一个空间概念，如人之活动范畴；也是一个物质概念，如衣食住行；还是一个精神概念，如人之喜怒哀乐。等等。总之，人生是个大题目，活过几十年，也不一定弄得很明白。等明白到八九不离十了，生命也快走到头了。“千古意，君知否，只斯须。”此张惠言词中意也。“斯须”，片刻之意。时间无始无终，天地的盈虚消长本无止境，你想千古留？那费老鼻子劲了。其实，所谓“千古”云者，“斯须”间耳。

人生，从来就是一个千人说万人说但千人万人从没有说透的话题。

人生的本质意义如何？佛祖也只拈花微笑。

平白

于2020年80岁诞辰之日

目录

短笛无腔 /1

微言微义 ……2
杂拌小集 ……17
语不惊人 ……31

世说新语 /51

心灵渡口 ……52
爱的语言 ……88

人间观察 /99

观察手记 ……100
世态百相 ……118

闾里论道 /127

家长里短 ……128
市井闲话 ……145

人在路上 /165

人生旅程 ……166
生命四季 ……182
人生唱晚 ……189
说生论死 ……197
生命如歌 ……200

道简易行 /207

智慧人生 ……………………………………208
幸福人生 ……………………………………216
快乐人生 ……………………………………223
成功人生 ……………………………………232
美丽人生 ……………………………………249
文行素养 ……………………………………256

忽然想到 /273

想到就说 ……………………………………274
恍然小悟 ……………………………………291
人间物语 ……………………………………308
天堂·地狱 …………………………………324

三做诠言 /327

正说做人 ……………………………………328
漫话做事 ……………………………………333
闲话做官 ……………………………………338

南窗录话 /353

里巷琐言 ……………………………………354
灯下翻书 ……………………………………376
赠友人 ………………………………………396

短笛无腔

微言微义

莎士比亚说："同一个太阳照着他的宫殿，也不曾避开过我们的草屋。"巴尔扎克说："幸福并不都在金碧辉煌的屋檐底下。"

生活的强者从来坚定地相信，阳光和春风任何时候都不会成为少数人的专利。

随意翻书，记下三句话。但丁说："占有与丧失共存。"耶稣说："施比爱更有福。"高尔基说："给永远比拿愉快。"有此三句话，与人关系的原则足矣。

鲁迅说："最大的藐视是无言。"其实，最大的尊敬、最大的爱也是。

孙犁说："人要自趋下流，别人是挽救不了的。"

路是走出来的，走向哪里是自己的选择。人不自救天难救；人不自强天难强。

鱼儿在水中游，鸟儿在空中飞，人在梦中得到一切。

鱼儿总在水中，鸟儿总在空中，人不能总在梦中。

一无所能者常常自诩无所不能；成事不足者往往败事有余。

智力的低下，大多表现在对琐屑事物的热衷和对重要事物的麻木。

生命是一次单程的不归的旅行，每一段路无论使你愉悦还是叹息，都没有重复一次的可能。

人生很难得又很可贵的“两个一致”：兴趣和事业一致；爱情和婚姻一致。能如此，一生幸福。

人人都有一种追求，一个向往，一个梦。拥有梦想，追求梦想，实现梦想，就构成多彩人生。央视综艺节目《非常6+1》每次的开场白说得好:“梦在你心中，机会在你手中。”

任何人的一生都会不断得到又不断失去。得到时无须得意，失去时无大懊悔。如此，就少困惑而多心灵轻松的享受。

所谓不幸福，多数的是不知道要什么，却又拼命去追求。

在无聊的岔道口，很容易拐进堕落的邪途。

美国有一个叫珍妮·贾弗雷斯的老人，是个护士。1984年她过103岁生日时，最大的重孙子已23岁。人们问她长寿秘诀，她说：“一是会吃，二是会笑。”

你以为这8个字简单？真做到，不易。

所有人的一生都会伴随着不同方面、不同程度的遗憾走过。所谓幸福的人生都是相对的，需要一半讲究，一半将就。

爱因斯坦4岁才会说话，7岁才会认字。老师对他的评价是：反应迟钝，不合群，满脑子不合实际的幻想。可是，后来他成了伟大的物理学家。

接替撒切尔夫人担任英国首相的梅杰，1943年3月29日出生在英国伦敦南区一个贫寒的马戏团演员世家。少年时的梅杰曾极度厌烦学校生活，教师对他的评语是：“太顽皮，读书没有心计。”16岁辍学，当了一名建筑工，两年后进入银行工作，曾申请当公务员因数学成绩差而未被录取。可是，后来他成了英国的首相。

我们国家一向有“三岁看大，七岁看老”的说法，大概多数的看不准。谁也不能为生命预言。只要生命在，奇迹就在。

命运就像是美丽而智慧的女人：越是不把男人放在眼里，越是有男人向她献殷勤。

生活，不一定非有惊天动地的情节才叫精彩；爱情，不一定非有海誓山盟的表白才叫真爱。平平淡淡才是真，大概是创造和品尝人生幸福的真谛。

泰戈尔有名言曰：“让睁眼看着玫瑰的人，也看到它的刺。”

人之一生，在展现和奉献美的同时，也万不可忘记以刺为武器，坚定地守护自己的尊严。

诗人鲁黎说：“人，最好把自己当泥土。”这很有见识。总是做天才梦，把自己当珍珠，会凭空生出被埋没的痛苦。日久会疯掉。

智者在沉默中思考，愚者在沉默中昏睡。其沉默同，其沉默的结果则异。

生活的质量着眼于对生活本身的追求，生活的幸福则主要看重对如何生活的思考。

嘴上总不时念叨自己长处的人，无异提醒人们记起他的短处。

奔跑再快的猎犬也不会同时追上朝两个方向逃逸的兔子。一事无成者多数不一定失之于努力不够，而是败之于思维方式的南辕北辙。人有所不为而后方可大有作为。什么都想得到的结果常常什么也得不到。

表象的相同并不代表实质的一致。“狂者东走，逐者也东走。其东走同，其所以东走则异。”就如同样是呐喊，有的是欢呼，有的是起哄。

人生像是做一篇文章。有的人从开篇到结尾都写得文从字顺，平顺畅达，明白如话；有的人则纵笔挥洒，酣畅淋漓，字字珠玑；有的佶屈聱牙，磕磕绊绊，不忍卒读；有的则下笔千言，离题万里，空洞无物。

写好人生这篇文章，其命题立意、谋篇布局，值得研究。

国人一向崇尚“君子动口不动手”，其实，真到了“动口”阶段，还有几人能保持“君子”风度？

很不合理，很不正常，很不应该，但过去如此，从来如此，今仍如此。于是见怪不怪，听之任之。

生活中许多习以为常的事，大多很难改变。生气跟不生气一个样。

“厄运”从来不喜欢单独挑衅，它们更热衷于群殴。于是就有了“福无双至，祸不单行”这样的俗语，就有了“墙倒众人推，破鼓乱人捶”这样的瞎起哄。

俗谚：“人有脸，树有皮。”时谚：“人无面皮，天下无敌；树木无皮，必死无疑。”王朔尤其语出惊人：“我是流氓我怕谁！”不要脸比不要命可怕。

自诩有视力不错的眼睛，可惜只学会奉承权贵的眉眼高低，于是失去了识别是非曲直的眼力；有健康灵光的大脑，可惜只学会了趋炎附势、见风使舵的权变，从此很难生出表达自己思想的见解。

“无知者无畏”，可笑但不可怕。最可怕的，乃“无知者无所谓”也。用“无所谓”的态度对待一切，必然在一切领域永远甘于无知。

凡事收着点好，给自己多留出点转身的地方。总结历史和观察现实，许多人栽跟头，十之八九是在洋洋得意继之忘乎所以中发生的。

没听说过的东西，也不会心生羡慕；从来没羡慕过的东西，就不会心存拥有；从来不曾拥有过的东西，也永远不会担心失去。

人生有快乐，有痛苦；快乐的时候少，痛苦的时候多。快乐就像鲜花，任你百般呵护，不经意间凋谢了；痛苦如同野草，随你怎样刈除，很快又生出新的一茬。

关于金钱

古代铸钱刀形，古钱币又称“钱刀”。《古乐府·白头吟》：“男儿重义气，何用钱刀为？”《风俗通》中说：“钱旁有刀，言金钱的占有常与刀剑之祸相系也。”

繁体“钱”字，金旁上着一戈，下着一戈。戈者，杀人物也。两戈争贝，岂非“贱”乎？执十戈而争一贝，则堕为贼寇。

炉火

煤在炉膛中熊熊燃烧，悲观者看到的是即将化成的灰烬；乐观者看到的是因燃烧而腾起的火焰。不同的心态有不同的眼光，不同的眼光看到不同的结果。

小事

诺贝尔和平奖得主雷特说：“我们常常无力做伟大的事，但我们可以用伟大的爱去做些小事。”用爱心做小事，且持之以恒同样显示出伟大的品格。

变化

无论怎样的喜从天降还是祸不单行，无论怎样的阴云密布抑或细雨和风，无论面对成功还是失败、喜悦或是忧烦，都不必悲观失落或欣喜若狂。因为事物总在变化，因为希望在变化中。

名人

名人所是未必皆是，名人所非未必皆非。对古今名人可以崇敬，但不可迷信。

雄鹰

假如你周围是一群鹰，那么你一定也会成为一只鹰；即使你真是鹰，倘长期在鸡群中追逐、刨食、厮混，日久，也会渐失鹰的本性，而忘记翱翔长空的豪迈。

活法

有的人，对未来的日子总是忧心忡忡、焦虑不安；而对已经拥有的一切则浑然不觉、熟视无睹。一生都在追求中，一生也都在苦恼中。

一位企业家说："金钱，从无到有是小快乐，从有到无是大快乐。"卡耐基说："带着巨额财富死去是可耻的。"

也是一种悲哀。

穷人和富人

穷人和富人、主人和仆从、官僚和百姓，从来各有各的圈子，很少有人跨界交往。偶尔突破界限者，要么各有所图，要么出于不为人知的目的。

过度小心和不够小心

不肯冒点风险的人，往往只能拣到别人挑后剩余的以及不屑一顾或弃而不要的东西。人活世上，过度小心和不够小心一样糟。

活着

人活着，无论出于什么原因，只要无端给这个世界添乱、给别人添堵、给家人添忧，就不如不活。如果在你的一生，不管你是用劳动，用才华，哪怕是一声有价值的呐喊，能给人世间添一点彩，就算没有白活。

骑车一族

骑自行车上下班，观看沿途风景，了解世态人情，顺便锻炼身体。一不担心路上堵车，二不担心油价上涨，三不担心体重增加。亲近自然，贴近社会，

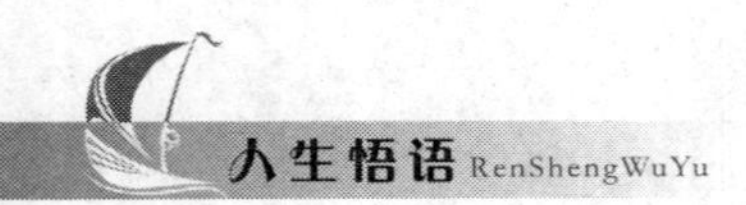

远离烦恼，放逐孤独，心胸开阔，体健神清。何妨一试？

机会

一种说法：机会就是你碰到了别人没有碰到的某种特别的运气。

又一种说法：机会是你平时经营的种种关系，而恰恰某一关系正居于你欲达目的之要冲。

其实，真正的机会，并不完全等同于运气，也不仅仅是别人的关照，更不是你拥有的某种关系。从根本讲，最重要和最关键的，只在于勤勤恳恳的努力再加一双善于寻找的眼睛和及时抓住的智慧。

迷信

迷信的症结不在于盲目地相信什么，而在于不相信自己；迷信的危害不在于轻易地失去什么，而在于失去了自信。

所谓迷信，一般看，是恐惧、无知和异想天开的混合体。

骗术

所有骗子的骗术，无论怎样高明，总之是让你相信天上会掉馅饼。你只要记住，世上所有的好东西都不会来得太容易。凡太容易、太轻松、太不用力气得来的东西，那本身就透着几分不可靠。防骗之要害在于不贪。你只要坚定地相信“天上不会掉馅饼”，任何骗子的骗术都难以得逞。

命运

命运之神是一位容易屈从于势力的神祇，常常只服从强者的意志而很少理会弱者的感情。

改变命运的基本原则是不相信命运。

人生不是单一色

人生，幸福与痛苦常不期而至，机遇与挫折多相伴而生，成功与磨难互为因果。人生画卷不会是单一色，有纵笔挥洒的豪迈，才有五彩斑斓的生动。

杂感

越是干净的东西越容易蒙上灰尘，而且越是干净的东西上的灰尘越容易引起人们的议论和指责。

据说，能登上金字塔顶端的生物只有两种：苍鹰和蜗牛。这种结果启示人们，凡凭自己的努力达到成功目标的人，也无非两种：要么有苍鹰的天赋，要么有蜗牛的毅力。

格外敏感风寒变化的人大多身上有病，看见钟馗像都胆战心惊者必定心里有鬼。

君子报仇，十年不晚；小人报仇，从早到晚。小人难惹。

告诫

不要从正面接近一群黄蜂，不要从后面接近一头倔驴，不要从对面接近一个酒鬼，不要从任何方位接近一个奸佞小人。

识人

有贼心，没贼胆，好人；没贼心，有贼胆，正人；有贼心，有贼胆，歹人。

处险身危

悬崖险道走马，夜黑浪大行船，富婆命犯桃花，呆汉中彩外传，古墓里躺着的死人，噩梦中惊醒的贪官。

因果相关

懒惰与无知在一起，无知与卑贱在一起，卑贱与贫穷在一起。懒惰、无知、卑贱、贫穷，因果相系。

有不知则有知，无不知则无知。

能够

能够使爱情储存于心的是离别，能够留住光阴痕迹的是记忆，能够远离烦恼的是无求，能够开拓新生的是勇气。

分享和分担

无人分享的快乐不是真切的快乐，无人分担的痛苦才是真正的痛苦。分享和分担，不一定有人在场，但至少要有人知道。

苦难

对于弱者，苦难是难以拔足的深渊；对于强者，苦难是“以金入火，焠而锤之”的火焰；对于智者，苦难则成为他迈向更高一层目标的垫脚石。

有些事经过挫折才会明白，有些人经过磨难才会长大。

当你精神生活贫乏时，艰苦是一份不可或缺的钙质；当你物质生活丰富时，艰苦则是一种十分珍贵的精神补品。

不要

凡事只要开始永远不晚，因此不要犹豫；所有机遇都在往前走的路上，所以不要等待。

差别

人有智慧、聪明、愚昧之分。智慧者清醒地认识自己，聪明者努力地认识别人，愚昧者既不认识别人也不认识自己。人和人的差别就反映在认识能力上。

打牌

你不能改变手中的牌，但你可以决定怎样出牌。出牌是变化，机遇在变化中。手中拿到怎样的牌是命运，怎样出牌是智慧。

玫瑰的花与刺同生，樱桃的肉与核同体，快乐与忧愁同行，美丽与嫉妒同在。你欣赏玫瑰的芬芳，就要容忍那花下的刺；你享受樱桃的甘甜，就无妨把那核儿轻轻吐出。

山上山下

一个人，站在山上时，俯视山下的人，很小；而站在山下，仰视山上的人，也很小。

居高勿傲，居低勿卑。

虔诚·谦卑

虔诚与谦卑的分野，就在于前者是对真理的认同，后者是对权贵的阿谀。

笨鸟先飞

“笨鸟先飞早入林”是一句鼓励人不甘落后的俗语。不过，真懂得先飞的鸟儿很少是笨鸟，多数的是勤奋、自信、聪明的鸟。一般看，笨鸟都是懒鸟，它们从不懂得先飞，他们习惯于随大流，喜欢看看再说。我们看到更多的是勤鸟先飞，在飞中学习，在飞中竞争，在飞中成长。

杂识

尽管灰渣一再夸示自己是煤炭的儿子，但始终没见它燃起父辈那样的火焰。

除去父母给予的相貌、发肤、血型、基因等先天条件之外，人的任何才能都需要后天的修炼。

有入海抱负的江河，不抱怨堤岸的制约；有成材之志的树木，不拒绝园丁的修剪。

“草萤有耀终非火，荷露虽团不是珠。”是金子都会闪光，但闪光的并不都是金子。表面的相似、相近、相仿、相像，掩盖不了事物的本质差别。事物如此，人亦如此。

不幸，是弱者的灾难，强者的动力。弱者在不幸中沉沦，强者在不幸中升华。

谷子未壮籽粒时，像稗子一样支愣愣地忘乎所以；颗粒饱满的谷穗，常心无旁骛地垂头沉思。

能够全心全意地追求，就要学会无怨无悔地放弃。

赞美刀剑的锋利，请不要忘记锻造刀剑的烈火和使刀剑锋利的磨刀石。

知识没有分量，但会成为你唯一可以终身携带的财富。

邪因愚而传远。愚昧往往成为谣言传播的最佳通道。

器量

元末，群雄割据。朱元璋评价对手张士诚说：此人器小，不足畏。未几，张士诚败。

器，才识度量。器小易盈，器小者不能大受，难成大事。

鹅卵石

喜欢者，赞美它的光洁；鄙夷者，嘲笑它的圆滑；思想者，想到江河冲击的力量。

同一物，站在不同立场，从不同角度观察，会得出截然不同的结论。

人阔易发昏

人阔易发昏，是一个规律。或当个小官，或有了点小钱，一旦小有成，再加上别有所图者的无聊捧场，就晕乎乎，最易做梦、作伪，甚至作孽。香港“景泰蓝大王”陈玉书所著《商旅生涯》中引林肯语：“喷泉的高度不会超过它的源头。”耐人寻味。

名与实

国人重名。孔子说："名不正则言不顺，言不顺则事不成。"名正言顺从来是事之可行的正当理由。当年诸葛亮等拥刘备称帝，讨伐曹操，就说："可以应天顺人，即皇帝位；名正言顺，以讨国贼。"你看这"名正"厉害不厉害？

不过，要记住，唯"名正"才能"言顺"。那名立得住立不住，全看是不是与实相副。"名者实之宾"（《庄子》），什么名称不重要，要紧的是实质。

南京夫子庙很有名，那里曾是祭祀孔子的圣地，但新中国成立前却一度成为娼妓、赌徒、流氓等麇集之地。你说，如此污杂去处，能跟圣人沾上边吗？

陈后主，历史上有名的昏庸皇帝。继位后，日与妃嫔佞臣宴饮行乐。隋开皇九年（589），隋兵攻入建业，后主与张、孔二妃匿于景阳宫井中。引出，执至长安，国亡。那口井就成了有名的"胭脂井"。

胭脂井，名字很美。那来由美吗？

唐朝酷吏来俊臣辈，曾发明出各类酷刑，残害无辜。那刑法名目，有所谓"凤凰展翅"、"仙人献果"、"玉女登梯"等等。名称美妙无比，睹之毛骨悚然。

早年，北京护国寺后身有条胡同，名曰"百花深处"。你准以为那里肯定会芳香沁人、蜂飞蝶舞，但旧时，行人经此多掩鼻而行——那里垃圾堆积，蚊蝇乱飞、臭气难闻，真不知花在何处！

清·龚自珍《己亥杂诗》之八十五有句曰："不枉人呼莲幕客，碧纱橱护阿芙蓉。"阿芙蓉，其名好美！但它其实是害人的鸦片。

导致全球气候异常的厄尔尼诺现象，很可怕。不过，它的名字则令人亲近：厄尔尼诺，西班牙语意为"圣婴"。

饭店用餐，一道"玉女脱衣"，名字新鲜惑人。点一份，端上一看，去皮黄瓜一盘而已。你怨谁呢！

唐·白居易有《紫薇花》诗写道："紫薇花对紫薇翁，名目虽同貌不同。"世间常有名实不称、名实不副现象，识物，须知其名又要察其实，切勿被表象所蔽，为名称所惑。

人为什么会恐惧

许多人乘坐飞机常有一种恐惧心理。因为乘飞机相对讲不能控制自己的命运。

驾车发生意外而死者比感染SARS而死的可能性大上千倍，但人们并不因驾车而一天到晚担心自己活不成。为什么？因为方向盘掌握在自己手里，觉得自己掌控着自己的命运。

人是一种希望主宰自己命运的动物。人怕的不仅仅是危险，而是失去对自己命运的掌控。一旦觉察到失去了这种掌控，就会恐惧。无论什么情况下都一样。所以人怕鬼、怕地震、怕天打雷劈，等等，都一个道理。

嫉妒

清·钱匡说："甘守时穷才是士，不为人嫉便非才。"

被人嫉妒很大程度上是被人羡慕。

嫉妒是一种药，使促狭者疯狂，使智慧者沉静。因嫉妒而致疯狂，嫉妒会成为埋藏自己灵魂的坟墓；摒弃嫉妒而静心思考，则会成为人生跃起的撑竿。

碎思录

播种，有两种可能，或有收或无收。不播，就一种可能：颗粒无收。

只要是种子，本身就有生命，一旦播进土壤，就有发芽、生长、收获的希望。就怕你不是种子，而是石头，那就别抱怨了。

你虽然身在船上，而且努力甚至拼命地摇橹张帆，但不知驶向哪个码头，那么，任何风向都不会是顺风。

一种小花，花瓣米粒样大小，但它们开的成丛成片，开成一种气势。

人多好奇而厌常，很少对这样成丛成片的小花多看上一眼。它们没人照料，没人理睬，没人欣赏，没人捧场，照样开得漫山遍野、轰轰烈烈。没人理睬，但上天和大地没有嫌弃它们，“天地之大德曰生”。它们也没有嫌弃自己，偏要开出一种气势。

人不怕忙碌，只怕无聊。唯在忙中，才有可能谱写出一个个快乐的音符，记录下或深或浅的生命印记，忙而有为、有得、有益。

无聊则是生命的浪费。无聊者常常置身于无谓、无奈、无望、无可如何之中，“其无望也夫，其死于此乎！”（《左传·昭二七年》）

做事，谨记两条：一是记住做对的事情，二是努力把事情做对。

绳锯木断、滴水石穿，要害是把一切努力集中在一点上而且持之以恒。人能如此，同样可能在一个领域成为绝顶高手。

最无趣味的是两种人的生活：一种是只为生活给别人看，再一种是只看别人怎样生活。

球王贝利曾不止一次被对方球员重重地“铲”伤过，甚至因伤好几年不能上场踢球。但他从未萌生过报复对方的想法。他讲过一句令人敬佩的话：“报复对方最好的方法是再进一个球。”

世间百业无不如此。

诺贝尔经济学奖金得主克鲁格曼曾有过三天的中国之行：北京——上海——广州。每天一次近 40 分钟的演讲，以及一个小时的“辩论”，吸金近 400 万元。

罗兰夫人，法国大革命时期的革命家，吉伦特派的核心人物之一。在更革命的雅各宾派执政时，却被推上了断头台。临刑，她在自由神像前留下一句为后世所熟悉的名言："自由，自由，多少罪恶假汝之名以行。"

历史上任何一种好的东西都可以成为一种名义、一种招牌、一种旗号。谁打出这样的旗号，谁就代表正确。比如革命、自由、正义等等。

辨识

赵子龙于重兵围困之中，拼命救出阿斗。刘备接过，掷于地，愤之曰："为汝这孺子，几损我一员大将！"于是赵云泣拜："云虽肝脑涂地，不能报也。"

世谓曹瞒奸雄，其实，刘备之伪与曹之奸相伯仲耳。民间俗语云："刘备摔孩子，邀买人心。"可见大家都明白。

判断

判断一个国家传统文化的标准，不只要看她拥有怎样厚重的传统文化资源，更重要的，还需要为数众多的与之相匹配的观众。后一条我们的差距更大，改变也更难。

思考

傅斯年 1950 年底在我国台湾去世，逝后葬于台湾大学。在台大行政大楼对面架设着一口"傅钟"，每上下课都会各响 21 声。因为这位台大校长说过："一天只有 21 小时，剩下的 3 小时是用来思考的。"

"学而不思则罔"。思维能力是所有成功人的重要能力。

雪后

人生之所历，就像行走于初雪过后的大地。你所选择的路，将清晰地留下你的每一个足迹，图解着你的行走是扎实还是虚浮，坚毅还是怯懦。

杂拌小集

态度

有话语权的人训斥不听话或他们认为不听话的下属："什么态度！"在他们看来，作为下属，无论在任何情况下，都应该毫不踌躇地诺诺称是。他们对待下属的逻辑是：态度决定一切！

其实，态度决定不了一切，态度什么也决定不了！许多时候，下属们对上司的所谓态度并不是原生态的，而只是一种权变，是心口不一的一种违心表态，是故作姿态的一种假象。态度不是心态。说"心态决定一切"还多少沾点边儿。

蚌的追求

如果你是一个蚌，你是甘愿付出一生磨难的代价获取一颗珍珠呢，还是舍弃对珍珠的追求而轻松自在地活着？法国哲学家叔本华说："金钱给人带来的幸福是抽象的，只有那些无法消受人类具体幸福的人，才会把金钱当成唯一的追求。"可是，人群中还是喜欢珍珠并为之舍命以求的多。"珍珠"到手了，生命到头了。

牛黄

牛黄是牛的胆结石。牛黄是贵重的中药。牛得了胆结石，对牛是灾难，对人是财富。牛黄是用牛的无限痛苦换得的。鹿死于角、象亡于齿、香獐毁于麝。死于宝贝之累和死于贫穷之苦都一样。

生活美好

生活美好的两条原则：一是生活在今天，二是生活在这里。

生活在今天。对已经过去的昨天的事无遗憾，对还没有出现的明天的事不忧虑。不总是懊悔昨天什么事弄错了，也不思虑明天会有什么坎儿过不去，而是把最饱满的精神和最充沛的精力放在今天正做着的事情上。把今天的事做得精益求精，把今天的日子过得风生水起，把今天的景致创造得五彩斑斓。

生活在这里。你今天生活在这里，就欣赏这里的花红柳绿，仰观这里的蓝天白云。“此身安处是吾乡”，不必费太多的心思去思考那遥远的地方发生了什么。如此，你才可能“在这里”发挥优势，创造美满，并享受“在这里”的美好人生。

咬紧牙关

或问牙齿的功能？答曰有二：一，吃饭赖其咀嚼。咀嚼才有利于胃的消化吸收。“好不容易有花生了，牙又没了”，很痛苦的。二，人遭磨难、遇祸殃、有痛苦时咬牙挺住。

能咬牙，大丈夫。

失败

通常情况下，事情失败的原因主要有两种。一种是因为经验不足；又一种是因为经验过多。经验不足容易把路走错，经验过多容易把路走乱。走错失去了方向，走乱迷失了方向。两种情况的结果都会殊途同归地把事情弄糟。

心灵

雨果说：“世界上更宽阔的是海洋，比海洋宽阔的是天空，比天空还要宽阔的是人的心灵。”

人，心有多大世界就有多大。所有漫长的路都是脚走出来的，所有的遥远都是心想出来的。

倾听

善于倾听，肯定是与人沟通的最佳途径。特别在一些陌生场合，跟你不熟悉的人在一起，你不必急着夸夸其谈，不必急着“与人沟通”。夸夸其谈并不能沟通。你第一要做的是倾听。人家旁若无人的夸夸其谈，你听就是。他知道的，成了你知道的；他不知道的，也不必急着显摆你知道。糊涂一点、无知一点，比装万事通强。

人难群分

我们的思维定式，一向把人分成好人和坏人。你没被归入“好人”那圈儿里，就一定被归入“坏人”的行列。许多人倒霉就倒在这种简单的形而上的归类法。其实，每个人，无论看上去怎样的优秀或怎样的不堪，都不会是绝对好或绝对坏，包括圣贤或伟人。人，还是不好不坏、半好半坏、小好小坏的多。你自己是，圣贤也是，那些无论怎样拿腔作态，装成正人君子的更是。

站得高一些

歌德《格言诗》中有句名言：“你要我指点四周风景，你首先要爬上屋顶。”

生活中许多东西，站在自己的小圈子里看不到或看不清，以致小得志便得意忘形，偶失意又失魂落魄。最好的办法是“爬上屋顶”。《荀子》中也说：“吾尝跂而望矣，不如登高之博见也。”站得高一些，你会看到四周风景，心胸开阔，气朗神清。

心定

聂绀弩说过一句很耐人寻味的话：“哀莫大于心不死。”

我们的文化一向鼓励和赞美不知天高地厚的雄心勃勃，以致不断助长着各种形式的张狂和忘乎所以的想入非非。

“哀莫大于心不死。”人更多的时候需要心定。行者无疆，定能生慧。风动，旗动，草动，树梢动，万物皆动，但心不动。不因浮名而喜而悲，不为攀援而苦而累。气定神闲，自能保持一种心神愉悦的境界。

名牌

你拎个名牌包，必然想配上一套名牌服装。有了名牌服装，就需要名牌鞋帽、围巾、项链、领带、手表等等。都“名牌”了，人呢？

人也要讲品牌。人的品牌需要文化、道德、修养的支撑，而不是物质的包装。对物质的需求减到最少，才有可能获得更多的自由。

坚忍

深圳市南山区的学府小学内矗立着一座题为《出征》的狼群雕塑，雕塑的底座上刻着一段文字：在物竞天择、适者生存的世界，我们要对孩子进行“狼”的教育，而不应是“羊”的教育。

在竞争的时代，需要竞争的准备：摒弃羊的懦弱，学习狼的坚忍。

坚强

海明威说：“人可以被毁灭，但不可以被打倒。”

这是一种强大。不是体魄的强大，是内心的坚强，意志的坚强。有了这样的坚强，把他放逐到最孤寂的地方，他不失落；放在很热闹的地方，他不轻狂。内心的坚强才是真正的坚强。

生存·生活

人和动物的区分在于：人的一切活动是为了生活，而动物的一切活动是为了生存。人的生活追求档次和质量，于是才有美好、善良、文化和文明。动物为了创造生存下去的条件，于是不断发生着你死我活的撕咬和争斗。当人类求温饱而不得，为了生存，也会像动物一样的撕咬和争斗。比如历史上曾有过的占山为王、扯旗造反之类。雨果说：“人有了物质才能生存，有了理想才谈得上生活。你要了解生存与生活的不同吗？动物生存，而人则生活。”很对。

思维

人之异于禽兽者，在于人能思维。人与人之间的差异，很大程度上取决于其思维能力、思维习惯、思维方式和思维水平的差异。

人生境界

人生两境界：一是知道。“道”者，规律、事理。《易经》中说：“立天之道曰阴与阳，立地之道曰柔与刚，立人之道曰仁与义。”二是知足。《老子》中说：“知足者富”，“知足之足常足矣”。

“知道”让人活得明白，“知足”让人活得平和。活得明白，是一种人生智慧；活得平和，则是一种人生归宿。

察事

物有真假，事有是非。个人站的角度不同，观察和判断的结果也常各异。有的以真为假，有的以假为真；有人明白，有人自以为明白；有人糊涂，有人难得糊涂。

痛苦·麻木

痛苦是生活不幸的一部分，比痛苦更糟糕的是麻木。人，一旦陷入麻木（包括精神和肉体的）对外界的任何刺激都失去反应，很可怕。

知痛苦证明你还活着，而麻木则证明已陷入无可救药的境地。

相处

人相对于世界都是过客，物相对于人都是过手，今天相对于明天都是过去，生命相对于时间都是过程。人与人相处之基本点是相互给予时间，而时间对于生命是一个定数，用去一分钟就少一分钟。所以相处值得珍惜。

三危

《淮南子·人间世》中说：“天下有三危：少德而多宠，一危也；才下而位高，二危也；身无大功而有厚禄，三危也。”

古人很有智慧。你看历史上和现实中那些无论怎样飞扬跋扈、不可一世而最终声名狼藉、一败涂地者，多逃不过这三条。

赞美

北野武说："毁掉一个艺人，不需要枪炮和子弹，只需要愚蠢的观众。"

岂止艺人！打败任何人，最省事最有效的方法，就是毫无意义地夸奖他。面对毫无来由的赞美，任何智者都可能不辨东西地忘乎所以，继而糊里糊涂地跌进泥潭。

人生经典智慧

一位国王，年寿已高时想给后辈子孙留下点什么，思之再三，决定把这世间最经典的人生智慧整理出来，作为留给后世子孙的重要财富。于是，几位最富才华的大臣受命，夜以继日地整理出长达十多卷的巨著呈上，国王御批：太长！

于是，大臣们按旨意精简成一卷，国王仍批：太长！

最后减缩成一页，国王仍摇头。无奈，亲自提笔，将一页文字压缩成一句话，作为世间经典智慧传世："天上不会掉馅饼！"

梦

梦是一个人的绝对自由。一个人的任何行为和言论都可能被阻止和限制，唯有梦想没人管。世界上任何强权和力量都管不了你做梦，连上帝也管不了你。

人有梦想就有希望，因为有梦心就未死。

照像

照相技术可逼真地留下一个人的形象，却很难留下一个人的神韵丰采。不管一个人多么顾盼流慧或倜傥风流，当他站在摄像机前面时，就立马变得虚假而不自如。其实，我们中的许多人，常自觉不自觉地生活在一个无形的摄影机下，掩去了真实，表现着虚伪。

内心宁静

世事之多绪、多变、多舛，都是外在的东西，之所以会引起人的烦恼，乃心之躁动故也。古人有"心如止水"说，止水不是死水，而是面对各样喧闹，仍能保持一种“履波涛如平地”的从容。这是大境界。

成熟

成熟原指谷物、瓜果等成长到可收获的程度。

人的所谓“成熟”就复杂了，对恶行的熟视无睹，对纠纷的隔岸观火，对是非的嗫嚅不清，对批评的模棱两可等等。这么说吧，当上司评价你“成熟了”的时候，群众对你的评价也只“老滑头”三字而已矣。

安做平常人

读高人所撰“人生指南”之类的书，总会让你大失所望。因为对大多数平凡人来说，不可能弄出一番辉煌的事业，有“指南”没“指南”一样过。过去讲“三百六十行，行行出状元”，固然不错，但状元毕竟太少，而且三年才出一个，吾辈芸芸众生，在三百六十行中，还是安于做平常人、干平常事好。“三百六十行，行行能吃饭”，如此而已。

不用三爷

北京前门外有家挺有名的“六必居”酱菜园。旧时“六必居”在用人上讲一条很重要的原则：不用三爷！“三爷”者，少爷、姑爷、舅爷之谓也。

少爷，指好吃懒做、游手好闲之纨绔子弟，非泛指所有富家子弟。在那个时代，儿子当然是家产的第一继承人，但在有远见的实业家看来，多么有宏图大志的创业者，他的儿子们也是龙生九种，一定要挑素质一流的儿子主持家政。至于舅爷、姑爷等等，虽属至亲，但至亲加贪婪、无能比庸才更误事。

时间过去了二百多年，其“不用三爷”的用人原则，至今仍有十分宝贵的启示价值。

坚守

《士兵突击》里的许三多一遍又一遍地讲很有震撼力的两句话：“不抛弃，不放弃”。不抛弃、不放弃即坚守。坚守人性的尊严，坚守生命的追求，坚守心灵深处的道德底线。能坚守的人生，就活得有信心，有底气，有价值，有希望。

金钱与幸福

只有金钱不一定能幸福，但没钱则绝对不会幸福。富兰克林说过一句话：“两个口袋空的人腰挺不直。”为什么挺不直？因为没钱。没钱又要活着，必然有求于人。有求于人，腰还挺得直吗？穷人与卑贱者的尊严和他的财富一样微乎其微。

你想穿什么鞋？

黄晖写《恰同学少年》剧本时，听说湖北黄冈某中学的一位老师把一双草鞋和一双皮鞋都挂在教室的墙上，对学生讲：“你考得上就进城穿皮鞋，考不上就回家穿草鞋。”

你希望穿皮鞋还是穿草鞋？多形象化的“励志教育”呀！大概这位老师很费了一番苦心的。可是，还有打赤脚穿不上鞋的呢，猜不出老师在墙上挂什么？如果读书只为了穿鞋，不读书也能做得到。

伟人也是凡人

毛泽东晚年同美国记者斯诺谈话时说：“个人崇拜有时也需要一点。”

《撒切尔夫人传》第一句话是：“我知道我身边聚集着很多拍马屁的人，但我就是爱听赞美的话。”

从伟人到庶人都爱听赞美，古今中外，概莫能外。伟人也是凡人。

自信和吹牛

《三国演义》第56回曹操大宴铜雀台时表白：“如国家无孤一人，正不知几人称帝、几人称王。”“孤败则国家倾危。”一无所能而自诩无所不能者是吹牛，能为且敢为者是自信。曹操不是吹牛。

核心竞争力

现在有个词叫“核心竞争力”。

所谓核心竞争力，就是具有超乎寻常的不可替代的能力。比如《水浒传》里的一百零八将，有行的有不行的，但他们跑到梁山都能谋到一把交椅，个中要害，就因为他们中的每个人都有不可替代的本领。

一个社会要充满活力，就要张扬个性；一个人能在充满活力的社会里体现出自身价值，主要看他在多大程度上与众不同。比如就业，你找的岗位有两个人可以做，你的价值就降低了一半；有 10 个人可以做，你的价值就下降了 90%；有 100 个人可以做，你的价值就基本上等于 0。打造核心竞争力，就是打造不可替代性。形成了人无我有的特点，就形成了自己独特的价值。

认识自己

古希腊德尔斐神庙的墙壁刻着这样一句铭文：“人啊，认识你自己。”苏格拉底以之作为自己思想的主要部分。

人最熟悉的是自己，最陌生的也是自己。老子说：“知人者智，自知者明。”王安石说：“知己者，智之端也。”认识自己比认识别人重要。

做你自己

活在自己的设计中，你就成为生活的主角；活在别人的圈子里，你即成为生活的配角。做好自己，不断优化己之所长，尽情展示己之风采。如此，你会发现自己的人生同样有值得羡慕的闪光点。

做你自己，不要看见什么都心荡神摇。如果没有自己停泊的码头，所有的风对于你都是逆风。培根说的一句话很有道理：“跛足而不迷路的人，能超过虽健步如飞却误入歧途的人。”

每个人都有着自己不同的遗传密码，不同资质，不同性格，不同经历，不同际遇，很难通过简单的学习而趋向一致。王徽之练书法学王羲之，学了多年，自以为很像了，请母亲评点，母审视良久，说：“我儿费尽三缸墨，只有一点似羲之。”那一点还是王羲之补上的。可见，与其花费时间和精力一味模仿别人，不如尽心展示自己，做好自己。“昔有学步于邯郸者，曾未得其仿佛，又复失去故步，遂匍匐而归耳。”专心做自己，比一味学别人强。

要么成为自己，要么一无所有。失去自己，你便失去了一切；守住自己，你便守住了世界。有意义有价值的人生，是由自己开创的人生。

保持自我，容受万物，独立自强，不离不弃。

人苦不自知。许多人，常常是，用来了解别人的时间多，用以了解自己的时间少。比如，自己想干什么？自己能干什么？自己需要干什么？这三条你明白多少？想干什么是理想，能干什么是能力，需要干什么是生活。人活世上，得先说生活吧？因此你得先说必须干什么。可许多人常常把三条的次序颠倒，结果想干什么成了想入非非，能干什么的事少之又少，必须干的又太苦太难。想干的干不了，能干的不去干，必须干的摆不上位置，于是大苦恼。

人离自己最近，又离自己最远。真了解自己不是件容易事。

一个人，最有希望得到的，可能是最应该摒弃的；最不被你看重的，或许正是你人生最需要的；最以之骄人的，可能是你最不该具备的；最想持之以走向成功的条件，或许正是最终导致你一蹶不振的主要因素。你的软弱可能是你的强大；你的强大可能是你的软肋。

发现自己

要有一双善于发现的眼睛，尤其要善于发现自己：发现自己之所短，也要发现自己之所长；发现自己的薄弱点，更要发现自己的闪光点。哲人语曰：每个人都是独一无二的。发现自己，就把命运掌握在自己手中。“溪回谷转愁无路，忽有梅花一两支”，无论哪块云彩也遮挡不住所有的阳光。

有些人似乎生来就是为了某一件事存在，剑者为剑、舞者为舞。他在某一件事上干得得心应手、风生水起，你去试一试，费老鼻子劲，很可能弄得灰头土脸，四处碰壁。你不比他差什么，也并非不自量力，错就错在你不该去干他干的那事。他干的事不一定适合你，当然你干的事也不一定适合他。人能知道许多事，就是不容易知道自己。

羡慕自己

不要妄自菲薄，不要以为自己一切都不如别人。不会那样。要知道每个人都有被他人羡慕的地方，这“每个人”也包括你自己。与其站在那里眺望别人的背影，不如回首欣赏自己走过的同样坚实的足迹。

尊重别人

将人比己，以心换心；己所不欲，勿施于人。你尊重别人，同时也得到别人的尊重；你帮助别人，同时也展示自己海洋般的胸怀。别人的遭遇，极有可能是你以后某一时刻所遭遇的提前彩排。费点力气，搬掉别人脚下的阻路石，有时恰恰为自己铺平即将走过的道路。

自重

被尊为印度佛教复兴之父的安贝卡说：“即使你穷得只剩下一件衣服，你也应该把它洗得干干净净，让自己穿起来有一种尊严。”

自尊者人必尊之，自贱者人必贱之。你自己先看重自己，别人才能看重你。

自见

目短于自见，智短于自明。常人见识的弱点，多表现在对别人的毛病看得很清楚，对自己的毛病却浑然不察。此之谓“明察秋毫之末而不见舆薪。”

老子说：自见之谓明。

不得志时没人知道自己，得志时自己不知道自己。这后一种情况更可怕，也更无可救药。

一心想改造这个世界的人往往不想改造自己。因为想改造世界的人都以救世主自居。救世主，比如上帝，还用改造自己吗？

一心想改造别人的人，也往往不想改造自己。因为自以为负有改造别人的使命，自然都具有天赋的完美。具有天赋的完美，比如圣人，还用改造自己吗？

自知

苏格拉底说过一句话："唯一真正的知识就是知道自己无知。"有勇气知道自己无知，才可能知道得更多。求知的规律就是这样：只有虚而往，才可实而归。唐·魏征主编的《群书治要》中说："天不言而人推其高焉，地不言而人推其厚焉。"自以为无者而实则尽有。

自信

一位企业老板，想在企业大门的影壁墙上写一句话，一句能激励员工的口号，思之再三，写了四个大字："我很重要！"

是的，我很重要！老板认为，这四个字，是一个充满生机的企业的员工应有的信念。每天员工来上班，走进企业大门，第一眼看到的是这四个字。无论是一线员工，还是白领阶层，都会为之一振，会显示出一种精神抖擞、昂扬向上的精神状态。

积极的人生贵在认识自己。认识自己，主要的，是认识自己的价值。自信我很有用，自信我很努力，自信我不能比别人差。人，最不可救药的灾难是自暴自弃，最可依持的动力是自强不息。

畏己

美国前总统富兰克林·罗斯福说："我们无所畏惧，我们畏惧的只是自己本身而已。"《论语·述而》篇中说："德之不修，学之不讲，闻义不能徙，不善不能改，是吾忧也。"常怀畏己之心，则能修身以守正。面对诱惑心如止水，看待名利泰然自若，自重慎微，自省慎思，自警慎权，自励慎行。能畏己则能守住道德修养的第一防线。

战胜自己

一个人，最可怕的软弱不是不能战胜对手，而是不能战胜自己。古希腊哲学家德谟克利特说过一句很有名的话："所有胜利中，战胜自己是最首要也是最伟大的胜利。"人能战胜自己，然后才能战胜其他；战胜其他是强者，战胜自己是圣人。

拳王泰森称霸拳坛数年，击败对手无数，创下了足以骄人的胜利，也因之生出胜利后的骄傲和与骄傲俱来的忘乎所以，终而因罪下狱。美国舆论惊呼：“拳王自己打倒了自己。”是的，他战胜了许多人，却没有战胜自己。

一个人，如果和什么人斗一斗就能进步、就能成功的话，那个人就是自己。当需要勇气时，先要战胜自己的懦弱；需要勤奋时，先要战胜自己的慵懒；需要宽容时，先要战胜自己的狭隘；需要公正时，先要战胜自己的偏私。

人，战胜自己比战胜对手更难，而战胜自己又是人生最重要的修养。

尽管不会人人都能卓越于人群，但任何人都能卓越于原来的自己。你也许不一定有一个卓越的结局，却可以有一个卓越的过程。

拯救自己

一人，生活和事业都遭到大的挫折，悲观、叹息、无奈继而无望，于是去请教一位很有名的智者。智者听完他的叙述，随手递给他一个小盒子，告诉他里面装着拯救他心灵的办法。回到家，他虔诚地沐浴焚香，祷祝，然后打开小盒子。一看，大惊。原来，盒子里只装着一面小镜子。他对着镜子审视良久，大悟。

他明白了：拯救自己的办法就在于自己。当你的境遇发生改变，当你的家庭发生改变，当你的地位发生改变，当你的财富发生改变，等等，只要你自己不变，你的人生就变不到哪里去。世界上，只有一个人可能限制你的发展，那个人也是你自己。

自己把自己说服了，是一种理智的胜利；自己把自己感动了，是一种心灵的升华；自己把自己征服了，是一种人生的成熟。你有能力征服自己，就有能力征服一切挫折、痛苦和不幸。

鬼打墙

人走夜路，走着走着，迷惑了。磕磕绊绊转了大半夜，天亮一看，还在原

地打转。坊间相传，这种夜路迷失现象叫“鬼打墙”，是鬼魅跟你恶作剧，把你引迷惑了。

人生路上也有“鬼打墙”。或为官位所障，或因金钱所惑，或为美色所迷，基本特征是为欲所蔽，迷迷瞪瞪、晕晕乎乎，云苫雾罩，不知所之。

民间说的“鬼打墙”是着鬼魅给圈住了。人生途中的“鬼打墙”是自己把自己给圈住了。人生最需要的智慧不是指导别人如何做，而是着重弄明白自己的路怎么走。小心别给自己弄个“鬼打墙”把自己迷惑住。

星星之所以吸引芸芸众生的眼睛，是因为它显示出足够的灿烂；苍鹰之让人仰视，是因为它不依赖任何外力而直冲云天。不必向人喋喋不休地述说自己的抱负，也无须期待伯乐们偶尔一顾的慧眼。假如你相信未来会有夺目的美丽，最重要的勇气是破茧而出、化蛹为蝶；假如你是一支蜡烛，最能说明你抱负和能力的是把自己点燃。

美国汽车大王福特的妈妈临终时留给福特的一句话：“你可以怜悯别人，但不可以怜悯自己。”

自己不怜悯自己，也不需要别人的怜悯。没有余地，没有退路。走过艰难才能走向开阔。此乃成功人生的真正财富，也不只福特而已。

人贵自知。西德作家格拉斯说：“我写作，是因为我没本事做别的工作。”

自知是一种了不起的智慧，其价值不低于天才。

语不惊人

罗兰夫人有一句名言："我认识的人越多，我就越喜欢狗。"

崔永元说，多年来一直喜欢看的电视节目是《动物世界》，因为"动物的世界里没有人"。

人生最大也最难的题目是与人打交道。观察、比照、思考，唯有叹息。

你牵着一头牛，说明你有了一头牛的本钱。你只能像你身后的牛一样一步步走，没人理你。

如果你把那头牛变成一条腰带系在腰上，那样，会有一群人围着你转，因为他们估不透你的身价，只知道你一定是最牛的。

气象预报称"明天局部地区有雨"，最不担风险，因为没人指责它错。生活中与之相类的还有一些在文件上的批示，如"拟同意"之类。

"黄金周"旅游，大人看脑袋，小孩看屁股。心得：不出门一辈子后悔，出了门后悔一辈子。

王菊轩娶妻，久不育，欲纳妾，商之于妻。妻不答。一再商之。妻曰："此不知是谁之过，其各以一人试之，可乎？"（清·徐珂《清稗类钞》）

俗云："好汉子怕翻过儿。"许多事听上去有道理，但调个过儿想一想，则虚实真伪立辨耳。

“名人用过的东西叫文物，凡人用过的东西叫废物”，此坊间之俗语也。常有以名人相标榜或吹嘘者，是不是名人，这是一条标准。

近年“丰乳”热闹起来，商家竞相开发：“挺好”丰乳霜，“曲美”注射式丰乳，韩式假体丰乳，等等。如火如荼，意乱情迷。但女性乳房的第一功能——哺乳，似乎并未引起人们怎样的关注。

丰来丰去，女人发疯，男人发昏。

靠拼搏不如靠拼爹，跑市场不如跑官场，弄学术不如弄权术，有风骨不如有媚骨。有风如此，路路皆死。

旧时蜀地有民谣云：“走前头，打火把；走中间，骑花马；走后头，挨鬼打。”前头是警员，中间是官员，后头是随员。当官之荣耀，灿然可睹。

关于说话

旧时有一首诗写道：“广知世事休开口，纵会人间只点头。何若连头也不点，也无烦恼也无愁。”

有坊间老人语曰：聪明人的嘴在心里，愚笨人的心在嘴里。

狄金森说：“我不畏惧喋喋不休者，而畏惧那静静地待在一隅沉默不语的人。因为他一开口就不凡。”

高山无语，深海无波。无语常蕴含着更深沉的力量。

“威不足则易怒，信不足则多言。”只有没什么威望和威信的人才需要滔滔不绝，圣人的话总是很简洁。

晋·傅玄《口铭》中说的：“病从口入，祸从口出”，经古今千百年实践的检验，至今仍被人们视作指导行为的一条原则。可见，口管的这两件事（吃饭和说话），都与性命攸关，轻忽不得。

孙策临终时对孙权嘱之曰："内事不决问张昭，外事不决问周瑜。"那张昭，少而好学，博览群书；长而有谋，才冠当世。大概觉得身负托孤之重，他对孙权一向知无不言，表达自己的意见全无顾忌。可惜，爱说话的张昭，在孙权那里并不多讨好。后来吴国设置丞相时，大家都看好老资格的张昭，但孙权就是不点头，最终反倒让资历比张昭浅的顾雍身居相位，而且一当就是19年。说来，那顾雍最大的特点就是沉默寡言。不说话或少说话成就了他的一大优势，他胜出了。

孔子说："君子于其所不知，盖阙如也。"阙，同缺。君子对于自己不明白的事，还是不说话的好。你不说话，没人知道你傻。以不知为已知者最无知。

生活中，有的话不能直说，或点到为止，或含糊其辞；有时绕点弯，有时装点傻。比如电话铃响了，秘书拿起话筒，听后，怯怯地对老总说："可能、大概、估计……是您的电话。"老总训斥："有话直说，别吞吞吐吐的！"秘书道："电话里，一个女人在嚷：'叫那个老混蛋接电话！'"你看，能直说吗？有些话直说出来就是错，有些话直说出来就是祸。直说，真不好说。

"围城"咏叹调

几位男士都先后走进"围城"，数年后一日，偶聚小酌，共道婚后感受、变化，俱慨叹不已。有好事者择其梗概，总结数语，其略曰："精力不如以前旺了，身体不如以前棒了，钱包不如以前涨了。走路肩膀不晃了，街上女孩变靓了，朋友数量下降了。"不胜唏嘘。

四十不惑

20岁比胆量，30岁比酒量，40岁比气量。

20岁羡慕有权的，30岁羡慕有钱的，40岁羡慕有闲的。

20岁热心圈子，30岁加入圈子，40岁疏离圈子。

20岁发现好心不得好报，30岁发现好人不得好活，40岁发现坏人不得好死。

“圈子”及其他

文人相捧也相轻，同行亲家也冤家，情人相昵复相仇，圈子成人也误人。

野草

清初画家石涛画过一幅画，只画了许多野草，题之曰：都生要路中。

小人当道，贤士遭忌。黄钟毁弃，瓦釜雷鸣。野草伤禾，你清楚他们是野草，但就是“都生要路中”，你有什么办法?

雷公

雷州是世界著名的雷区。那里流传着一首千百年来就有的《雷州歌》：“人若有病去问鬼，鬼有病时去问谁？人若作恶雷公打，雷公恶时谁打雷？”

雷公的儿子作恶也没办法，别说雷公了，这是很无奈的事。

官样

有人认为官要有“官样”，“官样”当然不会与生俱来，大概有一个日久修炼的过程。

见到上司唯唯诺诺，是学出来的；见到同级嘻嘻哈哈，是装出来的；见到下属趾高气扬，是惯出来的；见到百姓假模假式，是练出来的。

见其“官样”，就大体可推断出他是一个怎样的官，八九不离十。

妙喻

听一段子，说某君入官场未久，但无师自通，很快得上司青睐，升迁一“当红小官”。有熟知其所为者刺之曰：此人乃典型吃烤红薯者也。众不解，某释之曰：烤红薯如何吃法？当然先捧在手里，然后拍两下，随之揭其皮使劲儿吹，最后吃完再舔红薯皮。此谓之捧、吹、拍、舔也。众粲然。

辈分

唐朝李绅，就是写过“锄禾日当午，汗滴禾下土”的那位，诗传了一千多年，可谓家喻户晓。但人却不怎么样。据《唐语林》中说，那李绅尚未发达时，经常到李元将家去，喊李为叔叔。后来，他“累官尚书仆射，门下侍郎”，大约相当于宰相职务。官升辈分长，那李元将很识趣，主动降低辈份，先称自己为“弟”，又降为“侄”，李绅“皆不悦也”，后来降到“孙子”辈，那李绅“方似相容”。由原来的同姓父辈，一下子降格到孙子，那李元将真是没出息极了。看来，人一旦当了官，周围的“孙子”是少不了的。

小心说话

明世宗患病，召太医徐伟。徐进得皇宫，见皇上坐在一张矮床上，龙袍落于地。徐逡巡不前，启奏曰：“皇上龙衣在地上，臣不敢前。”世宗闻之大悦，重赏徐。又亲执御笔给内阁大学士批示赏文：“伟适诊脉，称衣在地上，足见忠爱。”地上，人也；地下，鬼也。真够犯玄的。

官场风光。但风光处也险恶存焉。“地上”、“地下”，一字之差，稍有差池，就难免糊里糊涂跌落万劫不复之渊。给上司说话，小心则个。

正负得负

一个正数或者无数个正数，一旦跟一个负数相乘，那结果立马变成了负数。而且原来的正数越大，现在的负数就越大。吾性愚，开始怎么也不明白个中道理。后来发现，这个正、负相乘得负的现象生活中也有。比如你在一个单位工作，一向勤勤恳恳、认真负责，后来偶不慎做了一件让你的顶头上司很不高兴的事，得，那你立马成为领导印象不佳、不可信赖的另类。

走狗喜攀

1919年，吴双热赴广州参与办《大同日报》，为主笔。一次常熟某乡一只狗不知为什么登上了屋顶，边叫边走，驱之不下，观者塞途。乡里人认为乃不祥之兆，集资建醮禳之。双热得闻焉，在报上作诗嘲之曰：“乡愚聚讼乱糟糟，黄犬如何屋上跑？此事不关凶与吉，由来走狗喜攀高。”借以刺权奸爪牙。

当“走狗攀高”成为一条“成功”捷径时，很可能使正直人才因不屑与之争而去。

妙喻

一司机因超速行驶被交警拦住。

司机：这么多车超速为什么偏拦我？

交警：你钓过鱼吗？

司机：这和钓鱼有什么关系？

交警：你能把一池塘鱼都钓上来吗？

没抓起来的贪官比抓起来的多，没逮住的小偷比逮住的多，鼠夹上的老鼠没逃掉的多。这叫逮住谁算谁。人不能靠侥幸活着。侥幸固然可能帮你与灾祸擦肩而过，更多时候则因贪图侥幸而使你遭遇灭顶之灾。

沾光

好多年前，《北京晚报》上登过一幅漫画，题作《武大郎近影》。那漫画画武大郎背手而立，胸前配个牌牌，上面写着“打虎协会副主席”，正神气活现地出席会议。

武大郎，炊饼做得蛮好，但对打虎事只怕一无所能，乃至一无所知。倒是其弟武松，因景阳冈打虎成了英雄，天下闻名，而且当上了县衙都头。武大于是沾了光。

你可曾留意：靠二郎面子风光起来的武大们如今已渐成风气耶？

地盘

四川省都江堰市的一位商业局长，酒后驾车将一名女工及抱着的婴儿撞成重伤。那局长大人竟狂妄地叫喊道：“不就是赔钱吗？我是商业局长，在都江堰的地盘上，我还能翻车？”

闻此位局长大人的“地盘”观，不仅使人想起“快活林”中的蒋门神、旧上海滩的黄金荣、杜月笙辈。窃思：此等横行无忌、不可一世的官儿，是怎样爬上去的？

官到中年

阅历有了，同时世故也有了；经验有了，随之手腕也有了；成熟有了，当然沧桑也有了。

地位多少弄了一点，尊严和体面也一件件印在了名片上。不管人物大小，总要津津有味地互道身价。

不可遏制地发起福来，自然无法免俗地关注起减肥与“三高”来，时而无奈地抚摸肚子。回想雄姿英发的当年，不胜唏嘘。

脸面

易中天出名前，2000 年 10 月出版过一本书，书名叫《你好，伟哥》。今天人称之为“学术大师”的易教授，想当年也曾如街头练摊哥们儿之形象啊！不过翻看那书的内容，与当时曾大红大紫的美国壮阳药“伟哥”也不沾边儿的，只在最后一篇有几百字以“伟哥”比喻各路明星。这也难怪，人要急着出名，原也顾不得面皮的。也不独易教授一人辟此蹊径。

勇气

自称“泛 90 后”的某作家在《正在发育》中称找男朋友的标准：“要富贵如比哥（比尔·盖茨）、潇洒如发哥（周润发），健壮如李哥（李奥纳多），浪漫如伟哥（可意会之，无须注解）。”不佩服她的想象力和勇气。

联想

太平洋有个比基尼岛，当年美国曾在该岛实验原子弹，为此，一个地图上芝麻粒大小的小岛天下闻名。

后来，出现“三点式”女性海滩浴装，因过于性感而似乎与爆炸此类相连，于是，由“三点式”的出现想到原子弹爆炸，由原子弹爆炸想到比基尼小岛，“三点式”女性泳装遂以名焉。

人在与性相关的事物上往往联想力丰富。

敢想

2007 年，法国总统萨科齐离婚了，中国一位叫杨二车娜姆的女子在博客上放言：萨科齐虽老外，但他智慧、有型、深情，正是自己喜欢的男人。且自度非常适合做这位黄金单身汉的配偶。于是鬼迷心窍般地浮想联翩："法国总统这几天离婚了，躺在成都酒店浴池里的我，心里莫名地兴奋起来……我的能量和天分不做总统夫人算得上一种浪费。"

有一句话是这样说的："心有多大，胆有多大。"现在看来，续一句最好："胆有多大，脸有多大。"

环境不同

因为环境不同，有些话能说，有些话不能说；有些事能做，有些事不能做。比如分别时说"再见"，人人都懂的礼节，但在医院一般不说，在办理婚姻登记的地方最好不说，在殡仪馆则绝对不能说。

又如男性避孕用品，如果放在家中自然是寻常之物；如果随身带在身上，肯定有随身带着的理由，只是未免使人浮想联翩。

同样的行为，因为不一样的环境，其结果可能大相径庭。阿 Q 摸一下小尼姑的头，小尼姑恼怒地骂他断子绝孙。在按摩院或洗发屋什么的所在，就平平常常，没人大惊小怪。海滩浴场着比基尼泳装的美女如云，尽管欣赏。倘你把着门缝偷觑女人化妆间就被视为流氓行为。

一样的歌有时能唱，有时不能唱。比如，一女子，站在建筑物顶端欲自杀，命悬一线。此刻，如有人唱"妹妹你大胆地往前走哇"，那是找挨揍。有人家不幸失火，自然忌讳唱"今天是个好日子"，也不能唱"你就像那冬天里的一把火"。

变化

想吃啥有啥了，却战战兢兢地惦记减肥了；职位高了，收入高了，血压血脂血糖都高了；终于在城市买上房了，却越来越觉着乡村好了；终于买上私家车了，上班下班却改步行了。拼死拼活折腾了这么多年，真说不清折腾出了点什么。

坐坐

某人欲办某事，托友人请某长"抽空儿坐坐"。何谓坐坐？翻查字典，"坐"字之解释是："把臀部放在椅子、凳子或其他物体上，支持身体重量。"这是"坐"

字的本意。把两个“坐”字连起来，则变成以宴请而达“联系感情”目的之谓也。“坐坐”自然也得“把臀部放在椅子、凳子或其他物体上，支持身体重量”的，但那只是吃喝之必须条件。以“坐坐”代“宴请”，借代修辞，大家都心知肚明。

研究研究

亦官场专用语言。一个“研究”，那是真研究；两个相叠，“研究研究”，托词而已。那等于告诉你别想着了，您就死心了吧。

意思意思

一个“意思”没啥意思。两个相叠，“意思意思”，那就有了只可意会不可言传的意思在。此亦专用于请托办事的金钱物质表示。且莫轻看这“小小意思的啦”的意思，许多贪赃枉法的权钱交易，就常在“意思意思”中完成。

目中无人

一种是醉汉。形态醺醺然，目光茫茫然，步履趑趄，视而不见。

一种是庸官。进门见位子，出门见车子，吃饭端杯子，汇报念数字。两眼望天，目空一切。

熟视无睹

生活中一些现象，大家都说不好，大家都不喜欢，大家都希望有人管一管。但就是长期存在，熟视无睹。当官的认为是无须，百姓多数是无奈，强者认为是无关，弱者感到是无力，冷漠者看来是无情，孤独者只能是无助。“熟视”的是眼，“无睹”的是心。于是谁都有看法，谁都没办法。

一不做、二不休

唐朝德宗时期，地方军阀割据，拥兵自重。有个卢龙节度使朱泚（音cǐ），竟至反叛朝廷，自立为帝，先是国号秦，后又改国号汉，自号汉元天皇。唐代的节度使大体相当于现在的军分区司令。朱泚部下有个叫张光晟的部将，也随朱反。不久，唐朝名将李晟讨伐朱泚，朱连连溃败。张光晟见大势已去，便寻机杀了朱泚，向李晟投降，自忖此举起码可将功折罪，保住性命。无奈李晟还是将他斩首。

你说人家朱泚造反，是为得天下、坐龙廷，你张光晟跟着起什么哄呀！结果等明白过来，晚了。白白掉了脑袋。唐·赵元一《奉天录》卷四记有此事，说那张光晟临死而言曰："传语后人：第一莫做，第二莫休。"俗语"一不做、二不休"就这么来的。意思是：要么不做，做就做到底。

养生招数

眼下，养生家们忙起来了，而且各出奇招。老头老太太们都中了魔怔似的卷入养生大潮：大清早闭着眼睛拿后背撞大树的，四肢着地学动物爬的，一只脚着地一只腿蜷着学金鸡独立的，仰卧地上像骑自行车那样蹬腿儿打通任督二脉的，扯着脖子拉着长声儿吼叫的，等等。诸多招数，五花八门，眼花缭乱，有的不明所以，有的则纯属瞎掰。据说，那理论依据也都言之成理，比如，那豺狼虎豹们不都四肢着地吗？但它们都不得颈椎病。因此，人得退回去学动物爬行。可是，动物们得不得颈椎病，它们也没说呀！有人说，蚂蚁们常年生活在地下，但蚂蚁们没一个得风湿、类风湿的，因此，吃蚂蚁可治疗关节病。可是，人的关节跟蚂蚁的关节（假如蚂蚁也有关节的话）一个样吗？即使蚂蚁们真不得风湿、类风湿，它们的寿命也太短了不是？蚂蚁还不失眠、不便秘、不得胆结石、不得直肠癌呢！炒蚂蚁岂不成了太上老君八卦炉里炼的金丹？

"8"和"发"之风马牛

数字崇拜和忌讳自古就有。旧时风俗，出门、动土、嫁娶、沐浴等都择日而后行。现在许多中国人仍重数字崇拜，比较流行的是崇 8 忌 4。"4"者死也，不祥。"8"呢？据说粤人读 8 如"发"。发者，发财、发旺、发福、发迹、发扬踔厉、发奋图强，都不赖。难怪人人趋之若鹜。据说，某一级大市几个 8 连在一起的车牌号拍出几十万元的天价，闻之骇然。其实，我们的汉字跟"发"组合的词并不都个个吉祥。比如，食物发霉、日子发愁、头脑发昏、四肢发麻、吓得发抖、怕得发毛、饿得发慌、急得发疯、读书发呆、做事发怵，等等。你想"发"哪样儿呢？

“名”的闲话

中国人向来对名很崇仰。孔夫子说：“君子疾没世而名不称焉。”死后无名，在圣人看来是十分恼火的。

宋江不过郓城一刀笔小吏，名气却大得很。江湖好汉一听得“及时雨”大名，都是纳头便拜。宋江几次死里逃生，化险为夷，都得益于他的名气。

今人似乎不大喜欢虚名而更讲实惠。“爱我中华，修我长城”，捐款者可在长城上留名传世，但肯慷慨解囊者寥寥。名人们更热衷于做广告、走穴、编书、演讲赚钱。“文化明星”应运而生。“名人财富排行榜”与他们的学问几无关系。

总统的儿子

里根当美国总统时，报纸上刊登过他的儿子失业的消息。我们似乎很难想象，一个普普通通的乔弗雷芭蕾舞团竟敢解雇总统的儿子，而且贵为总统的里根竟也没有使儿子免被解雇的办法。

据说，23岁的罗纳德·普罗斯科特·里根失业后，拒绝他的父母提出的在其失业期间提供帮助的建议，而是独立生活，独自克服困难。这比我们这里一些永远心安理得躺在父母甚至祖父母功劳簿上，啃老的子弟不知强过多少倍！

总统的妈妈

肯尼迪当上美国总统后，许多人前去他母亲那儿祝贺，恭维她儿子是一位伟人。肯尼迪的妈妈立刻纠正说：我还有一个伟人儿子呢，就是肯尼迪的哥哥圣约翰，他正在农场里种植土豆。在母亲眼里，当总统的儿子和种土豆的儿子一样有出息，理应一样受到尊重。我们这里呢，一向强调母以子贵。儿子当了大官，当妈妈的封成诰命夫人，挺荣耀的事。

我们自古就讲望子成龙。其实子女之于父母，成龙不成龙无大碍，第一要紧的是成人。作为父母，教子有方值得称赞，子女大成值得羡慕。尤其，子女获大成就后，仍安于平凡，心静如水，则更难得。

裸字百态

裸这个字，原是很敏感的。如今“思想解放”了，渐无顾忌。于是渐次冒

出裸诵、裸聊、裸课、裸奔，等等。见怪不怪，熟睹无惊，闻多故也。

“裸课”就是裸体讲课。江苏艺术师范学院一位叫莫小新的副教授，在一次人体艺术与人性意识教育现场教学研讨会上，就当众脱光衣服，赤裸着向几十名学生和教师讲他自己对人体艺术和人性文化的理解。好像不裸就讲不明白似的。不过有此一课，也着实让莫先生火了一把。

有位叫张一一的，据说是位“80后作家”。此人究竟写过什么而标明“作家”，大概没几个人知道。可是李湘离婚时，他听说了，当即表示向李求婚。并声称倘遭拒绝，将在全国31个省会城市裸奔。只是想出个“裸奔思路”，就立马走红了。

演员邵小珊在一部电影中给章子怡当背面裸替而声名大振。好男儿选秀冠军蒲巴甲在一部电影中因全裸出镜，被捧成所谓“原生态裸演”而一裸成名天下。至于利用网络搞“体验式性写作”的木子美，因裸而大赚其钱，亦开创了“性文化”之蹊径。

为力挺“诗坛芙蓉”赵丽华，一伙诗人弄了场名为“保卫诗歌”的朗诵会。会上，一位叫苏菲舒的诗人，在女诗人花子的帮助下，一层层脱掉十多层衣服，然后一丝不挂地走向讲台朗诵。因其当众裸诵违反了北京市治安管理条例，被北京市海淀区公安局拘留10天。也是！你支持赵丽华就支持赵丽华吧，干吗非脱光衣服支持呢？穿戴整齐就少气势啦？不过话说回来，那苏诗人大概写过不少年诗吧，也默默无闻，而今终因其一裸所得之名，较其诗名则播之远矣。

裸之花样不断翻新。成都美院41名学生裸体组成电子邮件符号@；北京画家村的5位画家裸体游走于潮白河畔。莫非游魂浪鬼般裸游就能游出灵感耶？莫名其妙。

饱汉不知饿汉饥

一位在央视《百家讲坛》发迹而后声名远扬的教授对大众教之曰：我们之所以不快乐，就是因为“我们的眼睛看外界太多，看心灵太少”。可心灵怎么看呀？贫困山区的孩子，每天走十几里山路上学，中午只带一个煮土豆。孩子们不快乐，教授说，“你看心灵呀！”教授的学问真太玄乎了。

教授又说："幸福只是一种感觉，与贫富无关。"寒冬腊月，大雪封门，灶冷炕凉，饥肠辘辘，要不到工钱的农民工上哪儿感觉幸福去？教授走穴，讲上两个钟点，十万二十万进账，农民得种多少年土豆呀？此可谓"站着说话不腰疼"，"饱汉不知饿汉饥"也。

"忽悠"

"忽悠"一词是东北俗语，因赵本山他们演的小品《卖拐》、《卖车》什么的一折腾，大家都明白"忽悠"是怎么回事了。

其实，你在琢磨什么是"忽悠"的时候，说不定正迷迷瞪瞪被忽悠着呢！

比如，在饭店，你们等饭等得起急，问服务员："什么时候做好呀？"服务员满面春风："请稍等，马上就来。"马上？等着吧，你！

去时装店看衣服，无论看上哪件，服务员都无一例外地赞不绝口："太合适啦！简直就像比着您的身量做的！"

影楼摄影师忽悠来拍婚纱照的女士："呀！您真是我见过的最漂亮的新娘！"

你走进家具店，老板向你热情介绍:这里的家具统统上的是宝马漆，钢琴漆，全部原装进口件。无论怎样聪明的人，都难免被忽悠得五迷三道。

察忽悠之法，通常有四：

一曰吹嘘式。无中生有，胡侃神抡。比如他眼下正住着土谷祠，就忽悠"想当年"、"我们先前比你阔多啦！"自己不成器就忽悠跟名人、大款、高官有怎样的关系，比如跟某名人喝过茶，跟某款爷聊过天，跟某歌星坐过一节儿车厢，叫你自叹弗如。倘有幸混上个一官半职，必然修炼成忽悠型干部。你问他工作的进展，他跟你忽悠未来的辉煌。一片荒滩，顺手一指，就成了吸引世界级富豪的度假村。仙人摘豆、指山卖磨。老百姓都知道那是没影儿的事，可难免有人信以为实。

二叫戏法式。工作差劲，咱忽悠决心；能力不行，就忽悠精神。废寝忘食呀，带病坚持呀，八过家门而不入呀，没准儿能忽悠成个"优秀"什么的。把事情办砸锅了，出了差错，造成了损失，就忽悠"变消极因素为积极因素"，忽悠"教

训也是财富”。大桥坍塌、商场失火、矿井爆炸，就忽悠抢救人民生命财产的英雄事迹。

三是空泛式。虚无缥缈，空泛不实，用原则代替具体。喝山开道、虚张声势，一副高瞻远瞩、雄才大略的架势，把一些人忽悠得晕头巴脑、五迷三道。

四是兜圈子。缓言正事，慢入主题，东拉西扯，绕难避实。比如讲创新，他绕到诸葛亮木牛流马那会儿说；讲养殖业，他给你忽悠野猪如何演变成家猪；谈农民工上访，他从母系社会为什么没上访论起。忽悠老辈子事儿，八不挨的事儿。“兜圈子”式忽悠，分外透着有学问，又避开自己不明白、不掌握的情况，容易蒙事。

名人·凡人

普通人走路不小心撞在树上，说你晕头巴脑，于是传为笑话；哲学家走路不小心撞在树上，人们猜测他在探索人生的终极意义，太过专心，于是成为经典。

普通人天天吃盒饭，没多少日子，大家都知道了他没钱；有钱的老板偶尔吃了一次盒饭，就博得富而不奢的美名。

因心爱的猫咪打不起精神而在电台上表达“好好难过”心情的是名人；对着记者话筒述说他在中秋节愉快地品尝到了月饼或大年初一幸福地吃上饺子的是凡人。名人用过的小物件，有人宝贝一样收藏，日子长了就是文物；平常人用过的东西，自己宝贝似地收着，日子长了就是废物。

平常人记着谦虚待人，低调处事，日久，平凡趋向了平庸；做官的人偶尔谦虚了一次，一次就叫人感动不已。

饭粒掉在桌子上，名人偶尔捡起来吃了叫美德；饭粒掉在桌子上，农妇天天捡起来吃了叫寒酸。

名人的鸡毛蒜皮、吃喝拉撒，过后儿都可以《临风》呀、《随想》呀地往外鼓捣；凡人莫说鸡毛蒜皮，就是天大的事，比如祥林嫂的孩子着狼叼了去那样撕肝裂肺的事，过后儿再跟人絮叨也叫人心烦。

名人肯跟别人握手是平易近人，平常人上赶着跟人握手是巴结。曹操光着脚跑出屋门迎接来访的许攸叫礼贤下士，凡人要光着脚丫子跑出去迎接客人是半疯子。

名人十杯八杯不醉叫豪饮，凡人对着酒瓶子吹是酒鬼。名人一掷千金叫活得潇洒，凡人大手大脚是小人乍富。名人讲歪理叫雄辩，凡人讲歪理叫抬杠。名人在报纸上对骂，凡人在家门口对骂。名人越骂越出名，凡人越骂越没理。

穷人以喝粥为生，富人说喝粥养生。没钱的人在公路上骑自行车，有钱的人在家里骑自行车。

名人偶尔捡一次垃圾跟着一帮记者拍照，凡人一辈子捡垃圾没人给他们拍过一次照。名人大吃一惊说“哇”，凡人大吃一惊说“哎呀”或“我娘耶”；名人夸赞别人说“很另类”，凡人夸赞别人说“很个色”。凡人不说名人的话，名人也不说凡人的话。

名人的隐私紧张扬慢张扬生怕别人不知道。凡人的隐私紧捂慢遮生怕别人知道。名人的隐私写成书卖钱，凡人的隐私抖搂出去顶多成为人们“闲篇”的内容。名人跟老婆相恋时相互往来的情书能编成《两地书》什么的成为名著。凡人两口子当日的情书只能自个儿翻着没事偷着乐。

祢衡挝鼓，当众脱衣，说以此“显露清白之体”，凡人照着办一回，准进疯人院。阮籍“醉卧邻女之侧”，成为人们津津乐道的风流韵事；凡人要试巴着卧某女人之侧，叫性骚扰，离挨揍不远。

名人从“围城”外边的某个地方遇上了某种奇缘，颇多情趣。凡人也遇上了呢？那叫偷鸡摸狗。平头百姓把人家女人带走是“拐带”，司马相如带走卓文君成了佳话。

盲人尝鱼羹

旧时有这样一首讽刺诗："群盲煮鱼羹，投鱼不中釜。水沸争先尝，味鲜似牛脯。"

几个盲人聚在一起煮鱼汤，不小心把鱼投到锅外边。锅开了，大家争先恐后地舀着品尝，一个个都说：好美的鱼汤呀，简直跟牛肉干煮的味道一样。

本来是淡而无味的白开水，顶多是酱油汤吧，怎么会"味鲜似牛脯"呢?人家赞美味鲜，我当然也得喝出更鲜的味道，难道我没喝过鱼汤吗?

花活

美国的约翰·霍普金斯大学开始接收女学生时，一个不赞成异性同校的记者做了一个惊人的报道：约翰.霍普金斯大学1/3的女生嫁了该校的教师。一时舆论哗然。后来，另一位记者到该校摸清了真相：原来霍普金斯大学共有3名女生，其中一人毕业后嫁给该校的一名教师。

高超的记者弄出的足以令天下人惊愕不已的报道，真相弄清，不过一种文字花活而已。

某年某地暴雨成灾，当地官员上报灾情，举例说：北上村受灾严重，村北住户房屋全部坍塌，无一幸免。之后，上级派官员查看，发现北上村村北只有一户，一老汉住着一间草房，老汉三年前已逝。

花心

东晋枭雄桓温，就是声称"既不能流芳后世，亦不足复遗臭万载邪?"的那位。他娶的老婆是晋明帝的女儿南康公主。虽说娶了公主，但仍不满足，又在外边包了个二奶，那时叫妾。那妾也有些来历，有的说是李势的妹妹，有的说是李势的女儿。后来南康公主知道了，马上带人直奔二奶居处。公主气冲冲地闯进屋，那李氏正在梳头，长发委地，肌肤如雪。南康公主一看，傻眼了，叹道："我见犹怜，何况老奴！"

对付男人的花心，大概是个历史性难题，即使贵为公主也无奈。

拍卖

眼下，似乎是一个任什么都讲拍卖的时代。英俊的帅哥，风致的靓姐，纷纷拍写真，上封面，赚钱继而赚名，疯狂而后风光。不英俊也不风致的，可以卖隐私：初恋时分、情场韵事、婚变杂记、多角记忆，都有很好的市场卖点。而在此类交易中，尤以插足技巧、偷情风险，以及过程不同而结局近似的“婚外情”故事，可称之为最吸引眼球的风景线。

情事之奇

公主遇上书生，一见生情，是奇遇；夫人爱上诗人，私相授受，是奇情；仙女看上了董永，两情相许，是奇缘；天鹅恋上了成了款爷的癞蛤蟆，海誓山盟，是奇迹。

情语

初恋之神秘在于梦幻，热恋之沉醉在于浪漫，夫妻之和谐在于死心，婚姻之白头偕老在于凑合。

距离产生美

墙里开花墙外香；远来的和尚会念经；远看一朵花、近看猫儿抓；从网恋到同居——“距离产生美”之生动注释。

有情人难成眷属

世间婚姻，所谓“有情人终成眷属”，一种美好祝愿而已。人们更多看到的，是有心者无力，有力者无钱，有钱者无缘，有缘者无分，有分的又抵不住外来诱惑。人间姻缘，总有太多的无奈，太多的阴错阳差，太多的有情人难成眷属。

实话

有人问萧伯纳对婚姻的看法，萧伯纳回答：“太太未死，谁能对此说老实话？”他还是说了一句实话。

所谓完美

无论人、事、物、情，都难百分之百的完美。有人说，最完美的产品在广告里，最完美的人品在悼词里，最完美的爱情在传说里，最完美的婚姻在向往里，最完美的经验在总结里，最完美的落实在汇报里，最完美的事业在理想里，最完美的理想在追求中。

重要

激励比指责重要，经历比名次重要，品位比官位重要，过程比目的重要，成长比成绩重要，幸福比幸运重要，你怎么看你比别人怎么看你重要，大家怎么看你比领导怎么看你重要。

拼爹

早年读书，家长教之曰：“学好数理化，走遍天下都不怕。”现如今变成：“学好数理化，不如有个好爸爸。”于是就有了“拼爹”一说。如今，有实力的爹们太多了，时见“拼爹”混战的硝烟弥漫，惊心动魄。从拼搏到“拼爹”，长路关山，风雨如磐，儿女情长，英雄气短。

识官法

职务高低看位子（开会时坐的位置），生活好歹看肚子，金钱多少看房子，权力大小看娘子。

吃饭

坊间流传着关于吃饭的几句顺口溜：“吃自家的饭，以不饿为标准；吃朋友的饭，以吃饱为标准；吃老板的饭，以吃好为标准；吃公家的饭，以撑不死为标准。”

公家的饭，似乎是没主儿的饭，情不挡搭义不搭，不用惦记回请，不用有“吃了人家嘴短”的担心，属于“不吃白不吃，吃了也白吃，白吃谁不吃”范畴。

只要撑不死，大概没人管你。

礼品回收

一条不长的小街道，先后开张了三家礼品回收店，且都生意兴隆。推想：首先，如今凡托人办事者都有购买礼品之需求；其次，权力支配者有将礼品化为商品之打算。于是，礼品回收生意即应运而生焉。西哲有言：存在的就是合理的。很对。

麻将

坊间流传着几句顺口溜："一个中国人闷得发慌，两个中国人互相商量，三个中国人做不成事，四个中国人麻将一场。"国人之喜好麻将举世闻名，因为麻将之打法是互为对手，各自为战，每个人都会斗得废寝忘食，天昏地暗又依旧兴致盎然。我们的生命有多少时间消耗在麻将里啊！庆幸乎？悲哀乎？不知有多少人思考过。

世说新语

心灵渡口

人生如旅

一位游客慕名拜访当地一位智者，见智者家中陈设十分简陋，书籍外，一床、一几、一凳而已。

“您的家具呢？”游客问。

“你的呢？”智者反问。

“我的？我是来旅游的，过客而已，要家具做什么？”

“我也是。”智者回答。

人生如旅。唯简单才有心灵的充实。太多的物欲会挤掉或淡化对生活最朴素的享受。

人生优乐

古书上书，天地之气，暖则生，寒则杀。人体亦如天体，性情平和，乐观向上者所享恩泽也久，而凄冷愁苦悒郁沉沦者福分必定不多。人生如水，如镜。水不波则自定，鉴不翳则自明。沙沉水清，苦去乐存。莫管前方是道路平坦还是荆棘丛生，你都得往前走。与其愁眉不展，不如笑对人生。

随灯行路

前人魏际瑞说：“随灯行路，只步尺寸之光，所过阡陌坊衢，懵然不识。”（《魏伯子文集》）

你可以钦佩、相信乃至依赖他人，但一定不要迷失自己。你的人生你做主。随灯行路，你看的是灯而不是方向。

“期权支付”

一般规律，人生总是“期权支付”模式。“奋斗在前，享受在后”是通常的人生轨道。工作之后的5—8年，个人能力、基本素质当有全面提升。不然，你35岁之后，很容易陷入人生的全面被动。

眼界

有辽阔的原野才有骏马驰骋的豪迈，有无际的长空才有雄鹰直冲云天的激情。没见过大山，爬上村东头的土岗也会飘飘然。在小庄园、小场院、小王国里，往往充斥着尔虞我诈的猜忌和眼红眼绿的利益之争。避开那种“半瓶子晃荡”的无聊和因半把米引起的鸡争鹅斗。最好的办法是跳出狭小的天地，看一看外边的世界。如此，你才会有更宽阔的眼界和更豁达的胸怀。一个人，一旦有了高飞的冲动，就不会满足于地上爬行。

困难·出路

有两个词，一个叫“困难”，一个叫“出路”。

困难，难因困致。人困在一个地方不动就难。狮虎那样的猛兽厉害不厉害？困在一个狭小的笼子里也没办法。所谓“困兽犹斗”，那是因“困”所致，把它放到原始大森林里，它用得着“犹斗”吗？

出路，出则有路。摆脱困境最有效的办法是走出去，故有“出生入死”之语。晋·潘岳《秋兴赋》中说：“彼知安而忘危兮，故出生而入死。”人生的所有机遇大半出现在走出去的路上。守株待兔式的等待，一万年也碰不上一只兔子撞死在你“守”着的树下。坐享其成者必定坐吃山空，坐而论道者多半坐失良机，坐等成功者无异坐以待毙。

热爱

人生有一个规律：你热爱什么你就会成为什么。

你的热爱就是你的方向，你的兴趣就是你的资本，你的钟情就是你的命运。每个人都有他自己向往和追求的目标，有他自己安身立命、乐于为之付出和乐于与之共享的世界。

好人·坏人

分辨好人坏人，基本靠一条就能足够清楚：好人做事有自己的底线，有所为有所不为；坏人则无所不为，没有底线。

人是靠自己的行为打造出来的。

欲望

有欲望才会有得失，有得失才会有吉凶。降低欲望就可以消解得失心，然后就不会受制于吉凶之说也。

想法

不怕没办法，就怕没想法。怎么活，关键在怎么想。知道自己做什么，先得知道自己想什么。最重要的想法是自己的想法。别人怎么想不重要，关键是自己怎么想。想人之所未想而后才能为人之所未为。最没出息的行为是唯他人之命是从，最没结果的思考是用别人的脑袋代替自己的脑袋。

生命四点

放开一点，简单一点，单纯一点。做好以上三点，就能活得开心一点。开心即幸福。

富裕

人生有两种富裕：一种是金钱的富裕，一种是知识的富裕。为了实现和守住金钱的富裕，需要你心力交瘁地付出终其一生的时间和精力；知识的富裕则在其积累过程中，使你尽享无比的充实和愉悦。

希望

希望得到自己需要的东西是愿望，希望得到自己不需要的东西是奢望。愿望是想生活得更好，奢望是想拥有得更多。

人，理想的物质生活是衣食无忧，无忧即正好；而贪婪的物质拥有是取之不尽，不尽终有尽时。

重要

知道自己不能做什么比知道自己能做什么更重要；知道自己缺少什么比知道自己拥有什么更重要；知道自己不如别人的是什么比知道自己强于别人的是什么更重要；知道怎样花钱比知道怎样赚钱更重要；用什么手段赚钱比赚多少钱更重要；凡是钱买不到的都比钱重要。

遗忘和记住

忘了根本只记住枝叶，枝叶会无奈地萎落；忘了勤奋只记住享受，享受会促使生命之渊干涸；忘了道德只记住金钱，金钱会推着你走向堕落；忘了百姓只记得当官，当官就失去了生命的依托。

惑于眼前者失去长远。

判断

最可怕的无知是对无知的默然；最难改的缺点是对缺点的遮掩；最不可挽回的失败是甘于失败；最不可改变的危机是对危机的麻木。

马后炮

疾病缠身时才知道了健康重要；孤独无助时才想到朋友的重要；心静凄凉时才明白家庭的重要。被“炒鱿鱼”时才发现自己不重要。

人生智慧就在于多一些超前性思考，不要等肚子疼了才记起不能喝冷水。

人贵有恒

容易的事持之以恒就不容易，简单的事持之以恒就不简单，平凡的事持之以恒就不平凡。

底线

人一生需要守住一个底线。比如，你可以去赚钱，但不可去坑人；你可以活的潇洒，但不可滑向堕落；你可以胸无大志，但不可醉生梦死；你可以迁就庸俗，但不可沆瀣一气；你可以容忍权势，但不可甘为役使；你可以原谅轻浮，但不可原谅谄媚。

守住人生底线，你就能活得无怨无悔。

拥有

你拥有金钱，于是你拥有的许多东西都在增多，只幸福除外。

比如，你拥有高档的睡床，却保证不了拥有高质量的睡眠；你买得起最名贵的婚纱，但不一定拥有真正美满的婚姻；你吃得起最昂贵的保健品，但不一定能吃出体质和精神的真正健康；你可以用金钱改变衰老的进程，却绝对阻挡不了死亡的不期而至。正是这些金钱买不到的东西构成人生幸福每一个不可或缺的成分。

所以，金钱与幸福很少同步而行。

同中有异

同样的现象，有人看到平静，有人则看到平静中孕育的波澜；同样的作为，有人看到平淡，有人则看到平淡中渗透的非凡；同样的表情，有人看到冷峻，有人则看到冷峻背后的火焰；同样的握手，有人看到友善，有人则看到友善表象后的敷衍；同样是观众，有人因进入角色而激动，有人联想到自己的经历而哭泣，有人则兴味索然，呆若木鸡。

独善其身

你没有美丽的容颜，但可以有美丽的心灵；你无力给人金钱上的帮助，但肯定能给人精神上的支持；你不能立志改变世界，但肯定能努力改变自己；你没有能力兼济天下、广播善行，但肯定可以做到独善其身、不做恶事。

争辩

千万记着任何时候都不要跟白痴争辩，因为无论胜负，那结果都是把你拉到跟他一样的水平。

记住

面对任何强势的装五道六，记住把腰挺直。拒绝唯唯诺诺，不要把自己看得太轻。

面对任何情况下的无端喝彩，记住埋首问心，拒绝自以为是，不要把自己看得太重。

时变情移

晴朗天草帽没用，阴雨天没有草帽；受穷时忘记了享受，享受时忘记了贫穷；当百姓时找不到官，当上官时百姓找不到你；不得志时没人知道自己，得志时自己不知道自己……

后一种情况比前一种情况更没治。

美在差别

任何一棵树都没有两片完全一样的树叶，因为千千万万个不同才组成苍郁的绿色世界；任何一个花丛都没有形色绝对相同的花，是千千万万个不同构成花丛或花圃的五彩斑斓；浩瀚长空没有两颗完全一样的星，是无数不同的星才形成夜色的壮丽；世间从没有过百分之百相同的意见，是众多的“不同”相互补充、相互完善才组合成干事业的大智慧。

美在差别。同中有不同，不同中有同。“绝对一致”从来没有过。凡是声称“绝对一致”的时候，那一定是“绝对不一致”的真实反映。

心灵

富有不取决于拥有多少财富，而决定于内心的满足；贫穷不一定因为金钱的短缺，而多数是因为心灵的空虚；幸福不在于他人的评价，而在于自己内心的感受；希望不是前面闪烁着的那颗星，而是心里燃烧着的一团火。

得到在于你心之所思，满足在于你心之所愿。充实的心灵是生命的活力之源。

得到与放弃

老鼠因洞中活动而有了偷窃的便当，于是放弃了阳光；笼中的鸟儿因贪图几粒米的满足，于是放弃了树林；鱼儿因留恋一泓池水的乐趣，于是放弃了江河；狡狯者因贪求眼前之利，于是放弃了做人必需的诚信。

放弃是为了得到，但并非所有的得到都值得放弃。

脾气和仗恃

凡有脾气者都有仗恃。高衙内发脾气仗着高俅——80万禁军教头也英雄气短；刘四爷发脾气仗着有钱，动不动就让你交车；牛二发脾气仗着穷——撒泼耍赖，光脚的还怕你穿鞋的？焦大发脾气仗着老——土埋多半截了，没人跟他置那个气；小儿发脾气仗着小——他把茶壶摔在地上，爷爷奶奶只能一块一块地拣摔碎的瓷片。

研究脾气先要研究仗恃，凡没脾气的主要是没有仗恃——你见过哪个官儿跟他们的上司发脾气？

可怕与不可怕

人有这样那样的不良欲望并不可怕，可怕的是所有的不良欲望都容易实现；世间常有小人得志并不可怕，可怕的是任何小人得志都被视为正常；各类假冒伪劣商品充斥市场并不可怕，可怕的是许多冒牌货都比正牌吃香；生活中出现几个贪官并不可怕，可怕的是许多贪官都曾被冠以清正之名……

可怕的事情越多，人们的信心越差。

沉默

当你认为没话可说或没想好说什么的时候，无妨沉默；当你发现你正准备要说的话别人已经说过，打算用套话、官话、废话“补充几点”的时候，无妨沉默；当相当多的人都在随声附和某种空洞甚至错误意见、你又明显意识到说了等于白说的时候，无妨沉默；当你发现许多人“足将进而趑趄，口将言而嗫嚅”、欲说还休，只能绕圈子或“顾左右而言他”的时候，无妨沉默。

沉默，有时候因为遮掩无知、有时包含着人生智慧，有时则是另一种形式的勇气。

贫穷和富有

你没有多少金钱，但有一个健康的体魄。健康是1，其他一切都是1后边的0。健康没有了，有金钱没金钱都一样。

你没有多少财富，但有一个富有的心灵。心灵富有再穷也是富翁，心灵贫困再富也是穷鬼。

容让

中国书法艺术讲究“侵让”。这一笔或这一个字“侵犯”了人家，下一笔或下一个字就有意地“让”一下。有“侵”有“让”，才构成书法艺术的整体之美。做人也如是。海纳百川，有容乃大。所谓“容”，是能容纳别人的意见，容受别人的缺点，也容让别人的优势（这一条更重要）。人生的和谐，特别是人内心的和谐，很大程度上因“容”而生。

交谈之道

英国作家海斯立德说：“交谈之道，不但在说，也在会听。”一个人要说得尽兴，必须有另一个人听得入神。

善谈能赢得听众，善听能赢得朋友。

居低或居高

居低勿怨。你在最低处，抬腿就是登高；居高勿傲，你在最高处，迈步就是低就。最低和最高都是变化的始点。

得意莫要忘形，失意不可失志。

三思而说

我们常讲“三思而行”。有时候也需要“三思而说”。在学会智慧的表达之前，先得学会适时地闭嘴。学会闭嘴并不比滔滔不绝更容易。电影里那个知名的人物阿甘说得真好：“你不说话，没人知道你傻。”如果非想让人知道你有多傻，那你只管有天没日头地滔滔不绝就是。

两个秘诀

人生有两个具有普遍意义的秘诀：健康的秘诀在早上；成功的秘诀在晚上。悟此，并付之以实践，持之以恒，假以时日，将无一例外得到一个健康、充实的人生。

拉关系

有本事的人把本事用在干事上，没本事的人把心机用在拉关系上。此所谓"佼佼者谋事，平平者谋人"也。把心机和心力都用在了经营"关系"上，长远看，少有成大器者。

清醒

偶尔摸奖获得一笔意外之财，树下纳凉拣到一只撞死在树下的兔子，不意间坐上了主席、主任、主管的位置，独行原野有妖冶女郎回眸一笑……

遇到让你无论怎样激动的时候，都无妨多几分冷静，几分清醒，几分思考。

二事

人生有两件事不能等：一是行孝，二是行善。

子欲孝而亲已去，乃人生之大悲哀；善念常存于心者，人生福之源也。

苦恼

多有智慧的人也有苦恼，能对待不一定能躲开。人生最大的苦恼是躲不开苦恼。比如，其一，终日伴着自己不喜欢的人；其二，经常做着自己不喜欢干的事。

忍耐

忍耐本身不一定是聪明，但忍耐中却藏着智慧；忍耐本身并非坚定，但忍耐确实展示着坚韧。忍耐是一种品格。

希望

人活着，大概都有一个希望。希望产生信心，信心产生动力，动力产生成功。希望是生命的支撑，是内心快乐的源泉。“哀莫大于心死”。祥林嫂死了，是因为希望的破灭。没有了希望，人便没有了生命的太阳。

希望说到底是一种坚信。你无论住在多么偏僻的陋巷，都毫不动摇地坚信，太阳也迟早会在你的门前经过。

因此，活着，放弃什么也不能放弃希望，放弃了希望就放弃了迟早会看到的美好。

成事

人要在一个地方或一个方面立住脚、干成事，一般看，需要具备两个条件：一要本事足够大；二要运气足够好。

出名

张爱玲说：“出名要趁早。”这句有名的“名人名言”，不知有多少人被撩拨得莫名的浮躁和五迷三道的魂不守舍。其实，假如人生是一次马拉松赛跑的话，开始的1000米能够跑成第一，真是一件那么重要的事情吗？

沉默

有的人不能说，或叫不善表达；有的人则是能说而不说。“不能说”似乎是人之短，“能说而不说”则显其长。别人说，他在一边听，默默地，叫人佩服。“不能说而能说”者，似乎很怕别人忘了他的存在，善于不失时机地滔滔不绝。

观察多了，你会明白：聪明人的嘴藏在心里，愚蠢人的心挂在嘴上。

“三不争”与“三不斗”

不与上级争锋，不与同级争宠，不与下级争利。

不与君子斗名，不与小人斗智，不与天地斗巧。

四不

天命不可强求，青春不会永葆，姻缘不能巧取，成功不靠天与。知此四条，一生无大烦恼。

关系

戴尔·卡内基说：“一个人事业的成功，只有 15% 是由于他的专业技术，85% 是靠人际关系和处事技巧。”人生的大部分精力和智慧竟要空耗于各种无聊的“关系”上，这几乎是所有谋求成功者必然遭遇的悲哀和无奈。

坚持一下

生死由命也由天。时辰已到，想活活不成；时辰未到，想死死不了。当你面对歧路乃至绝境，举目无亲，进退无措，准备放弃又不想放弃的时候，无妨咬一咬牙再坚持一下。坚持一下，或许机遇就在下一个路口等你。

人之一生，任何时候都存在机遇、存在变数，最要紧的是清晰地认清，适时地把握，牢牢地抓住，并不遗余力地进取。

耐得热闹

居里夫人成名之后，印了一张卡片，卡片的文字是：“居里夫人不愿给笔迹或在相片上签名，敬祈原谅。”英国皇家学院奖给她一枚金质奖章，据说那是英国的最高荣誉，叫“戴维奖章。”她把那奖章交给 6 岁的女儿伊琳娜当玩具在地上滚动玩耍。

爱因斯坦在谈到居里夫人时说：“她是唯一一位没有被荣誉腐蚀的人。”

人有名声之前，要耐得寂寞；当获得名声特别是大名声之后，要耐得热闹。耐得寂寞不易，耐得热闹更难。

金钱

金钱这东西是人把它整神的。钱多固然能办许多事，但绝对办不成所有的事。打老年间就说“有钱能使鬼推磨”，可陶渊明就跟钱叫板：“我安能为五斗米折腰事乡里小儿！”钱这东西，看重了是命，看轻了是土；真理之剑从来是双刃的，一面写着财富，一面写着道德。金钱、财富既不能自然而然使人升华，也不能自然而然使人堕落。

老舍先生说：“人若是兽，钱就是兽的胆子。”

人一旦有了很多钱或为了有很多钱，其贪婪之性和因贪婪而互相倾轧的手段，大概没一种兽比得了。

有了金钱不等于有了一切，比如理想，比如爱情，比如自由……都是金钱的盲点。它们可能因为金钱而卖出，却难以用金钱而买进。

没钱的时候想想你最需要拥有什么，有钱的时候想想你还缺少什么。不是有了钱就拥有了世界，不是缺少钱就缺少一切。

宋江杀了人，逃了一阵子又潜回家。郓城都头赵能奉命捉拿他，那宋江就“取20两花银送与都头做好看钱。”金圣叹批道：“人之所以必要钱者，以钱能使人好看也。”

如今之送“好看钱”者，几经繁衍，渐成风气，且相互攀比，水涨船高。如宋江那区区20两花银，已逊色多多矣。

有人说，试之以金钱和脸面，人分四等：一等人只看中脸，不看重钱；二等人既看中脸，又看重钱；三等人先看中钱，后看中脸（先不顾一切地弄钱。有钱了，发现腰并没有直起来，于是知道了要脸）；四等人只看中钱，不看重脸。“袖有三百块钱，便尔翁也！”除去金钱，一贫如洗。

《圣经》中，耶稣说：“有钱人进入天堂，比一头骆驼穿过针眼都难。”看来，只有下地狱跟魔鬼打交道时金钱才管用，所以说“有钱能使鬼推磨”。进入天堂，则只看你有怎样的德行。

当年，董卓造了个黄金坞，藏了黄金珠宝无数。最后被杀，肚子里的脂肪竟被当作灯油燃尽。可叹。

以作恶聚敛许多金钱，得到太多金钱后继续作恶，不败的少。

“文革”间，“红卫兵”把张謇墓挖开。说来，那张謇了不得，他不但是光绪时的状元，更是中国早期著名实业家和教育家。自1895年起，他先后创办了南通大生纱厂、通海垦牧公司、大达轮船公司、复新面粉公司、资生冶铁公司、淮海实业银行，又投资苏省铁路公司、大生轮船公司、镇江大照电灯厂等企业，创办了通州师范学校，南通博物馆，女红传习所等，把“实业教育”称之为“富强之大本”。

在“红卫兵”们想来，那么有钱的一个人，那墓中物肯定十分了得。可是等把墓室挖开，棺木打开，发现竟无一件金银玉石等质地的殉葬物。棺内只有一顶礼帽、一把折扇，以及两个银制的小盒子，分别装着一枚乳牙和一束胎发。

一个旧时代的大企业家，又一向声名赫赫，不意竟清素如此！“红卫兵”们按当时他们所熟悉的理论推定，傻眼了。

“富者怨之丛”。“物之尤者祸之府”。

人，不能把金钱带进坟墓，金钱有时却能把人带进坟墓。

器小益盈

一瓢水，倒进缸里跟倒进碗里不一样，倒进缸里看不出，倒进碗里就溢出来。

器小益盈。骄傲者并不都有“骄傲的资本”，多数是因为器小而致的浅薄。

虚心

学问浩如烟海。一个人之所知，太仓一粟而已。所谓虚心好学，前提是虚心。唯虚能受，唯虚能容，有容乃大。

两句话

与人处，记住并实践两句话：一，“三人行，必有我师”；二，“十步之内，必有芳草。”

平凡

所有来到这个世界上的人都是平凡的。承认平凡，安于平凡，亲近平凡，才最有可能走向非凡。

泥土

忠诚是友谊的泥土，信赖是爱情的泥土，勤奋是事业的泥土。

播撒在忠诚泥土中的友谊是真挚的，根植于信赖泥土中的爱情是长久的，生长在勤奋泥土中的事业最终会结出成功的果实。

聆听

善于聆听也是一种修养。能够静静地聆听对方的谈话比擅长滔滔不绝地演讲更富有质朴的魅力。因为多数人从夸夸其谈中会想到张狂和卖弄，而从默默聆听中得到被人尊重的感受。

碎思录

人在梯子上，勿以高喜，勿以低悲，因为那只是短暂的停留。

所谓命运，常常成为傻瓜失败和庸才无能的借口。

佛之所以为佛，是因为拜佛者跪着。

面对寂寞，一是不安，努力去改变；二是接受，安之若素；三是享受它，在寂寞的土地上种下思考，收获智慧。

专一是事业有成的不二法门。再灵巧的猎犬也难以同时追上朝不同方向奔跑的两只兔子。

糠秕为什么怕风？因为它空虚。谷子为什么不怕风？因为它知道，风从来淘汰的是轻浮不实的东西。

越是干净的东西越容易蒙上灰尘。辨识人才的一个重要方法，是看有多少蠢材对他诽谤。

佛教有一种说法：一棵树，能长多高，不取决于它往上努力的程度，而取决于它的根往下扎有多深。

世间，更多的人，往往一心不舍地往上，到心枯力竭而一无所成时，才终于发现自己根基的浮浅。

生活之累，一小半是因为生存，一大半源于攀比。

活得舒心，当记住两条：一要潇洒一点，二要糊涂一点。

人生快乐需要同时满足三个条件：一，做自己想做的；二，做自己能做的；三，做自己高兴的。

一个人，最不可救药的糊涂是自我认知功能的崩溃；最可依恃的智慧是真正明白自己吃几碗干饭。

最可怕的愚昧是不懂装懂，最可敬的勇气是承认自己的无知。世间无知者的一般规律是对承认无知的拒绝。于是，他们常常在浑浑噩噩中沉沦。

飞蛾扑火，要么是迷恋的悲剧，要么是诱惑的罪过，总之与英勇无涉。

人，在非常情况下需要不怕死；在任何情况下都不要自个儿找死。

一个人，倘在同一条路上被同一块石头绊倒两次，过不在石头。

哭也是一天，笑也是一天，如果生活不能改变，那就改变认识和对待生活的态度。

有勇气改变那些可以改变的事，也有勇气放弃那些不可以改变或不需要改变的事。改变是一种能力，放弃是一种智慧。

思想浮浅的人喜欢把生活中很简单的事想得很复杂；思想深刻者反之。

愈是平庸愈是喜欢跟神圣套近乎。

你要想使自己适应每一个人，那结果必然失去自己。

邀多人之欢，不如释一人之怨；谋诸事之成，不如免一事之危。

活得快乐，首先而且最重要的一条，是活得干净而且活出真正的自己。

人在失落的季节更容易诞生思索，在掌声一片的时候则容易滋生盲目。

没到手的总认为比到手的稀罕，但不一定比到手的更好。要不怎么说“这山望着那山高”呢。

一个人的形象是否高大，只在于他的人格、胸襟和学养，与他所处怎样的位置基本无关。

天还没亮，那是太阳还在路上。《飘》的最后一句话是斯嘉丽说的：“无论如何，明天又是新的一天。”

如果你今天不思考未来，那么明天你将生活在过去。

按照自己的想法活，走自己选择的路，做与众不同的自己，胜过重复任何一个成功者。

有多宽的胸怀就有多大的容量，有多远的眼界就有多大的世界。

凡来得太容易、太轻巧、太侥幸、太不费力气的东西，一般不可靠。不可靠就因为太容易。凡艰难所得必用心守护，而容易得到者也容易失去。

被人议论不一定是多大的坏事，不必在意。人的议论就像天上的风，你能叫天不刮风吗？“唯一比被人议论更坏的是没有人议论”，这是王尔德说的。

要知道什么是崇高，首先要知道什么是卑贱。知道什么是崇高则有所为，知道什么是卑贱才能有所不为。人能有所不为比有所为更要紧。

正牌货越好，冒牌货越多。

记着任何时候也别跟猪打架，因为那样的结果，快乐的是猪，你则弄一身泥污。

只要是种子就有生命力，播进土壤，就发芽、生长，就有收获的希望。前提你得是种子，石头不行。

雨天走进一把雨伞底下的两个人，晴天时不一定并肩而行。

人之不凡，不在于做出了多么值得夸耀的业绩，而在于无论怎样的困境下依然保持着微笑。

评判一个人的德行，只要看他如何对待家人（包括他的父母、妻子、子女）的态度就行了。多数情况下，能把人看个八九不离十。

人一生之所行就如同行走在沙漠上，你有多大体重就在身后留下多深的足迹。

人活在世上，不向人伸手即为富，不向人折腰即为贵；不能以地位高低论贵，不可以财富多少论富。

你不认真听别人说话，就别指望别人认真跟你说话。说得好取决于听得好。先学听，再学说。

无事不生事，有事不怕事。无事时像有事时那样谨慎；有事时像无事时那样从容。

做平常人，干实在事。平平常常做人，实实在在干事。事来心应，事去心止。

勤奋和天分，二者拥有其一都会使你与众不同。如果两者同时具备，很有可能使你获大成功。

你奋斗，会觉得每天都很难，但一年比一年容易；不奋斗，你会觉得每一天都很容易，但一年比一年难。

不要怕你的对手强大。有多强大的对手，就能锻炼多强大的自己。

在同一时间阶段，有人在用力拼搏，突飞猛进，而你却在享受着安逸和清闲。日久，清闲会慢慢拉开你和他人的距离。

越怕吃苦，苦越缠着你不放，如影随形；不怕苦，并与之对抗，苦会悄然离开，渐去渐远。

凡有大成就者，在他们与众不同的背后，肯定有着外人不知道的艰辛。一般规律是：有与众不同的付出，才有与众不同的成就。

世人只看结果如何去评价一个人。你有一千条理由说明你之所以失败的原因，但只有一个结果证明你人生的自尊。

你的朋友工作落后，情绪不振，你觉得很糟；你的朋友工作一流，即将提拔，你觉得更糟。

人生路上，任何多余的东西都是负担。与其终日为无关紧要的琐事忙碌，不如让生活简单些，简单的生活可以放大生命的空间，有助于创造人生更多的精彩。

作为一个男人，在最重要的几年中，如果你投资的是一个女人，那么在以后的几十年里，你将不断的拿出很大的精力去维持你和这个女人的关系。如果你投资的是自己，那么在以后的几十年里，你必将收获自己很幸福的爱情。

生活的智者也必然是生活的强者，反之也是。

一个人走，走得快；一群人走，走得远。

人生无常，变化无常。思在未来，行在当下。

成熟的人不问过去，聪明的人不问现在，豁达的人不问未来。

人之所以要努力工作，多数的，不是因为那份工作没你不行，而是因为那份工作没你也行。

俗话有“小家子百事”之说。小鱼刺多，小孩话多，小家子事多。小心眼，小聪明，小算盘，小肚鸡肠。与人相处，“小家子百事”者很难合群。

或曰“小家子败事”，也有道理。“吝啬者必非大器”（《聊斋志异·僧术》），心胸狭隘，斤斤计较，不败事者少。

无论你的地位多高，事业多大，人脉多广，你一生所面对的，说到底就是你身边的几个人。时不时弄出点麻烦，制造出点苦恼的是你身边几个人，需要你很费心思和精力对付的也是你身边的几个人。当然，你得到爱和为你付出爱的也是那几个人。

其他的人都好办。

理智

人之修养，很重要的一点，是能够在理智上约束自己：多一点冷静，少一点急躁；多一点沉稳，少一点慌促；多一点主见，少一点盲从；多一点恬淡，少一点妄念。处是非之地，知冷静分析；在纷杂环境，能辩证对待；面对风雨骤至，仍气定神闲；置身危机时刻，能处变不惊。已经确立的目标，不因艰难而改变，不为外力所干扰，不因受挫而放弃。此之谓理智。理智是一种修养、一种气度、一种境界。

对手和朋友

原谅对手的恶意攻击，但不可原谅朋友的背后出卖。原谅对手的攻击见其气度和自信，不原谅朋友的出卖则是做人的准则。

关于幸福

在富者看来，幸福是简单的事，因为有金钱就能拥有幸福生活的一切。

在智者看来，简单是很幸福的事，因为幸福所必需的东西远非金钱所能问津。

尽头

蓓蕾的尽头是芬芳，江河的尽头是海洋；长夜的尽头是黎明，梦想的尽头是欢畅；孕育的尽头是新生，热爱的尽头是成长；忙碌的尽头是轻松，悠闲的尽头是惆怅；勤奋的尽头是成功，慵懒的尽头是迷茫；等待的尽头是失去，创造的尽头是阳光。

梦想

央视三套一直火爆着一档挺招人喜欢的综艺节目“非常6+1”。开场语曰：“梦在你心中，机会在你手中。”颇具诱惑性。梦是人生的希望。有梦才有追求，有追求就有动力。机会呢？机会在你追求的路上。

志于成功者就住在梦想的隔壁，越过那道墙就和梦想住在了一起了。

跌跤

人生路上的跌跤，有时是因为路之坎坷和行走的慌张，而许多人的跟头则跌在扬扬得意乃至忘乎所以之中。因此，你无论怎样顺风顺水、志得意满，乃至贵人相助、洪福齐天，还是收着点好。收着点，小心跌倒。

欲望

人不能没欲望。人活一辈子，那么多年，功名利禄，饮食男女，总要有一点。《礼记》中讲，“饮食男女，人之大欲存焉”。饮食，食欲；男女，性欲。二者乃人之本性。所谓“清心寡欲”，只能说欲望少一点，不能没有。一点欲望没有，安贫乐道，没追求，没希望，枯木一般，活着也没劲。欲望如马之驰，驾驭好，以道德之缰约束，以理智之术规范，会载着你走向理想的目的地。倘驭之失控，任其脱缰狂奔，为所欲为，则可能驰向苦恼难拔之境，甚至跌进万劫不复之渊。故欲当有也宜制，把合理的欲望约束在一个有节制的范围内。

心如容器

有身陷人生苦恼而难以自拔者，去一名刹求老僧点播解脱。老僧取一羹匙盐放进半盏水里，命其喝下，问：“味道如何？”曰：“苦且涩。”老僧又带他到一个湖边，让他取一匙盐放进湖中。然后取一杯湖水，命其喝下，问：“味道如何？”曰：“清且凉。”老僧徐徐道：“人心如器。一个人承受痛苦的程度，取决于度量的大小。就如同把一匙盐放进杯中或放进湖中之不同。大度能容，不只能容天下之事，也能容天下之痛也。心胸开阔，痛苦会变得微不足道。”

命运

人生是一个过程。人从呱呱坠地到寿终正寝，两点之间的时间距离即所谓寿命。在这个过程中，总会遇到各种各样的人，经历各种各样的事，去过各种各样的地方。这期间，就夹杂着各种各样的人生机遇，一次次机遇加在一起，即命运。

命运如何，主要取决于客观环境，包括自然环境和社会环境，其次才是个人努力。人，不可无求，不可强求；无求必致空虚，强求则生苦恼。既要把握时机，又要把握分寸，适时而进，顺势而为，适可而止。

境界

人生最美境界或可以“丰富的宁静”概括之。丰富是胸有丘壑、思想深邃；宁静是摆脱浮名利禄的诱惑和鸡争鹅斗的纷扰。丰富是宁静的根基，宁静是丰富的展示；唯丰富才充实，唯宁静才适意。

幸福

年轻时，爱情使你心灵愉悦；中年时，事业使你心灵充实；年老时，淡泊使你心灵安定。

幸福的人生，不一定需要怎样充裕的物质，但肯定需要足够的智慧。

勤奋和懒惰

懒惰是人的本能，因为懒惰从感觉上很舒服。而勤奋则是后天培养或者强制出来的品格。不然为什么大家都那么赞美勤奋呢？

懒惰每与满足相连。人一旦满足，则不再进取，于是懒惰产生了。

有限和无限

人生，充满有限和无限的辩证法。一个人，能力有限，进取无限；对学问，已知有限，未知无限；做事情，条件有限，付出无限；论人生，生命有限，创造无限。如此种种。无论任何人，通常，上帝只赋予它有限的资质，但从不限定他进取的边界。

活法

昨天属于死神，今天属于自己。你要活得生动，活得精彩，活出你自己的人生价值，就要牢牢把握住今天。所谓“不虚此生”者就是不虚今日。无数个精彩的今天，就构成你无比斑斓的人生。

活得明白

你意想不到的阻力可能影响你成功；但无论任何人以任何手段都不会阻止你成长。如同风雪天会影响你出门，但不会阻止你在屋檐下悠然地欣赏漫天飞舞的雪景。你会从成长中得到身心的愉悦，使阻止你成功的人沮丧和无奈。

有时，活得明白比活得精彩更重要。

曲艺家小彩舞（骆玉笙）说她的人生哲学只三个字：忍，宽，乐。凡事不冲动，心胸务必宽大，努力活得快乐。

痛苦和烦恼是生命的最大浪费。

你可以不是伟人，不是名人，但你必须是个什么，必须在你从事的那个行当里出类拔萃。哪怕做个泥瓦匠，也要当方圆百里一把刀。如此，你就活得有成就，有价值，活得让人称赞，让人羡慕。不虚此生。

面对贫穷，一种是得过且过的敷衍，一种是直面人生的奋斗；或甘于生命的沉沦，或坚持不懈地进取。有人听天由命，有人心在梦在。精神的委顿只能怨天尤人，意志的坚忍能激发穷则思变。

人生如同写文章，碰上个把字不会写，手边又没有字典，最好的办法是空着它。写好一段，画上句号，另起一行。别为个把不会写的字较劲。一时不会写，不是一辈子不会写。人活一生，磨难、挫折、坎坎坷坷，总短不了。别让它绊住脚，都无妨先画上句号，另起一行，乐观地开始新的一天。今日阴雨绵绵，明天就可能晴空万里。

日食三餐，夜眠八尺，妻子儿女，丰衣足食。人的实际需求就这么多。得到这些，不难。人一辈子，何必为了太多也许并不需要的东西去拼搏、拼命？人，因为太多的贪欲，所以永远没有满足。没有满足，所以永远没有止步。

在基本达到吃喝无忧之后，人与人需要比的应该是心的喜悦。你活得好不好，主要是，你活得快乐吗？

人之一生，常常是，幸福与痛苦不期而至，甜蜜与苦涩相约而行；爱恨情仇互为因果，欢乐和怨艾相克相生。十全十美，心想事成的境遇从来没有过。无论智者愚者都不会心想事成，无论好人坏人都很少一生平安。

以宽阔的胸怀对待生活中的阴晴圆缺，以宽厚的品格对待所遇到的人和事，以宽容的心态对待曾有过的误解和伤害

心宽则气和，心正则行正，心明则邪去，心纯则童心在。

人生之所求，宁求缺，不求全；宁取不足，不取有余。世间事，皆福祸相倚，顺逆相随，圆缺相生。时察己缺，则得圆也。

创业

美国摩根财团的创始人摩根，当年从欧洲漂到美国时，穷得只剩一条裤子。后来，夫妻俩好不容易才开了个以卖鸡蛋为主的小杂货店，但身强力壮的摩根卖鸡蛋远不及身材瘦小的妻子。

创业可从卖鸡蛋起步，但不可以卖鸡蛋多少衡量。就如同军事家很可能从当兵起步，但当兵练成神枪手也不是军事家。

官的本事

某人在某市当官，全城百姓都知道他无能，唯独他的下属把他当成上帝，言必称“某某书记说的”，似乎那话就很有分量。这是一种现象。

人贵自知，为官者尤当重此。你在位时面对的所有捧场、恭维、拍马，基本都跟起哄相似。

明白自己

人离自己最近，又离自己最远，人最难明白的是自己。许多聪明人上知天文，下知地理，万事通，就是不大明白自己，不明白自己是块什么料。要么怨天尤人，要么忘乎所以。等终于明白自己吃几碗干饭时，也老了。很悲哀。

防骗

一些老年人为骗子拙劣的骗术所诱成为一种社会现象。多数受骗老人归咎于自己的年老糊涂。其实更主要的是一种贪占便宜的心理所致。因此，防骗主要在于给自己设定一个不可逾越的底线，比如，无论任何时候，任凭骗子怎样巧舌如簧，都要毫不动摇地坚持：白得的不想，白送的不要，白捡的不拿。如此，则骗子之术难逞。

神圣·邪恶

撒旦本来是神，为谋篡上帝之位而堕入地狱，变成魔鬼。看来，高贵与邪恶、神圣与魔鬼间并未横亘着一条天河。有时，截然不同的角色转换，仅仅因为某种贪欲的一时膨胀。

斜坡效应

人之一生，犹如石滚置之斜坡。危机乃人生之常态：或一步步艰难地推上去，或轻易地一下子滑下来，没有停在原地不动的可能。在充满竞争的世界，所谓“适者生存”，很大程度上是“强者生存”。在前进与后退，发展与消亡之间，没有可长久维持的中间状态。选择了“维持”，就选择了死亡。

相貌

每个人都有一幅相貌，耳目口鼻，大同小异。表面看，造物很公平。但相貌有美丑，而貌之美丑往往跟人的命运扯到一起，如女性之相貌姣好美艳者往往身价暴涨，追逐者如蜂屯蚁杂焉；而貌陋者则连连贬值。起跑线就不一样，这是公平中的不公平，生不得气。再说了，你能跟上帝较劲吗？

快活

钱多了，没地方花，于是寻快活，美酒美女，华屋豪车，呼卢喝雉，醉生梦死。

从哲学观点看，“快活”即“快死”。因为活得快了，离死就近了。从人生经验看，欲海之下多见覆舟，惑于奢靡者少有劲旅。历史和现实中，死于“快活”比死于困顿的要多，只是人们不往“快活即快死”的方面想罢了。

箴言

一年轻人，少小离家闯荡天下，寻求前程。行前，去拜访一位德高望重又饱经沧桑的长者，请老人指点迷津。老人提笔写了三个字：“不要怕”。说：“人生秘诀六个字，今以三字相赠，足够你半生受用。”

年轻人闯荡半生，历尽艰辛，小有成就。中年以后回归故乡，复去拜谒当年长者。但老人已逝，家人拿出一信封，说：“此乃家尊生前留下，知你有一天会再来。”取而拆视，书三字，曰：“不要悔”。

年轻人大悟：人生一世，中年以前不要怕，中年以后不要悔。六字箴言之奥义，一部洋洋洒洒大书未必讲得如此清楚。

知止

清朝翁同龢，咸丰状元，贵为帝师，历任刑、工、户部状元。他有书斋曰“知止斋”，并书句云：“福禄贵知足，位高当知止。”

人能知止，大智慧。人活世上，有些东西应该得到，也能够得到，可得，但当知足；有些东西不该享有，则不可妄求，故当知止。行于仕宦之途，知止于能力之限；面对金钱美色，知止于之妄念初萌；逡巡于温柔之乡，知止于逾德之界；临近是非漩涡，知止于险恶之境……知足多乐，知止远祸。

《大学》中说：“知止而后有定，定而后能静，静而后能安，安而后能虑，虑而后能得。”

《老子》中说：“知足不辱，知止不殆，可以长久。”

隋朝大儒王通有一句名言：“大智知止，小智惟谋。”

李叔同曾为朋友书“知止”二字相赠，说：“这二字，能让我们悟出人间一个大道理。”

李嘉诚的座右铭也是这两个字：“知止”。

处世浅些，悟世深些。古人所说“室雅何须大，花香不在多”，知止之悟也。

止谤

止谤之法有三：

一是自重。山崖上兀立的老鹰，从不跟洞穴中喧闹的蝙蝠斗气，因为不屑。远离小人也一样。

二是自强。寓言故事说：狐狸短不了在狮子那里说山羊的坏话，但他敢贬损豹子和老虎吗?

三是自修。《三国志·魏志·王昶传》记王昶戒子弟语曰：“救寒莫如重裘，止谤莫如自修。”止谤莫如自修，一句很好的话。

名与谤相随。无名也无谤；你出名了，谤也随之。“井甘涸必早，木直伐必先。”自古如此。因为你的出名，无法不让别人相形见绌。要求无谤，名也消逝。

死亡

人生最不能自行主张的是生死二事。对死亡，我主张一不怕，二不作（zuō）。不怕死是勇气，不作死是智慧。不该死时死掉，大半是作的。

嫉妒

嫉妒源于羡慕，由羡生嫉，由嫉生恨。此即坊间所谓“羡慕嫉妒恨”之由也。被人嫉妒等于领受嫉妒者最真诚的恭维；嫉妒别人则或多或少透露出隐于内心的自卑。

临渊羡鱼不如退而结网。对别人恨一点不如对自己狠一点。

好人与老好人

做好人，需要一颗善良的心；做老好人，只需一张善变的脸就行了。

嫉妒·怜悯

不必怕人嫉妒，嫉妒是生活中常有的现象，有人嫉妒你，说明你有足以与人一争高下的实力。

不要乞求怜悯，怜悯与同情不是一回事。乞求怜悯说明你已经失去了自强的希望。

眼泪

人之所以流泪，有时因为痛苦或哀伤，有时因为激动或喜悦，有时因为冷风或灰尘。

眼泪的功能：使干涩的眼睛得到滋润，使郁结的情结得以舒缓，使污染的心灵得以净化。

视角

一个年轻的国画爱好者，拿着自己的画作，到省城拜访一位省内知名的画家请求指点。那画家见是一个后生小子，冷冷地说："我很忙。"对年轻人递上的画作一眼不看就下了逐客令。

年轻人抱着自己的画怏怏地走到门口，转身，稍停，对画家说："老师，您现在站在山顶上往下看我这个无名小卒，把我看得很渺小。但您可曾想过，我在山下往上看您，您也同样很渺小。"说完，转身扬长而去。画家木然呆坐，嗒然无语。

年轻人自此愈奋发，十几年后，其绘画与名声并驰海内画坛矣。

你站在什么样的位置，别人就用什么样的视角看你。

自强

霍利菲尔德击败世界级拳王泰森，面对欢呼的人群，他说："我知道你们都曾抛弃过我，但上帝没有。"

人，最值得称道的，不是成功后的鲜花和掌声，而是嘘声一片时的自强和屡败屡战的奋起。

需要

不喜欢逛商场。那商场里琳琅满目，但囊中羞涩，很懊丧。

但苏格拉底不这样想。这位大哲学家让人拉去逛过一次雅典市集，逛完，问他有何感想，苏格拉底说："今天我才知道，原来我不需要的东西这么多呀！"人家一点不悲哀。

活得轻松首先要活得明白。明白自己需要什么，也要明白自己不需要什么。明白自己需要什么是本能，明白自己不需要什么是智慧。苏格拉底说："我们需要的越少，我们越近似于神。"

生命过程

生命是一个过程。一天一天过去，每天都是一个"现在"，每天都是一个新的起点。"今天"过去了，就精神振奋地迎接下一个"今天"，且莫坐下来只顾欣赏过去的一天所收获的一切。当新的一天开始的时候，立即保持一种"归0心态"，开始新的起步、新的创造、新的进程。天天如是，持之以恒，你会构建起一个富有生气，充满活力的人生。

规矩

旧时，孩童入塾读书，学习书写汉字时，首先是对汉字规矩的学习。规矩，"规"是曲线，"矩"是直线；"规"是圆，"矩"是方。《礼记·经解》："规矩诚设，不可欺以方圆。"世界上的文字，大概只有汉字的书写，包含了做人处世规矩的学习：学习直线的平直，学习曲线的婉转；学习方的端正，也学习圆的包容。外圆内方，智圆行方，人之大道存焉。

敬畏

人要存敬畏之心。孔子说："敬鬼神而远之"、"吾谁欺，欺天乎？"这是一种敬畏。《增广贤文》中说："人间私语，天闻若雷；暗室亏心，神目如电"，这是一种敬畏。敬畏之心可转化为道德力量。多年来，我们一直鼓励"舍得一身剐，敢把皇帝拉下马"，鼓励"什么都不怕"。什么都不怕，最终什么都可怕。

松手

一幼儿，玩耍时小手被卡在一个小瓷瓶里，大哭。妈妈心急如焚但一筹莫展。无奈，只好小心翼翼地把瓷瓶敲碎。孩子的小手出来了，只是仍紧紧攥着小拳头。因为小手里攥着5分硬币。原来，孩子把5分硬币丢进瓷瓶，伸进小手去拿。拿起硬币后，小手出不来了。那敲碎的瓷瓶是价值3万元的古董。细想，大千世界，古金往来，为攥住“硬币”而敲碎“瓷瓶”的事何止千百计而已矣！

任何烦恼都源于占有，所有的快乐都在于把手松开。金钱、权力、地位等等都是“硬币”，攥住了，很少有人懂得松手。

拍马

王莽喜谄。一次，太仆王恽等8位京官分行地方览观风俗，返京后跟王莽汇报，并呈上他们自己编造的颂扬王莽的歌谣3万余首。王莽十分高兴，8人皆封侯。

拍马之术绵延不绝者，就因为此术可无师自通，太轻松、太易掌握、太容易占便宜了。

名片

名片的功能是为标明身份，而真有身份的人往往不用名片。人的真正名片是他的学问、道德、品行、修养。记住一个人，不是因为他的名片，而是他本身所具的才干、成就和人格魅力。

自省

在别人眼里，“我”变成了“他”。用“他”这个第三人称看自己，随时想一想自己在别人眼里是怎样的形象，在社会这个大舞台上扮演着怎样的角色。如此，会多一些清醒，少一些盲目；多一些冷静，少一些发昏；多一些真实的自我评价，少一些眼向上翻着的自命不凡。

用“第三人称”看自己，一种或可一试的自省方式。

热闹

二月河出名了，他自己说曾在一个月内接待过400多名记者，“整个屋子活像个闹市。”闻之骇然。

“古来圣贤多寂寞”，那是圣贤。凡人出名了，并没有变成圣贤，自然不会拒绝热闹。

山东作家张炜有个“三不主义”：不看热闹的书，不去热闹的地方，不交热闹的朋友。人有条件热闹却远离热闹，很难得。

变化

一位企业家说：“市场永远不变的法则就是永远在变。”一位著名的人类学家说：“估量命运的秘诀就是不可估量。”

人不能看死，不能看死别人，也不能看死自己。不看死，就因为人在变化。

激情

人要活得出色、活得生动、活出气势，就要让生命充满激情。

已故著名导演谢晋说：“我的创作信念是艺术高于生命。我深信每一部影片必然要倾注导演最大的激情，这是艺术家人品修养的结晶，也是一次生命的燃烧。”

激情比学历、能力、经历更重要。你也许有很出色的学问、有足够强的能力、有丰富而且有用的经验，但若缺乏激情，就不大可能很出色。激情生之于热爱，最大的激情生之于最真诚的热爱。因为热爱才能使你在追逐梦想的路上不离不弃，舍命以求。

自由

德国哲学家康德说：“自由不是想干什么就干什么，而是想不干什么就有能力不干什么。”

“想干什么就干什么”是利益的驱使；“想不干什么就不干什么”则是心灵听从道德的召唤。

肚子

《加菲猫》中有句经典语录：“肚子大不可怕，可怕的是肚子里没东西。”颇有意味。

人最关心或最担心的都不应是肚子，而应该是肚子里的东西。肚子里没东西或没多少有用的东西，只一肚子杂碎，则肚子大肚子小都可怕。

记忆

歌德说：“哪里有兴趣哪里就有记忆。”此语甚是。白居易有诗云：“老来多健忘，唯不忘相思。”你看！《战国策》中有语云：“事有不可知者，有不可不知者；有不可忘者，有不可不忘者。”智者的记忆智慧就在于：该忘的忘掉，该记的记住。拿得起，放得下；记得住，忘得掉。

天道忌盈

“天道忌盈”，是老子说的。盈者满也。俚语云：话不可说尽，势不可用尽，富不可使尽。话说尽者难以兑现，今天他说给你一座山，结果却给你弄不来一杯土，人怨其伪；势用尽者，骄横无忌，忘乎所以，人恨其狂；富使尽者，餍肥饫甘，挥金如土。贫者为几千元的欠薪急得跳楼，他那里连小三都驾着宝马满世界逛，人斥其奢。老子说：“金玉满堂，莫之能守；富贵而骄，自遗其咎。”

天道忌盈，盈则溢，溢则败。

坚忍

古今中外，凡有大成就者，其过人处，不只在其才华的卓异，更在其意志的坚忍。贝多芬一生多遇不幸，他说：“我要与命运抗争，扼住它的咽喉，绝不向它屈服！”扼住命运的咽喉，坚忍也。

二月河

作家二月河对他的创作和做人写过两句话的座右铭：“拿起笔来老子天下第一，放下笔来夹着尾巴做人。”

第一句是自信，第二句是虚心。人，唯自信才能自强不息，发扬踔厉；唯

虚心才能永不知足，不懈进取。唯虚能受，虚往实归。虚怀博约，幽关洞开。

善说

善说也是本事。汉末有位孔公绪，做过豫州刺史，《三国志·武帝纪》注引说他“能清谈高论，嘘枯吹生”。

枯的能吹之使活，活的能嘘之使枯。

一般看，凡有“嘘枯吹生”本事的都不大靠谱。人的活动，最短的距离是从手到嘴，最长的距离是从嘴到手。将美食送进嘴里抬手便可，从口出善言到动手实现则需要付出扎实而持久的努力。

物无尽美

维纳斯女神、《富春山居图》、《红楼梦》都是残缺的，但大家都认为是文学艺术的巅峰。

事难两全，物无尽美。百虑难免一失，美人常有一陋。世间人、事、物，都一样。

自持

塞耳不闻秽语，缄口不道恶声。身不置争斗之境，足不踏是非之门。看别人看不到的地方，做别人不愿做的事。事再多要有时间读书，力再微要有心力助人。

人能自持自制，而后能自尊自强。

痛苦·快乐

人生，痛苦与快乐交织。快乐放大痛苦就缩小。许多时候，快乐的人不是快乐比别人多多少，而是懂得放大快乐的艺术，懂得快乐和痛苦的辩证法。

观察一得

钱多的人也会小气，而且是大大方方的小气。钱多人的小气经常会成为被人称誉的美德。

钱少的人也会大方，一种小心翼翼的大方。钱少人的大方，常被人视为另一种表现形式的寒酸。

欲望不高的人，得也不多，失也有限。无忧无虑关键在无欲无求。

人生，唯两件事不可惜力，一是动脑筋想事，二是下力气干活。其他东西都是越用越少，唯力气和智慧是越用越多。

人一生，最可宝贵的追求是能“做自己”的自由；最可钦敬的品质是敢“做自己”的胆识。

人都穷通有时。固不可因一时之得意而自夸其能，亦不可为一事之失而自堕其志。

人之一生，相随心转。如水之在河，岸宽则波平，岸窄则流激。波，天为之；岸，心为之。

道路

每个人都有自己的人生目标。要实现人生目标，就要选准一条适合自己的人生道路。人与人，即使目标一样，道路也不一定相同，不都会“条条大路通罗马”。陶渊明不想当官了，去过“采菊东篱下，悠然见南山”的日子，你也想去“悠然”着写诗，不一定行。越早一点认清“此路不通”，你越有机会调头，找准一条适于你而且能走得通的路。

选择

人活世上，各有选择。大家都喜欢某种热闹的时候，我选择冷漠；大家都为某种潮流裹挟的时候，我选择孤独；大家都选择某种时尚的时候我选择守护；大家都为某些潜规则、明规则左右的时候，我选择远离……既然格格不入，索性待在外面。虽寂寞，但满足。

敬畏

“头上三尺有神明”，此之谓敬畏之心。“什么都不怕”者，必然胆大妄为，陷于无妄之灾。人怀敬畏之心，就能远佞戒狂，消灾弭祸；就能呵护成长，引领成功。

处事·处人

处难处之事，宜宽；处至急之事，宜缓。处难处之人，宜厚；处易处之人，宜严。

葫芦

一位漫画家画了一幅葫芦，请韩羽题跋，羽题之曰：“友人画葫芦，要我题跋，我谓题‘虚怀若谷’固佳，题‘腹内空空’亦不谓不可。”

东坡有句云：“横看成岭侧成峰。”世间事之好坏、物之用弃、择之去从、势之向背，大多如此。

安闲不易

《笑林广记》中有一则故事：一鬼托生时，冥王判他下世作富人。鬼曰：“我不要富，只求一生衣食无缺，无是非之扰，烧清香、吃苦茶，得过安闲日子足矣！”冥王笑曰：“要银子使，再给你几万也是有的，但如此安闲清福难给你享啊！”看来，安闲乃人生之至境，如水扬清波，如风过疏林，致美至善。难怪冥王舍不得。

人会脸红

人是地球上唯一会脸红的动物。这是达尔文研究生物进化得出的结论。

人会脸红，因为人能知耻。知耻乃人之修养的重要方面。圣人知耻，孔子说：“巧言令色足恭，左丘明耻之，丘亦耻之。”（《论语·公冶长》）孟子说：“人不可以无耻。”（《孟子·尽心上》）干多么龌龊的事都不会脸红，已与禽兽无异，大概是最不可救药的。

哭也一天，笑也一天

人之一生，不会时时天遂人愿。事事心想事成。人活一世，总难免碰上点很麻烦又很无奈的事。你没力气搬开挡在你面前的石头，就多走几步绕过去；如果生活不能改变，那就改变生活的理念。哭也是一天，笑也是一天。碰上欲哭之事，笑着对待。大智慧。

爱的语言

絮语

已去往天堂的歌手丛飞，生前自作的一首歌中唱道："只要你快乐，只要你幸福，只要你圆上好梦，我就不辛苦；只要你开心，只要你如意，只要你回头一笑，我就很知足。"洋溢着一种心灵质朴的美。

赠人玫瑰，手有余香。天下之至爱，人间之大美，当歌咏百世不衰也。

感恩是一个人至美之品德。感谢早晨的第一缕阳光，感谢早春最先萌出的小小的绿芽，感谢陌生人的真诚的微笑，感谢公路斑马线前徐徐慢行的司机，感谢妻子的轻轻告诫，感谢父母的谆谆叮嘱……

心怀感恩之情，内心的和谐会伴着你成长。

爱是心的付出，感恩则是对因爱而付出的心的回报。爱不求回报，而受人之爱心则当记住感恩。因为没有一种给予可视为理所当然，没有一种领受可以心安理得而无动于衷。就像一朵花为受之雨露而报之以灿烂，一株草为受之春风而报之以多姿，一颗心也当为受之关爱而充满感激之情。土地失去水分的滋润会日渐沙化，心灵没有了感恩之情会变得冷漠。

大恩不言谢，大爱不求报，真正的爱心的付出，如和风之送爽，不会因受惠者是否记住回报而踟蹰。一阵风从一个大汗淋漓的人耳际擦过，会停下来等待那个人的感谢吗？

爱是这个世界上最美丽最生动的语言。爱是人生的阳光，生命的雨露，温暖着人的感情，浸润着人的心灵。有了爱的阳光和雨露，春天播下希望，秋天收获幸福。爱会让一切辛苦变得甜蜜。

最有希望改变这个世界的，不是上帝，而是人间充溢着的浓浓的爱，以及由爱培育起的人与人之间的信任和欣赏、关爱和支持、鼓励和祝福。

繁体的爱字，中间有个“心”字。大爱无痕、大爱无声、大爱无垠、大爱无我。你不关闭心灵的门窗，爱的春风就一定会不时吹过你的心田。

渴望

有一部英国电影叫《铁路上的孩子》，故事很简单：姐弟三人向行驶的火车挥手传递祝福。起先没人在意，几次过后，火车上终于有人向他们挥手致意，最后，火车上的每一位乘客竟一起向三个孩子挥手。

这是一幅多么令人激动和羡慕的画面啊。每个人的内心都怀有对爱的渴望，为什么我们中的一些人，除去金钱和色欲再无其他？是什么原因使那么多人丧失了赞美和感动的能力？百思而莫解焉。

同情

富有同情心是一种可贵的美德。但同情不是施予，特别是对弱者的同情要有与之平等的情怀。如春风一缕之吹拂心田，促使其自尊的复苏和自强的建立，而不是像一股洪水一样冲没心房，使其自尊因之委顿。真正的同情要恰逢其时，是危难之即的真诚相助；要恰到好处，是投薪助燃而不代人劳；要有所升华，助其扬起自励的风帆；要助而无痕，重在促其自强、自立而不是越俎代庖。

牵挂

牵挂别人和被人牵挂都是美好的。说明你拥有暖暖的亲情、绵绵的爱情或真挚的友情。牵挂是灵魂的交流，是心与心的对话，多一些牵挂别人或被别人牵挂，你一定会拥有很高的幸福指数。

距离

二人发怒，相互大声呼叫，那是因为他们心与心相距太远，没有了心的沟通，只能高声呼叫，才能彼此听到。热恋中的男女，一般都喜欢悄声细语，那是因为爱拉近了两颗心的距离，一个眼神就能心领神会。

麻木

最糟糕的境遇不是遭逢厄运，不是躲不开的磨难，而是处于一种无知无觉的疲惫。感动过你的一切都不再使你感动，吸引过你的一切对你都不再吸引，甚至激怒过你的一切也变得对你激而不怒。哀莫大于心死。心死，精神委顿、灵魂麻木，才无可救药。

善良

一人，拉着一车木料来到山脚下，望着眼前的一条很长的上坡路，不禁望“坡”兴叹，心想：今日无论如何是拉不上去了。此时，一位过路人走到他跟前，说：“你用力拉，我来帮你！”拉车人一听，精神大振。过路人大喊着鼓劲加油，竟一鼓作气拉了上去。拉车人停下，一再感谢过路人的帮忙。那人却笑道：这两天我的腰扭伤了，丝毫不敢用力，也只是喊喊为你加油鼓劲而已。

当你没有能力帮助他人时，能给人以鼓励、支持、呐喊，也是一种难得的善良。

微笑

2000年，一个叫凯文·海因斯的19岁的青年跳下金门大桥自杀。之前，他在绝笔中写道：“如果在我去大桥的路上，能有人朝我微笑，我就不跳。”可是，尽管他踉跄无助地走到桥边，但他一路看到的每个面孔都是冷漠。

一个微笑就是一句暖人心扉的阳光，也许能拨开他人心头蒙着的阴霾，从而感受到人生的温暖，甚至能唤起对生命的珍爱和对人生的留恋。可是，为什么要吝啬一个微笑呢？

我们都希望生活在充满阳光的世界，其实，许多时候你脸上的微笑就是别人心中的阳光。让我们的生活充满阳光，很多时候和很大程度上，就在于我们把微笑留在脸上。

微笑是一种表情，自己的微笑是个人的表情，许多人的微笑是社会的表情。微笑又是一种展示，发自内心的微笑，源于对个人的自信、对他人的认同、对生活的热爱、对社会的感恩。一个能使更多人微笑的社会，必定是一个幸福指数很高的社会。微笑是世界上最美丽的语言，你我彼此微笑，世界会因此变小；人与人的互相微笑，人间会因此变暖。

知足知不足

有一幅画叫《知足图》，画的是一人骑马，一人骑驴，一人推车。题之曰："世人纷纷说不齐，他骑骏马我骑驴，回头看到推车汉，比上不足下有余。"

清人有箴言曰："境遇休怨我不如人，不如我者尚众；学问休言我胜于人，胜于我者还多。"

物质的东西看轻一些，则易知足，物知足则长乐；知识修养看重一些，则可察己之不足，知识知不足则常进。

时尚

时尚就像刮风。它刮它的，你待着你的，别理它，刮一阵子就过去了。

刮风，刮而已，别问什么理由。前两年街上流行黄头发，老年人穿花格子衬衫、大红毛衣；年轻人上下一身玄色裤褂，扮酷；男人留长发，后脑勺扎一把辫子。也有女孩剃光头，光头女歌星、光头女模特闪亮登场。男人戴戒指、带一只硕大的耳环，如同少数民族旧时的洞主。戴麻花项链。说话该惊叹时喊"哇"。吃了半辈子炖牛肉，偏要改吃半生不熟的牛排，也不管能不能消化得了。还有"前卫"，"新新人类"等，弄不清其所指。弄不清您就一边糊涂待着吧，只记住别跟时尚较劲。

吃的灾难

法布尔的《昆虫记》中引一位著名的研究食物的法国科学家的话："告诉

我你吃的是什么东西，我就能告诉你，你究竟是什么东西。”

不错。牛羊吃草、虎狼吃肉、熊猫吃竹子、蝙蝠吃蚊虫，鸟兽虫鱼各有各的食谱。你吃你的，我吃我的，如此才有大自然生命及地球万物的生态平衡。可是，如今的人不再讲吃的规矩，小到蚂蚁，大到鲨鱼，毒至蛇蝎，美至天鹅，逮什么吃什么，比茹毛饮血时代的原始人类可怕。疯狂的吃和吃的疯狂，或将成为大自然也是人类自己的灾难。一叹。

关于朋友

人和人的关系，可分成三个层次：我与某某认识；我对某某了解；我与某某关系不错。

认识一个人要靠机缘，了解一个人要靠信赖，了解进而和谐相处则要包容。包容可能是培植友谊的最合适的土壤。

当你成功时朋友会认识你，当你落魄时你会认识朋友。人生的沉浮往往成为鉴别朋友的标尺。

以财相交，财尽交绝；以权相交，权去交疏；以色相交，色衰交尽。历来如此。

你得势时朋友多，但真的少；你失势时朋友少，但真的多。你得势时跟你靠得最近的人，当你失势时可能离你最远。

财富不一定帮你找到真正的朋友，而朋友则可能成为你真正的财富。

当大家站在同一个台阶上时，你很难判断谁是你今后的朋友。

除去你自己以外，你无须奢望跟任何人做到亲密无间。友谊，在真诚的基础上，亲密有间比亲密无间好。

你一定要找一个没有缺点的朋友，你就没有朋友。以诚待人、将心比心，再怎么重复也不会成为多余的陈词滥调。

交友要交贫，贫贱之交最易识别真伪；交友要交心，心灵之交才能荣辱与共。在位时贵交情淡之友，有钱时慎交酒肉朋友，失意时可见知心朋友。挚友易求，诤友难得；挚友比估计的多，诤友比想象的少。

朋友，一般的多。一般，是一种既可信赖又没有负担的友谊。即使许久不见面，还能相互记着；彼此永远有一段距离，但永远可以相互信任。友谊是双向的。程颐说："以诚感人者，人亦以诚感之；以术驭人者，人亦以术而待。"

所谓朋友也不是无话不说。因为友谊有深浅之分，语言交流也必然有分寸讲究。交浅言深不好，不但不得要领，弄不好还惹人不耐烦；交深言浅也不好，因为有背朋友之道。得体的做法是：交浅则言浅，交深则言深。

过去讲"同门曰朋，同志为友"。眼下市场经济了，什么事都以金钱、利益为衡量尺度，所以，许多所谓朋友，结交快冷得也快。同坐过一路车、同吃过一次饭，跟人提起，就敢说"我们是朋友的啦！"同路即可携手，翻脸马上无情。女性连闺蜜都不敢带回家，担心她对自己的男人下手。老同学，老同事云云，如能一直保持来往，多数的，只能说明他们都混得不错，而且正好儿同在一个社会阶层。经济地位、政治地位的变化从来决定着友谊的浮沉。有人抱怨知音难觅，可曾想过，你花过多少时间，付出了多大精力和真诚去经营友谊？

比如周末，你想凑几个人一起吃个饭、叙一叙，一想，好多朋友；但当你真遇到烦心事、难办的事，内心苦恼、郁闷，想找个人倾诉，找谁呢？一想，你愿意将内心烦恼与之倾诉，他也愿意听你倾诉的人，真没几个。

吃喝热闹时人少几个不悲哀，有苦恼时却找不到倾诉对象才真悲哀。

一种说法，在某一特殊情形下能想起来的人，即为真正朋友：

欢乐的时候想到与之分享；

沮丧的时候想到与之倾诉；

艰难的时候想到与之磋商；

临近生命终点时想到与之托诸后事。

这样的朋友不会很多。知己云者，一二足矣。

张中行说：“能交一两个永不说谢的朋友不容易。人一生，能交几个这样的朋友最好，你得到人家的关照不说谢，人家得到你的关照也不说谢。心里边想：就该是这样。”

常道“大恩不言谢”。因为一个“谢”字不足以酬恩；挚友也不言谢，因为“谢”字只用于交换。不言谢，挚友的一个标准。

外在美和心灵美

人的美，有外在美和心灵美两个方面。外在的美会随着年龄的增长而贬值，内在的美则随着岁月的变迁而增值。但现实生活中更多的人看重的是人的外在美乃至如醉如痴。于是他们往往在得到的同时，随之而来的是失去的烦恼。聪明的人从来把人的心灵美放在第一位，于是，他们一生面对的是温馨如春的享受。

美好和庸常

人生种种，美好常寓之于庸常之中。

真挚的爱情隐含于日常琐屑的生活，美好的亲情体现于知冷知热的牵挂，平平常常的日子总浸润着人世间的酸甜苦辣。如此种种，让你反复品咂，尽情回味。

人生的意义

人生是一张白纸，人生的意义是自己写上去的。

父母给了你生命，社会给了你环境，自己给生命以价值——给自己确定一个人生的未来，给自己找到一条人生的道路，给自己描绘出一种人生的美丽，给自己一个满意的人生结果。

不能过

一个真实的故事：一人，是个富豪，很多钱，每年都要吃几万元的冬虫夏草。如何呢？最后把身体搞垮了。

中草药有“雪上一枝篙”，看似遗世而独立的一个名字，服之能祛风湿，活血止痛。但有大毒。用之当则治病，不当则致命。物无美恶，过则成灾。

世间万物都相互依存又相互节制，相生相克。一对男女，成为夫妻，趣味相投，性格互补，才能把日子过下去。道不同不相与谋，万物都遵循着一个道理。

闲境

得过且过，得闲则闲，淡而有味，徐而不疾。闲，天定许；忙，人自取。步履从容首先是心态从容。闲时易得，闲境难求。

忙碌

人不怕忙碌，只怕无聊。唯在忙中，才有可能谱写出一个个快乐的音符，记录下或深或浅的生命印记。忙而有为、有得、有趣、有益。

无聊则是生命的浪费。无聊者常陷入无奈，无望，无味，无可如何之中。“其无望也夫，其死于此乎？”（《左传·昭二七年》）

快乐·痛苦

你无法得到自己喜欢的东西，但你可以学会喜欢自己拥有的一切。人生快乐与痛苦的分界，只在于对待世事的态度。

要拿得起，放得下。拿得起是一种勇气，放得下是一种气度。

跌倒

人生路上，免不了跌个把跟头的。有的人经不起一跌，一跌就昏天暗地，一蹶不振。有人则庆幸一跌，跌疼了，也跌醒了。龚自珍有句云：“世事沧桑心事定，此生一跌莫全非。”此谓之“跌个跟头拣个明白”。

邻居

“远亲不如近邻”。把邻居做亲戚般处，日久胜过亲戚；千万别把亲戚请来做邻居，那样，日子久了，难免亲戚成为路人。

碎思录

人生有如登山，所谓成功是登上山顶，但真正留在山顶上的时间是短暂的，而壮阔的风光是在攀登的路上，上山时脚步轻巧，下山时心态从容。一路风光，赏心悦目。

上山的人不要鄙薄下山的人，因为你上去之后也要下来；山上的人不要瞧不上山下的人，因为他们中肯定会有人攀登上来，甚至比你登得更高。

你当然可以接受平凡，但绝不可以安于平庸。接受平凡是接受自己并不出类拔萃；拒绝平庸是任何时候都不放弃奋斗，不放弃追求。

圣人从不为大而成其大。任何宏伟的事业和成就，无一不是由一件件小事组成，从一桩桩小事做起。

人有两种毛病都难成大器：一是饱食终日，无所用心；二是群聚终日，言不及义。

一人不识是一种寂寞；相识遍海内，但无一知己，更寂寞。

平庸和愚笨都是相似的，而不平庸则各有各的道路，各有各的辉煌。

愚蠢的人和聪明的人只有一点很相近：愚蠢的人从来不觉得自己愚蠢，聪明人也从来不觉得自己聪明。

或问：婚姻的美满和幸福，如何求得?

答之曰：美满的婚姻莫过于有情人终成眷属；幸福的婚姻只在于成了眷属之后依然是亲密无间且终生不易的有情人。

不想烦恼，最好的办法是干一些很费力气的体力活。你见过有谁一边打铁一边思考人为什么活着，或一边拳击一边想人活着的意义的吗？没见过？这不得了！拼命地工作或劳动从来是医治心理脆弱的良药。

人间观察

观察手记

辨识

虔诚和谦卑表现相近但本质却判若云泥。虔诚是对真理的认同，而谦卑则是对权势的趋奉。

喜欢给出身低下者充爷的人，很多时候也习惯在豪势者面前屈膝。

奴才一旦爬上主子的位置，往往比原来的主子更趾高气扬而且心狠手辣，不可一世。

体虚怕风，胆怯怕高。排斥家猫就养只恶犬，害怕孙大圣就招一群妖。凡好人受气、鬼魅成精的地方，准有奸人当道。

一根骨头能让两只素常看上去亲密无间的狗立马嘶咬起来；一顶官帽，对于官场中一向宣称的友谊啦、团结啦的真伪也有大体相近的检验价值。

察世人待客，穷人是小心翼翼的大方，富人是大大方方的小气。判断一个人是有钱呢还是装有钱，此或为一个常见的规律。

热衷于拉帮结伙的人一般看都没大本事。就如同胆小鬼走夜路，心里害怕，一帮子结伙走就壮胆儿。那景阳冈上官府张贴的告示，不也告诫过往客商等只能在巳、午、末三个时辰结伴过岗么！但武松不听，偏一人连夜过，“怕什么鸟！

且只顾上去看怎的？”他不怕，因为他有本事。要本事没本事、要德行没德行，他不拉帮结伙谁拿他当回子事？他自己活着也没底气。

埋没和淘汰不是一回事。埋没是社会弊端所致，淘汰则因为自身素质。或缺乏见识而目标不清，或为杂念所扰而畏缩不前。无干事之能者难有成事之功，被淘汰亦常事。“且莫怨东风，东风正怨侬。”

偶思

全球气候正在变暖，人际关系正在变冷。

过去说“酒逢知己千杯少”，现在是“酒逢千杯知己少”。各怀鬼胎，称兄道弟；过河拆桥、逢吉化凶。

官场中，看上去亲密无间的同事，因为太了解而成为对头；而一向隔膜的二人，因利害之相系则可能成为“朋友”。

你有了点权或有了点钱，总会有人跟你大哥、二哥、麻子哥、哥俩好地套近乎。你那点权或钱没有了，你什么哥也不是。

经济或政治地位的不同决定着“友谊”的有无和深浅。过去如此，今日亦然。

留在手机里的名字越来越多，留在心里的名字越来越少。

与千里之外的网友亲如家人，与一墙之隔的邻居形同陌路。

香港传奇人物宝咏琴坐拥十亿资产。除去赚钱和购物，她不知道世界上还有什么事既可爱又可做。她会做生意却不会生活，49岁时在痛苦与寂寞中香消玉殒。

金钱不是人生的全部，拥有金钱并不等于拥有了人生的一切。

一张高校文凭不能确保让其登上顶峰，但能让大多数拥有者免于跌落谷底。

学识影响眼界，眼界决定格局，格局决定人生。

关系

人际关系是人活世上最不容易弄明白也最不容易躲得开的难题。

人际关系拉扯乱了常拉扯出一堆莫名其妙的人际纠纷。一旦身陷其中，很可能拔也拔不出，辩也辩不清，一个烂泥潭。人与人的矛盾比老虎与老虎、狼与狼的矛盾复杂得多。

关系拉扯近了就拉成圈子。拉扯圈子，多数的是为了占便宜。大家都想占便宜，吃亏的是哪个？靠拉拉扯扯占便宜的人，迟早会栽在拉拉扯扯上。

助人者人恒助之，敬人者人恒敬之，爱人者人恒爱之。拉圈子、扯关系，不如爱人敬人助人好。

判断

人有所失，必有所得；久恃其长，定掩其短。自诩无所不知者多一无所知，瞎吹无事不能者常一事无成。人往往在坎坷无助时思考，在春风得意时忘形。

挨上司越近者离自己越远；离自己越远者离苦恼越近。

善于奉承的人也一定精于诽谤；熟于作秀的人也大半惯于作假。

多数人之所以努力工作，一般情况下，不是因为那份工作没他不行，而是因为那份工作没他也行。

越是无知的人越骄傲，越是骄傲的人越是无知——正命题和反命题都正确。

睡在铺着苇席的大炕上能酣然入梦，绝对比躺在席梦思上却夜夜辗转反侧强。

浑身上下穿名牌的，他自己不一定是名牌；亿万富翁很少掖着精美的钱夹。在人群夸夸其谈艺术的不会是艺术家，真正的艺术家常常默默无语乃至默默无闻。

美国人竞选总统是不能有情妇的。依据是：你对朝夕相处的妻子都不忠诚，会忠诚国人吗？我们这里似乎从来不把忠于不忠于自己的妻子列入竞选者评价范围之内的。

德国人交朋友绝不交不爱惜自己生命的人，他们的逻辑是：一个连自己生命都不珍惜的人，能看重朋友吗？朋友再重要，也不如你自己的命重要吧？有道理。

观察一得

在这个世界上，从来有坐轿的就有抬轿的，有请吃的就有吃请的，司空见惯，似乎很合理。就如狗吃得那么多而且好，却名之曰宠物；鸡没狗吃得多且好，但鸡一天下一个蛋。常见阔太太抱着一条巴儿狗，没见抱一只老母鸡的。

自己没大出息，却没来由地以为自己的孩子肯定能成大器。越是自己活得平庸、活得没有希望，越寄希望于孩子。

父母的梦幻，孩子的梦魇。

送花

送鲜花这样的礼物是一种漂亮的麻烦。收到时很悦目，但很快枯萎，然后是扔掉，结局颓然，寓意不吉。

无论送花给老人、病人或恋人，过程和结果都一样。只是送鲜花和收到鲜花的都不这样想。

拜神

多数情况下，许多人习惯于把偶尔的幸运看作是神的垂青，对灾难则委之于神的惩戒，自己呢，总处于无奈和无助的境地。

其实，世上从来没有过神，多数情况下，只有渴望着神，才能持续着自己的平庸。于是，走运了，感谢神的恩赐；跌跤了，推之于神的惩戒。拜神，一种轻巧又划算的心计。

炫耀

如果他拼命炫耀什么，那一定是他缺少什么。真有钱的不向人夸示有钱，真有才的不向人显摆有才。越是半瓶子不满的主儿才喜欢装出一副挺有学问的样子。向人炫耀貌美者，十之八九对自己的相貌不自信。就像“芙蓉姐姐”那样的，不硬撑着劲儿自炫，八成一天也活不下去。炫耀，满足了某种心浮气躁的虚荣，却淡化了对真正美好追求的兴致。

发现

越是聪明的人越喜欢向别人学习，越是愚蠢的人越喜欢告诉别人怎样学习。

一个人，无论看到过怎样的美景奇观，如果他没有机会向人讲述，也难感受到内心的快乐。

快乐是一种分享。

人之一生，幸福与痛苦常不期而至，挫折与机遇多结伴而行，磨难与成功互为因果。上帝赐给你一种美好的同时，一般要搭配上一种与之相反的东西。因此，十全十美的人生、一帆风顺的航行，心想事成的结果，从来没有。

世界上折旧率最高的东西是爱情，淘汰率最低的游戏是婚姻，最易混下去的地方是官场，最难狗扯羊皮的关系是情人。

看官场、酒场、赌场的所谓朋友，多数的，如春天时花开光景：满园春色时，花红热闹、蜂鸣蝶舞。冬天来了，寒风一吹，花谢枝枯，蜂离蝶去，都没了。

人世间的谎言如同鬼魅的影子，习惯在昏暗的角落里悄然出没。你看见过光天化日之下成群的鬼们逛来逛去吗？

谎言又如假币，可以骗过一二失去警觉者，但绝难具备进入流通领域的可能。

邪恶抬头的条件是：好人退避三舍。任何地方都如此。

生活只服从强者的意志，而很少理会弱者的感情。

上天总赋予成功者以非凡气度，并赐气度非凡者以成功。

这个世界从来挺势利眼的，它倾向取不足以奉有余，高岗儿填土，使胖者更胖、瘦者更瘦。自古如此，今亦然。

世间道路从来都是向不同的方向延伸，有的通向阳关，有的通向幽谷，所谓“大路朝天，各走半边”的情况很少。

越是没理越是喋喋不休，生活中不是所有理屈者都词穷；越是无知越是表现得无所不知，无知之勇气令人可笑更叫人可怕。

在狭窄的道路上，最慢的一辆车如果开在前边，它就决定了后边车的平均速度。

距离产生美，而近距离却产生嫉妒。评诺贝尔奖这事儿大吧？但多数人却无动于衷。三五个人的小科室评优，不经意间会争得人仰马翻。《世说新语》中有“妒前无亲”一语，“妒前”就是嫉妒跟前超过自己的那个人。培根说：“人可以容忍一个陌生人的发迹，但绝不能忍受一个身边的人上升。”对极了。

人与人之间的差距，固然有知识、本领、运气和算计的成分在，但最根本最关键的，只在其有无不贪小利的心胸和高瞻远瞩的视野。世间，凡不被眼前小利所蔽者，往往展示出其冷静、理性的判断和决断能力。

办事

站在对方的位置上想问题，看起来很棘手的事办起来很顺利。站在个人的位置上想办法，看上去很容易的事办起来也疙疙瘩瘩，问题迭出，一团乱麻，狗咬刺猬没地方下嘴。

会办事跟不会办事，只在于看问题角度的不同而已矣。

活着

年轻时拼命挣钱，年老时拿钱保命。拼命挣钱时奴隶一样挣扎，痛苦不堪；花钱保命时待屠一样挣扎，惶恐不安。两头儿都无乐趣，人活的意义呢？多数人都如此，多数人都不想。

戒小

耍小聪明，划小圈子，弄小手段，打小算盘，使小心眼，最终搞小了自己。小聪明会搞乱自己的心志，小圈子能搞小自己的天地，小手段常搞窄自己的胸怀，小算盘会算掉自己的友谊，小心眼必搞丢应有的正气。

事多成于大而毁于小。

崇实

多数人一生默默无闻，虽也脚踏实地，却最终做不成一件惊天动地的事。不过，所有惊天动地的大作为，无一不是从脚踏实地做起。

先有脚踏实地而后有惊天动地。只要脚踏实地，不惊天动地也可贵。

能干

生活中常有这样的现象：越不干事者越没事可干。而且没人指责他不干事。日子长了，就慢慢被丢在被遗忘的角落；越是想干而且能干的，领导一时不见，就问："某某呢？"我们的文化一向推崇"鞭打快牛"。"快牛"是好样的牛，不用扬鞭自奋蹄。"自奋蹄"还要多挨鞭子，而"阿混"们却一直混得很自在。

本事

很有本事的人也有办不成的事，再没本事的人也有非他办不成的事；有时有本事的人办不成的事，交给看上去没多大本事的人去办，却办得挺漂亮。

如今这年头儿，能办事和会办事与本事大小似乎没多大关系。

时尚

许多人对时尚的东西总是趋之若鹜，似乎时尚了就高档了。

其实，时尚与高档是两码事。比如，裤腿儿或肥或瘦的变化，裙摆长长短短的刮风，衣领时大时小的忽闪，垫肩时有时无的转换，等等。如同好好儿地刮着东南风呢，眨眼间变成西北风，你能讲得出什么理由吗？

只有时尚，没有规律。

流行

凡流行的东西，就像刮来一阵风，大家都跟风跑。跑而已，没什么道理。比如近些年才流行起来的“情人节”以及种种“情人节”风俗；情意卡呀，红玫瑰呀，情侣套餐呀什么的，挺时髦。一种东西，只要跟时髦挂上，必然个性尽失。就说“情意卡”吧，那“卡”上的“情话”固然“绵绵”，但那是别人写的，而且一印几万张。这一天，至少有数万情人得到写着同一句情话的卡，你还激动得上来吗？“情侣套餐”，名儿挺高雅，你真能品出情侣的情调？还有电台里点的情歌，意在营造浪漫，其实人家已复制过不知多少盘磁带。至于情人节时情人送你的红玫瑰，满大街都是，又怎能品味出你的情侣所表达的独有的情意呢？

时髦的追逐，商家赚钱了，情人省事了，爱情没味儿了。

有钱

有钱的感觉之所以美好，很多时候只在于金钱给人的精神上的满足。

有钱就有脸面。有钱人说话分外有底气，有钱就很少在人面前低三下四。

有钱就有尊严。因为在多数地方，金钱就是身份的标志。比如你病了。没资格住高干病房，但你可以住高等病房，挂一级专家号，用最好的进口药。有钱，

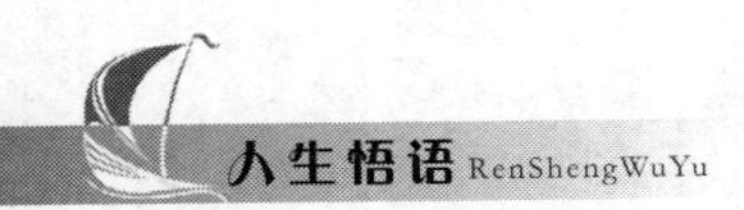

就换得来最好的脸色和最好的服务。没钱，别说人格尊严，就连保证基本的生存权也难。如果连生命的平等都不能保证了，其他还有什么平等可言？

出名

人能出名真大好事，所以某名人忽悠说：出名要趁早。而且眼下出名的道儿很多，用不着再“三更灯火五更鸡”地折腾了。

比如炒作自己。你只管拼命地标新立异、拼命地与众不同，要不就装疯卖傻、邪招怪式，管他立地成佛还是立地成魔，也莫管大家都骂你还是大家都夸你，只要吸引住好多人的眼球，就不白费劲。比如大家都晨练，你偏裸奔，“灰水小鸡儿，各自（鸽子）样儿的”，你不就出名了？你看什么“芙蓉姐姐”“芙蓉妹妹”的，别看搁大街上谁也认不出，但靠邪招怪式并豁出面皮，不当即声名远扬妇孺皆知耶？

馅饼

光想着天上掉馅饼，不料转身是陷阱；想着“天上掉下个林妹妹”，没准儿你家后院掉下个魔鬼。所有的骗子都最容易在想入非非的人那里得手。天底下太轻易太便宜的事少，别信。不信就因为它太轻易和太便宜。

变化

生逢其时，赶上了网络时代，信息社会。有的说，人的本事变大了；有的说，人的心智变傻了。

比如，对远在天边的事都能夸夸其谈，仿佛亲历；对近在身边的事却充耳不闻，茫然无知。对八竿子打不着的人可推心置腹、无话不说；对比邻而居者则形同陌路，颔之而已。

粗一想很可笑，细一想很可怕。

速度

时下，速度正成为人们追逐的热门话题。学艺讲速成。过去说“台上十分钟，台下十年功”，如今，十天功都嫌慢，眼不见就冒出个“星”来。读书讲速读，“读书切记勿慌忙，涵咏功夫兴味长”，谁还有那样的耐性啊！你看人家“疯狂英语”，疯狂到目览十行，一天叫你看几十万字的书。卖药讲速效，比如速效胶囊之类，药到病除。寄物要求速达，婚恋流行速配，谓之“闪婚”，见面没一杯茶功夫，感情已火速升温到上床。几天不见，人家已完成了从“闪婚”到“闪离”的全过程，听着令人骇然而不明所以。

联络

眼下人与人的联络，一大变化是舍近求远。现代化通讯工具正在成为许多人生活的主宰。一些人终日沉湎于无目的无意义无价值的联络中，不是使用工具，而是被工具使用、支配、役使。耗费掉大量时间，制造出大量无聊的废话。生命在废话中淹没，灵魂在废话的制造和传播中沉沦。

视角

世间对权势的膜拜，对富贵的尊崇，以及对地位的趋奉，不是因其高大，而是位低者或弯腰或仰视的结果。

其实，他即使怎样的钱多、位高、权重，与你关系并不大，用不着如同在佛祖座下那般仰视，而只需如看空中飞鸟那样的视角去看他。如此，他所有因金钱和权位而形成的气势和气派，也只是人间的一道风景。

贵族

富翁和贵族不能轻易画等号。你以为穿名牌服装、开豪华轿车、住高档次别墅、让子女读昂贵的贵族学校，等等，有了这，就贵族了？不一定。在英文词典中，对贵族的解释，不仅仅步入“高层”，还要具有高尚的品德、卓越的能力、优雅的气质、高深的学识和艺术涵养。

文化素养不可能像他们的财富那样一夜间完成原始积累。因此，许多富翁也就很可能永远走不进贵族的领域。

贪欲

人之贪欲未必都出于需要。就如胖子之嗜食肥肉，没有满足欲望的条件时，一般都能克制。比如喜欢红烧肉，但阮囊羞涩，怎么办？忍着吧。一旦碰上可以大快朵颐的机会，那就很容易一滑而不可收。观贪官之好金钱女色，一般都有一个从战战兢兢到无所忌惮的过度。在贪婪的斜坡上一旦滑下，就很难收住脚步。愈是堕落就愈是胆大妄为，愈是胆大妄为就愈是堕落。正所谓“沉醉不知归路”，终自毁于腐败深渊而少有幡然知悟者。

察古今各类腐败官员，或许其走向腐败的门路不同，手段各异，但其自坠深渊之路则大同小异。

国酒茅台

报载：2007 年初到 2008 年初，国酒茅台先后 8 次提价。记者调查民众对茅台酒频频提价的反应，却发现多数百姓对此竟浑然不觉。有智者点拨吾之愚钝曰：8 次提价而百姓无大反应者，盖百姓少有喝得上茅台者，而常喝茅台的主儿又从不问价故也。茅塞顿开。

乡下看戏

乡下过庙会。搭台唱戏。戏台下站满了人，前边有人踮起脚，后边的人也随之踮起脚。很少有人想过：当人人都踮起脚尖的时候，等于大家谁也没有长高。

为了好办事，于是有人想到送礼，于是更多的人为了办事送礼。如同戏台下的人都踮起脚一样，办事难现象并没有改变。送礼风或被动而起的别的什么风，许多是因为一种“看戏心理”的影响刮起来的。

跟着错

某地新建一大厦，有人在白墙上书一警戒语：此处不许乱写。

一路人见而哂之，于其下写上：不写你咋写？

继之有人起哄挥毫：他写你别写！

第四位笑而援笔：要写大家写。

不日，涂鸦满壁，惨不忍睹矣。

“要写大家写”是一种“跟着错”心理。就如眼下风行的公款吃喝，有民谣曰：“你吃我也吃，不吃白不吃，吃了也白吃，白吃谁不吃？”这种规模化的“跟着错”，很可怕。

人人有责

无论什么东西，只要讲“人人皆有”就等于“人人皆无”。比如空气人人皆有，前些年人们似乎忘记了它的存在，结果弄得黑烟滚滚，尘沙蔽日，谁也管不了。国家利益人人皆有，但很少有人像关心自家柜子里的存折一样关心它。责任也如此，常见临街的墙上写着“维护环境，人人有责”，“城市卫生，人人有责”之类的标语，照样垃圾乱扔、车辆乱停，说了等于不说。远不如“门前三包，责任到户”管事。因此，凡是讲“人人有责”的地方，都不如“专人负责”有效。

无奈

钟南山院士说：“假如我们生活在一个空气污浊、饮水有害、食物有毒、家具有味的环境里，再好的生活习惯也会得病。”这种状况，令人很憋气、很心窄、很无奈，堪谓我等一代人之大劫难也。敢问路在何方？

古语说，人至难处想宾朋。人至绝处如何呢？

变化

幼年读小学一年级时，普通话课本中有一篇课文《数星星》：“小星星，亮晶晶，弟弟妹妹数，一二三四数不清。”那时的夜空繁星满天，常与小伙伴们数星星为乐事，而且认识了天河、牛郎、织女、北斗七星等等。今天的孩子们不数星星了，星星们都隐藏在灰蒙蒙的天幕后面，只有少数几颗偶尔露一露脸，也没有了“亮晶晶”的灿烂。孩子们有点儿功夫就傻呵呵地坐在电脑前。他们的视野是如此的不同，一个是广阔天际的星空，一个是电脑屏幕的方寸之间。今天的孩子没有一样和过去的孩子相同的乐趣。现代生活带给孩子们简单的欢乐，却没有了思考。

道路

相声段子中有句话，够得上“名言”规格：“世上本没有路，走的人多了有路也没用。”

比如“我要上春晚”呀，“公开招考国家公务员”呀，都因为走的人多了才看出路的样子来，只不过那热浪滚滚、排山倒海般挤上来的人流，多数人也只能望“路”兴叹。所谓“条条大路通罗马”，与梦话差无几许。

命运

你和他一同来到这个世界上，他不会比你更聪明，也不比你更努力，不同的是，你生在贫寒人家，他生在富贵门第，他的起点就比你的终点高出一大截。他有着你从来没有、今后也不会生出来的先天优势，任你怎样舍命拼搏，也不会拼过他。你问“为什么”，没人回答你。世间不讲“为什么”的事，非此一端。董永走在路上遇七仙女，你也走在路上就难免遇上“鬼打墙”。人和人不能比，人比人气死人。气死人也改变不了。

坎儿

人一生会经过许多坎儿。挫折是，成功亦是。很多时候凯旋门不一定是成功者的天堂之门。一些人，当他们走上事业的巅峰之时，也为自己竖起了滑向人生深渊的滑梯。他们没有跌倒在长途跋涉的多重险阻，却难免自堕于登上成功峰巅后的晕眩之中。

成功后的飘飘然比无端倒霉的悻悻然更需小心。

宝贵

拥有时浑然不觉，失去后才知道宝贵。比如，人能走路，平平常常。有谁会因为“我能走路”而欣喜不已？但对于一个因身体疾患而致行走障碍的人来说，则视能够行走为莫大幸福。青少年时希望有长者的成熟，年近不惑了又对俊男靓女的生气勃勃羡慕不已。生活一再提醒我们：有些东西一旦失去就如东去逝水一样永无返期，比如青春。

娱乐

在当今世界，能把麻将普及到差不多每个家庭，咱们中国称得上独一无二。麻将成了国人的一种不分男女、长幼皆宜的娱乐形式。我们的国民总算在麻将声中其乐融融了。

什么时候我们能把读书的爱好普及到如麻将的痴迷呢?

污染

报载：一架从北京飞往大连的飞机上，两名女乘客因小摩擦引起大争吵。令人刮目相看的是，两位高水平的争吵者，先是用汉语对骂，继之用英、日、德等几国语言做顶级对骂。众人瞠目。

二位的外语水平好可爱，二位的对骂水平好可怕。两个水平的同步好可怜。

水平

人一出名似乎立马能变成一通百通的全才：影星敢荒腔走板地唱歌，歌星可无师自通地谱曲，能解说各类球赛就能评判唱歌大赛，会说相声就会当主持人，会当主持人就会演电影，会演电影就能当教授，填词谱曲、华山论剑、一通百通，而且毫不费力。人家不叫干，不叫做，叫玩。玩电影，玩写书，玩客串，很难的事变成很轻松的事。

只是，玩，听着总不入正道。而且庸常如我辈，也玩不转和玩不灵，还可能玩入邪途。

官说

常见某些官儿，上下班车接车送，下班后则广场走路健身。看上去有点儿冒傻气。有智者教之曰：上下班坐车那叫身份，下班后走路健身为的是保命。唯保得性命，才保得身份也。

积习

“积习难改”的“习”，大概都指的是坏习惯，比如吸烟、饮酒、嗜赌等等。凡积习，只有危及生命时才有放弃的可能。我见过几位戒烟者，都是医生告诫：是享受烟瘾还是继续活着，二者选一。一般都选择活着，而且戒烟成功了。

2003 年闹“非典”时，大家每天饭前便后洗手，而且洗得很认真，还实行过一阵子分餐制，也不随地吐痰了。因为“非典”很厉害，不小心就拿命来换。

人还是怕死的多。“非典”过去了，生命危机没有了，又旧病复发。可见一种文明习惯的养成，只靠教育不行，还要讲习惯跟生命的关系。先知怕，而后知改。由此想到倡廉治贪。近年来，国家治贪不可谓不严，但贪官们依旧是沉舟侧畔不知畏；前车之覆，后车亦覆；宁看贼吃饭，不看贼挨打。其所以然者主要是贪的成本太小，算总账到底占便宜。

过马路

眼下有“中国式过马路”一说：国人过马路，不看红灯绿灯，只看人多人少。只要聚起数人，成帮结队，人多胆壮，只管“妹妹你大胆往前走”，不信他汽车敢往人群开。再一种是看车不看灯。只要没汽车，就急匆匆闯过去。总之，闯不闯红灯，是“能不能”的判断，而没有“可不可”的思考。不闯红灯，不随地吐痰，不乱丢垃圾，自觉排队，人与人之间保持合理距离，女士优先，乘车给孕妇、老人让座，等等，都没有硬性规定。古语说“从善如登”，可见善行之不易。

活法

清朝时的八旗子弟，家道中兴时，听戏、遛鸟、泡茶馆，生活品位那是没的说。没落了，人家也不慌，也不影响他们对生活细细的品位。家里请不起戏班子了，可以去戏园子，可以当票友，可以把茶叶买回家自己泡，可以自己做个鸟笼儿托着。

一个人一个活法，一个时代有一个时代的活法。从眼下种种迹象看，八旗子弟们的潇洒活法，正悄悄被赋予现代风格而成为当代社会生活的一大景观。

寂寞

寂寞其实乃人生之常态。人，更多的时候是在独自状态下生活和思考。人和人有联系和沟通，但这种联系和沟通只占去人生的一小部分时间。人的大部分时间和大部分事情都是独自盘算。这样，人会永远处于寂寞之中。人处寂寞而又耐得寂寞，这人就很了不起，很可能成大气候。

百家讲坛

央视“百家讲坛”受到吹捧，反衬出现如今读书风气的淡化。

读书最大的乐趣是“神入其中”，在阅读中思考，在思考中得到。现在有如此读书兴趣的少了，不是时间问题，而是缺乏读书心境。于是，易中天、于丹等“文化明星”应运而生。他们在“讲坛”上侃侃而谈，电视机前的我们傻迷瞪眼地如听评书。想听就听一段，不想听就闭目养神或闲话，你闲话也碍不着人家天上地下娓娓道来。电视使我们变得慵懒，懒得不想思考。没有了思考，自然就没有了读书。

电视广告

好多年前，某市自来水公司，发现一个奇怪的现象：每天晚上，都会在固定的时间段出现用水高峰。经过调查，发现用水高峰时段与热播的电视剧中间插播广告的时段重合。那些广告投放商花巨资买来的黄金时段，居然被观众不约而同地用来做“课间休息”。“广告以后马上回来”，无异告诉大家：“你们可以上卫生间了，再见。”你有钱买到电视台黄金时段的广告播出，却买不到大家的观看兴致。金钱买不到一切，这也是一例。

小人·小人物

生活中，贤人和小人数量都有限。你不喜欢或惹你不高兴的多数是小人物而非小人。小人和小人物不一样。

小人很可鄙。品行浅薄，心理阴暗，行为促狭。“众小在位而从邪议”（《汉书·刘向传》），混进官场中的小人是很坏事的。《管子·牧民》篇说：“信小人者失士。”在小人得宠或小人把持的地方，贤达之士必然远去。

小人可恶，但不多。老百姓对付小人的办法，是“惹不起，躲得起”，离他们远点，井水不犯河水。

对付小人，你可以躲开他。但小人物，即所谓芸芸众生者，你却躲不开。小人物没能力管大事，也没机会管大事，但对他看到或知道的事，则喜欢指指点点，按他们的标准评判是是非非。小人物，多数目光短浅，知识有限。他们常常听见风就是雨，不大重视也很难有反省思辨能力，所持的道德标准固执而狭隘，微末之利也放在心上，锱铢必较。对各类社会传闻，他们宁信其有，不信其无。一时间捕风捉影，添油加醋，竟成舆论导向。他们没多大胸怀，也不顾及长远；不想巴结你，也不怎么怕得罪你。小人物能量不大但数量大，群轻折轴，众口铄金。小人物不可小觑。

灯火

每入夜，看万家灯火。

那每一个窗口亮起灯的屋子里，都藏着一个甜蜜着或甜蜜过的故事。尽管每一个故事都有不尽相同的细节，但结尾却是二人走进了同一个屋檐下，随之屋内亮起了温馨的烛光。只要屋子里烛光不熄，那不同的爱就一定会继续演绎着不同的生动。

好事难做

一位老人跌倒在路上，没人扶。没人扶，是没人敢扶。前车之鉴：有人好心扶了并送到医院，到头来，老人和老人的家人都硬赖是他撞倒的。难辨真伪。这样的事多了，大家都感到好事难做。

当年雷锋送老大娘、小朋友回家，令人赞美。现如今，有人要黑夜送你，你敢让送吗？当年雷锋在火车站帮旅客提行李，现如今要是有人满脸笑容地帮你提行李，你放心吗？同情和信任从来相辅相成。好人难当，好事难做，是因为人与人之间失去了起码的信任。

目中无人

醉汉。庸官。

醉汉，形态醺醺然，目光茫茫然，目眩神迷，视若不见。

庸官，进门见位子，出门见车子，吃饭端杯子，汇报念稿子。两眼望天，目空一切。

快乐·痛苦

人之一生，多数的，是痛苦与快乐交织。快乐放大痛苦就缩小。快乐的人不是快乐比别人多多少，而是懂得放大快乐的艺术，懂得快乐与痛苦的辩证法。

无论遇到怎样的满路泥泞，也要开开心心地过好今天。等明天太阳升起的时候，那又是一个新的今天。

世态百相

风雨人生，各呈其态。有的醉倒于杯中，有的混迹于赌场；有的沉沦于风月；有的淹没于金钱；有的心里想着绿洲，艰辛地跋涉于大漠；有的则驰马疆场、血染黄沙；有的为百姓操劳，尽躬尽瘁，死而后已。

世态百相，百态人生。

判断

狐狸嫣然一笑，可能它遇到了雏鸡，也许它遇到了老虎。

鸟儿和风筝都能飞上天空。鸟儿的飞翔靠的是自己的翅膀，风筝飞上天则靠的是一根牵引它的线。摆脱线，风筝就没有了飞的能力；依赖线，它飞的高度永远超不过线的长度。

凡在交际性酒桌上向你频频举杯殷勤敬酒的人，一般看，不外乎两种：一种是希望跟你亲近，一种是存心叫你现眼。

心态

别人成功不等于自己失败，别人得到不等于自己失去，别人走运不等于自己倒霉，别人赚钱不等于自己失利……

对于我们芸芸众生，修养就是一种平和心态。

走红

你说他无聊，他能把无聊变得有趣；你笑他无知，他能把无知变成有幸；你鄙夷他无耻，他会把无耻变成有缘……

于是，你总走低，他总走红。

不欺

街头小市，一专卖治蟑螂药的小贩在摊前竖一面小小木牌，上书：“蟑螂不死，我死！”有人问“管不管事？”小贩指一指木牌，不语。于是，买药者蜂拥至焉。

自信者人多信之，不自欺必不欺人。

吹哨

有人不擅打球，但擅吹哨，谁进球吹谁。你叫他上场，他八成连球也摸不着。我们的文化习惯是谁拿哨谁就是真理，于是实干家们就老是倒霉。

活法

大家都喊活得累，其实，累和累不一样：穷人累在挣扎，常人累在攀比，能人累在能力，富人累在算计，强者累在强大，智者累在心机，为奴累在弯腰，为官累在磕头——一种人一个活法，一种活法一种累法。门外不知门里的事。

抬杠

比如你说“无风不起浪”，他瞪着眼问你：“无水呢？无水也不起浪呀！”这叫抬杠。无水有风也不起浪。

生活中有人喜欢抬闲杠，像多睿智似的。抬闲杠长不了学问，只能把事搅乱、把人弄糊涂。最好的办法是离那些假行家们远点。

拜佛

到寺庙给神佛礼拜的人，有大官，有大款，有平民，有穷人。他们去拜佛都虔诚。虔诚是因为有所求。托尔斯泰说：“少数人需要一个上帝，因为他们

除了上帝什么都有了；多数人也需要一个上帝，因为他们除了上帝什么都没有。”要不还得说有大学问的人呢，一句话就说到了根儿上。

“酒文化”梗概

有善饮者说酒场学问，大长见识。

比如，敬酒之五花八门，热情而诡诈，那是一门艺术；拼酒要知己知彼，攻其一点不及其余，那是一门技术；撒酒疯之真真假假，疯言醉语，那是化险为夷的一种招数；至于千杯不醉，则与魔术仿佛，乃一门并非人人学得来的防身术。凡酒场应付自如者，非凡品也。

欲望

够不着摘不到的果实最甜，没有去过的地方景致最美，跑了的鱼儿是大的，家花没有野花香。世界上最好的东西是没有得到的东西。想要的东西得到了就会想另一样。人心不足蛇吞象，吃着五谷想六谷，人的最高欲望是越实现不了的越想入非非。

各有所好

《宋稗类钞》记：宋太宗让苏易简给他讲“食经”，问世上的食物何为美味？苏易简回答：食无定味，适口者珍。

世间许多东西，也大多如此。比如对容貌美丑的判断，最高标准是“情人眼里出西施”。讲人之生活喜好，有人崇尚清静，有人喜好热闹。论花木之美，陶渊明爱菊，周敦颐爱莲，江采苹喜梅，苏东坡则说“宁可食无肉，不可居无竹”。论为人处世，有人乐善好施，有人乐酒好色。梁惠王就跟孟子说：“寡人有疾，寡人好色。”你看！正如曹植所谓：“人各有好尚。兰芷荪蕙多芳，众人所好。而海上有逐臭之夫……岂可同哉？”

猜测

有好事者猜测：在公园里热烈拥吻的大多不是夫妻，在饭桌上串着敬酒的大多没有根基，越是人多越是喋喋不休者大多没有学问，好吹嘘与某权势人物关系很铁的大多没有关系，天天对女友赌咒发誓“爱你到永远”的很可能遇到了危机，端着架子走路、拉着长声说话的官儿大多内心空虚。

八九不离十。

无聊

“拔丝冰激凌”，一没营养，二不好吃，但就是要点这个，考一考厨师的手艺。什么叫无聊？这就是。无聊比无知可怕，无知陷入愚昧，无聊走向没救。

有辞

报载：深圳某年轻俊男娶了位很有钱的老太，面对人们的疑惑和议论，回应曰：“当你掏出钞票消费时，你特别关心那钞票的发行日期吗？”

语惊四座。不由想起三国时魏人陈群谏魏明帝营造官室时说的一句话：“人之所欲，莫不有辞。”（《三国志·魏志·陈群传》）年轻美男的词儿就是花钞票用不着看它的发行日期。你服了吧？

聚会

越是混的成了个什么或像个什么了，越喜欢张罗“同学聚会”之类。这好理解，搁谁也不愿“锦衣夜行”不是？不过，古人说，道不同不相与谋。其实，境不同也难相与谋。人家飞黄腾达了，你那里还为“九月冬衣未剪裁”发愁呢，就别死缠着人家回忆当年一块“佣耕”的事了，那会很煞风景。

没劲

崇拜美国又去不了美国，就买一双美国品牌的袜子穿；崇拜明星又当不上明星，就学人家超级“粉丝”的样儿做一个发式。想的越来越离谱，活的越来越没劲。

端着

又无知，又没见过世面，又没底气，又想在人前充人物，于是就“端着”。一个内心丰富的人，带给别人的是如沐春风的温暖与亲和。你看孔子的童心、老子的幽默，他们都极个人，不端着。端着多累啊，自己累，别人也累。累就容易露馅儿，所以自古至今没产生过端着的高手。因为愈是无知者愈是无畏，故而绵延不绝。有一首明朝人写的散曲道："君子失时不失相，小人得志把肚胀，街前骡子学马走，到底还是驴儿样。"端着之形象如画。

表象

大家都喜欢表里如一。其实，生活中真做到表里如一的很少。更多的人，他们以之示人的表象是一回事，而外在表象所掩着的常常与之相反。

比如，有人表现出一副高傲的样子，其实，那高傲的表象所遮掩的也许是深深的自卑。当他屡屡受挫又失去自信又遭到外来强势排斥的时候，往往用一种不自信的方式抚慰内心的落寞。

又如，一些人表现出的谦虚往往是真正的高傲。对于很有些学问、才气、名声和地位的人来说，他们肯定不屑于跟那些不知天高地厚的无知者较真，他们总是客客气气的谦和，殊不知那谦和正是他自视太高的表现。

贪官"善做"

一贪官，被纪检部门"双规"。他家门口有个补鞋匠说什么也不信，补鞋匠说，那人，平时生活挺低调，经常来补鞋，"你说，眼下的官儿，还有几个补鞋的？"

凡贪官都善"做"：做假，做秀，作戏，做梦。比如，山东某市原市委书记，曾在大会上侃侃而谈："钱是什么？钱是两个持戈的士兵守着的金库，伸手就是被捉！"何等有文化又有头脑啊！孰料此人之贪婪竟不可言状。后案发，众方大悟：此老官之善"做"，令人吃惊。

挑蛋进城

乡下人挑了鸡蛋进城卖，走在街上，左躲右闪，小心翼翼，因为无论碰着人还是着人碰着，倒霉的都是自己。

于是，"挑蛋进城"，就成为一些人在特定环境下的生存哲学。

有某局之某副局长，素常，总摆出一副吊死鬼面孔向人，仰面走路，拿腔拿调说话。突然从某一天开始，此公变得一副弥勒模样，跟大家嘻嘻，说话总说“咱们”，众诧异莫名：此人吃错药了吗？怎么突然会像人一样说话、走路了？有好事者探得底细，原来局长将去职，上级正疑考察此人接任。众大悟，原来他也正挑蛋进城也。

绝活

人都用手写字，人家能用额、肘、膝、脚等全身上下36个部位写字，拿拖把蘸了墨跟拖地一样写字。奇虽奇矣，但纳闷，那手干什么用呢？

还有3.46秒喝下一瓶啤酒的装傻充愣，用刀把500克重的一块豆腐切成3毫米粗细共计15000根细丝，以及一斤面能拉18环、262144根面条的独门绝技。近年，又出来拿着大顶唱歌的，拿鼻子吹喇叭的，用牙咬着一百几十斤重的一桶水抡起来转弯儿的……千奇百怪。如此种种之所谓中国式绝活，跟老百姓的吃饭穿衣乃至传统文化有何关系？难道谁家客厅里挂起一张拿脚后跟写的字比悬挂书法家们的书法作品更显身价？

胆量

宋丹丹做客《东方卫视·非常记忆》，她诙谐地评价电视剧《马文的战争》，“称赞”剧中马文的扮演者林永健“长相很勇敢”，说：“他的胆子还真大，长成那样竟然还有勇气当演员。”

其实她胆子也不算小。

吹牛

南朝诗人谢灵运说：“天下有才一石，曹子建独占八斗，我得一斗，天下人共分一斗。”

江山代有吹家出。比如杨二车娜姆，会写书，她的《走出女儿国》能满足是西方“文明”社会对“原生态”中国的臆想，所以颇得青睐，所以有了吹牛的资本，所以她说她在国外比章子怡有名。此可谓“一般一般，全球第三”也，不逊于谢。

善吹者都讲吹的艺术。比如他跟你说吃龙虾有点儿腻，那是在吹他有钱；

他说平时最怕上街，那是在吹他有名；她说总遭遇性骚扰，那是吹她性感风骚；他跟你说某长的夫人最擅长烧什么菜，那是让你相信他很有身份，真人不露相而已。

他说的什么，他自己也不一定相信，大概跟梦话近似，你要么塞耳不闻，要么听了只当是刮风。

劣草喂牛

一农民喂牛，把草挂在牛棚的屋檐上，老牛仰起脖子一口一口往下扯。人们见了奇怪，问他，他说："这种草质地不好，放在牛槽里，它就不屑一顾；放在屋檐上呢，它勉强可够到，就努力去吃，直到吃得一棵不剩。"

农民之伎亦黠矣。人欺牛之愚，实则人自己屡堕此机关也。

折整售零

某布店有杂色过期布一批，积久滞销。有智者为其谋之曰：将滞销布统统扯成三五尺不等的零块，然后于店前大张广告曰："本店新到杂色布头一批，质优价低。存货有限，售完为止。"不到半日，告罄。

贪图便宜的心理，能使所有的聪明人无一例外地变成傻瓜。

上当

某市一录像投影厅贴出告示曰："本片儿童不宜。"不料，因其"不宜"二字，购票者竟趋之若鹜。为此花钱买票的人，傻呆呆地看了半日，并没有看到"不宜"，觉得上了当，于是悻悻然。

卖票的不说，买票的不问，可心里都明镜儿似的明白那个"不宜"指的是什么。卖票的和买票的都围着"不宜"兜圈子，终于兜出了彼此的心态。

弄假，能骗得上当者哑巴吃黄连，连最亲近的人都不能诉说，那才叫上等手段。

宠物

某女士抱一只小宠物狗在水果摊前挑苹果，小狗悠然自得地舔摊上的苹果。

老板看见，提醒女士："喂，看你的小狗，它在舔我的苹果，多不干净呀！"女士嫣然一笑，说："谢谢。"随之抱起小狗，微嗔道："乖！那苹果还没洗呢，不干净，听老板的话，快谢谢！"气得老板直翻白眼儿。

有智者说："热恋中的女人之智商几近于零。"对宠物之爱尤过于热恋？百思而不得其解。

看客

足球大赛。看台上那些疯狂的球迷们不住地疯狂喊叫。其实，只要留心观察，就会发现生活中随处都有这样的喊叫者。千万不要让那些只会呐喊助威、挥拳跺脚、扯着脖子喊傻X和牛X的主儿们成了我们生活的主角，左右着我们事业的取舍进退。他们只是另一类看客。支撑国家发展、民族复兴大业的，不光是呐喊，而是上场真踢，是能把球踢进对方大门的人。

情人节

情人节，是我们最先与国际接轨、在国内最快流行起来的节日。对过情人节，似乎国人付出了无与伦比的热情。据说，这一天，某市的玫瑰能卖到200元一支的天价。鲜花店老板们一年等一回，自然铆足劲儿狠赚一把，而且赚得一批傻爷们直眉瞪眼又心甘情愿。更有一些城市招数迭出：情人接吻大赛、互相交换第一次、配送安全套、租情人共度良宵等等。五花八门，不一而足。看那些举着鲜花，满世界"相约黄昏后"的男人，不知可曾希望那在家的妻子也能得到别个男人送去的惊喜。

观情人节之热闹，可估摸出中国"情人现象"的规模化趋势。

黠智

列车上，一位学者模样的人捧着一部原文版莎剧读得十分专注。对面的一位教授试图与其攀谈，但无论中文还是英文，对方都不予理睬，一副心无旁骛的样儿。下车时，那人对教授悄然语之曰："请原谅怠慢。这英文书我哪儿看得懂啊，我身上带着一笔款子，现在谁都知道知识分子穷啊，抱着这英文书，就不会有人打我的主意了。"教授一笑。这样的故事多了，社会就惨了。

做事如做戏

生活中有两种人：一种勤于做事，一种善于做戏。做戏本身也许坏不了多大事，可恨的是他们更善于把做戏当成做事，而某些上司也往往喜欢把做戏的人看成做事的人，乃至提拔重用，于是又多出了善于做戏的官儿。如此一折腾，老百姓就惨了。

不拒平凡

任何波澜壮阔的伟业，往往是那些默默无闻的人，做着平平凡凡的事，依其默默的奉献乃至寂寞隐忍的牺牲汇聚而成。

不拒平凡，不弃平凡，亲近平凡，才能渐次走近非凡。

闾里论道

家长里短

家常饭最有益健康，家做衣裳最舒适合体，日常家什最不可弃，家常话最有理有情。记家长里短。

判断

真正的伟大是对伟大的冷漠；真正的失败是失败后的沉沦；最明显的聪明是对聪明的淡漠；最致命的无知是对无知的茫然。

一夜暴富比一世贫穷更危险；无所不知比一无所知更无望；作秀之骗比作伪之骗更可恶；无耻者无畏比无知者无畏更不可救药。

做人，没有比老实更重要；做事，没有比踏实更重要；求知，没有比真实更重要；修养，没有比朴实更重要。

实实在在，当无败事。

聪明的人喜欢说；智慧的人注重听；高明的人懂得问；深沉的人习惯沉默。

最好的医生是自己；最好的药物是时间；最好的心情是平静；最好的休息是读书。

积极的人生态度是：不抱一丝幻想，不求一次侥幸，不放弃一切机会，不放松一日努力。

口袋里没钱，心里边也没钱，轻松一生；口袋里没钱，心里边有钱，痛苦一生；口袋里有钱，心里边也有钱，劳累一生；口袋里有钱，心里边没钱，快乐一生。

不怕没本钱，就怕没本事；不怕无美色，就怕无美德；不怕千招会，就怕一招鲜；不怕没好事，就怕没好人。

人生最想得多的两件事："想得到"和"怕失去"；人生最理智的见解是："算了吧"和"随他去"；人生最管用的两件事："管住嘴"和"迈开腿"；人生最幸福的获得是："身能安"和"心能宽"。

一个人，只看他最善于记住什么和忘记什么，就大体可以观察出他的心胸、气度和品格。比如记恩不记仇的人，多豁达大度、光明磊落；记怨不记恩的人，一般都心胸狭隘、气量局蹐。

无论是自己评价，还是别人评价，两种情况改变最难：一是一无所知，二是无所不知。二者居其一者，离他远点。

事业无须惊天动地，竭力就行；金钱无须上豪富排名榜，够用就行；爱情无须浪漫癫狂，情真就行；生命无须寿过期颐，快乐就行。

踮踮脚尖就能够到的东西，就努力去够，那叫尽力而为；倘若跳起来都够不到的东西，就别费劲了，那叫勉为其难。知此，你会少许多不应有的烦恼。

要想让人家不说出去，最可靠的办法是不告诉他。你以为这很简单？不信你试试，真做到不易。

什么是傻瓜？傻瓜最大的特点，就是以为大家都是傻瓜就他自己聪明。

活着

人要像人一样活着，头脑中不能缺魂，心脏中不能缺血，脊骨中不能缺钙，胸膛里不能缺气。

月缺月圆都是人生中的常有风景。乐观的人，在月缺的时候想到月圆，希望和快乐与他常相伴随；悲观的人，在月圆时候想到月缺，生活中总弥漫着失望和叹息。

人一生，热闹风光的时候难免碰上，但不会很多。生活的常态是平常：接触平平常常的人，做平平常常的事，过平平常常的日子。

欢乐多出于安常乐道，苦恼都源于想入非非。

人生“四得”：沉得住气，挺得直腰，仰得起头，笑得上来。

人之相同是都在活着，人之差别是活的质量。发扬踔厉、生机勃勃是活；蝇营狗苟、畏畏缩缩也叫活。高质量的活，要活得有追求，有希望，有境界，有声有色，有张有弛，有挑战的成功，也有个性的特色。不是活得像谁，而是活得像自己。

立身两要：干好事，做好人；成事两要：能吃苦，肯吃亏；快乐两要：干自己喜欢的事，爱自己喜欢的人。

幸福四要素：有一点自己的追求，有一个美满的家，有一个健康的身体，有自己喜欢做的事。

健康的人什么都想要，没了健康的人只想要健康。

人生有两条原则：一不要怕死，二不要找死。“不怕死”国人尽知，因为“一不怕苦，二不怕死”喊了多年。“不找死”没人提倡过，所以这些年没事儿找死的屡见不鲜。

幸福不是金钱，但幸福的概念里肯定有金钱。有钱不一定幸福，但绝对没钱则绝对没法儿幸福。

我们不敢说拥有自己的生命，因为你来到这世界上并非出于自己的选择，你离开这个世界的时候，也没人提前告之。失败、失足、失和、失恋，各种的不如意，许多不好的东西，不是你选择放弃就可以放弃的。所以，人生有欢乐、有苦恼，很正常。

人一生，汗水和泪水你必须选择一样。如果你任何时候都不想付出汗水，那你就毫无选择地准备付出泪水。

你默默无闻，最好默默无语地做。几乎所有的人从来只承认结果，不承认过程；承认胜利者，不承认奋斗者；承认今天之前，不相信今天之后；承认回顾，不相信前瞻。所有的前瞻都被叽为说大话、吹牛。

人世间最悲哀的命运是一生下来什么都有了。什么都有了就什么都不用做；什么都不做，就意味着对人间兴替、人生苦乐均无体验。什么都有即什么都无。有的父母苦心孤诣为子女准备下什么都有的享受，其实是对孩子未来的一种断送、一种毁灭。

生活

生活，一是生，二是活。“生”包括的内容不多；“活”包括的内容不多。“生活”就复杂了。总之，生容易，活容易，生活不容易。

许多人的生活，似乎只由两部分组成：一是生活给别人看，二是看别人怎样生活。谁摆脱了这两种，谁就弄懂了生活的价值。

偶然

生活中的偶然是巧合，事业上的偶然是机遇，爱情上的偶然是缘分，生命中的偶然是天意，人生中的偶然是运气。

关于说“不”

如果没有说“不”的人，这世界会变成一潭死水；如果光是说“不”的人，这世界会变成一片荒芜。

班门弄斧

“班门弄斧”喻不自量。其实，欲弄斧者必到“班门”。对外行炫己之长，于人于己都无益。

干事

事不在多，贵在干；干不在多，贵在成。人有两种情况最糟糕：一叫一事不为，二叫一事无成。

危机

一只狼在追赶你，你奔跑的速度一定是最快的，因为你意识到了生命的危机。危机意识会成为你殊死拼搏的最大动力。人生最可怕的不是危机而是对危机的麻木

失去

失去有大有小。比如，你失去金钱，你只失去了一点儿；失去机会，你只失去一时；失去爱情，你会失去一半儿；失去亲人，你将失去很多；失去信心，你就失去未来；失去健康，你就失去了所有。

幸运

幸运不是上天的无端赐予，不是跌了一跤捡了个元宝、瞎猫撞见个死耗子，天上掉馅饼正落在你托着的竹篮里。所有的幸运都生于有心，多数幸运是其他

人只看一眼的东西你又多看了一眼。

烦恼

人之一生，不如意事常八九。你若想烦恼，烦恼天天跟着你。对付烦恼的办法是由它去。你不想烦恼，烦恼也懒得纠缠你。俄国作家契科夫说得很有意思："要是火柴在你的口袋里燃烧起来，那你应当高兴，而且感谢上苍，幸亏你的衣袋里没有装着炸药；要是你的手指扎了一根刺，你应当高兴，幸亏那根刺不是扎到眼睛里；要是穷亲戚来找你，那你应当高兴，幸亏来的不是警察。"换个角度看，"他人骑马我骑驴，后面还有挑担的。"我虽不及人，人有不及我。心态平衡，乐观向上。知足常乐，烦恼何来？

人世间的各类烦恼都喜欢跟闲着没事儿的人套近乎。闲着没事，干什么呢？"下雨天打孩子，闲着也是闲着"，自寻点烦恼吧。那整天忙碌的人，就没那么多时间去想烦恼了。你不招惹它，烦恼也觉着没意思，悄悄走了。

吃瓜子

许多人喜欢吃瓜子，不只是图其香，还因其难得吃饱。如果一颗瓜子顶一顿饭，人们对其喜爱的程度也许会大打折扣。美在过程，人们在过程中得到美的享受。比如恋爱很美，你喜欢快刀斩乱麻一样的恋爱吗？一对恋人，一边品茶，一边嗑瓜子，颇有情趣。假如一边卿卿我我一边吃驴肉火烧，看上去必大煞风景。

距离

关于距离，有两种说法，都挺新鲜。一说"距离产生美"。比如，一个女子，袅袅婷婷走来，风流秀曼。走近了，才看清满脸雀斑。"远看一朵花，近看猫儿抓"。看来，有距离才有美是对的。但生活中并不都这样，"日日思君不见君，共饮长江水"，距离只产生痛苦和无奈。

又一说法，叫"零距离接触"。那意思是没有了距离，很亲近，很亲密，很美。但生活中许多零距离与美也很少搭界。比如挤公共汽车，挤成绝对零距离，但并没有些许美的感觉。如今城市中居民，同住一栋楼，左邻右舍，一墙之隔，近乎无距离。一住几年，声息相闻，却形同陌路。

人与人，真正的距离是心的距离。像俗话说的“人心隔肚皮”，成语“同床异梦”，就难以尺寸计。

日子

起得早，一天的日子就长；起得晚，一天的日子就短。日子的长短加起来就是生命的长短。

两件事

人的一生，在两件事上不可惜力，一是动脑筋思考，二是下力气干活。其他东西都是越用越少，唯力气和智慧越用越多。

干活

“活”与“死”相对。干活，干活，唯干才能活。有活干起来才能有尊严地活下去。一无所能则一无所为，坐享其成无异坐以待毙。

看病

看病，有些病要看西医，有些病要看中医，有的病要看上帝，而无论什么病，最要紧的还得看自己。

金钱

社会上流传着一句话：“钱不是万能的，而没钱是万万不能的。”有点意思。钱之于人，如水一样，渴的时候有的喝就行了，你存了一个湖泊的水，能都喝到自己肚子里去？一个湖泊的水，是个负担，也难免成为灾难，不小心还难免淹死在湖里不是？

有钱被称作富有，但物质的富有不一定就换来精神上的开心。坐拥千百万之富，却没有快乐，是精神的赤贫，是身着锦衣的穷人。不想有那么多钱就不用费那么多心机。活得简单一点、单纯一点、放开一点，就会开心一点。开心既富有。

没钱的时候，想想你还拥有什么；有钱的时候，想想你还缺少什么。如此，没钱或有钱，你都能活得愉快，活得清醒，活得充实。

管好自己

人生路上，有些是你无力改变的，有些则是你能够改变的，只要努力改变你能改变的部分，你就能获得美丽的人生。比如，你改变不了出身，但你有办法选择努力以改变命运；你改变不了性格，但可以改变形象；你不能使自己绝顶聪明，但可以使自己绝对诚信；你左右不了天气变化，但你左右得了自己的心情；你管不了艾滋病的传播，但你能做到远离污秽、洁身自好；你没办法改变濒临灭绝的野生动物的命运，但你有办法管住自己，绝对不吃、不捉、不杀任何野生动物；你没有能力改变一个城市的环境，但你有办法做到不随地吐痰、不乱丢垃圾；你肯定不会事事顺心，但肯定可以做到事事尽力。如此种种，只要做好你能做的，照样，会使自己活得非常舒心，非常惬意。

静思偶语

你说“条条大路通罗马”，可人家就出生在罗马，你跟他竞争，累吐血也白搭。世界上没有绝对公平的事，多数人是在不公平的条件下进行“公平竞争”。

人生有“三个不能选择”：父母不能选择，家乡不能选择，出生和死亡的时间不能选择。人生，有一些无论如何自己也做不了主的事。

愈是“求全”，便愈是“致毁”。人当知进，也需知敛。知敛，则人生诸般苦恼俱随风去矣。

不要怕对手强大。有多强大的对手就能锻炼出多强大的自己。

人生万里路，关键两三步。成功多数不是赢在人生之路的起点，而是赢在某个重要的转折点。

容人之长

所谓容人之量，既要容人之短，又要容人之长。容人之长更不易，也更难得。常人之通病，不如自己的看不上，超过自己的不想用。在他那个木桶里，他成了最关键的那块木板，比他短的不用，比他长的锯短。王伦容不下林冲，更难容晁盖等一伙江湖好汉，只接受杜迁、宋万那样的庸常之辈跟他凑合。察古今人物，凡难容者都难成大器。

杂识

幸福的人不一定比其他人拥有得更多，只是他始终满足于自己拥有的一切。

人一生，最可宝贵的不是拥有什么东西，而是拥有什么人。

人生不能后退，但可以拐弯；人生没有“如果”，却可能有很多“但是”。

你背着太阳走，阴影会一直伴随着你；你迎着太阳走，就会把阴影甩在身后。

如果你如愿地骗我一次，你应该感到羞耻；如果你如愿地骗我两次，我应该感到羞耻。

人的欲望是一个双面魔怪：它既能鼓动你为达目的去舍命拼搏，也能诱惑你为了私欲而堕落沉沦。

人，不怕遭人嫉，只怕被人捧。遭人嫉则知有所敛，被人捧常晕晕乎乎忘乎所以。

不求高官，不想巨富；做普通人，过平常日子；日有三餐，夜得一宿。没有大快乐，但有小快乐。天天小快乐，一生大快乐。

前头有车，后头有辙，平安，但难有大作为。聪明的成功者，都不会被三件事控制自己：一是过去，二是别人，三是金钱。

世界上真正由乞丐变成富翁的不多，但由富翁变成乞丐的并不少见。由俭入奢易，由奢入俭难。乍富之后的挥霍无度，常磨灭了他们上进的意志，终而走进贫穷乃至毁灭的深渊。

有能力干不过有权力，有美德比不过有美色，向前看赶不上向钱看，你拼命比不过他拼爹。

从来如此，于今尤甚。

人在其位，朋友多，真的少；人去其位，朋友少，但真的多。看那些被前呼后拥着的官儿，真明白或真想明白这个规律的不多。

试男人可以用女人，试女人可以用金，试金可以用火。

不安于自己位置的铺路石，很可能成为一无所用的绊脚石。

人的眼睛是黑的，心是红的。人的眼睛一旦因物欲变红，心就变黑。

从猴子到人经过了千百万年的进化，从人到猴子只需一瓶酒就完成了。

佳话

天下事有的可以效仿，有的不能。阮籍是个才子，好饮，在酒馆喝醉竟酣卧美妇侧，而且传为佳话。你照葫芦画瓢试一回，那就是不折不扣的性骚扰。王羲之坦腹东床得美妻，可自他之后，没听说哪位用同样的方法而获美人一顾者。可见，所谓佳话云者，也只是说归说、听归听，效仿不得。

生活类型

有人把生活分成四种类型：大而困难的，大而容易的，小而困难的，小而容易的。作为普通人，得在后面两种类型里选择。小而困难的最好，虽重复，但每天面临挑战，一日不做，一日无食，一个平常人的人生都这样。

明白活着

俗话说："唱戏的是疯子，看戏的是傻子。"唱戏的在台上装疯，人家是挣钱呢，你在台下傻迷瞪眼地拍巴掌傻笑，你是花钱呢！任何时候都不要弄错了角色，也跟着人家手舞足蹈地装起疯来。

活着容易，明白地活着不容易。

人到四十

孔子说"四十而不惑"；法国女作家尤瑟纳尔说："学会估算自己与上帝的距离，非到四十岁不可。"看来，四十岁，大概是多数人走向成熟的一个临界点。人到四十，还傻乎乎地无所事事，大概难有大成。

天地·父母

人处极困境、走投无路时常呼天，虽然老天爷并帮不了他。当年项羽兵困垓下、四面楚歌，叹道："此天亡我，非战之罪也。"

人在极度痛苦、难以忍耐时则常呼爹娘，即使父母已然见背了也这样。

司马迁在《史记·屈原贾生列传》中说："夫天者，人之始也；父母者，人之本也。人穷则返本，故劳苦倦极，未尝不呼天也；疾痛惨怛，未尝不呼父母也。"极是。

能耐

能耐。一是能，二是耐。能是能力，耐是耐力。耐得寂寞，也耐得热闹；耐得艰苦，也耐得享受；耐得困顿，也耐得诱惑。凡事之无成者，往往并非困之于能力的缺失，而是败之于耐力的不足。人成大器，既要强化能力，更要具备超人的耐力。能力加耐力，则少败事。

诚实和老实

二者相近而义不同。前者多用于平等人之间的评价，后者则常出现在不平等的鉴定，词义与“窝囊”近似。

事业

不要对人讲你个人的事业。个人的事业是你自己的事，对于他人，是无所谓有无所谓无、无所谓大无所谓小的。于你，以为紧要的事、天大的事，人家也许以为你在玩闹，以为鸡毛蒜皮，以为狗屁不是，以为没事儿撑的。最好的办法是默默地做，莫张扬，不夸示，少显弄。

自知

人贵自知。自以为什么都行，有十八般武艺。人家当总经理，自己自然也当得成总经理。但现实是从来没当上。怀才不遇，自然愤愤不平，一副“重整山河待后生”架势。

人啊，无论不明白什么都能过得去，唯独不明白自己最没药可治。

无奈

看京剧《女起解》，那苏三出场，披枷带锁。她没办法左右自己的命运，能做的也仅仅是希望能托人给她的情郎王三公子报丧：“就说苏三把命断，来生变犬马我当报还。”

人在无奈时能想到的办法非常有限。

百密一疏

友人某，患心脏病，遵医嘱戒烟限酒，口袋里放着救心丸，床边放着氧气袋，隔三岔五到医院检查，孰料竟死于一次意想不到的车祸。

百密一疏。人生路上有许多这样的“想不到”。

先喝水还是先吃饭？

渴了要喝水，饿了要吃饭，再简单不过。先喝水还是先吃饭？那得摸摸自

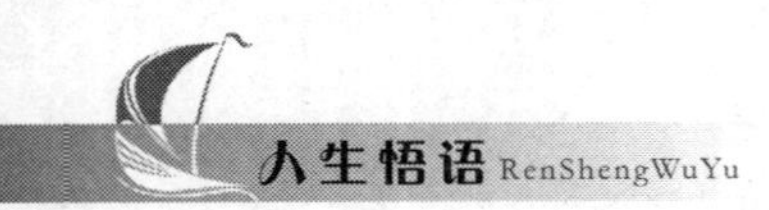

己的肚皮，而不是听人家怎么说。

小可喻大。“摸摸自己的肚皮”叫从实际出发；只听人家怎么说而决定自己肚皮的事，不难受的少。“人家怎么说”要了解，但更重要的是自己怎么想。

“铁饭碗”

“铁饭碗”的确切含义不是在一个地方吃一辈子饭，而是一辈子无论到哪儿都能有饭吃。“铁饭碗”不是靠什么人的承诺，而是自己实实在在的能力。

察渊鱼者不祥

有一句古谚说：“见渊鱼者不祥，智料隐匿者有殃。”（《列子·说符》）凡喜欢观察他人隐私者，都很难获得长久的友谊。远离别人的秘密，是保证个人安全，以及与人相处、相善并恒久的保持友好的关系的一条原则。

心语

语云：心有多大，天就有多大。其实，心就像一个定量的容器，再大，也看装什么。多放进一种东西，就要减少另一种东西。心里装满了是非，就盛不下正事；装满了烦恼，就挤跑了快乐；装上了邪念，就没有了正气；放进了太多奢靡和享乐的妄想，就必然少了事业和信仰的位置；放进了猜忌和险诈，就很难再保持诚信和友谊。《书》云：“作德，心逸日休；作伪，心劳日拙。”有人终日忙于算计，出色的事干不成，出格的事不少干，就因其心中杂七杂八、狗七马八的念头装得太多。

火锅

羊肉片或别的什么片，以及七样八样的什锦配料、各样菜蔬、粉丝、豆腐之类，统统往一个锅里扔。中国的“吃文化”没有比“火锅”更“文化”者。

“火锅文化”妙在能容。吃火锅能悟其“能容”品质者方得火锅之妙。

差错

什么都不做就什么都不错。永不走路的人自然永不摔跤。所以做事越多的人常常被批评越多，而“天桥把式”们则不断总结和介绍“不出差错”的经验。

说话

“一言兴邦，一言丧邦。”说话，说什么和怎样说，反映着一个人的道德学问和修养水平。荀子说：“赠人以言，重于金石珠玉。”《说苑》有语：“君子之言寡而实，小人之言多而虚。”说不在多，而在于世有益、于事有用、于人有助。

该你说话的时候知道说什么是一种水平，不该说话的时候知道闭嘴是一种聪明，知道什么时候该说什么时候不该说是一种智慧。

喋喋不休和口才好是不相同的两码事。你跟一个沉默寡言的人相对一个小时会发茶，跟一个絮絮聒聒的人共处 10 分钟会发疯。

与人相处，最好恭敬少言。那种一副无所不知、无所不能、夸夸其谈、旁若无人的张狂，很少得到别人的尊重和信赖。

说话，说什么，说到什么程度，是有许多讲究的。哪怕多么亲密的朋友，乃至夫妻，父子间，也不会百分之百地无话不说。比如男人喜欢跟女人交谈的话题，正是他们从来不与同性交谈的话题，反之也是。

有话不说，不外三种：不能说，不敢说，不想说。不能说，因为说了就是错；不敢说，因为说了就是祸；不想说，因为人微言轻，说了也白说。

现如今，关系再熟的人见面都有两套话，桌面上一套，桌底下一套。你能识得清哪一套是可信的真话，你就不简单。

“心直口快”不是任何情况下都是长处。在一个不同的心计相混的群体里，更需要的是谨言慎行，不能信口开河，“乱放炮”。“心直”好，“口快”好不好得两说着。记住“三思而后行”，还要记住“三思而后说”。

多言多败。话多了是非亦多。“病从口入，祸从口出”是一代代人总结出来的人生经验。一出家人传授一位当代作家成就大事的秘诀是：“心系一处，守口如瓶。”是为经典之语。

同样的话，关系密切的人讲出来与一向心存芥蒂的人讲出来，可信度不一样；一文不名的穷汉讲出来与腰缠万贯的富人讲出来，分量不一样；位高权重的官儿讲出来与犁田扒地的百姓讲出来，作用不一样。

话的分量其实是人的分量。

“与君一席话，胜读十年书”的交谈，不只是交情默契，还得正好儿碰上了两个人都感兴趣而且看法一致的话题。

“同事关系”就是在一起做事的关系，不需要“无话不说”的亲密，许多事情最好别列入交谈内容。别看共事多年，其实你不知道真正的他，他也不一定了解真正的你。最理想的单位环境最好是保持一种单纯、安静、安全的人际关系。

话分人说，不能简单地在爱说和不爱说上定优劣。有人喜欢说“好话”，把话当成商品一样专拣你爱听的说。或用“好听的话”把你绕进去，套出他想要的话，别有所图。有人喜欢说“坏话”，张家长李家短，拨弄是非，凭空给你填堵。有人喜欢说“废话”，把风马牛不相干的事扯在一起，絮叨起来没完，给你本来很有条理的思绪堆上半筐垃圾。有人喜欢说“没影儿的话”，能把没影的事说得飞沙走石、天昏地暗，吓得你目瞪口呆。看来，爱说话与会说话不是一回事；说好话与把话说好也不是同样的意思。

说话有时候比股票更具风险性。因此，在你学会智慧地饶舌之前最好先学会理智地及时闭嘴。及时地闭嘴并不比滔滔不绝更容易。

当下

最重要的时间是当下，最重要的人是当下与你在一起的人，最重要的事是你正在做着的事。抓好当下，则无败事。

做人·做事

把人字写好，一撇一捺；把人做正，一生一世。

做事，有两条最重要：一是做对的事，二是把事做对。

天下无难事，天下无易事。终身有乐处，终身有忧处。

事闲勿荒，事繁勿慌。有言必信，无欲则刚。

看得清，想得开；拿得起，放得下；立得正，行得直。

事无绝对

迎着太阳走就甩不掉背后的阴影。人生没有绝对的美好。阴影是向着太阳的背面，苦恼是愉快的背面，失去是得到的背面，不完美是完美的背面。美人必有一陋，一定要绝对完美就失去完美。

得失

人，常在不经意时拥有，又在其乐陶陶时失去。好事多磨，乐极生悲，人非物换。得得失失乃人生常态。得之勿喜，失之勿忧。

能容

漫画家方成，望百之年时画了一幅《大肚弥勒佛》题之曰：“人生本来事就多，鸡毛蒜皮一大箩。谁有弥勒胸襟阔，笑看平地起风波。”

度是春风常容物，心如秋水不染尘。百岁老人告诉人们一条重要的人生智慧：能容。

大狗叫，小狗也叫

俄罗斯作家契科夫谈道：由于莫泊桑的出现，给创作定了那么高的要求，写作就不容易了。但还是应该写。他用了这样一个比喻："世界上有大狗，也有小狗。是小狗，不因为有大狗的存在而慌乱不安。所有的狗都应该叫——就按上帝给它的嗓子叫好了。"

一切都会过去

一位国王，想找一句最有哲理的话当座右铭，于是向全国臣民征集，最后选出最满意的一句："一切都会过去。"

那国王很有些见识。人世间芸芸众生，无论富贵贫穷、顺境逆境，以及种种痛苦、烦恼、忧愁、失意等等，一切变化和经历都会过去，一切都不会停滞。无限荣耀时，且莫陶醉起来没完；面对失败，也无须愁肠百结。面上灭除忧喜色，胸中消尽是非心。你只管往前走就是，在往前走中让蓬勃的生命力绽放开来。

市井闲话

想得开

住楼住顶层，顶层怎么了？居高还能望远。看戏坐在了后排，后排也不赖，看不清演员的脸，咱看得清看戏的人。不指望有人来送东西，也不烦心有人来找麻烦。出门没人见面笑，也不担心有朝一日墙倒众人推。没有一堆人围着你拍屁股，也没有人冲你背后戳脊梁。识天地之大，晓人生之难。有自知之明，得预见之先。不为艰苦而愁，不因得宠而喜。寂寞时独享宁静，孤独时不感孤单。绝权欲，弃浮华，达观潇洒。于嚣浮尘世能自尊、自重、自立、自强，不亢不卑，不谄不俗。

你不能获诺贝尔奖而扬名天下，只要很尽心、很努力地做好自己的工作也就很好了；你成不了比尔·盖茨那样的亿万富翁，能够做到衣食无忧、合家平安也就很好了；你吃不上鲍鱼、海参，能一日三餐吃得很香，且没有“三高”困扰也很好了；你得不到上司的宠信、授以重任，能融洽相处、相安无事也就很好了；你和妻子称不上郎才女貌、夫贵妻荣，能相濡以沫、携手以行也就很好了……

所有的苦恼都源于奢望，所有的快乐都来自满足。

生活中有诸多小事，不必太在意。比如，上司对你怎样看法，周围的人对你怎样评价，工作中的小挫折，人际间的小摩擦，如此种种，都太嘀咕、太小心、太在意，小不顺会成为大烦恼。人生，不如意事常八九，都太在意，你的日子不会有开心的时候。

凡事，不在意不行，太在意不好。睁开眼历历在目，闭上眼空无一物。许多小事，琐琐屑屑，随它去！随它去地球照样转，小酒喝得依然很美！

“半夜想了千条计，清早起来卖豆腐”。千条计可能都很美妙，但就眼下说，还是卖豆腐实在。因为不卖豆腐肚子不干。吃饭问题是第一要解决的问题，然后才能说其他。

生活中许多事你别较真。比如京剧《女起解》中，那苏三唱道：“苏三离了洪洞县……”如今，山西洪洞县果真出了个监押过苏三的监狱。离洪洞县城数里之遥，是有名的“大槐树遗址”，那儿还立着块不老小的石碑，上刻：“苏三卸枷处”。又如薛平贵，王宝钏原是虚构人物，但如今造出了个“王宝钏寒窑”。想那“苏三监狱”，“王宝钏寒窑”，毕竟不是长城、金字塔吧？能保存到今天？“故事里的事，说是就是，不是也是；故事里的事，说不是就不是，是也不是”，你要较起真来那就不落好。生活中有时候得打马虎眼，在不相干的事情上，打马虎眼比较真好。

我辈草命之人，就安安分分做个普普通通百姓得了。咱跟上帝拉不上亲戚，祖坟上没那个风水，要有，从祖爷爷那辈儿早发了，还等到今儿个！

做个普通人也挺好，也是一天三顿饭。咱当不上总统，也不至是饭筒；成不了盖茨，也入不了丐帮；坐不上奔驰，也用不着奔命。不求神佛，也不存枉念。饥则食，渴则饮，乏则息。安分守己，随遇而安，知足常乐！都解放70多年了，还去眼红当房奴、车奴，吃错药似的。有当奴隶的瘾啊？

世事尽纷扰，吾心吾做主。

翻旧账

“吃不上葡萄说葡萄是酸的”，一句尽人皆知的俗语。其实，这俗语所指、所喻、所寓之意非只一端。

比如，管着葡萄园的随便吃葡萄，吃不上葡萄的总得议论吧？“天下公则庶民不议”，不公呢？“葡萄是酸的”，一种聪明的思维方式。少些羡慕，多些安慰。一不生气，二不上火。

“葡萄是酸的”。酸得能吃吗？缺心眼啊！

吃不上又不着急，总得有个不吃的理由吧？“酸的”，就是不吃的理由。不吃也好。人家情人节送99朵玫瑰，咱没钱送，就背着恋人上99阶天桥台阶，也挺浪漫。也是“酸葡萄”式的思维方式。

当然，也难免有人全不管葡萄是不是酸的，认定“吃了也白吃，白吃谁不吃？”当年阿Q跟小尼姑动手动脚，逻辑就是：“和尚动得，我动不得？”结果阿Q倒霉了。看样儿还是“吃不着葡萄说葡萄是酸的”思维智慧安全些。

疯狗

如果你看见一条疯狗，最安全的办法是躲得远远的，也不要想着去打它。世界上总有跟疯狗的本性差不多的东西，最好的办法也是躲得远远的。人和疯狗搅在一起总不是个事，至少不是一种快活的处世方式。

“祸福无门，唯人自招。”所有灾患都源于人，预防和避开也在于人。

淘鱼

旧时，农村的人们在河沟捉鱼，办法是：先在河沟里挡起两道土堰。中间截出一片不大深的水面。然后，拿绳子拴一个水桶，两人抖起来，一下一下把堰内的水淘到堰外。快淘干的时候，鱼儿们都露出脊背来，于是下水捉。捉之前，几个人先在水里边来回蹚着搅和，把水搅浑。鱼儿们被浑水呛得游不动，一捉一着。所谓“混水摸鱼”其实是“浑水摸鱼”。生活中不乏这种故意搅和的伎俩，把歪理说正，把正事说歪，让你是非不清，稀里糊涂上当。

小心搅和。

甘草

中草药中有一味甘草，为人熟知。甘草一名蜜草，一名蕗（lù），一名苓（líng），一名大苦，以根茎入药，性平和味，能和百药。在方剂中，它总担任配角，调和众药，融寒、燥、温、凉于一体，以之更好地发挥众药的综合作用。没有甘草不行，只有甘草不行。

生活中，一些人的本领也与甘草相似，虽无单独任事之能，但有和众之力。欲事之成，任何时候都不可忽视了“合众”的作用。

辨物

山羊亲近青草，蜜蜂热衷花丛，把麦粒和钻石撒于地上，公鸡对麦粒表现出极大的热情，对钻石则不屑一顾。

辨物之优劣，需要就是最好。

卖肉

一对夫妇在农贸市场摆摊卖生、熟羊肉。有人来买熟肉，他们给顾客送上一小包椒盐；买生肉，就送上一两个白皮萝卜。不要钱，白送。事不大，心细。为此，他们赢得了不少回头客，生意日渐兴隆。

有人说，这对夫妇会做生意，吾则谓二人颇有见识。天下万事多成于细，细处可见心地、见真情、见远识也。

胆大胆小

“没有事情，胆子千万不能大；有了事情，胆子千万不能小。”这是电视连续剧《杨乃武与小白菜》中杨乃武的舅父姚士清说的一句话。姚在衙门当差，这是他当差几十年的经验之谈。不是绝对真理，但记住绝对有用。姚非名人，不然此语堪入名言录也。

心存敬畏

早年，北京有家老药铺叫“万全堂”，开业在明朝永乐间，比名声赫赫的同仁堂年头儿还老。药铺的店堂有一幅有名的抱柱联：“修合无人见，存心有天知。”一直到新中国成立以后，此联还挂在药铺的堂中。

“修合无人见，存心有天知”，这叫敬畏之心。俗话说：头上三尺有神明。即使在没人知道的情况下，坐堂大夫给病人看病，抬头看看柱子上的对联，也会心存敬畏，不敢丝毫懈怠疏忽。

心存敬畏，才心存善念。

唐僧这个班子

唐僧、孙悟空、猪八戒、沙和尚，单个看都有一大堆毛病，但他们能相容互补。相容则成一个优秀的整体，互补则能团结干事。心虔志诚，历过灾愆，终于把经取了回来。大家都做唐僧，一人拿着个紧箍咒念，肯定不行；大家都做孙悟空，都去当“沙丁鱼船舱里的鲇鱼”，也非坏事不可。

保圣寺的罗汉

江苏甪（lù）直有座保圣寺，寺内塑有许多罗汉像，据说乃唐代著名雕塑家杨惠之塑。杨与大画家吴道子皆师从张僧繇，学成，耻居其次，转而为塑，二人皆誉满天下。

保圣寺的罗汉像神态各异，内有一尊俗称尴尬罗汉者，表情“似哭非哭，似笑非笑”。可见罗汉也有喜怒哀乐、贪嗔痴爱，并不都个个六根清净。世间大众如我辈者，当然距罗汉甚远，有点私欲也正常。“文革”年代搞“狠斗私字一闪念”，连“一闪念”都要“狠斗”起来，那意思大概要把人变成木头一样。罗汉都做不到，何况庸常如我等碌碌人哉？

拍马

2006年时，台湾的陈水扁有一次夸人，一不留神用了“罄竹难书”四字，一时舆论哗然。时任台湾“教育部长”之杜正胜者，有历史学者身份，为拍陈水扁马屁，竟说“罄竹难书”四字成语本没有褒贬之意，用来夸人，也没有错。幸亏当时没人附和他，不然那陈水扁到老都会拿“罄竹难书”夸人。

身居高位喜欢有人拍马屁也不碍，但一定要记住，最终现眼的肯定是自己。

减肥

生活好了，吃饭不再算计，鱼呀肉呀之类的好东西，可以敞开肚皮吃，结果，肥男胖女成批量地涌上了街头。更可怕的是，高血压、高血脂、高血糖、高胆固醇，糖尿病、心脑血管病，竟跟早年头疼脑热一样成了常见病。于是，大家恐慌了，减肥成了热门话题。看来，无论什么东西，适量才好，不能过。“物无美恶，过则成灾”。当然，有人为求形体美，已是瘦骨嶙峋的样子，也跟着胖子们节食，

此亦谓之过。

防骗

如今骗子多了，骗术也花样翻新。电视上时不时地有专家教人如何防骗。其实，防骗之术无它，只需牢记“戒绝贪念”就是。凡骗术，无论怎样变化，都只能骗心存贪念的人。所有不上当者，也不见得有怎样超人的智慧，只不过戒绝贪念萌生而已。

买鞋

买鞋子，判断标准主要有两条：一，看着漂亮；二，穿着舒服。两条都占，不易。一般情况下，看上去漂亮的鞋子，都不大舒适；而穿着舒适的鞋子又都不大漂亮。这大概因为，漂亮鞋子的外形设计都比较完美，而人类的脚又很少长得那么完美无缺。你要追求外在的完美，就要忍受脚的憋屈；而要满足脚的舒适，就得放弃对鞋子外形的挑剔。又漂亮又舒适的鞋子不是没有，但不多。鱼与熊掌不可得兼。多数情况下，还是先求脚的舒适好。

人生种种，如婚姻、如就业、如择居、如旅行，无不如是。你的选择主要是要求外观的漂亮，还是感觉上的舒适？是希望得到别人的羡慕，还是自己的惬意？

合适

世间事物，没有最好，只有合适。比如情侣，只要人品、性格等能够相容和互补，即谓合适。如果再加上“门当户对”，那就更好。所以，“合适”都是个体化的，强求不得一律。比如你说“好吃不过饺子”，可有人就不喜欢吃它，不管什么馅儿，都不吃。你们大家吃饺子，人家宁愿喝粥、窝头就咸菜，香着呢！好或不好，一个人一个标准。萝卜白菜各有所爱，别人认为最重要的东西，也许对他一无所用。

野心

法国传媒大亨巴拉昂患了癌症，在临近生命终结时，他出了一个题目，通过一家报社征集答案，称凡答案与他预先锁在保险柜中的答案相同者，即可获得 100 万法郎的奖金。

巴拉昂的问题是：穷人最缺的是什么？

据说，在收到的数万份答案中，只有一个叫蒂勒的小女孩的答案与锁在保险柜中的答案相符，那答案是："野心"。

所谓野心，即想实现不能实现的梦想，想改变没有条件改变的命运。人一生，不怕没办法，就怕没想法；不怕没路走，就怕不敢走。野心和梦想是所有奇迹的出发点。

偶然

一人，偶得一紫砂壶，爱不释手。夜眠时，置壶于枕侧，夜间翻身，不慎将壶盖跌落地下，颇痛惜。窃思，一无盖之壶留之何用？遂一甩手扔出窗外。次日晨起，意外发现那壶盖原来落在了床下的鞋子上且完好无损，甚悔自己把壶早早扔掉，遂一脚将壶盖踩碎，心绪很坏地走出屋门。谁知一抬头，竟看见那砂壶不偏不倚地挂在窗前石榴树的枝杈上，不禁跌足。

生活中，常发生许多看起来认为毫无疑问的必然，而结果却恰恰相反。凡事不能看死，人生路上各种意料不到的情况都可能发生。

财富

太多的财富如同人的肥胖，都是由许多多余的东西构成的，只能成为你生命的累赘而不会增添人生的快乐。

人之财富，生不带来死不带去，只要能满足你的生活需要，就该去追求那些与财富无关的更有价值的东西。只有修养、才华、智慧才伴随你的一生，并最终因你的生命结束而消失。

为了钱，有人会出卖许多东西，比如友谊，比如青春，比如人格。但只拥有钱，任何人都不可能用金钱换取他想要的一切，比如才华，比如爱情，比如自由。金钱，从来有它自身的盲点，坊间语云："穷得只剩下钱了"，就是叹其不顾一切地攫取金钱最终失去了金钱以外的一切。

人比人

人比人，气死人。比如，论条件自己没一条比某人差（其实总有差处，不自知而已），可人家，家产赚了千万贯，官位顺着风儿窜，如花美女围着转，众人仰着脸儿看。要风得风，要雨得雨，飞黄腾达，扬眉吐气。自己呢，终日忙忙碌碌，要什么没什么，能不气死人！你非比那位每天喝拉菲的，你怎么不比连白开水都喝不上的？宁看贼挨打，莫看贼吃饭，你一准儿心平气和。

麻将中的“混儿”

麻将牌中有两枚画着小动物图案的“混儿”。“混儿”不是“筒”、不是“条”、不是“万”、不是“将”，“混儿”什么也不是。但它遇“筒”则“筒”、遇“万”则“万”、得“条”则“条”、逢“将”则“将”。什么都不是，又什么都是，要不就“混儿”了？此“混儿”一大优势也。生活中也有这样的“混儿”，他们什么都不是，但能“混”，而且往往混得很得意，很得势，人五人六。

一个优越的干事环境，很重要的一条是没有“混儿”，或“混儿”们很难混下去。

梦想

你做什么梦，那是你的自由，谁也干涉不着。察古今人物，许多成就大事者，往往都是从梦想起步。只要痴心不改、脚踏实地、一往无前，异想未必不能天开。关键在于把这远大抱负和扎实的努力结合起来。泱泱海阔凭鱼跃，朗朗天高任鸟飞。无论什么时候，无论什么情况下，都不要收拢梦想的翅膀。

阿司匹林

少剂量的阿司匹林，可有效地抑制血小板的黏附和聚集，防止血栓形成，预防心脑血管病严重化。但奇怪何以长时间没有发现阿司匹林如此重要的价值呢？原因之一，是它太便宜了。

一种东西太便宜，其价值往往不被人认识、发现、承认和重视。识物识人俱如是。一个人，虽有本事，但出身卑微且地位低下，则人微言轻，有可能长时间被忽视。此类现象历史上和现实中俱不乏见。

俭省

古人以俭素为美。俭者简也，活得简单才活得舒适。因此，崇俭不只是为了省钱，而是一种生活理念，一种如何活着的理念。比如，你无论坐拥怎样多的衣柜和怎样多的服装，在暑气如蒸的盛夏，也只能穿一件短袖小衫。哪怕是丝织的，你不能同时捂上三层吧？那准会捂出一身痱子。又如，徒步走路比出门坐车更有益身体健康。在院子里踢毽子、高抬腿做广播体操，不比在健身房里弄健身器械的差。那些长寿者有几个是健身房里锻炼出来的？

关系

“关系”的本质意义是交换。比如说，张三和李五关系不错，其实质是他们二人在做着或做过双方都满意的交换。

“关系”不是友谊。关系，友情为表，无情为里，温情脉脉的面纱下遮掩着因交换而生出的冰冷。没有了交换也就没有了关系。

简单

不跟时尚，不赶潮流。生活中许多东西都可以简单一点。住小面积的房子，简化没用的家具。衣物重实用而不去购时尚。活给自己看而不是取悦他人。学会省略的艺术，研究摆脱的技巧，恪守简易的宗旨。在简单中蕴含丰富，在舍弃中感受充实。

两面

人受多少关注，也必受多少攻击；有无限风光，也常有无端不测；望上去正在飘飘然者，继而也可能昏昏然。祸兮福之所依，福兮祸之所伏。出多大风头，栽多大跟头。智者语曰：富贵可期，人心难测。老百姓说：露多大脸，现多大眼。

烦恼与快乐

快乐起来的方法只有一个，就是把快乐的事留在身边，伴你同住。把烦恼的事丢在路上，不去理它。而烦恼之所以如影随形，是因为你一直把它背在身上。

能耐

“谁比谁更有能耐”，一个男人间从来不想讨论的话题，就如同女人间永远不可以讨论“谁比谁更漂亮”一样。

谁更有能耐？眼光不一样，追求不一样；领域不同，尺度不同。骆驼有极强的耐力，几天不吃不喝，仍能跋涉于大漠。跟驰骋疆场的骏马比，谁更有能耐？

有成效的读书，重在伴之以思考。孔子说：“学而不思则罔，思而不学则殆。”“罔”是迷惑，“殆”是危险。看电视不用思考，只管傻乎乎地看就是了。勤于读书跟迷于电视，一是培养出智者，一是造就出傻瓜。

关注

几乎人人都知道世界上最高的山峰是珠穆朗玛峰。你知道世界上第二高的山吗？不知道。不知道不奇怪，因为许多人都不知道。从古及今的各类科考、竞技、竞赛、评比、选美等等，都是。人们关注的从来是第一。

顾客是上帝？

商家向来宣传“顾客是上帝”，你最好别信。你想当“上帝”，不能只有顾客身份，还要掂掂兜里的银子。“上帝”的尊严从来跟兜里的银子成正比。

勿近小人

你耻于跟小人拉扯上任何关系，唯一的办法是跟他保持尽量远的距离，一不与之结友，二不与之为敌。

替罪羊

“替罪羊”是个外来词汇，喻“代人受过”。原义出自古代犹太教“赎罪日”用作祭品的羊。《圣经·利末记》记载：古犹太教在“赎罪日”举行祭祀活动时，先捉一只公羊来，由大祭祀按手在公羊头上，表示民族的罪过由这只羊去承担，然后把羊赶进沙漠。

历史上和现实生活中的一般规律是：你越是懦弱就越窝囊，越是窝囊就越容易给人当替罪羊。没人找老虎或狮子替罪，因为那等于找死。

对付流言

一种叫“蜚”的害虫，体轻如蚊，发恶臭，群集食稻花，令稻无收。所谓流言蜚语，即以暗中散布为手段、以造谣中伤为目的之小人行径。《史记·魏其武安侯传》记田蚡打击魏其侯窦婴，就是采取“乃有蜚语为恶言闻上”的手段。对付流言最好的办法有三个字：不在乎。不在乎就是不想、不理、不怕；不解释、不猜测、不生气。由它去！你在乎它，它就真影响你，叫你坐卧不宁、心神不定、寝食难安。不要期望世间没有鬼魅、没有流言。记住“不在乎”三字，品洁行端，身正影直。诚如此，则鬼子散尔！

君子

做君子不做小人。君子，指有才德的人。在个人修养上温和可亲，善良敦厚，从容坦荡，恬静自然，和睦谦恭。对事想得开，看得远，不因一时之得沾沾自喜，也不因一事之失而垂头丧气。贫贱不移，威武不屈，刚毅正直，敢于担当。莲花因出淤泥而不染被称“君子花”，松柏以其冒风寒而不凋被称“君子树”。淡泊如水的友谊谓之“君子交”。《论语·子路》篇：“故君子名之必不可言也，言之必可行也。”

空间

一个空间总会有一种东西去占领。

比如田野，没有耕耘它就变得荒芜；比如心灵，失去修养就会有杂念甚至邪念萌生。

要想田野里少生杂草，最有效的办法是在上面种上庄稼；要想心灵中少生杂念，最重要的方法是在心灵中培植起高尚的品德。

疑问

以刀为喻：锋利时嫌太单纯，锋芒毕露，不知收敛；世事经得多了，懂得持重了，锈了，又嫌失去应有的锋利。做人，单纯锋利点好呢，还是愚笨事故点好？似乎没人说得明白。

用筷子吃饭

有些事看着挺复杂，但以简单之法驭之，很可能变得容易。比如拿筷子吃饭，无论圆的如花生米，长的如面条，一双竹筷完成，轻松自如。

数字的加减乘除，一把算盘就能完成。一管毛笔，又写字又画画，既是工具，又是艺术品。

人生亦如是，智者智之一端，就是懂得复杂的事简单办。

铁匠的经验

一铁匠，技艺高超，收了不少徒弟，但平时对打铁的技艺所传甚少。好多年后，老铁匠病危，徒弟们侍于病榻，等待着师傅对打铁绝技的传授。但最后，铁匠看着徒弟们，只说了一句话："记住，铁烫的时候，千万别伸手摸。"

细想，此语虽通俗，却十分深刻。人一辈子，能记住并恪守"铁烫的时候不摸"，谨慎一些，少一点非分之想，肯定安全得很。因为生活中遇到"铁烫的时候"实在太多了。

成人之道

古人讲成人之道者三：知畏惧，成人；知羞耻，成人；知艰难，成人。

社会上有许多不能违背的规矩，不能什么都不怕，所以要知畏惧；人生有许多不可摆脱的道德约束，不能什么都奢望，所以要知羞耻；世界上所有通向成功的道路都有许多坎坷，不能心存侥幸，所以要知艰难。

海水鱼和淡水鱼

凡生长在淡水里的鱼，刺都多；生活在海水里的鱼，刺就少。不论大小，都符合这个规律。有通者谓：那是因为淡水里的鱼，在河水或塘水里长大，没经过什么风浪；而海水里的鱼都要经受大风浪的锤炼。

由鱼想到人，似乎也有这种现象。不信你留心观察，别看有人当了个什么官或有了点钱，哪怕贵为帝王，只要他们缺乏在风雨中的历练，一般看都心胸狭窄，小肚鸡肠，很难容物，动辄杀七个宰八个的，似乎很不耒呆。说话办事轻飘飘，与人相处疙疙瘩瘩。本来自己刺儿就多，还专挑别人身上的刺儿。而有的人，虽无大权势，普普通通，但品过生活的甘苦，经过生活的打磨，所以就有眼光和胸怀。处世堂堂正正，干事踏踏实实。古人说“君子坦荡荡，小人长戚戚。”说的是：君子刺儿少，小人刺儿多。

小聪明

人有大智慧和小聪明之分，值得研究。

禀赋大智慧者，常在日常生活交际的小事上显得笨拙，迂腐，木讷，乃至不知灵活，不通世故。而有小聪明者，常在小事上八面玲珑、左右逢源，但在关系全局的大事上则不谙事理，不识大体，弄不好会犯下满盘皆输、无可挽回的错误。《蒋干盗书》中的那位蒋干，小聪明很有一些，但他的小聪明玩不过周瑜的大智慧。

没大智慧，朴实一点好。小聪明，小心眼，小手段常同体相连。小聪明比不聪明还糟糕。

放下

一小和尚跟师傅下山，一条浅浅的小河挡住去路。一年轻女子欲过河而胆怯，逡巡于岸。老僧无语，附身背起女子过河，女子谢过自去。小和尚见此，嘀咕不已。女子走后，忍不住问道：“师傅，你怎么可以背那个女人呢？”老和尚说：“怎么，我都把她放下了，你还没放下？”

放下，人生之大智慧。人活一世，所遇多多：生老病死、儿女情长、婚丧嫁娶、衣食住行、名誉地位、成败得失，等等，都背在身上，太累了。佛说，放下即自在。有时，许多人或许也知道放下会轻松许多，不过，他们更多的时候放下的只是想法，放不下的是心境。

走路

有一个故事：唐贞观年间，在长安城西的一家磨坊里，有一匹马和一匹驴子是好朋友，马在外面拉车，驴在磨坊里转磨。贞观三年，马被选中帮玄奘大师去印度取经，17 年后，马驮着佛经返抵长安。长安民众焚香舞拜，观者如潮。马卸下了经卷，到城西磨坊去看望老朋友驴子。说起取经经历，老马侃侃而谈，那浩瀚无边的沙漠，高入云霄的峻岭，凌风的冰雪，火焰山的酷热，驴子听着惊叹不已，末了，说：“如此遥远又艰难的行程，真难以想象啊！”老马告诉它：“其实，在已去的岁月里，我们都走了差不多同样远的路。不同的是，我有一个目标，而且始终如一、坚定不移，一直朝着目标前进。你呢，则一直沿着磨道转，也很辛苦，只是没有走出狭小的天地。”驴子叹息不已。

人生也如此。对于没有目标的人来说，他不一定没有付出，但岁月的流逝，只意味着年龄的增长。日复一日地重复自己，最终无成。

佛头着粪

某书生，到一寺院游览，见有鸟雀在佛的塑像头上着粪，便很生气地问和尚：“这些鸟雀对佛敬重还是不敬重？”和尚说：“当然敬重。”问：“那它们为什么敢在佛头上着粪？”答：“它们为什么不敢在鹞子头上着粪？”

和尚的回答正点到了要害处：邪恶的无忌反映出正义的不张。

羡慕孩子

幼小时盼长大。心里老想：当个大人多好。长大了，又羡慕孩子。

羡慕孩子的纯真。一片天籁，没有负担，毫无顾忌。

羡慕孩子的想象。孩子的梦很美，腋下生翅在天上飞。搁大人那叫瞎掰。大人很少做梦，因为顾虑多多。

羡慕孩子的友情。孩童时代的友情是难忘的，那叫“发小”；大人的友情是有条件的，那叫“关系”。各有目的，相互利用。孩子对小动物也知道同情，大人们只会猜忌，甚至倾轧。

孩子敢说实话。大人根据利害需要经常编瞎话，说废话，说恭维话。《皇帝的新衣》中，那么多人眼瞅着皇帝光着屁股满世界逛荡、现眼，没人敢说，都怕说出祸来。只有一个孩子大声告诉人们：皇上光着屁股哪！

孩子的世界是美丽的，大人的世界则往往变得偏颇而复杂。

智者的回答

有人问萧伯纳：“你之所以成功的秘诀是什么？是很努力，还是很有天分？”

萧伯纳回答：“你能告诉我，要让一个车子往前走，它的哪一个轮子更重要？”

是的，对于一个成功者来说，勤奋和智慧正如车之两轮，丢了哪一个也不行。

吃亏是福

明代林瀚（1434—1519），闽县人，明成化二年进士，正德间任南京吏部尚书，为留京四君子之一。弥留之际，子孙请遗言，他说：“学吃亏而已。”这成为他留给后代子孙的一笔不竭的宝贵精神财富。有此遗训，家门鼎盛，林氏三代出了五位尚书。

大度容人，吃亏是福。仅仅“吃亏”二字竟惠及三代子孙，岂非传世之至宝耶？

超前

当今这个世界风行一切都要超前，都努力往前跑，生怕落在后边。小孩没出生就听轻音乐、诗歌朗诵什么的进行胎教。你说，世界上这么多人，不能都跑到前边去吧？跑在后边的，不前不后的永远是多数。

贪官多短命

养生专家洪昭光谈到贪官短命的话题时说：病由心生，心理压力是百病之源，76% 的疾病是情绪疾病。腐败的官员都活不长，乃其心中的贪欲及由之而来的恐惧所致。

人，活得幸福首先要活得轻松。

为官秘籍

纪昀总纂《四库全书》时，每于呈上御览卷之显眼处有意留一二处漏校，让皇上很容易发现，于是御批数语严加申斥并罚俸若干。

记住：无论大家怎样夸你才高八斗、智慧超群，也一定要让你的直接顶头上司坚定地相信，他随时都能挑出你的错误而且令你佩服得五体投地。

清康熙朝有一位高士奇，此人能诗、善书法、精鉴赏，深得康熙宠信，官至礼部侍郎。一次，扈从康熙到皇山狩猎。马惊了，把康熙摔下，弄了一身土，十分懊丧。高士奇听说后，佯装自己不知，悄悄到一个泥坑里滚了一身泥水，然后跌跌撞撞跑到皇上跟前诉说自己的晦气。皇帝见状，破颜为笑，恼怒顿消。

多高明的领导也有倒霉、晦气、走背点儿、出洋相的时候。此时，你越是装得倒霉鬼缠身，越容易成为他最得意的心腹。《后汉书·明帝纪》中说："人冤不能理，吏黠不能禁"。人们对"吏黠得宠"现象很少警觉。

不认账

看戏也长学问，比如京剧《法门寺》里那位大太监刘瑾，陪太后到法门寺上香，听见民女宋巧姣在外面喊冤，当即吩咐："什么人鸡猫子喊叫的？惊了驾怎么办？抓去杀了吧！"身边的贾桂立即"喳"了一声，照传下去。不料偏偏被太后听见，很不高兴："佛殿之上岂有杀人之理？"刘瑾当即回过头来，白瞪着两眼问："是谁的主意说杀了？"这距他下达杀人指示前后不过一瞬间事。贾桂自然答不出，其实刘瑾也不要他回答。

刘瑾们永远没有错的时候，错了也不认账，也没人敢叫他认账。所以刘瑾们永远正确，也就永远立于不败之地。

戴笠策划车祸谋杀宋庆龄，就绪，向蒋介石汇报："遵照您的旨意——"，刚说一句，蒋当即翻脸，责问："我有什么旨意？"戴傻眼了，无语以对。蒋是要最亲信的下级"意会"他的"授意"，但不得"言传"。"事如春梦了无痕"，一切不着痕迹，如此才是高水平阴谋。那种泄露天机于前，张皇弥缝于后，一连串的销赃灭迹，乃捉襟见肘之笨伯也。此乃另一种形式的"不认账"，较刘瑾更技高一筹也。

人生意义的判断

一位音乐家，雇了一只小船，泛舟江上。音乐家见船夫摇船很辛苦，问道："你会唱歌吗？"

船夫："唱歌？不会。"

音乐家惋惜道："面对如此美的景色，不会唱歌，那你人生的意义就失去了百分之二十。你能谱曲吗？"

船夫："对不起，不会。"

音乐家："难怪。连歌都不会唱，怎么能谱曲呢！不过，你不会谱曲，人生意义又失去了百分之二十。"

又问："你会弹琴吗？"

船夫："不会。"

"啊，不会弹琴，你只能天天听橹声了"音乐家说，"如此，你人生的意义又会失去百分之二十。"

船夫看看音乐家，一笑，无语。

片刻间，天空忽然阴云密布，狂风大作，暴雨倾盆。小船在巨浪中颠簸。船夫冲音乐家大声问："先生，你会游泳吗？"

音乐家惊恐万状："不会，不会。没学过。"

船夫叹道："呀！那你的人生意义眼看就要失去百分之百了。"

任何时候都不要用一己之能比人之所不能。有意义的人生不止一个标准。音乐家会唱歌、谱曲、弹琴，船夫会驾舟、弄潮、游泳，各有优势，也各有不足。你不可能百分之百的圆满。就如在风雨飘摇中，不会游泳的音乐家，其所谓人生意义，就很可能准确无误地接近于零。

马报平安

旧时过年，家家用大红纸写"四季平安"、"阖家平安"贴于门楣上。出门远行，亲友送别，都以"一路平安"四字祝福。又有一种吉祥年画，画面上是一匹马，驮金元宝，又有瓷瓶、马鞍二物，谐音"马报平安"。有个很好的词叫"安乐"。安乐，唯安才能乐。你想啊，倘整天病患缠身，七灾八难，提心吊胆；要不就是情人反目，小人拆台，半夜惊魂，"造反派"抄家。不安了，还乐的上来吗？人生第一要义是平安。有平安才有和谐，有和谐才有快乐。平安是福。

慎安

晚唐诗人杜荀鹤《泾溪》诗写道："泾溪石险人兢慎，终岁不闻倾覆人。却是平流无石处，时时闻说有沉沦。"

处险知慎，知慎则安。逆境使人反思，平流反致倾覆。春风得意时难免飘飘然忘乎所以。得意且莫忘形，自傲难避自毁。

人生一条河

人生像是一条河。美好的人生都水平岸阔，风正帆悬。不一定有惊涛裂岸的壮观，但有一往无前的平实。被许多人拿命追逐的金钱、地位等等，也只是岸上偶尔的景致而已。有它河水流，没它河水也流。转眼间就从人们的目光中渐渐消失，构不成群体性的人生向往。

每一条河都有它的终点。河的终点是海。水流千遭归大海，用不着非一路死打硬拼、发疯般折腾，像跟谁过不去一样，自己不自在，大家也不自在。人一生就这么一回，还是悠着劲儿好，让精力和精神舒缓地发挥，让时光的价值从容且充分地运用。不因遇山而返，不为岸上景致而滞。量力而行，量入为出。损人利己的事不想，越轨出格的事不为，岸上的景致再美，终久得留在岸上。长江后浪推前浪，能享受两岸风光，活得从容而充实，则足矣。

闲心·美景

潘天寿在一张白纸上，浓墨画两只小鸡。题之曰：“闲向阶前啄绿苔。”

“绿苔”能吃吗？“绿苔”有用吗？都否。不能解饥，不求有获，只为享受一个闲字。闲散，闲适，闲静，闲情。画美，题尤传神。

有闲心才有美景。没有闲心，再美的景致也不美了。闲是一种境界。

烦恼

《乱世佳人》里的斯嘉丽说：“算了，明天再烦恼吧。”看来，世间许多人的烦恼，大半是自寻的。你要想烦恼，烦恼就缠着你不放。

所有人的烦恼都不值得烦恼，10 年后都变成饮酒时的谈资。

碎思录

不管闲事，不近闲人，不生闲气，你的人生会少许多烦恼，生出更多愉快。

想一个人高兴就做梦，想一家人高兴就做饭，想同事高兴就做东，想上司高兴就作秀，想一辈子高兴就做事——没有比认认真真且始终如一地做事更可靠。

无忧无虑关键在无欲无求。欲望不高的人，得也不多，失也有限。

二月河说："人生最底层有一个好处，就是无论从哪个方向努力都是向上。"能向上自然满足，满足就高兴。既能天天向上，苦恼何来？

范仲淹诗："一派青山景色幽，前人田地后人收。后人收得休欢喜，还有后人在后头。"（《书扇示门人》）人的财富、官职、地位、美色等等，亦如"田地"，不会恒久地拥有。

人要役物而不是役于物，有什么样的内心，就有什么样的世界。

异想不一定天开

20世纪80年代，卢新华在上海复旦大学读中文系，颇显才华，还没毕业，就在《文汇报》上发表了一篇小说《伤痕》，新星耀目，轰动一时。后来呢，不知怎么回事，默默无闻了。原来，他跑到美国去了，可美国并不知道什么《伤痕》，东晃西晃，一事无成。末了，到拉斯维加斯赌场给人发牌，够惨的。再后来，回归文坛，江郎老矣，风光不再。

人生之多数情况下，异想不一定天开。人心不足蛇吞象，吃着五谷想六谷。见异思迁，或者没见异就思迁。结果一谷不谷。这类事历史上有，眼下更多。

扑满

旧时有一种称作"扑满"的瓦器，上端有小缝隙，专用于储蓄钱币。扑满这东西很古老，《西京杂记》（汉·刘歆撰）载："扑满者，以土为器，以蓄钱具，其有入窍而无出窍，满则扑之。"

汉武帝元光五年（前130年），公孙弘被国士举荐入京，邹长青就送他一个扑满，意在要他警戒"入而不出，积而不散"之危。人有三危：知进而不知退，知聚而不知散，知不足而不知足。扑满之所戒者，其一也。

人在路上

人生旅程

人生路上，你会遇到许多人和许多事。或辛苦辗转，或漫意恣睢，或长期交往，或擦肩而过。有些事使你振奋，有些事令你惶惑，有的是你选择的结果，有的令你无可奈何。于是生出关于“路”的思索。

鲁迅说，其实地上本没有路，走的人多了，也就成了路。有人则说，先是有人开辟出路，因为有了路，才有人去走。两种回答，是耶非耶，不同的人会做出各自不同的判断。

人用两条腿走路，一条腿在前，一条腿在后，但总的趋势是向前。

人在路上，或是出发，或是行进，或是到达。出发不是离开，行进不是目的，到达不是终点。到达了是下一次出发的起点。

人生的快乐是在路上的感受。快乐是出发的理由，是行进的动力，是到达的获得。不快乐了或无力使自己快乐了，人生之路就走到了尽头。

不怕没办法，就怕没想法。有想法就有路。办法是在行进中的路上想出来的。

所有的路都可能朝不同的方向延伸，或通向阳关，或通向幽谷。一样的起点，不一样的结果。

在成功的道路上，超人与常人同步而趋，谁付出得多，谁就首先达到希望的终点。超人区别于常人处，首先是付出，其次是付出，再次还是付出。结果只是付出的结果。

人生的路很长，但关键处只有几步，有时需要谨慎通过，有时需要小跑过去。

成功之路没有近道可走，最笨的办法往往是最有效的办法。脚踏实地走过所有的艰辛，才有希望通向成功的峰巅。

当别人在盘山路上奋力攀登的时候，你还在山脚下徘徊，人与人的差距由此拉开。

人生的路没有绝对的直。对人生意义的认识和发现，或许是绕了许多弯路后的收获，或许是偶尔遭遇的人生突变而在一瞬间的顿悟。

踩着别人的脚印，永远走不出新路。走自己的路，才会积累下一笔属于自己的人生财富。

有最多向往、最多诱惑、最多变化、最多可能的地方是在往前走的路上。在路上，你可以一无所有，也可能无所不有。朝晖夕阴、气象万千、变化莫测。人生路上的规律是变化，变化的规律是无时不变。

人生轨迹

亚里士多德如此概括自己的一生：我出生，我活着，我死去。

棒极了！人，无论贵贱贤愚，都这样。你以为人的一生有多复杂？

人生制点

人生三段：少年、中年、老年。每段都有一个关键性制点。

孔子说，人有三戒："少年时，血气未定，戒之在色；及其壮也，血气方刚，

戒之在斗；及其老也，血气既衰，戒之在得。”

曾国藩说：少年经不得顺境，中年经不得闲境，晚年经不得逆境。

人生三段，三个制点，约束、节度、限制，则终生无虞焉。

人生变数

一位成功的企业家说：“市场永远不变的法则就是永远在变。”

一位著名的人类学家说：“估量命运的秘诀就是不可估量。”

在人生的跑道上，谁也难以估量未知的变数，你只能按照你选择的道路奔跑下去，把结果交给命运，把命运交给神。

奔跑

托马斯·弗里德曼在《世界是平的》一书中写道：“在非洲，瞪羚每天早晨醒来时首先想到的是必须拼命奔跑，而且跑得比最快的狮子还要快，否则就会被狮子吃掉。狮子们呢，它们每天早晨醒来时，最先想到的也是奔跑，而且必须追上那只跑得最慢的瞪羚，不然自己会被饿死。”不管是瞪羚还是狮子，每天太阳升起时，就开始了他们的奔跑。

“物竞天择”乃生存竞争和自然选择的基本规律。严复说：“物竞者，物争自存也；无择者，存其宜种也。”当今世界，不再是大鱼吃小鱼，而是快鱼吃慢鱼。选择奔跑，就是选择了自立自强的人生常态。

人生之路，无论怎样曲折和漫长，总有需要短跑的几个路段。在这样的路段，你必须咬紧牙关，不遗余力，努力从第一秒开始领先，在短暂的时间内爆发出你的全部潜能。短跑期的吊儿郎当，继之是漫漫长途上的疲惫不堪和垂头丧气，直至铩羽而归。

人生选择

人生大概有两大根本性选择，一是选准人生目标；二是选对人生伴侣。换句话说，即选准干什么事，选对爱什么人。把自己喜欢做的事做好，做得自己满意，就是成功；同自己喜欢的人携手终生、生死与共，就是幸福。

逆境

对于弱者，逆境可能成为难以通过的沼泽；对于强者，则视之为认识世界、体验人生、锤炼意志的难得之机。

失败

人生有两种失败，一是在挫折中沉沦，二是在胜利中迷失。在挫折中沉沦，会失去重整行囊、继续上路的勇气；在胜利中迷失，则可能从许多人仰望的高处跌至人生的谷底。

人生价值

人生路上，你会遇到各种各样的人，各种各样的事，各种各样的坎坷和意想不到的幸运。人生是一个过程，任何一段路都不是你生命的全部，任何一段路又都与你人生的穷通相系。人生的全部价值就是走好你生命过程的每一步。

人生岔道口

作家柳青说："人生的道路虽然漫长，但紧要处常常只有几步，特别是当人年轻的时候。没有一个人的生活道路是笔直的。有些岔道口，事业上的岔道口，个人生活的岔道口，走错一步，可以影响人的一个时期，也可以影响人的一生。"

俗语说，"一步错，步步错"。不是在漫漫人生路上哪一步走错，都会步步错。而是在生命攸关的紧要处，在判定去从的岔道口。在这般去处，当格外谨慎。

始于足下

所有的富饶都始于贫瘠，所有的大厦都起于垒土，所有目标的实现都始于足下，所有的成功都须从基础做起。人往高处走，但要从低处起步。

路是从脚下走起的。有些路看上去是捷径，前边也可能是泥潭，甚至陷阱；有的路似乎绕点弯儿，说不定路的尽头是极美的去处。王安石说："夫夷以近，则游者众；险以远，则至者少。而世之奇伟非常之观常在于险远，而人之所罕至焉。"对于走路的人来说，在判断准确的前提下，关键看你是否具有足够的

体力和耐力。

骆驼

只要有沙漠存在，就有骆驼跋涉的足迹。

而要想达到理想的绿洲，就需要具有骆驼那样坚韧、坚忍、坚毅的品格和负重致远的抱负。

启步

等待，近在咫尺也会产生远在天涯的苦恼。只要起步，“遥远”会很快丢在走过的路上。

精彩

你也许没运气找到一条通向辉煌的人生之路，但肯定可以创造人生路上某一瞬间的精彩。其实，所谓精彩的人生往往是因为曾创造并经历过一二个精彩的瞬间。

杂识

对于一艘驶错了方向的航船来说，任何方向的来风都是逆风；同样，一个没有目标或目标选择错误的人生，任何细节上的修补都难有本质意义上的改变。

你站在山脚下仰望，感到山很高大；你攀登，山便匍匐在你的脚下。

人生之路不会有绝对的直，过不去时，绕一绕，很正常。人一生免不了会走一些弯路或不大平坦的路。

人生道路的选择，基本原则是向前走。《圣经》中说：朝前走有死亡的危险，朝后走只有死亡。

欲望

人之所为如同车之所载，车大车小其载重量都有限。比如挣钱，挣到能衣食温饱、生活富裕、小康水平似都不难；但一定攀比亿万巨富，希望在世界级富人排名榜上挂名列号，那恐怕只能跟上帝套交情了。人的生命有限，最好让欲望也有限，而且有所得亦有所弃。去掉过多的欲望和不切实际的想入非非，你会行走得轻松许多。

人，在生活中给自己定位很难，让自己迷失却很容易。心灵的迷失往往在于所求太多。

抱负

一个很有抱负的年轻人，谋到一个很有发展希望的岗位，雄心勃勃。但几年过去，一直未得重用，很苦恼。于是去请教自己的老师。老师同他到户外散步，经过一堆碎石，老师随手拣起一小块石头，扔在石堆里，问："你能找到我刚刚扔出去的那块石头吗？""不能。"老师取下手上戴的金戒扔到石堆，问："你能找到我的戒指吗？"年轻人很快找到了。老师无语。年轻人沉思，少顷，说："我明白了。"几年时间，自己都未被发现，未被重视，此无他，只因为没有金子的光泽。你年轻或不太年轻时，是否有过同样的苦恼？

风雨登山

登山遇大风雨，有经验的登山家会奋力向山顶攀登。向上攀登，风雨可能更大，但不足危及生命；往山下跑，则可能遭遇爆发的山洪或泥石流将生命吞没。

登山如是，人生亦然。都可能遇到不同形式的大风雨，正确的应对同样是迎之而上。

倦怠

人生历程中，最糟糕的也许不是贫困、不是厄运，而是精神和心绪上出现的一种莫名其妙的倦怠。曾经使你感动的一切不再使你感动，吸引你的东西失去了对你的吸引力，甚至激怒你的东西对你已激而不怒。此时，最需要的可能是找到一处能满足你激情发挥的用武之地。

年轻

年轻，没有经验，很容易把事干错。有人说："年轻人犯错，上帝都可以原谅。"但是，上帝能原谅的事，社会不一定原谅；老师能原谅的事，老板不一定原谅；长辈能原谅的事，长官不一定原谅。放纵自己的结果是毁灭自己。

或以为"年轻就是资本。"其实，年轻只是学习和干事的资本，而不是游戏人生的理由。不要以为一切还来得及，来不及的不是年龄，而是岁月流逝中错过的一切。

压舱石

世间芸芸众生之生命过程，都必然有点烦恼和苦难，就像行于江河中的船都需要一定数量的压舱物一样。没有它们，船在航行中压不住风浪，弄不好会翻船。

有的人偶得小势就不知天高地厚，忘乎所以甚至横行无忌，无论他有怎样的根基，有一条是少不了的，就是太顺了，少了必要的"压舱石"。没有"压舱石"，小心翻船。

坚韧

没有哪一条河会永远风平浪静，没有哪一个人会一生事事遂心。培根说："一切幸福都并非没有烦恼，而一切逆境也决非没有希望。顺境中的美德是节制，逆境中的美德是坚韧。"节制是一种修养，坚韧是一种性格。不害怕失败，不在乎失意，不沉沦失恋，不叹息失去。此非常人所能具也。

美在过程

人生是一个过程。

抱着"今天难得"的理念，努力让自己的心态舒缓，步履从容，悉心品味人生"路上"的每一处风景，享受"过程"的趣味。"过程"即生命的时光。把"过程"当日子过，不紧不慢，有声有色。

人生之美，美在过程。

危机

有竞争才有紧迫，有紧迫才感觉到危机，唯危机才知进取。一群狼在后边追你，你非拼命跑不可。超常毅力、超常耐力都因危机而生，都是逼出来的。干有一碗粥，不干粥一碗，谁为什么超常？懂得了“饭碗危机”，感觉到“狼追氛围”，才知竞争的厉害。“优胜劣汰”，怎么“汰”？被狼追上自然就汰了。

勇气

勇气是因为面对危险。比如，平常吃饭不需要勇气，“鸿门宴”就需要，因为面对死亡。平常说话不需要勇气，马寅初就当权者对他的《新人口论》“强势批判”的反击就需要，因为面对的是荒谬对真理的压制。

真正的勇气从来是弱小对专制的抗争。豹子们追捕跑单了的羚羊或长颈鹿，那叫恃强凌弱，与勇气无关。

以后

故事：一年轻人赴京赶考，行前，去某名刹拜谒一位老僧，请求老僧为之念经以祈得中。老僧看着他，一言不发，良久，问：“以后呢？”年轻人答：“得中即可为官。”又问：“以后呢？”答：“为官即享荣华。”再问：“以后呢？”年轻人不耐烦了，说：“升官、发财、荣华富贵，还想什么以后？”老僧徐徐道：“你死了，以后呢？”

老僧语意味着什么？见仁见智。但是，人，真该想想“以后”。无论你怎样不舍、不愿、不想、不甘，那官位权势，以及官位权势带给你的一切，都如过眼云烟，不会永远占有。

所以，过好今天，也要虑及“以后”；希望得到，也要懂得舍弃。舍弃对金钱的贪欲，得到舒心快乐；舍弃对权力的追逐，得到宁静淡泊；舍弃对美色的妄念，得到家庭幸福。可惜，人在贪欲的支配下，少有思虑以后者。因此，多有从侥幸始者，以悲剧终。

所求

“凡有所求皆绝好，及至如愿又平常”，此人生追求之描画也，形象极了。

一种是“凡有所求皆绝好”。人都这样，没有得到的都是最好的。“这山望着那山高”，“家花没有野花香”，“家门口近处没风景，老婆眼里没伟人。”人都生活在梦想中，生活在追求中。生气勃勃是因为野心勃勃。不能打蔫，一打蔫就走到头了。

又一种是“及至如愿又平常”，追求到手了，完了。“看景不如听景，看景更稀松”。人，一面生活在追求中，一面生活在叹息中。

适应

上帝不会给任何人铺就一条现成的平坦而笔直的成长、成才、成功之路。人生路上，从来坎坷不平又荆棘丛生，需要勇气，也需要适应的智慧。把我置之冰山，就使自己成为一株雪莲；把我放到大漠，就使自己成为一棵胡杨。在任何环境下，先不求适意，而是先学会适应。适应是一种能力，更是一种智慧。

无知

无知是有知的起点。人的成长是从无知到有知的变化过程。最可怕的是停留在无知的地方不动。童年时的无知可爱，少年时的无知可笑，青年时的无知可怜，中年时的无知可叹，老年时的无知可悲。

变化

郭文珺，曾在西安市开元商城打工。四年以后，她从商城的打工妹走上了奥运会冠军的领奖台。

《孙子兵法》中说：水无常形，兵无常势。世间一切事物都可以转换，都在变化。人亦如是。命运、机遇等等，从来没有定势。成功的一个重要因素，就是要有变化意识：想到变化、认识变化、把握变化，在变化中抓住机遇、改变自己。

失败

真正的失败不是摔倒在地，而是倒地不起。只要站起来，往前迈出去，摔倒的地方就是走向成功的新起点。

挫折

人生路上，挫折总是难免的。你不可能选择没有挫折的人生道路，也不可能选择挫折出现的时间，但你可以选择面对挫折的态度。如此，所有挫折都可能成为你人生转折的契机和人生的财富。

从容

生活中有一种现象，“站着一个蚂蚁看不见，蹲下满地是蚂蚁。”不同的结论反映出不同的人生态度。

人生诸事宜从容。漠然处之，可能一个蚂蚁看不见；从容处之，才发现“满地是蚂蚁。”唯从容，才好发现一个真实的世界。

职场

职场三定律：忍、狠、滚。要么忍、要么狠、要么滚。三取一。很无情，很无奈。

欲罢不能

福州有山曰鼓山，很有名，景致也美。登临鼓山至半山腰处有一石碑，碑刻四字：欲罢不能。

四字，正道出了登临者此刻心态。人生路上，谁都可能遇到“欲罢”和“不能”的抉择。行至半山，或因为精疲力竭的无奈，或有了一饱眼福的满足，或出于对半山景致的留恋，或生出“上边也不过如此”的倦怠，等等。总之不想再继续攀登，寻思“欲罢”。再思，欲罢而又“不能”。因为，“罢”之结果是前功尽弃。“欲罢”大概是常有心态，“不能”则是一种理智性的抉择。

倦怠

登山路上，有时使你疲惫不堪的，不都因为山路的崎岖，说不定是混进鞋子里的一粒小小的沙石；人生路上，让你精疲力竭的，不一定是多么巨大的挑战，倒可能是因为一桩桩鸡零狗碎的小麻烦导致的倦怠。

人，许多时候不是因为失败而放弃，而是因为倦怠而止步。

咬紧牙关

牙齿的功能有二：其一，咀嚼以进食，人类和动物都一样；其二，咬牙以挺住。这一条大概唯人类所独具。人遭不幸，遇大痛苦时，顶级的坚持和忍耐是咬紧牙关。当你面对难以克服的巨大困难时，咬紧牙关就能走出困难；当你面对几乎难以挺过的巨大压力时，你咬紧牙关就破除压力；当你遭遇难以忍受的巨大痛苦时，你咬紧牙关就会忍过痛苦；当你感到精疲力竭又无人相助时，你咬紧牙关向前走去，那山重水复的后面，说不定就是柳暗花明的别样景观。

记住，人生之路总会有那么一两段，考验着你咬紧牙关的毅力和耐力。

一路前行

当看到别人走在坎坷的路上时，帮他搬开前面容易绊倒的石头，有时恰恰是为自己铺路。

当别人走上漆黑的夜路，摸索前行时，你把手中的蜡烛点燃，照亮别人的同时，最先被照亮的是你自己。

助人者人恒助之。帮助他人就是帮助自己。

人生就像赶路，想象中前边肯定更美好。终于快到终点时，才发现去路茫茫，一无所获，只留下一身汗水，一身疲惫。可是，你不走过，你能知道这些吗?你以为没有得到，其实你已经得到了。

人生，平平常常的时候多，不好不坏，亦好亦坏。好的时候不要想得太好，坏的时候也不要想得太坏。人生就是这样：晴空与风雨无常，希望与失望交替，风景与风险并存。

挑担者的疾步如飞，是因为他肩上挑着重担；那摇着纸扇一步三晃蹒跚走过的富家公子，因为肩没压力，自然“飞”不起来。人无压力轻飘飘，轻飘飘难成大器。

年轻是一种优势。年轻的优势就因为年轻。年轻人有更多的机会是因为他拥有时间。时间没有了，所有机会也随之而去，故谓机不可失。机不可失是因为时光不再。

拖延

拖延是导致失败的重要原因之一。每一个机遇的后面都有一个“拖延”的魔怪站在暗处，伺机毁掉你一个个成功的可能。

时间盘点

每天盘点一下自己的时间：一天24小时，除去睡眠、吃饭，用之于工作（不是懒散的）、学习、交往（比如聚餐、闲谈、应酬等）、娱乐（比如麻将之类）、锻炼等各有多少时间。计算、检查一下，哪些是必需的，哪些是被迫或无奈的。天天盘点，日清月结，关注细节，不断优化自己的生活方式。天天盘点时间，日久必能获益。

忙碌和清闲

在一个团队里，当你整天忙碌时，你应该感到高兴，说明你在团队中是个有用的人；当你终日无事可干、感到十分清闲时，你不能窃喜，说明你已处于可有可无、无足轻重的位置。

角色

生活是一个大舞台，你不能要求“舞台”上的每个角色都合你的意，甚至都围着你转。重要的是努力演好自己的角色，并主动与其他角色特别是主角配合。对自己，强化“角色意识”；对别人，强化“配合意识”。如此，则活得愉快而有价值感。

阳光与阴影

只要你追逐阳光，就躲不开身后的阴影。光明与黑暗、真理与诽谤，总是相伴而生，如影随形。

风险

不肯冒点风险的人，往往只能拾取别人挑选后剩余的、不屑一顾或弃而不要的东西。人生，过度小心或不够小心一样糟。

轻松

一个淘金队在莽原中行走，大家都疲惫不堪了，只有一人仍显出很轻松的样子。别人问他：“你为什么如此惬意？”他说：“因为我带的东西最少。”

轻松其实很简单，只要拥有少一点就行了。

约束

生活中总少不了这样那样的约束，随心所欲的念头人人都可能有过，但随心所欲的世界却从来未曾出现过，因为唯约束才有利于社会安全、秩序、文明的建立。登楼时没人埋怨护栏，乘飞机少有人嫌安全带碍事。医院、银行、车站等许多地方都需要排队。红灯停、绿灯行的规矩必须人人遵守。北京某诗人面对男女之众面不改色心不跳地脱衣“裸诵”，结果被警察带走。因为有了他大庭广众下“裸诵”的自由，大家一向共有的清爽空间被他污染得惨不忍睹。没有必要的约束就没有更多人共享的文明。

舍弃

人生，不只希望拥有，也需要必要的舍弃。一般看，舍弃分三个层次：一是勇于舍弃。或为情之所逼，或为势之所迫，得陇而弃蜀，虽属被动的无奈，也需要割舍的勇气。二是乐于舍弃。以不贪为乐，唯清正是求。守住做人本色，弃得身无挂碍。第三是善于舍弃。当得则得，不当即舍。眼里识得破，肚里忍得过。头脑清醒，是非分明，以正大立心，以光明行事，聪明本分，一生无悔。

不幸

不幸也是人生教科书的一章。它带给你不同程度的磨难和痛苦，也使你在不幸的磨炼中懂得了关心，知道了珍惜，学会了理解，变得成熟和坚忍。在人生经历的储蓄里，不幸也是一笔值得清点的财富。

坚守

人活世上，在人生追求、道德修养上总要坚守一种东西。屈原坚守着“恐修名之不立”的精神追求，辛弃疾坚守着“赢得生前身后名”的人生理想，于谦坚守着“要留清白在人间”的高尚情操，文天祥坚守着“留取丹心照汗青”的人格境界。因为坚守，他们都站在了历史的前沿，留在了百姓的记忆里。果戈理说：“荣誉当然是诱惑的，但是和道德相比，只不过是浮云轻烟而已。”很对。

碎思录

无论任何时候，或出于任何原因，都不可用违心的折腰，去换取权势者冷漠的一顾。

人和人，没有平视就没有对等。

有人为了钱，甘愿像鬼一样为他人推磨；有人使用钱，役使甘愿做鬼的人推磨。

人，一旦失去自己的精神世界，金钱便是一种折磨，一种灾难，甚至一种罪恶。

有的人，从荒凉中走过，抵达壮观；有的人，自繁华处走来，止于荒凉。

荒凉，大概是人生之路的必经，区别只在于迟早而已。

始于追求，你会发现，所谓幸福，其实是件很简单的事；终于感觉，你会发现，简单是件很幸福的事。

诚实固然需要勇气，但并不需要太多的智慧；谎言似乎不怎么需要勇气，但绝对需要相当的“智慧”。把谎话编圆，骗得让人深信不疑，其难度可想而知。更何况一次谎言之后，继而需要无数个谎言去“圆谎”，不是任何人都办得到的。识破谎言需要很大学问。

人生最重要的题目，是找到活着的意义和价值。有此，你自能活得风生水起、不虚此生；无此，也只活过而已。

麻雀嫉妒老鹰，老鹰从不介怀，只管继续在长空翱翔。

制欲

人都有欲。无论凡人还是圣人，都一样。人因欲之驱使才不懈追求，亦因欲之膨胀而陡生邪念。

人不会绝对无欲。酒色财气都不想，干木头一样，全失去人生情趣，没有了生命活力，不好，也不可能。倘任欲念的野马狂奔，狂欲必然助长恶行，或迷于怂恿，或乱于放纵，或毁于妄念。圣人之所以可敬，只在于能理智地把欲念约束在合理、合情、合法、可行的范围内。清醒、冷静、理智。

智者在欲之追求中实现自己，佞者在欲火中毁灭自己。故欲可有而当制也。

进退之道

唐末五代的契此，就是那个"笑口常开、大肚能容"的布袋和尚（据说乃弥勒佛的化身），有一首《插秧诗》："手把青秧插满田，低头便见水中天。六根清净方为道，退步原来是向前。"

我们中的多数人都只想进而不想退，殊不知人生路上许多时候需要退一步想。"后退一步天地宽"，当是一条重要的人生准则。道理不难，实行不易。

寻求幸福

人生就像登山。有人想象幸福就在山顶，所以穷尽一生去追求。他们拼命地攀登，汗水淋淋，气喘吁吁，无暇欣赏一路风光。一生过去，他们终于站在了很高的地方，然而却没有感受到他们想象中的幸福。回顾去路，一片茫然。

有人一生虽然也像登山，但只把兴趣点寄托于登山途中，而不去想顶峰什么样。他们走走停停，看一看山中清泉，听一听林中鸟鸣，累了歇一歇再走。他们希望的幸福就在攀登过程的满足之中。幸福不在未来，而在眼下，在于对生活点点滴滴的美的创造和感受。

活着的意义

人活着的意义，似乎不在于你成为什么，而只在于你做了什么；又似乎不在于你做了什么，而只在于你做成了什么。人，一生时间不长，精力有限，一生做好一件事，做得出色，就没白活。

许多人一生就是瞎抓挠，好高骛远、见异思迁，东一榔头西一棒子，既没耐心，又缺毅力，捅捅撂下，浅尝辄止，一生做不成一件事，那才是生命的大遗憾。

生命四季

年有四季，岁有轮回。

一年四季，春夏秋冬，各有性格。春有春的风格，夏有夏的兴味，秋有秋的韵致，冬有冬的魅力。春之风格在其温馨，夏的兴味在其火热，秋的韵致在其恬淡，冬的魅力在其静候。人生之流程一如季节之嬗变。少年时选择了春之绚烂，青年时凝聚着夏的热烈，中年时展示出秋的成熟，老年时静守着冬的淡泊。生命四季各有各的美丽。

时空有序，生命有期，日月运行，流光飞逝。生如春花之绚丽，去如秋叶之宁静。人生情景有如季节之更替，连佛陀也不能抗拒。世间事物总是此消彼长，人生在世常常福祸相依，无论身处何等境地，都当淡然处之，所谓“居上位而不骄，居下位而不忧”也！懂得在春风骀荡中享受人生，也能在秋风萧瑟中感受心灵的沉静之美。

春

早春二月，我们听到了春的脚步。田野的草绿了，柳树的枝绿了，小溪的水欢快地流淌，燕子在空中飞……

春天是四季的发轫，早春则是一段最宝贵最美好时光的起点。站在这个起点上思考人生的理想、未来、目标和责任，从而积极追求富于创造的精神，勇于承受必须承受的一切。

春天是美丽的季节。

“春”在甲骨文里由三个“木”字和一个“日”字组成，象征着春阳拂照，万木繁盛。“春来江水绿如蓝”。春风吹面不寒，春天百花齐放，争奇斗艳。一声春雷一片绿，一场春雨一地金。阳春三月，草长莺飞，杂花盈枝，鸟鸣雀跃，芳草如茵。令人感到心旷神怡，精神焕发，倍添青春活力。

吾不喜欢看春水之涟漪，一圈又一圈，如颟顸老官批公文，一刻不闲，日理万机，但重复。

杏花是春天的使者。从“暖气潜催次第真，梅花已谢杏花新”，到“满园春色关不住，一枝红杏出墙来”，都是杏花报春的信息。

杏花又是春的点缀。宋祁一句“红杏枝头春意闹”，把春“闹”得有声有色，如火如荼。“小楼一夜听春雨，深巷明朝卖杏花”，又把春之景色浸染出润泽的诗意。

杏花美是因为春之美。

然而，杏花的花期很短。很快，“花褪残红青杏小”令人惆怅，“情杀杏花难久红”，美都是短暂的。

青春也短。

春之美在于春是生命的孕育。有孕育才有希望。如同少男少女间以其气质、美貌、风度之相诱相倾，才把爱的种子播在了心里。

春的期待是秋的收获。

初恋都发生在人生的春季，而且也像春一样蕴藏着无穷的萌发之力。她全不畏春寒的料峭，以及物候的失常。

所有萌动了初始之爱的少男少女都充溢着“当春乃发生”的勃勃生机，所以古人把这种初始的爱的追求称作“怀春”，怀春之情称为“春情”，特别是那似隐似现的情思萌动，确实给人“草色遥看近却无”的初春妙境。

春天爱绿。春的信息即绿的萌生。春的到来最明显的特征是对绿色的召唤。绿是生命的原色，绿是青春的颜色，绿是希望的颜色，绿是活力的颜色。王国维有名句曰：“四时可爱唯春日，一事能狂便少年。”心灵融于绿色，心即勃勃然。健康、清纯、透明。

春的品质是热爱。明媚的春光里，春花溢彩，桃红李白，红如艳霞，白如飞雪。蜂蝶花间时相逐，鸟雀树下伴絮飞。春以热爱的品质把各种或静或动的美奉献给世界。人生之青春时代也如大自然的春天。美，常追随着热爱；冷漠是对美的拒绝。热爱生活，生活就给你火热；热爱生命，生命就给你壮丽；热爱朋友，朋友就给你信任；热爱事业，事业就给你成功。

春的美德是给予。她不仅给万木肃杀、草木凋零的大地带来勃勃生机，而且胸襟博大，不偏不倚，惠及万物，普及众生。当大地变得一片火热，生机盎然时，春悄然去了，不要任何回报。

春的品格是容纳。“春情不可状，艳艳令人醉。”比如春晖：“溶溶清港漾春晖，芦笋生时柳絮飞”，一派生机；比如春水：“日出江花红胜火，春来江水绿如蓝”，睹之如画；比如春景：“乱花渐欲迷人眼，浅草才能没马蹄”，娇艳活泼；比如春光：“侵陵雪色还萱草，漏泄春光有柳条”，分外撩人。容纳是春的可贵品格。春天衡量万物的尺度，没有高大卑微之分。春风过后，骏马舒筋骨，虫儿也鸣叫。与北归的燕子，盛开的报春花一道，昆虫也在大地回春时复活，蛇蝎也在春天里苏醒。

容纳、包容和容忍是春的难得的品格。正是因为“容”之品格，才有了大自然的五彩缤纷，才构成了万千生命的壮阔气象。

如同春之容忍虫害也发生流感一样，青春也有青春的容忍和拒绝。青春拒绝懈怠但容忍迷惘，拒绝畏缩但容忍错误。青春常说的一句话是：让我再试一次。

春天是播种的季节。“春种一粒粟，秋收万颗籽”，一分耕耘一分收获。春天播下汗水，秋天会收获珍珠；播下热爱，会收获成功；播下真诚，会收获友谊；播下期待，会收获幸福。正如春天一向奖励勤奋而从不姑息懒惰，青春时的多一份悠闲，你付出的很可能是你一生的潜能、一生的成就。谁在春天播下懈怠，谁就会在秋天收获叹息。总之，青春时期的每个问题都应放到一生的总规划中加以算计。

一个人，在青少年时期的学习是为人生的储蓄，后来人生的需求都将从早年的储蓄中取息受益。人生唯青春不可典当。青春年华一旦典当给别人，赎回时，多数就只剩下枯叶飘零的凄凉和年华空逝的悔恨。

春天是多梦的季节。多梦是青春的证明。少年情怀总是诗，唯青春年华才有一个接一个美丽的梦幻。一个行将入木的老头子会有梦吗？很少吧？老头子只有昏蒙、昏聩、昏昏入睡。当然，如果你心中一片荒漠，即使没到昏蒙的年纪，即使有春风吹过，也只能扬起漫天黄沙，没有梦。

是的，青春并不绝对等于年华而在其心境；青春并不完全显示在容颜而更多的时候展现于坚忍的意志、恢宏的向往、蓬勃的朝气和炽热的感情。青春是万木葱茏的奋发，是生命源泉的奔涌。青春多梦，梦与创造同在。

春之魅力，从根本说，只在于她最大限度地激发了生命的活力。在人生的词典里，写在第一页的是生命，你读懂了“生命”这个字眼，你就读懂了人生这部大书。

法国画家米勒说：“生活是悲苦的，可是我绝不忽视春天。”

春宵一刻值千金。年轻的优势最突出的是对时间的占有，最容易犯的错误是对时间的虚掷。你年轻，“你的时间”就是你的全部财富，因为你可以支付你的时间去换取想得到的一切。生命春天的任何一个闪失，都要用青春年华的虚掷作代价。当时间花得所剩无几的时候，不管你是否得到，你也会变得对时间战战兢兢地支付。

青春是一段恣意飞扬的岁月。躁动不安的梦想，年轻气盛的誓言，悄然而至的恋爱，猝不及防的摔倒又爬起，它让你有了理想，有了梦，有了追求。然后，一有机会，你会义无反顾地朝着你想要的精彩和美丽一路向前。

大自然和人生的春天都是短暂的。刚刚展开桃花如霞、梨园飞雪、蜂鸣蝶舞的春之画卷，似转瞬间，花儿们纷纷坠落，“霞”落“雪”尽。但果树们并不悲哀，它们默默地等待绿叶的芽儿。它们知道自己生命最辉煌的是绿色和果

实，而非如霞似雪的花的惊艳。

夏

夏的特色是火热。跳动的色彩，热烈的流韵。人生的夏季，拒绝踌躇、勇于追求、执着向往。不再是“羞答答的玫瑰静悄悄地开”，更多的是“妹妹你大胆往前走”。

司马光在初夏的官邸中，见到金黄色的向日葵，咏道：“更无柳絮因风起，唯有葵花向日倾。”他被向日葵的坚持所感动。葵花与柳絮不同，柳絮随风飘荡，没有固定的方向；向日葵则坚定地追随着太阳。

人生走到夏季，大都能找到自我，有了奋斗的目标，有了奋斗的方向。就像艳阳下的向日葵，尽情地开放，坚定地追求。

秋

秋是成熟的季节。花朵贡献了芬芳，便让位给后来的果实。正是因为有过花的凋谢，才终于换得秋的丰硕。

自然之秋，天高云淡，天地没有了浓妆艳抹，显露出春夏时少有的清纯。《滕王阁序》中有名句曰：“落霞与孤鹜齐飞，秋水共长天一色。”秋日景象，绝美如画。

人生之秋，经历了春之蓬勃与夏之炽盛，不再以无谓的吹捧、赞美为意，心灵开始趋向自然，亲近平淡。“三十而立，四十不惑”。不惑，是不再犯糊涂，不再跟风，懂得了用自己的脑袋想事；明辨是非，决定行止，懂得了必须坚持和必要妥协的统一，具备了人生必不可少的柔韧。孔子说：“年四十而见恶焉，其终也已。”一个人，到四十岁了，还不知道事，傻呵呵的，令人厌弃，这人一生就完了。

人至中年，脚步变得沉稳，肩膀经得住沉重，反映出因成熟而至的自信。然而，成熟亦有成熟的遗憾。成熟的谷物减弱了接受营养的能力；成熟的人生减少了周围人的扶持和建议。很少有人对一个中年人不厌其烦地指点迷津。就是说，中年以后的路，每一步都要靠自己判断、自己选择。

千万不要听信“人到中年万事休”的说法。中年，不是霜风凄紧、衰草寒烟的败落，而是依旧灿烂且趋向完美的一段人生岁月。中年，仍是一盘拼搏正酣的棋局。中年以后的岁月，仍有“柳暗花明又一村”的变化，有“峰回路转”的可期。中年，许多情况下，很可能是你实现人生追求的关键期。

冬

走过温煦舒缓的春天，度过炽烈如火的夏季，经历了遍地金黄的秋天，终于，冬天从季节深处缓缓走来。看漫天飞雪，望大地冰封，冬天的魅力就在其坦荡质朴、庄重深沉，仿佛历尽沧桑的老人，和善而安详。

冬者，终也。人到老年，开始步入人生的最后一段旅程。此时，人往往会生出无限感慨和惆怅。连曹操那样的一代枭雄，不也同样发出“对酒当歌，人生几何？譬如朝露，去日苦多”的感叹吗？更多的人则不免“迷惑失故路，薄暮无宿栖”，感到夕照余晖，迁延待去矣！

岁月悠悠，衰微只及肌肤；热忱丢却，颓唐必及灵魂。年龄有加，并非老者；精神委顿，方堕暮年。

人老了，也要在心中支起一根灵敏的天线。能够从外边世界不断接收美好、快乐、火热、希望和力量的信息。

春来秋往，夏热冬寒，乃天地之自然规律，静而待之、平心处之可也。冬天你就尽情地接纳冷，夏天你就热情地接受热。与大自然协调同步，冷就与冷同在，热就与热共处。

对付寒暑的态度亦是对待人生态度的一部分。冷热尚且大惊小怪，漫漫人生路上的苦乐交错、福祸伴行，又怎能心理平衡，泰然处之？

街头所见：一位哄着小孙子的老先生傻眼了，因为小孙子正在跟他较劲。较劲较不过，无奈，对人叹道：“你有了儿子，你就成了儿子；你有了孙子，你就成了孙子。儿子大了，孙子大了，你就成了废物。”其实，老先生心里高兴着呢！高兴孙子跟他较劲玩。没孙子跟他较劲了，那才真叫无奈。

人到生命的冬季，度过了漫长岁月，经历了世道沧桑，此刻，“荣枯过处皆为梦，忧喜两忘即为禅”，已是去留无意，宠辱不惊。懂得如何顺利地度过生命的冬季，是人生壑智的最后杰作和生命设计中最难描写的篇章。

“猫冬”

“猫冬”是旧时农村的说法。春种、夏管、秋收，三季都忙。进入冬季，天寒地冻、河封木落、冬山如睡。地里的农活没得做了，人们就像猫一样窝在炕上。冬藏时节，万物都休息，人也休息。不跟现在一样，人们一年到头忙得昏天黑地。

猫冬，应该说，是一种符合自然节律的生命哲学。

心境

人老了，要安于、乐于被边缘化，悄然走下曾经表演过的舞台，怀着宁静恬淡的心态，用欣赏的目光看他人登场。

人生唱晚

秦腔《赶坡》，薛平贵唱道："打罢春来是夏天，春夏秋冬不一般，少年子弟江湖老，红粉佳人两鬓斑。"接下来王宝钏唱道："老了老了是老了，十八年老了王宝钏。"

你无论有过或仍然有着怎样的地位权势，你无论享受过或仍享受着多么显赫的富贵尊荣，都难抵御生命自身的衰老。旧话说"世间公道唯白发，贵人头上不曾饶。"你即使怎样想着"志在千里"，也只能坐着看行将退场的一抹夕阳。

晚年境界

似不知不觉间，人变老了。"最是秋风管闲事，红它枫叶白人头"，视茫茫，发苍苍，头童齿豁。无情岁月增中减，来日不再方长。即使再怎样"涛声依旧"，也无法再"重复昨天的故事。"人至晚年，更多的困顿于寂寞和孤独。孙犁晚年时在"书箴"中写道："淡泊晚年，无竞无争，抱残守缺，以安以宁。"是大境界。

三短

坊间有一种"三短"说法：春寒、秋暖、老来健。

三种现象都难持久。春寒料峭，别急，很快就会转暖入夏；时令已然入冬，气候仍风轻日暖，人谓"十月小阳春"。不会久的，寒冷的冬日很快就到。人老犹健，虽值得高兴，但谁也挡不住夕阳西下趋势。

日内瓦著名哲学教授柯米尔因一部"私人日记"而享誉世界，他在1874

年9月21日的日记中写道："懂得如何迈进晚年是智慧的杰作，同时也是人生这一伟大艺术中最难谱写的篇章。"

人往低处走

从生命科学的角度看，人是往低处走的。随着时光的流逝，作为一个自然人，其生命力在一天天走下坡路，"老骥伏枥"，很难"志在千里"；"夕阳无限好"，再好也"近黄昏"。

王尔德说："人老了并不可悲，可悲的是他的心依然年轻。"老冉冉其将至兮，不要想得太高。高则险。

1968年，英国陆军元帅蒙哥马利将军（1887—1976）81岁了。他什么都记得，就是忘了"老之将至"。这一年，他提出了一个令人吃惊的要求：佩戴国剑参加国会庆典。

对于老年人来说，这是一件很难做到的事。因为按照帝国的礼宾规定，佩戴国剑有一套严格要求。在女王讲话时，佩剑人要高高举起国剑并不能有丝毫晃动，这绝非一位老年人所能胜任。但蒙哥马利将军一定要在81岁高龄时显示一下自己英武不减当年的气概。他佩剑出场。女王讲话时，他高高举着笨重的剑。片刻，他手中的剑晃动了一下，继而，就不只是剑晃动，而是年迈的将军了。女王停止了讲话，将军被扶到椅子上坐了下来。国会开幕典礼继续进行，蒙哥马利将军却从会场上消失了。

无论你曾有过怎样璀璨的过去，当人生之路走到最后一段，生命之光逐渐黯淡时，那与之俱来的孤独都是一样的。生命之光越是曾经无比绚丽，那剩余的日子越是因余光黯淡而倍感孤独。

人到晚年，前面路上的一个弯道出口，上帝在那里亮起一盏红灯，提醒你：该减速了。

人，不会永远活在20岁的轻狂和30岁的志得意满里。造物主对生命的设计像是一个无趣的玩笑：无助地来，无助地去，中间一段不顾前后的跋涉，不知进退的挣扎，不知天高地厚的狂妄，继之每况愈下，无可奈何。

看球赛时想：人生大概与之近似。无论你曾经怎样的争强好胜，志在必得，疯狂的争夺、奔跑，到老年，这场“球赛”就进入了“输球”阶段。职务、官位这个“球”就得脱手。随着退休、离岗，原来的职务、工作带来的种种光环和泡沫都要褪去。仍留恋原有的荣光，还想着抛头露面，显示自己的存在，多累呀！其次是家庭，夫妻“白头到老”可期，但“白头到死”则难。朋友，“访旧半为鬼”，渐由完整变得残缺，此自然之法则也，不因你叹息而改变。要想得开。想得开才能放开手。

白居易有诗曰：“老眠早觉常残夜，病力先衰不待年。五欲已销诸念息，世间无境可勾牵。”“五欲”，一说谓“色、声、香、味、触”的诱惑，一说谓“耳、目、鼻、口、心”的欲望。《管子·内业》有“节其五欲，去其二凶”之论，“二凶”谓喜怒过度之伤。

老了，“五欲”已消，诸念渐去，最大的痛苦是对痛苦的麻木，最难摆脱的孤独是对孤独的无奈。

古时有“六十不造屋，七十不制衣”的说法。人活到60岁以后不盖房子，70岁以后不添置新衣服。此之谓“量时计享”，不致因“冗功剩物”拖累自己，不致劳役心神用于无用之地。

长寿总是被人羡慕和赞美。其实，你无论怎样赞美和向往长寿，人活到最后，也只剩下活着。而且活得越久，越要忍耐孤独和寂寞的煎熬。人生有各种无奈，走进老年是最后也最没办法躲开的一次。

杨绛晚年出版的散文集之卷首语，是英国诗人兰德一首题为《生与死》的小诗：

我和谁都不争，
和谁我都不屑。
我爱大自然，
其次就是艺术。

我双手烤着生命之火取暖，

火萎了，

我也准备走了。

我们看到一位垂暮老人通达、从容的人生心态和宁静、淡泊、悄然如归的人生境界。

明明白白地走来，又明明白白地走去。黄昏气象，从容如画。

法国小说家科莱特在《黎明》中，叙述母亲茜多妮76岁时写给自己的一封信。茜多妮在信中告诉女儿：她非常希望去看女儿，但现在不能去，因为她院子里种的粉红色仙人掌就要开花了。这种粉红色的仙人掌，每四年才开一次花。她说：我已经是一位很老的老太婆了，如果我此时离开，很可能看不到它再次开花了，那将成为我此生不能弥补的遗憾。

人生之美在于创造，也需要等待，更不可错过，尤其是人生路上最后时光的美的享受。

作家萧乾一生坎坷，1999年以90岁高龄辞世。从70岁到90岁，在生命最后20年，他写下近200万字的散文、杂文、随笔、回忆录，又与文洁若合译了英国乔伊斯40多万字的《尤利西斯》。老马嘶风，英心未退。晚年时，他留给后世一句发人深省的话：“跑好人生最后一圈。”

当生命临近黄昏时，“跑好人生最后一圈”，这当是所有人都需要认真思考的一个话题。

老来读书

人至老境，“世间无境可勾牵”。辩证看，“无境可勾牵”也是一种优势，无妨自己找一点“可勾牵”的事做，比如读书。

老来读书，好处多多。其一，读书，如同与各样古今人物对话，可以淡化与老相约而至的孤独；其二，读则有思，可有助于保持与日渐衰的思考能力，有利于减缓老年痴呆的不招而至；其三，有了完全可以自由支配的时间，用不着“三余”读书的紧迫。

学，然后知不足；老，然后觉无知。老来读书获益多多且其乐无穷。

三句话

人到老年，要活得健康、开心，记住，三句话：看得惯，想得开，忘得快。

看得惯是心明，心明则清。不烦不躁，明大势、辨是非。精神不枯槁，情绪不低落。虽垂垂老矣，仍活得洒脱而充实。

想得开是心宽，心宽则乐。人老了，得“知老之将至”。人说“家有老，是一宝”。“是一宝”是说老人仍有价值，有价值也不能驰骋疆场不是？“天道自然，人道自己”，要学会以宽阔的胸怀对待生活中的人和事。

忘得快是心静，心静则安。人生如写文章，碰上个把字不会写，不妨先空着，写好一段，画个句号，另起一行，直到把文章写完。老有老的烦恼，碰上了，绕过去，另起一行。别较劲。该放弃的放弃，该松手的松手，该让位的让位。心静如水，养心怡情。

养身在动

“流水不腐，户枢不蠹”。人之“枢”也要多动才能“不蠹”。《吕氏春秋》中说：“出则以车，入则以辇，务以自佚，命之曰招蹶之机。”（“蹶”是突然晕倒。《史记·仓公传》正义：“蹶”，逆气上也。）越有条件享受过分的舒服，越会招致过多的不舒服。没有哪一位长寿老人是四体不勤、衣来伸手、饭来张口的懒汉。有活动才有活力，从一定意义上说，“动”是老年养生的一条重要原则。动则寿。

养身在动，指身也指脑。勤于用脑是延缓衰老的良方。这样的例子古今中外比比皆是。歌德 80 岁完成《浮士德》第二部，爱迪生 84 岁还在创造发明，托斯卡尼尼在 85 岁仍指挥乐队演奏，马寅初 70 岁以后学了 20 年俄语，90 岁高龄仍有佳篇源源问世。夏征农老人 74 岁主编《辞海》，编到 100 岁还在编，他在《百岁抒怀》中写道：“人生百岁也寻常，乐事无如晚节香，有限余年仍足惜，完成最后一篇章。”高龄曰寿，身强曰健，安宁曰康，劳作曰为。凡高寿者，都因“为”而健，因健而康，因康而寿。

养心在静

静是一种心态。“有人从来没老过，有人从来没年轻过”，俱心态使然。有人表面上沉默不语，但内心却被莫名的烦恼纠结缠绕。对往昔的懊悔，对今日的忧烦。对世事的不平，对来日的迷茫。百忧烦其心，万念劳其形。静以养心，远离名缠利索的烦恼，避开鸡争鹅斗的喧嚣。超然物外，坦荡胸怀，无我为大，有本不穷。

养生必先养德

老子论养生，说：“道生之，德养之。”司马迁在《老子列传》中说他“以其修德而善寿者也。”孔子主张“德润身。”鲁哀公向他请问“知者寿乎？仁者寿乎？”他回答：“知者乐，仁者寿。”他一生虽屡经挫折，却能淡然处之。宠辱不惊，追求不泯。

《中外卫生要旨》中说：“常观天下之人，凡温和者寿，质之慈良者寿，置之宽宥者寿，言之缄默者寿。盖四者，仁之端也，故曰仁者寿。”

无德者长寿难。唐代孙思邈认为，养德乃“养生之大经也”。倘“德行不克，纵服玉液金丹未能延寿”。东晋时葛洪也说：“若德行不修，但多方术，皆不得长生也。”一个人，倘丝毫不讲自身的道德修养，只沉湎于名位、金钱、美色的掠取和享受，终日胡思乱想，作恶为非，必定心神不宁，形销骨立；日疑杯弓蛇影，夜幻鬼影幢幢，即令怎样保健，能有济乎？

养德贵在行善

“善”字是怎么写的？那是“美好的开头”和“欢喜的结尾”。有几句古语讲得好：“处富贵之地，要知贫贱的痛痒；当少壮之时，须念老年的心酸；居安乐之所，当体患难人的景况；处旁观之地，要知居内人之苦心。”爱人者人恒爱之，敬人者人恒敬之。真诚地保持着一颗爱心，人生路上就撒满一路阳光。

三不知

古代有一位老人，寿逾百岁。或问其长寿之道，答之曰：“吾有三不知，一不知世事，二不知生死，三不知自身。”

“不知世事”即不以世事之纷繁费神。生活中那么多事，那么多变化，纷纷扰扰的，少打听。打听多了你也管不了，白添堵。下雪了看雪飘，刮风了听风响。少操心，不生气。

“不知生死”即不为生死之事忧心。自有人类以来，人就有生有死。生是自然规律，死也是自然规律；生的事你做不了主，死的事没人跟你商量。今年花似去年好，去年人到今年老。多长的路也有终点，没到终点就走下去。实在走不动了就停下来。“死生无可无不可，达哉达哉白乐天”，自己管不了的事，想它何来？

“不知自己”即不因自己的诸多杂事思虑。老年人应有的最大智慧就是懂得该放弃的放弃，该放松的放松，该放下的放下。把一切烦恼丢在已经走过的路上，把所有愉悦留给正在走着的今天。

想得开

谚云：“没心没肺、能活百岁；问心无愧、活得不累。”没有过夜愁，不生过夜气，就少得过夜病。

美国有一位叫珍妮·贾弗雷斯的老人，1984 年过 103 岁生日时，别人向她请教长寿之秘诀。她说：“一是会吃，二是会笑。”两条都不难，但做到的不多。

情贵真、气贵和

梁漱溟先生论养生，说：“情贵真，气贵和。惟真惟和，乃得其养；苟得其养，无物不长。”他活到 96 岁高龄，始终保持着一种恬淡无我的心境。

情真气和，是一种境界，更是一种修养。对物欲看轻点，对名利看淡点，对纷争看开点，如此，则“不养生而寿，处浊境亦仙”，不亦乐乎哉！

老舍先生的夫人胡絜青 2001 年 5 月 21 日辞世。临去，遗言“心平气和、随遇而安”8 字。此 8 字乃老人一生之处世哲学亦长寿之道也。心平气和则无争，随遇而安则无求。与人无争，于物无求，淡泊平和，乃得大寿。

进入老境

古时把老年分为三个阶段：下寿、中寿、上寿。说“上寿百岁、中寿八十、下寿六十。”（《庄子·盗跖》）也有说上寿九十（汉·王充《论衡》）或百二十的（三国·嵇叔夜《养生论》）。总之，人活到60岁，大体已边缘化。60岁退休，虽有余勇可嘉，余热可发，余业可为，余趣可循，但毕竟已进入老境。当此时也，有些词，如生龙活虎、一马当先、血气方刚之类，已渐去渐远。人生主旨，当“随意任情，随心所适，不可不为，不可强为也”。

说生论死

人生之路，起点是生，终点是死。无论这条路是长是短，是平坦抑或坎坷，都无一例外地要从这一头走到那一头。

秦始皇 49 岁时最后一次出巡，到东海边，返回时生了重病，本该审时度势留下遗嘱安排好身后诸事，但“始皇恶言死，群臣莫敢言死事”。殊不知生死皆人生之客观存在，不因你讳言就不发生。秦始皇死后的一切变故都与此相关。

生和死，人生两件大事。而恰恰在这两件大事上，无论时间、地点、方式等等，作为当事人的自己都绝难左右。

人之生都能由母亲比较准确地预知日期，而死则常常在毫无征兆也没有准备的情况下突然而至。

死是生命的消失。大凡消失的东西都有去向，唯生命的消失踪迹难寻。

2500 多年前，孔子的弟子季路曾向老师请教“死”这回事，孔子说：“不知生，焉知死？”不懂得怎样活着，怎么能了解死呢？人生，即人从生到死的整个过程。泰戈尔说：“生如春花之灿烂，死如秋叶之静美。”就人一生而言，需要生命辉煌如绚烂的春花，也需要不失尊严、安宁平静地走向生命的终点，有如静美之秋叶悄然飘落。

经济学界的泰斗凯恩斯说：“死亡是所有人最终的共同目标，所以不用怕，怕也没用。”庄周的妻子死了，不悲痛不说，还敲着瓦盆唱歌，人责其无情，庄周说：“人有生就有死，有死才有生，我为什么要哭泣呢？”

死亡又是很简单的事，俗语说：人死如灯灭。灯盏里没油了，不用吹也得熄灭。生命亦如是。

死亡是用不着大范围声张的。“人是呱呱落地，快快地长，慢慢地老，悄悄地死。”死，悄悄地好，用不着弄出太大的响动。

古马其顿亚历山大大帝，一生叱咤风云、地位显赫。他曾为发现不了没被自己征服的土地而懊丧。他30多岁时因病而逝。临去，遗嘱要求在装殓他的棺材两侧各挖一个孔，让他的双手伸到外面。以此昭示世人：一个人，活着的时候，地位再高、权力再大、财富再多、声名再显赫，而一旦撒手人寰，他什么也没带走。

王瑶教授说他对待死的态度是“三不”：“不想死、不等死、不怕死。”很有点朴素的哲理。“不想死”，就是眼下流行的“活着的感觉真好”，热爱生命，热爱生活；“不等死”，该做什么做什么，该说什么说什么，一切照旧；“不怕死”，人人如此，怕也没用。死是早晚的事，谁也拉不下。

当我们存在时，死亡还没有来；而当它来时，你已经不存在了。人活着的时候只想活着的事就行了。人一辈子，最大的事情是活出点境界。至于死，最好交给上帝去管。听命而已，由它去。

早年，民间流传一俚语曰：“中国人死都不怕，还怕活着吗？”在特殊的年头儿，活着比死好不到哪儿去。赴死之痛，只需要一时的勇气；求生之苦，则需要很长时间甚至一生的忍耐。

生命就像一盏灯，死如油尽灯灭。《阿甘正传》中，阿甘的妈妈快死了，对阿甘说：“别害怕，死是我们注定要做的一件事。”

作家史铁生说：“死是一件无论怎样耽搁也不会错过的事，一个必然降临的节日。”

科学家蒙田说：死是“给别人让出空间，正如别人让给你一样”。

在北京八宝山骨灰堂门楣上写着一句歌德的名言：死是一种伟大的平等。

生命如歌

黎明

每天早晨,黎明即起。你睁开眼睛,看到新一天的开始。晨光熹微,气爽神清。活力充沛的一生,需要每天保持这种黎明的感觉、黎明的心态:新鲜、新奇、新生,生机勃勃,意气风发。此古人所谓“苟日新、日日新、又日新”也。

珍惜

珍惜生命就是珍惜生命中的每一天。人之一生,没有哪一天是最重要的,生命中的每一天都可以看成你余下生命的第一天。

今天

记住:今天的时光才是你生命中最宝贵的。不要为未来可能出现的麻烦忧心忡忡,不可陷入“假如……怎么办?”的困扰之中。只要把每一个“今天”过得愉快,你就会拥有一个自己满意的人生。

简单

人要活得轻松必须活得简单。毁誉荣辱,淡然处之;金钱权势,过眼烟云。不以物喜,不以己悲。活得简单才活得自由,活得放开才能活出气象。

苔花

清·袁枚有诗句曰:“苔花如米小,也学牡丹开。”米一样小的苔花,自然没牡丹那样的雍容富贵,但苔花很自信,它会像牡丹一样如期开放,用自己的努力装点春天。春天，当然需要牡丹，但也不会拒绝苔花；有了苔花，春天就会多一点点绚丽。人，应该学一点苔花的气质。你，无论处于何等低下的位置和困顿的处境，可以失去财富，失去机会，失去官职，甚至失去健康，但绝不可失去自尊。有了精神上的自尊才有立世的自信。保持自尊，你会永远面对阳光；失去自尊，你面对的会是一片沼泽。

莫慌

歌剧《党的女儿》中，七叔公去给游击队送信。当他上路时，一曲高亢的江西山歌唱响："日头落山心莫慌，夜来日落有月亮，月亮落了有星子，星子落了大天亮。"你看，"日头落山"的后面是太阳升起，而迎着太阳升起的基础是"心莫慌"。

活出自己

没有实验，没有重复，生命的任何一天都不可能退回去再走一回。所谓人生价值，活出自己而已。

人生最初是一张白纸，人生的意义是自己写上去的。父母给了我生命，社会给了我环境，自己给人生以价值。自己确定一个人生目标，开辟一条人生道路，创造一种人生美满，完成一个属于自己的人生过程。

活出自己，不是按照他人的模式，不是遵从别人的意志，而是有自己的人生领悟和坚守，使自己的人生能展现出个性的记号。

一代代人衰老消亡，一代代人出生成长，互相依赖，上下传承。自古至今，没有万寿无疆的人，只有万寿无疆的历史。

自信

人，难得有一份坚定的自信。自信是智者的财富，行者的动力，强者的支柱。失去自信就失去所有，拥有自信就拥有未来。

尊严和自信，或源于崇高的信仰，或立于做人的基石，或生于对家园的守望，或成于对爱的护恃，从来被视为可贵的品质和做人的底气。人生于世，一旦失去尊严和自信，就成为无根的浮萍、飘落的枯叶，那才是真正的一贫如洗。

强者

强者不意味着压倒一切，而只意味着不被一切压倒。

幸运女神从来不对弱者施以青睐。你征服不了生活，生活就征服你。

磨难

儿子高考落第，终日郁郁不乐。无学可上也无事可为，于是跟父亲学木匠。

一日刨木板，板上有一疤，死硬，怎么也刨不动，儿子放下刨子，恨恨道：“这木疤怎么这么死硬？”

“因为它受过伤。”父亲说。

“受过伤？”儿子不解。

“对。那木疤是树曾经受过伤的部位，结疤的地方变得异乎寻常的坚硬。人也一样，只有受过伤，受过挫折，才会变得坚强起来。”

儿子明白了：磨难，让人痛苦，也使人坚强。只要挺住，不倒下，就能变得刨子也推不动。

失败

拳王泰森被霍利菲尔德击败，他说：“我不想找什么借口，霍利菲尔德打得很好，我向他致意。”

世界级拳王也有面对失败的时候，可见，生活中很难有永远的权威，都要在竞争乃至决战中分优劣、见高低。第一只有一个，而且不是永远的一个。项羽见到秦王的威仪，说 ：“彼可取而代之也！”于是秦王的王位受到了威胁。

人生从来不是单一色。纵观任何人的一生，那沐浴春雨的绿叶和晨露浸润的鲜花或许也曾装点过他的生活，但凄风苦雨、挫折磨难也许成为他难以避开的遭遇。“刑天舞干戚，猛志固长在”。屡败屡战未尝不值得歌颂，不战自败或败而不争才是真正的懦夫。

害怕失败而又甘于失败的人才是真正的失败者。

希望

淫雨霏霏，终有晴日；太阳落山，明天还会照样冉冉升起。如果今天是耶稣受难日，后天就是复活节。无论你遭遇怎样的不幸，最重要的，是仍有希望。希望在，路就在。

底气

善良是仁者的底气，胸怀是强者的底气，勤俭是劳者的底气，知识是智者的底气。人活得舒心，首先是活得有底气。

道路

某人在积雪覆盖的地面走过，又一个人顺着他的足迹走过去，然后是第三个、第四个……于是，那里就有了一条小路。

道路的形成：开拓者——继之者——道路。有了道路，人们忘记了第一个走过的人。

大家都走惯了的路，许多人就一直走下去，很少有人去想开辟新路。前有车，后有辙。跟着走是出于省事和安全的考虑。

越是从没人走的地方走过去，才可能留下你的足迹。

江河

没有万千溪水的汇合和众多支流的注入，任何江河也不会有波涛汹涌、奔腾向前的壮观。

张扬

是一片绿叶就盈盈滴翠，是一朵鲜花就千娇百媚，是一只飞鸟就要长空展翅，是一只船儿就要扬帆远航。积极的人生就是摒弃平庸，敢于尝试！不从众，不媚俗，不攀附，不苟且。在生命的有限时空里，努力绽放出最璀璨、最具魅

力的光彩。

安详

人生是一条河。人生过程的某一阶段，如同峡谷中的激流，以饱满的生命力奔腾向前，列缺霹雳，丘峦奔摧，洞天石扇，訇然中开。然后在宽阔的河床上归于平静，缓缓而流。人生不能一味地奔腾。缓缓地流淌，才是人生常态，此之谓安详。安详，人生很美的境界。

你能做到

许多时候需要辨证想，辩证想才能主动做。比如，你不能选择美丽的容貌，但可以选择美丽的微笑；你不能做到天天如意，但可以做到天天开心；你不能做到事事成功，但可以做到事事尽力；你不能左右天气的阴雨风晴，但可以把握自己的喜怒哀乐；你不能选择自己的出身，但可以选择自己的道路；你不能预卜未来的人生祸福，但可以决定今天的何去何从……你没有可能改变他人，但肯定有办法管住自己。

说气

“天地合气，万物自生”（王充《论衡》）。气魄、气概、气量、气势、气度、气节，气概如虹，气薄云天，气涌如山。论文，“文以气为主”；论生，“正气存内，邪不可干”；论战，“夫战，勇气也。一鼓作气，再而衰，三而竭。”孟子曰：“吾善养吾浩然之气”；孔子曰：“情贵淡，气贵和。”人无志不立，其实是“人无气不立”。谚云：“人争一口气，佛争一炉香。”

生命

1990 年，一位叫撒拉的英国女孩，17 岁成为她家乡中最年轻的选美皇后。33 岁时，在健康状况良好的情况下，她决定实施手术，切除全部乳房，因为她的家族有严重的乳腺癌发病史，而且医生告诉她有 90% 罹患乳腺癌的可能。

放弃自己引以为傲的身材，尤其最能突显女人美丽的胸部曲线，显然很不容易。但在撒拉看来，无论容貌还是身材，与生命比，都无足轻重。活着，才是最重要的。活着才有友情、亲情、爱情，才谈得上事业和抱负，也才可能有人生的快乐。

时间

时间构成生命，生命的长短基于他拥有时间的多少。生命时间是一个人占据的一份不可预支、不可借贷、不可储存且失而不再的财富。珍惜时间就是珍惜生命，不要结交那些只会浪费你生命时间的人做朋友，否则你会因生命的蹉跎而悔之莫及。

道简易行

智慧人生

澳大利亚历史最悠久的悉尼大学的校训，以拉丁文刻在一座浮雕上，曰：繁星纵变，智慧永恒。

鲁迅说：“知识不是力量，智慧才是。”

大道至简

“道不简无以行”。万物之理、治世之道、立身之则，说起来复杂得很，但进入操作过程，由虚变实，则需简明。大道至简，是人生最重要的智慧。

常摐(chuáng)有疾，老子前往探视。常摐张其口而示老子，问：“吾舌存乎？”老子曰：“然。”“吾齿存乎？”老子曰：“亡。”常摐曰：“子知之乎？”老子曰：“夫舌之存也，岂非其柔耶？齿之亡也，岂非其刚耶？”常摐曰：“是已，天下之事定矣！”

《易·说卦》：“天地之道，曰刚与柔。”天地之大道，两个字概括了。

子贡问孔子：“有一言可以终身行之乎？”孔子曰：“其恕乎！”并把“恕”这个字概括为两句话：“己欲立而立人，己欲达而达人。”做人，终身行之的原则就是一个“恕”字，什么是“恕”呢？就是推己及人。

拒绝烦琐，少些矫饰，世界上最透彻的人生哲理往往蕴含于极其朴素简约的大实话中。

踮踮脚尖能够到的东西，就去够，那叫奋力进取；跳起来都够不到的东西，就别费那个劲了，那是勉为其难。人生的许多烦恼就因为贪求那种距离自己很远又不属于自己的东西。

有勇气去改变那些可以改变也应该改变的事，有度量容忍那些不能改变也没必要改变的事，有智慧分清哪些可以改变、哪些不能或没必要改变。

高兴的事今天想，烦恼的事明天想。没必要费太多的心思去设想、设计不太具体的未来。20 年后，你可能生活在自己完全没想过的现实中。

人生总会有几件无奈之事。比如“最是人间留不住，朱颜辞镜花辞树”。任你多大本事、多大学问、多少金钱和多么能呼风唤雨，也奈何不得。人生的自身和谐，其中一条，就是不要强为难为之事，也不为改变不了的事苦恼。

心怀坦白、胸襟开阔。容得下，想得开，不生气，天天有个好心情。修成大愚方为智，为人处事，大事聪明些，小事糊涂些。

不为贫困苦恼有两种方式：增加你的收入，减少你的欲望。

穷困潦倒时不被人欺，飞黄腾达时不为人嫉，此必为大智慧者留下的人生轨迹。

洛克菲勒教其子曰：“智慧之书的第一章，也是最后一章，就是——天下没有白吃的午餐。”

你或许以为这条太过简单，其实真懂得并实行者并不是很多。只要想一想世上那么多拙劣的骗子之所以能频频得手，那么多聪明人屡屡为其“免费午餐”所骗，就知道有多少人缺乏这条最简单也最深刻又最管用的人生智慧了。

爱因斯坦因创立“相对论”而名声大震。一次，他的小儿子问他是怎么发现相对论的，爱因斯坦说：“当一只甲虫在一根弯曲的树枝上爬行的时候，它发现不了树枝是弯曲的。我碰巧看出了那甲虫没有看出的事情。”

人常因近而惑。最难的不是看不清别人，而是看不清自己。

人生，就是一步步走完生命之路。要走得轻松愉快，需两条：一要路平，二靠减负。路平才好一步步走，减负就需要一点点扔。一般看，活得太累是因为所求太多。你背着很重的行囊上路，能不气喘吁吁吗？

路平，是选择的结果；减负，是人生的智慧。

节令更替，乍暖还寒，风雨将至，常使人心绪不宁、关节疼痛。医者谓，身上有陈年伤疤或关节疾病者，对气候变化尤其敏感。因此，伤疤、伤痛、伤情，是一种记忆，更是一种提醒。

事物都有两面：快乐的一面，苦恼的一面。想着事事快乐，反而没有了快乐。俗话说“甘蔗没有两头甜”，为什么非嚼不甜的一头呢？顾恺之食甘蔗，常自尾至首，人问其故，曰：“渐入佳境。”盖蔗本甘于蔗尾故也。正吃甘蔗、倒吃甘蔗，都是不同人的人生智慧。

《千手观音》的领舞者邰丽华说：“所有人的人生，都有圆有缺、有满有空，这是你不能选择的。但是你可以选择人生的角度，多看人生的圆满，然后带着一颗快乐感恩的心，面对人生的不圆满。”

世上没有绝对圆满的人生，但可以付之以圆满的心态。这大概是幸福人生的真谛。

人一生最有价值的不是拥有什么东西，而是拥有什么人；富有的感觉不一定是因为拥有最多，而是需要最少。

记忆和遗忘如鸟之双翅。人，不只需要优化自己的记忆能力，还必须完善自己的遗忘能力。比如，因往事而引发的苦恼，往事早过去了，苦恼还缠着你。用过去的记忆不断败坏着今天的情绪。就如生活中对一些有价值的东西需要收藏，而对垃圾、废物需要清理一样，清理、清除各种不快的记忆，就成为智慧人生之必要课题。

中国画讲究水墨留白、疏密有致。人生亦似作画，不能满，满则太挤，太累。恰到好处的“留白”，浓淡相宜，才有情致，才展示着你的涵养、自信、丰富。

知道自己需要什么是人的本能，知道自己不需要什么是人生的智慧。人，因其本能而生追求，因其智慧而能简约。

不要以为每一天做的每件事都非做不可。检视自己的生活，断然丢弃一些东西，是寻求简单生活的最直接途径。

有所不为然后才能有所为。你的身边永远充斥着各种诱惑，俗语说“将军赶路、不追小兔”，“小兔”就是一种诱惑。当然，没事的时候追一追也无妨，但“将军赶路”时不行。路不赶了，追小兔，岂不贻误战机，因小失大？生活中各种诱惑很多，“小兔”是，“小鹿”也是。难免在你面前窜来窜去，叫你心猿意马、魂不守舍，干扰得你“芝麻”“西瓜”掺和一起，瞎忙活、误大事。做事的智慧，老子主张“为无为”，无为是为了把有限的精力集中在一点上，为得更精彩、更出色。

想象中外边的世界总是很精彩，所以外边的世界总是充满诱惑。你想去听塞纳河畔的歌声，去看凯旋门的壮观，去欣赏香榭丽舍的浪漫；你希望到阿尔卑斯山滑雪，去卢浮宫看画，到维也纳金色大厅听音乐……当你意识到这些并非伸手可及的时候，于是很沮丧。

其实，外边的世界有精彩也有无奈，而身边的世界则绝对精彩。精彩的生活不一定是那些“遥远的快乐”。你身边熟悉的风景也是“外边世界”眼里的遥远。

脚不能到达的地方，眼睛可以到达；眼睛不能到达的地方，心可以到达。“心有多大，天地就有多大”。

有人喜欢把弯路走直，那是心灵的智慧，因为他善于发现达到同样目标的诸多捷径。有人喜欢把直路走弯，那是心性的豁达，因为他在走向人生目标的过程中多看了几道风景。

没有人能告诉你所有人都适用的唯一的人生道路。只要你从内心感受到快乐，任何道路的选择都是对的。

多数人都喜欢溢美之词。一个老头子说了句："阿 Q 真能做"，也不知是夸他呢还是贬损他，但阿 Q 立马喜欢起来。

倘有人言过其实地吹捧你，千万要警惕，说不定哪天他贬损你时同样可以用"无限夸大"这一招数。或捧或贬，手段不同，目的则一：都是出于他自己的需要。

关于"看"的学问

一个盲人提着灯笼在夜间走路。有人笑问道："你又看不见，点灯笼做啥呀？"盲人说："让别人看清我。"

世人能"看"者多矣，但大多只想看清别人，而很少想让别人看清自己。比如有人喜欢做戏，于是有了言行不一；有人喜欢作伪，于是有了以假混真；有人喜欢作秀，于是有了欺世盗名。这些人，缺乏的不一定是聪明，而是"让别人看清我"的勇气。

"敞开心扉给人看"是一种十分可贵的品质。多一层包装，就多一层灰暗。"平生无避人之事"，很多时候，让别人看清自己比自己看清别人更重要。

弟子问佛祖："您所说的极乐世界，我看不见，怎么相信呢？"

佛祖把弟子带进一间漆黑的屋子，告诉他："墙角有一把锤子。"

弟子无论瞪大了眼睛还是眯起眼睛，都同样伸手不见五指，最后说："我看不见。"

佛祖命人点燃起一支蜡烛，才看到墙角处果然有一把锤子。遂教之曰："你看不见的东西就不存在吗？”

“无论瞪大眼睛还是眯起眼睛”统统看不到本来存在的东西者，岂止佛祖弟子一人！因为，“看”是一种自觉，“看清”则是一种能力。“看清”，需要方位和角度的选择，熟悉和陌生的比较，真实和虚幻的辨识，伪装和直觉的判断，现象和本质的把握，等等。大千世界，纷繁复杂，“横看成岭侧成峰”，“看清”的学问大矣哉！

有人问毕加索：“你的画我怎么看不懂呀？”

毕加索问：“你听过鸟叫吗？”

“听过。”

“好听吗？”

“好听。”

“懂吗？”

“不懂。”

就是这样。“看”也有层次之分。民谚曰：“龙眼识珠，佛眼识宝，牛眼识草”。其“看”同，其“所以看”则异，其看出什么、看懂什么、看后得到什么，更别如天渊。都看马连良，大家都鼓掌，鼓掌的兴趣点一样吗？艺术欣赏，不管怎样的层次，能触发某种对美的感觉就挺不错，只是别把脱衣舞跟“天鹅湖”扯往一个档次上就好。

一只小兔子看见一只乌鸦待在树上悠然自得，十分羡慕，说：“我也想跟你一样，歇在那儿啥也不干，行吗？”乌鸦说：“当然。”于是小兔子学着乌鸦的样儿坐在树下，正想“悠然”，不幸，一只狐狸出现了。

小兔子的错误是只看见了乌鸦呆在了很“悠然”的位置，却没有看到近在咫尺的狐狸。

趋利避害乃人之共求，但做到不易。因为“趋利”乃人之本能，“避害”则属人之智慧。你想学乌鸦那般的“悠然”，首先得有胜过或避开狐狸的本事。

简单，可以避开一切无谓的喧嚣，而尽可能保持真实的自我。从而使你的生活能够多一分舒畅，少一分焦虑；多一分真实，少一分掩饰；多一分快乐，少一分烦恼。人生所需越少，得到的自由就越多。且莫为谋求让他人看上去的“优越”，而听任自己内心伤痕累累、杂草丛生。

人生至美，其要在人生至简。力去琐务之扰，独享片刻之闲。真切观察，冷静思考。不媚于俗，不累于心。过去的不掩饰，今天的不粉饰。理念积极而热心平淡，生活随意但不违章法。不准备为过多的念头买单，世间风光看过就好。存在至繁，选择至简；诱惑至繁，所求至简；人间至繁，人生至简；呈现至繁，需要至简。乐其日常，克念即圣。

历史记载下前人的许多智慧。比如“水可载舟，亦可覆舟”一语，自古及今千百次地验证了这一前人智慧，但真接受教训的不多，沉舟侧畔千舟覆的事比比也。一些道理弄懂不难，实行不易。圣人之所以伟大，只在于知行合一。

包容

一个人无论怎样努力做和认真做，也不可能使他所做的每一件事情让所有人都满意。旧时有一首诗说：“做天难做四月天，蚕要温和麦要寒，行人望晴农望雨，采桑娘子望阴天。”一件事让所有人都满意，老天爷也难做到。老子说：“人法地，地法天，天法道，道法自然。”

天之道在其包容。

察渊鱼者不祥

战国时，田氏在齐专政。齐简公四年，田成子弑简公而立平公，自任齐相，齐国之政尽归田氏。田成子专横跋扈，百官噤若寒蝉。一次，大夫隰（xí）斯弥到田成子府邸汇报工作，田成子说：“不急，咱们先登台看看风景。”于是隰斯弥登上田成子家的高台。四面望去，见东、西、北三面视野辽阔，唯南向一面被自家庭院中树木遮住了视线。

隰斯弥回到家中，即刻命家人砍树。可是，刚刚砍了几斧，隰斯弥急命停下。家人茫然不解。隰子曰：“古者有谚曰，知渊中之鱼者不详。夫田（成）子将有大事，而我示之知微，我必危矣！”意思是，人生最大的危险，是知道当权者的隐秘，所谓“察渊鱼者不详”，那田成子谋夺国政，杀心正炽。他嫌我家的树碍眼，却没说出来，如果我砍了树，那就等于告诉他我知道他心里想什么，那我就危险了！

“渊鱼”，深渊之鱼。“察渊鱼”谓明察至能见到深渊之鱼，喻以能探知别人的隐私。那不是什么能耐，而是不祥的预兆。这是《韩非子》中说的。《列子·说符》中则说：“（赵）文子曰，‘周谚有言：察见渊鱼者不详，智料隐匿者有殃’。”说得更明白。

幸福人生

列夫·托尔斯泰有名言曰："幸福的家庭都是相似的，不幸的家庭各有各的不幸。"其实，对于幸福，不同的人从来有着各不相同的理解和追求。所谓"幸福的家庭"，同样有着各不相同的呈现。如鱼饮水，冷暖自知。

回答

幸福是什么?

丈夫说："每天晚上，在万家灯火中，一眼就能认出，哪一个窗口里的灯是为我亮着。"

妻子说："晚饭炒了俩菜，老公吃得光光的。你说他是饿极了？哪儿呀，他就是吃着香。"

平常人家，幸福就是有希望，有温暖，有事做，有人爱。

一个普通人讲他的幸福观：想一个简简单单的理由，娶一个朴实善良的妻子，生一个灵透壮实的儿子，过一生平平常常的日子。

能如此，已很满足。满足即幸福，何须"乘长风破万里浪"？

帮了人家一点小忙，人家说："谢谢"，你心里甜甜的。

外边正刮着风，你才出门，一位大娘说："天冷，得多穿点！"你心里暖暖的。

每一个"别人"都是一面镜子。一个微笑，一句问候，一点关照，一声道谢，都能产生一种关心别人又被人关心的幸福感。你说此乃小幸福？其实，人终日有小幸福伴随着，天天小幸福，一生大幸福。

一对夫妇，丈夫外出日久，妻子思念不已，在写给丈夫的信中附一上联求对："天上的月亮在水里，水里的月亮在天上。"丈夫很快复信，并附所对下联曰："心中的人儿在远方，远方的人儿在心里。"妻子幸福地笑了，像一朵花。在这对夫妻看来，幸福，大概就是心里永远装着深爱的人，并感觉到自己被所爱的人深深爱着。

一位老汉，年轻时走南闯北、见多识广，终日乐呵呵的，七十大几了，很硬朗。老伴儿不行，去年"栓"了一下，紧治慢治，半边儿胳膊腿的还都不大得劲儿。一次几位老汉闲聊，聊到什么是幸福，这位老汉咂摸了半会儿，说："幸福，就是痒了能挠几下，不幸就是痒了不能挠，更大的不幸是神经麻木了，觉不出痒来。"他老伴就不知道痒了。

一官，好女色。数年间贪污受贿数百万，大半用之于色。刑判后，旧友某去探视，悔之曰："看来，一个男人，一辈子跟一个女人睡觉最幸福。"噫！此老官之悔当是痛定之悟，可惜晚了些。

春节前，友人收到一则短信："祝你位高权重责任轻，钱多事少离家近，每天睡到自然醒，数钱数得手抽筋，别人加班你加薪。"时代进步了，"幸福"的标准也水涨船高。不过，幸福可不是天上掉下的馅饼。

什么是幸福？胡同口的一位大妈叠指数来："幸福不幸福，自己心里有数——医院里没有俺家的病人，监狱里没关着俺家的犯人，夫妻俩清清爽爽外边无情人，一家子老老少少上下无闲人，挣得多点少点，吃得好点歹点，乐乐呵呵。"

一位父亲教他年幼的儿子如何使用剪草机，父子俩正剪得高兴，电话铃响了，父亲进屋去接电话。孩子把剪草机推进了父亲最喜爱的郁金香花园。父亲接完电话出来一看，不禁无名火起，眼看他的巴掌伸出去，太太出来了。看到

满目狼藉的花圃，太太顿时明白了怎么回事。她温婉地对丈夫说：“喂，我们现在最大的幸福是养孩子，不是养郁金香呀！”只数秒钟，做父亲的不再生气了。

聪明的妻子使丈夫很快明白，有孩子的快乐，就有一家三口的其乐融融。他们的幸福是孩子，而不是其他。

以色列人泰勒是哈佛大学的一位教授。正当他的事业最红火时，突然决定辞去教职，携带妻子和两个儿子、一个女儿回到了以色列。对“什么是幸福”，泰勒的回答很简单：“拿出时间与珍惜你的人好好相处。”

什么是幸福！闾里间流行着几句新民谣：“官大官小，没完没了；钱多钱少，都有烦恼。穷快乐，富忧愁，叫花子吃饱了翻跟头。”

整天想着当官不幸福，整天想着挣钱不幸福。当然不是穷成叫花子才幸福，而是说快乐才幸福。绝妙。

感受

对于幸福，不同的人都有各自不同的诠释和期待，而且“此一时也，彼一时也”。流落他乡、忍饥受寒者，幸福的期望可能是一碗热粥、一件棉衣；跋涉于大漠而焦渴难挨者，幸福的向往是突然发现一泓清泉；早年农民期望的幸福是“十几亩地一头牛，老婆孩子热炕头”；旧时赶考的举子最盼望的幸福是金榜题名，“春风得意马蹄疾，一日看尽长安花”。幸福是一种感受，而且是相对而言的感受而已。

对幸福的感受都是主观性的。比如，幸福不幸福，似乎离不开金钱这一判定标准。但有多少钱才算幸福呢？难说。你有钱，有很多钱，但脾虚胃弱，“三高”不下，任凭多名贵的美味佳肴，干瞅着，不让吃，没用。他没钱，或没太多钱，但身体好，五谷杂粮、粗茶淡饭，吃嘛嘛香。谁更幸福呢？

你能比较睡席梦思或睡硬板床的幸福指数吗？崔永元一度长期失眠，苦不堪言，在他看来，世界上只有两种人：睡得好的和睡不好的。最难得的幸福就是拥有一只能使之酣然入梦的枕头。一个连睡觉都发愁的人，任你有怎样多的金钱或名声，干什么呢？

人，各有各的活法，各有各的乐趣，如果你信奉知足常乐，那金钱的边际效应拿你一点儿没辙。

好多年前有一首歌唱道："幸福不是毛毛雨，不会自己从天上掉下来。"那意思大概是，任何人的幸福都有一个很认真的创造过程。

真正幸福的人从来不需要表白，也不希望向人炫耀；幸福难以伪装，幸福亦忌讳攀比；有的人把幸福写在脸上，有的人把幸福藏在心里。

幸福来于比较。当重病沉疴霍然而愈后，会感受到健康活着就很幸福。没有过重病缠身的磨难，不会感受到健康原来竟如此宝贵。

所有神话中关于天堂的描写，似乎那里并没有流金淌银的富贵和花天酒地的奢靡。人生的至高境界，大多显示在精神层面，与当多大官、挣多少钱等物质的东西无关。

说法

真正的幸福必然是若干加数之和。单纯的拥有任何一种东西都很难称得上真正的幸福。比如你拥有美好的爱情，但不幸罹患重疾且贫病交加，"全家尽在秋风里，九月冬衣未裁剪"，幸福从哪里来？连七仙女下嫁董永，还得"你挑水来我浇园"呢。幸福的基本保障是健康和吃饭。

幸福永远在向往和追求之中。你以为前边的是幸福，得到的却难免是平淡。就像初春时节的草地，"草色遥看近却无"，幸福只是一种很美的感觉。

幸福是最高的那座山，你努力攀登，费了好大力，终于登上山顶，举目远眺，才发现最高的山是前边那座。

幸福如同地平线，永远在自己的前方。奔走了许久，发现它仍在可以看到的远处横亘着。

幸福和快乐是一对孪生姐妹。幸福的感觉是快乐，快乐的感觉是幸福。如同鸟儿从天空飞过，天空并没有留下鸟儿的痕迹，但它们在飞翔中尽享了亲近蓝天白云的快乐。鱼儿曾在小溪畅游，小溪并没有留下鱼儿的痕迹，但鱼儿在畅游中尽享了亲近溪水的快乐。月下悄悄情话的情侣，享受着热恋中陶醉的快乐；轻抚着怀中婴儿的母亲，享受着骨肉相亲的快乐。钢琴家享受着音符在指尖跳跃的快乐，医生享受着患者愈后呈现出微笑的快乐。

人生路上，你尽管不曾留下多么鲜明的足迹，但只要曾经快乐地走过，就是幸福的人生。

有一种生活，你没有经历过，就不知道其中的艰辛；有一种艰辛，你没有感觉过，就不知道其中的快乐；有一种快乐，你没有拥有过，就不知其伴随着的幸福。人之一生，艰辛、快乐、幸福是掺和在一起的，幸福从来不是一种单一的享受。

幸福的人生是生命过程的全部，而不是人生旅程中某一个风和日丽的驿站。人生之路，有山重水复，也有柳暗花明；有皓月千里，也有乌云满天。生命中的每一段行程都是人生交响乐的一个不可分割的乐章，或激越奔放或舒缓悠扬，都记录着值得回味的美丽。

人之一生，不如意事常八九。不过，辩证看，不如意事多有如意的成分在。开朗一些，豁达一些，不计较那些曾有过的得得失失，不纠缠那些身边鸡毛蒜皮的小事，就能冲淡那些无名的烦恼。放逐那些无端制造出的忧虑。人生最需要的智慧是能够以博大胸襟对诸般穷达苦乐的接纳。

一个人幸福不幸福，关键不在于他有过多少值得高兴的事，而主要看他是否正在或经常为一些小事烦恼着。因为只有幸福中人，他才有闲心把不关痛痒的事挂在心上。比方说你正为竞选市长急得或愁得六神无主呢，还有闲心关注那些鸡毛蒜皮的杂事吗？就如“牙齿好的时候没花生仁，有花生仁了牙又没了”之类的小别扭？

“薄酒也可忘忧，拙妇可与白头，徐行无须骏马，称身不必狐裘。”忘了是谁说的了。凭记忆大致如此。反正不管是先哲还是阿Q，知足，大概是幸福感的一个重要因素。

拥有99个金币的人，会因为不满100而夜不得寐；一个身无分文的穷汉则会因意外捡到一文钱而乐不可支。如果每天被难以满足的物欲所驱使，则会永远因幸福之遥不可期苦恼着。其实，幸福就在他的身边与之相伴而行。

“衣食无忧”也有个标准。穿老头衫、懒汉鞋，住农家院，骑自行车，坐小马扎，常拉着二胡跟胡同里的老哥几个来段《坐宫》或“劝千岁”，晚上就着咸鸭蛋、煮花生米来两杯二锅头，是一种。喝上好多年份的拉菲或波尔多红酒，住所谓前卫艺术家设计的水景豪宅，开兰博基尼跑车，想念穿红裙子的金喜善等等，是另一种。标准虽有，但各不相同。

幸福不来自占有欲的满足。有人认为拥有金钱即可买到幸福，结果当他们拥有了很多金钱之后，才发现世间许多东西拿钱买不来；有的痴迷美色，当他们终于实现金屋藏娇的美梦之后，才发现金屋里藏的竟是他丧身毁誉的祸害；有人奢望权势，当他们百般钻营终于得到看上去挺显赫的官位之后，才发现那官儿并不好当：清官清苦、庸官吃力、昏官挨骂、贪官处危，弄不好被双规，堕入罪恶之渊。只想得到，很可能得到的越多、背负越重。欲壑难填，惶惶不可终日。

幸福的真谛在于给予，这是许多人想不到的。把关爱给家人，在享受家的温暖中感受到幸福；把忠诚给爱人，在享受爱情的温馨中获得幸福；把孝敬给父母，在对养育之恩的报答中沉浸于幸福；把诚信给朋友，在相互信赖的友谊中创造幸福；把热爱给事业，在拼搏和付出中体味幸福。如此种种，人生幸福都在给予中培育，而非占有中获得。

有一句时谚说：“金钱不是万能的，但没钱是万万不能的。”金钱与幸福

的关系也如是。幸福与金钱相关，但绝非金钱所决定。追求幸福不是追求金钱。

幸福指数最高的人，固然不会一无所有，但肯定也不是千万、亿万富翁。你以为存折上多出 100 万，幸福指数就高出 10%？没那回子事。

幸福就是让心中充满爱。

因为有爱，你会懂得分享。分享一个幸福变成两个幸福，从而在分享中感受到人生和谐的美好；

因为有爱，你会懂得分担。分担一个痛苦变成半个痛苦，从而在分担中感受到爱情、亲情、友情的力量；

因为有爱。你会懂得珍惜。珍惜会使一时的幸福变成永远的幸福，从而在珍惜中感受到真挚感情带给你的温暖；

因为有爱，你会懂得包容。天下事，从来有容乃大，宽阔的胸怀会带给你与人共处的快乐。

经历和境遇的不同，对幸福的期待和衡量标准也各异。张贤亮经过 22 年的牢狱之灾，他讲幸福的含义是："人渴了有一口水喝，饿了有一碗饭吃，困了有一张床睡，这个人就是幸福的。除此之外，所有的荣辱得失都是身外之物，无须太在意。"你认可这样的幸福标准吗?

快乐人生

欢乐开怀

对一则广告语印象很深："维维豆奶，欢乐开怀。"先不管它含有多少奶和多少豆，"欢乐开怀"这四个字真好。快乐是幸福的主要标准，你宁可忘了什么豆或什么奶，"欢乐开怀"这四个字一定要记住。

人生细节

生命是一条单行道，走过去就走过去了，不会退回来再试试。生命旅途中的每一处风景都呈现着独有的美丽，无论是"烟花三月下扬州"，还是"月落乌啼星满天"，你不会再次路过生命过程中完全相同的风景。全身心地享受生活的每一处细节，就是人生快乐的真谛。

工作快乐

工作的快乐取决于两条：一，做你喜欢做的事；二，喜欢你正做着的事。

一般看，工作都是枯燥的。但工作可以赚钱；有兴趣的事不是工作，所以兴趣赚不来钱。一个人最有用的聪明，莫过于使兴趣成为工作，最大限度地实现工作与兴趣的一致。

快乐的秘诀是专注于当下正干着的事情上。小孩子的快乐比大人多，就因为他们对眼下正玩儿的事儿全神专注。比如他们玩泥巴、捉蜻蜓、画面具等，任何小事都会因喜欢而专注、因专注而陶醉于无比快乐之中。

林书豪说："我打球的动机是追求永恒的快乐，不是输赢的快乐。"

为快乐而工作或快乐地工作，你的心灵会得到神奇的愉悦。什么时候你真正感觉到工作是一种快乐的追求，你才称得上是一个真正的成功者。

创造快乐

快乐人生是一种创造的智慧。

对人要有宽容心。设身处地，推己及人。谅人所不能，容人所不及，恕人所不知，礼人所不欲。

对事要辩证看。沙中有金，石中有玉；风雨过后会有晴天，十步之内必有芳草。

对未来看得远一点。遇难不退，遇险不惧。面对乌云飞渡，闲观云卷云舒，偶尔乍暖还寒，照看花开花落。

创造的智慧会帮助你放逐烦恼，亲近快乐。

高兴的事今天想，烦恼的事明天想，或干脆扔在脖子后头不想，任之自生自灭。不想它能怎么着？天塌下来？天塌下来你也管不了呀！

一位老妈妈，两个儿子。一个儿子做雨伞，一个做布鞋。老妈妈天天发愁，因为无论晴天、雨天，她两个儿子中总有一个不好过。看来，快乐抑或烦恼多半是自己造出来的。比如老妈妈换个思维角度，倒过来想一想，她会天天与快乐相伴。要活得快乐、活得充实，不一定去改变世界，只要改变自己就行了。

泰山脚下有一块"三笑石"，传说曾有三位老人，常在此石前谈古论今。一日，他们各自说起自己的长寿秘诀：甲曰："饭前一杯酒"；乙曰："饭后百步走"；丙曰："老婆长得丑。"

"饭前一杯酒"，精神愉悦；"饭后百步走"，健体强身；"老婆长得丑"，节欲宁心。

汪曾祺说：老人有三乐：一曰喝酒，二曰穿破衣裳，三曰无事可做。旨在随心所欲。

有广告词曰："牙好胃口就好，吃嘛嘛香。"贵在吃嘛嘛香。

人活世上，越是普通，就越活得轻松。一日三餐一宿，不想功成名就。没大负担，有小快乐。天天小快乐，一生大快乐。

歌手郁钧剑说，人生有三乐：读好书其一，交好友其二，喝好酒其三。名其居室曰"三乐居"。

郁钧剑爱写诗，写一笔好字，能画颇有韵味的大写意国画。生活很丰富。丰富的生活容易孕育快乐。

尼采说："天上的星星我摘不到，但是我可以仰望。"仰望不花钱，也不费力，你可以在自由的仰望星空中得到你想得到的快乐。

坊间谣谚云："高官不如高薪，高薪不如高寿，高寿不如高兴。"高兴多容易得到啊！多大权力的人也限制不了你高兴。

人生快乐，不在于物质上占有的多，而在于心理上需求的少。多非富有，而是另一种失去；少非亏欠，实为另一种有余。

事事斤斤计较、终日提心吊胆的人快乐不起来。不信你留心观察，世间大凡幸福的女人都不怎么精明。

快乐资本

掌握一种足以维持生存的看家本领，从事一份自己喜欢的谋生职业。业之余有自由支配的时间摆弄自己感兴趣的事。如此，则有了创造快乐的物质基础。

明代诗人王瓒，曾钓鲜鱼、自烹佳肴，妻儿共坐，灯前小酌。并写诗记之曰："钓得红鳞个个鲜，妻儿倒瓮醉灯前。人生有趣心常乐，不羡王侯食万钱。"

快乐关键在"人生有趣"。那种虽日食万钱却终日勾心斗角、提心吊胆的王侯权贵不一定有自钓几尾小鱼的主儿快乐多。

境随心转

秋天来了，树叶黄了，枯叶一片片飘落在地上。乐观的人看到的是秋的景色，悲观的人看到的是秋的萧瑟。境随心转，快乐和悲观都是心造出来的。

寻求

快乐在于寻求。上帝给每个人的快乐大概都不是打总儿给他完整的一个，而是把完整的快乐打碎，撒落在漫长的人生路上，由你去耐心地一个一个寻找，装点起一个又一个闪光的日子。

登山，山顶就是目标。一路攀爬，汗巴子流水，终于登上了山顶，立马发现这山没有那山高。了无乐趣。

人生如登山。为名忙、为利忙，精疲力竭。功成名就了，那是别人看，自己则陷入新的苦恼。名呀利呀，没到头的时候。

要寻求快乐，得换个想法。人生处处皆风景，登你自己的山，不羡慕别人的山。

一群学生练网球，一个网球掉进草丛里，反复找，找不到。于是大家议论怎么办。有人建议从草丛的中心线开始找，有人提出从草丛最强处开始找，有人主张大家排成一队，拉网式，从草地的一头寻到另一头。一个孩子听了，想都不想，说："干吗呀？一个小网球，丢了就丢了，不找它！大家接着玩，玩够了回家吃饭去！"众人道："对呀！不找它，大家接着玩儿吧！"

生活中许多烦恼都如此，放弃就是得到。驱逐了苦恼，就得到了快乐。

分享

因为亲人的共聚，才有节日的快乐；因为与爱人心的交融，才有爱情的快乐；因为大家的同欢，才有共庆的快乐。

一个人，无论他看过怎样的奇观美景，如果他没有机会向人讲述，就绝不会感到快乐。真正的快乐是一种分享。

共处

一个人很少有可能“没事儿偷着乐”，所有的快乐几乎都生于与他人共处。与人共处，要学会多一点平和而少一点偏激；多一点热情而少一点冷漠；多一点理解而少一点排斥；多一点宁静而少一点张狂。如此，在你营造快乐的同时，也给大家带来快乐。朱光潜说：“人生快乐大半建筑在人与人的关系上。”可谓至理名言。

知不足者常乐

俗语说：知足常乐。其实无论任何境遇下，知足肯定不会常乐。你家瓦罐里还有不足两捧棒子面，勉强够熬上一顿稀粥，老娘唉息、老婆锁眉、小儿嗷嗷待哺，你能乐得上来？三年困难时期，人祸天灾，人都吃不上饭，别说常乐，“短乐”的也少。

人之快乐，多数的是建立在“知不足”上，建立在不停顿的追求上。在环境创造上知不足，可使人得到更加丰富多彩的快乐；在自身能力上知不足，可获得拼搏而富有生机的快乐；在知识追求上知不足，可获得心灵充实的快乐；在人生修养上知不足，可获得至上至美的快乐。《列子》中说：“盛德若不足”；契科夫说：“对自己的不满足，是任何真正有天才的人的根本特征。”

感觉

孙犁在《书衣文录》中写：“1975 年 11 月 16 日上午，冬日透窗，光明在案，裁纸装书，甚适。”这是孙犁感觉到的快乐。

定低一些物质生活的标准，淡化对身外之物的向往。细微之所有即是大有，些许之所得即大满足。

汪曾祺与友人游泰山，欲登顶而力不逮。面对巍巍泰山，汪淡然一笑，拉友人到山脚下一酒馆喝黄酒。喝得意兴阑珊、身暖心惬。看着艰难跋涉的登山者，对友人说：“你看，咱拿泰山没办法，可它拿咱也没办法。咱虽说没得攀登之乐，却饱享了饮者之趣。”

人生之乐，需在什么条件下说什么话。安于自己的生活，创造自己的快乐，则无烦恼可言。

躲避

快乐的人生会创造也要善躲避。生活中。难免遇到这样那样的小麻烦：情场失恋，家庭失和，处世失当，追求失意，等等。于是懊恼、牢骚、灰心。如同生活垃圾，积累多了，随处倾倒。倘不幸被你碰着，就倾倒在你跟前，跟你无理取闹、无端争吵、无事生非。此时最友善的办法是笑一笑，挥挥手祝他好运，然后走你的路，千万不要让生活垃圾车主导了你的生活。快乐，就是亲近善待你的人。也为不大善待你的人祝福。

活明白些

小人物没有领略过大人物的风光，也没有大人物失衡时的苦恼；有架子的人放不下架子，没架子的人没架子可放；热闹处有热闹的花哨，寂静处有寂静的怡然；不在高处，不用担心跌下，从来不曾拥有，也用不着担心失去。

活得明白就活得快乐。

腾不出时间锻炼的人，迟早会腾出时间生病；一直拒绝开心笑的人，很可能拒绝不了伤心哭。

满足与快乐是真正的财富。富有不是用存折的数字来衡量，而是健康、智慧、慈善、感恩， 等等。坐拥用不完的金钱而不快乐，仍是精神上的贫者。

一位智者问一个在田间劳作的农夫:“你快乐吗？”农夫说:“快乐。”智者:“你这般辛苦，所获无多，乐从何来？”农夫：“我曾因为没有鞋子穿而苦恼，直到有一天我在街上遇到一个没脚的人。”

人生快乐不在于占有很多，而在于想得开。给猴子一片林，给老虎一座山，给自己一个理由，一个让自己快乐起来的理由。

不想比较

快乐抑或烦恼，很多时候，并不在于自己过得好还是不好，而主要在于跟别人比自己过得比别人好还是不好。

人比人，气死人。快乐是想出来的，烦恼是比出来的。不想比较，你的心中就没有烦恼的位置。

活的快乐，主要是活的没有负担。人一生，不如意事常八九，倘事事纠结于心，烦恼就天天缠着你。豁达一些，大小烦恼一风吹，由它去！放逐烦恼，留下的就只有快乐。

你的快乐你做主

庄子在濠上观鱼，说："鱼儿们真快乐呀！"你能看出鱼儿们快乐吗？不是鱼儿快乐，是庄子快乐。

一位老者坐在行进中的火车上。老者高兴地翻过来倒过去地看上车前才买的一双新鞋，一不留神从窗口掉下一只。老人一怔，当即把手中的另一只也从窗口扔了出去。同坐者不解。老人说：一只鞋，再怎么喜欢也没用了。如果有人能捡到一双鞋子，说不定会高高兴兴地穿在脚上。

舍弃是一种损失，但舍弃如能与一种美好的心愿相伴，即可化损失为快乐。老者心存善念且智慧者也。

人生如饮咖啡，苦涩中会有一种甘之如饴的回味。所有人的生活都是有苦有乐、苦乐相伴。懂一点辩证的苦乐观，就少一些无谓的烦恼。

你的快乐你做主。跟埋在土里的人比，怎么着你都快乐。

有一首歌唱道："每天都是好日子。"其实，更要紧的，是每天都有好心情。有了好心情，你每天的日子都会充满阳光，洋溢出无比温暖、无限活力。整天哭丧着脸，好日子也好不上来。

快乐则寿

英国科学家法拉第，年轻时身体不好，经常失眠、头疼，久治不愈。一次，他请一位很有名的医生为他诊治，医生在处方上写了两句话给他："一个丑角进城，胜过一打医生。"何意？法拉第思之良久，大悟。之后，他在科研活动之余，经常去看各种喜剧和滑稽表演，天天开怀大笑。经过一段时间，失眠症不治而愈，饭量大增，精力充沛，一直健康地活到96岁。

快乐是一剂养生良药，能快乐则心安，常快乐则长寿。

养生专家经常强调的诸如饮食清淡、戒烟限酒之类的健康规律，一些长寿老人并不一定完全遵守。

海南文昌市翁田镇周良村有长寿老人周文姬，119岁，一生就爱吃肉，爱喝咖啡，不喜欢吃蔬菜。2012年11月26日的《重庆晚报》载：长桥镇百岁老人周柏良和他的两个年逾九旬的妹妹年龄加起来接近300岁，三人的共同习惯是每天喝二两白酒。

几位长寿老人的一个共同特点是为人和善、心态平和。周柏良老人兄妹，一辈子没跟人吵过嘴。他们心胸宽阔，待人厚道，顺其自然。

心态平和，知足常乐，长寿之本欤？

传说尧帝活了118岁，舜帝活了110岁，周文王活了90岁，周武王活了93岁，孔子活了73岁，孟子活了84岁，庄子活了84岁，墨子活了92岁，被后世尊为药王的唐代名医孙思邈活了101岁，古稀之年撰写了《千金方》，90岁高龄时完成了《千金翼方》。

有大德者都有大为。有为才能有乐。有德、有为、有乐，则有寿，这是一个规律。

辛亥老人喻育之，105岁高龄时依然健朗。有人请教其长寿之道，则告之曰："读读书，看看报，常笑笑，莫烦恼。"读书怡情，乐则无忧，养生之灵丹也。

复旦大学教授李仲南，百岁高龄时出版《随学制斋今集》。101岁时应邀到南京老干部局作报告，讲三个小时不休息。106岁还兴致勃勃地去参加复旦大学百年校庆。他有12字长寿诀曰："起得早，睡得好，七成饱，多跑跑。"

诗人林庚97岁仙逝。他90大寿时，诸弟子请问长寿之道，林答曰："有两条，一条是：一切都是身外之物；再一条是多吃胡萝卜。”

著名外交家顾维钧活了96岁，晚年时，他谈到长寿秘诀，总结了三条：“散步，少吃零食，太太照料。”

人之生存有限而生活无限。懂得生活的人都会创造美满、营造快乐。认真每一天，快乐每一天，美丽每一天，享受每一天。如此则“不养生而寿，处浊世亦仙也。”（台静农语）

放下

1946年。美国人莫顿发明了一种叫乙醚的麻醉药。这一重大的医学发明在外科手术史上具有划时代意义。至今，乙醚仍是各类外科手术麻醉时的首选药物。

莫顿是美国一所医学院的二年级学生，他的老师叫韦尔斯，还有一位叫杰克逊的化学教授。当莫顿以麻醉药剂发明者的身份向美国政府申请专利时，二人都出来与之争夺发明权，都说曾对莫顿做过关键性指导。三人打起了官司，但官司打了多年而毫无结果。得与失的名利纠结，如毒蛇般啮噬着三位医学家的心灵。最后，莫顿因愤懑郁结突发脑出血而逝，他的老师韦尔斯自杀，化学教授杰克逊得了精神病。

一项麻醉药的发明尚未正式用于临床，三位与之相关的科学家都无一例外地遭到名利的麻醉，以至陷于身心俱废的痛苦之中。

快乐在于放下，但放下很难。

维吾尔民族有一句谚语说得最好：“人生下来之后，除了死都是乐儿。”大智者语。

成功人生

粹言

成功应具备的三个基本条件：看到所有人都能看到的；想到所有人没有想到的；付出所有人不想付出的。

走向成功的三种基本素质：有肚量容忍那些你不喜欢但又不能改变的事；有勇气改变那些应该改变也能够改变的事；有智慧区分两者的不同。

实现成功的三个基本要素：一，你自己真行；二，有人说你真行；三，说你真行的人真行。

任何成功都难以复制。每一位成功者都有各自不同的成功路径。如果说有规律可循，那就是："认识你自己"。认识自己、创造自己、优化自己，着力锻炼决定你人生成败的关键性能力，及时抓住决定你人生走向的关键性机遇。

凡成功者都会建立起一个广泛的人际网络。重要的不是你认识多少人，而在于多少人认识你。

他一向默默无闻，似乎在某一个早晨，竟获得了令人惊愕不已的成功。人们惊讶的是他的结果而非过程。表示惊讶只需几秒钟，做出令人惊讶的结果却要付出多年甚至一生的努力。

任何大事都由小事组成。每天完成一件小事，一生成就一件大事；每天实现一个小目标，最终成就一个大目标。“不积跬步，无以至千里；不积小流，无以成江河。”成功从来都不会一蹴而就。

成功的花儿总是开在高高的山巅。上帝给了每个人都可以摘取的机会，但没有给任何人预备下登上顶峰的阶梯。欲摘取成功之花者，不能只有美好的向往或冲动，还要有如何攀登上去的智慧和百折不回的勇气。

想人之所未想，见人之所未见，为人之所难为，忍人之所不能忍，或为成功之正道。

凡事有成者，基本靠两条，一曰志、二曰趣。有志才有目标，志立而目标定，志坚才脚步稳。有志还要有趣，有趣则乐为，你以为是苦事，他以为是乐事。有热爱，才有热情。热爱夯基、热情投入，志激毅力，趣怡神心。志加趣，如虎添翼。志趣在山水，于是有《徐霞客游记》；志趣在草药，于是有《本草纲目》传世。北宋张载曰：“人若志趣不远，心不在焉，虽学无成。”很对。有心、有志、有趣、不弃微薄，不畏辛苦，积以时日，久必有成。

在生命过程中，总会有某个时刻，需要你在某一件很要紧的事上做出取舍的抉择。又常有许多人，乐于热心地给你忠告，向你建议，对你指点。此时，你必须清醒地知道，任何选择都是你自己的事，任何人都不如你自己更了解你的优势和你的目标。

走自己的路，哪怕别人什么也不说。

大凡成功者，一般看，都有一种独具优势的核心竞争力。

一个人的核心竞争力的养成，大多来自一向被认为不太紧急也不大被重视的事情上，比如读书，锻炼身体，业余爱好，与智者交朋友等等。假如你在这些方面遥遥领先于他人，很可能你就具备了决定核心竞争力的绝对优势。

谁也没办法在自己不喜欢的行当里出类拔萃。成功的重要途径，就是在你最喜欢的事情上始终如一、信心百倍、心驰神往、死心塌地地干下去。

任何成功都不会一帆风顺，当你一次又一次为挫折所阻时，请一定要毫不犹豫地告诉自己：我还有机会！只要目标坚定不移，意志坚忍不拔，行动坚持不懈，成功的机遇说不定就在下一个路口等你。

有人说，成功路上总少不了几块牌子：学历是铜牌，能力是银牌，人脉是金牌，思维是王牌。

科学的思维能力决定着你对目标的确立、道路的选择、是非的判断和行为的取舍。

不是每一次努力都有所收获，但每次收获都必须付出艰苦卓绝的努力。

你可以不是最优秀，但你可以努力和最优秀的人在一起。

事之成败多半在于自己。人自强者天强之，人自弱者天弱之，人自败者天败之。反之亦然，人不自强天难强，人不自弱天难弱，人不自败天难败。

知此无怨，经此无悔。

阻碍你走向成功的不是一次又一次的失败，而是自己很难觉察的平庸。失败会使你记住前车之鉴进而成为迈向成功的垫脚石，而平庸则不会给你任何启发，反而使你长期陷入得过且过、安于现状、无所作为、浑浑噩噩的状态。终因意志消磨、精神消沉、信心销蚀而一事无成。

人生万里路，关键两三步。世间之成功者，多数不是赢在人生之路的起点，而是赢在某个重要的转折点。

成功需要智慧。智慧不只是拥有知识，更重要的是运用知识的能力。

成功需要机遇，机遇从来不是人人有份，而是只给那些有准备的头脑所准备。

成功需要勤奋。一点点聪明，加上十倍的努力，就足够了。无论任何环境下，勤奋的品格都会赢得非同一般的亲和力。

成功需要激情，有激情才会付出全身心的投入。

以上四条，再加上热情、关爱、正直、坦诚的性格，必能把握并运用实现成功的一切机遇。

所谓成功，简单说，就是把自己喜欢的事做好。前提是你得有自己真正喜欢的事。

比成功更重要的，是要拥有内在的丰富，有自己的真性情和真兴趣。只要有自己真正喜欢做的事，你就会在任何情况下都感到精力充沛和精神充实。

上帝唯一的公平是给世间每个人每天一样的三个八小时。第一个八小时大家都在工作，第二个八小时大家都在睡觉，人与人的最终差别是对第三个八小时价值认识的差异和利用的不同。

爱因斯坦说：“人的差异在于业余时间。”业余时间，那是人生命的三分之一，那是一片属于自己的生命绿地。对这一片生命绿地，要么精心耕耘，要么任其荒芜。一种通向成功，一种走向潦倒、落寞。

1902 年，年轻的诗人里尔克应聘给画家和雕塑大师罗丹当助理。一次里尔克问罗丹：“如何寻到一个要素，足以表达自己的一切？”罗丹沉思片刻，说：“应当工作，还要有耐心。”

是什么使某些人变得与众不同？罗丹说出了关键性要害，那就是：认真工作和足够的耐心。

妙道

任何成功都是勤奋的宠儿。

孔夫子说："吾尝终日不食，终夜不寝，以思，无益，不如学也。"圣人尚且如此，遑论我等庸常之辈！

朱熹十五六岁就研究禅。他讲研究学问的心得，主张"宁祥勿略，宁近勿远，宁拙勿巧。"

胡适说："凡是成大功的人，都是有绝顶聪明而肯做笨功的人。"

民间一则讲练功的谣谚说："一天不练手脚慢，两天不练冒虚汗，三天不练差一半，四天不练门外汉，五天不练瞪眼看。"

隔行不隔理，世间百业，大抵如此。

亚伯拉罕·林肯说："假如你唯一的工具是一把锤子，那么世界上其余的东西都是钉子。"锤子的强大就在于力量集中。把你的意志集中于"现在"这一时刻，全身心地做好今天的事，无数个"今天"砌成的阶梯，终将通向成功的殿堂。

明代哲学家王阳明说："天下事或激或逼而成者居其半。"真正意义上的名副其实的成功者，依靠的不是天才，不是运气，而是超乎寻常的毅力。毅力顽强的人往往会得到更多的机会，因为他们比常人有更多的投入和付出。

1999年春节前夕，"军民迎新春文艺晚会"上有个节目叫《鼓乐催春》，据说演员在排练这个节目时光鼓槌就打断了6麻袋，每个鼓面上都留下斑斑血迹。

多练自老练，长压才耐压，多学则多知，有为必有成。持续、刻苦、反复地实践，是人之成长、成熟、成功的不二法门。

奥地利古典乐派作曲家莫扎特说："谁和我一样用功，谁就和我一样成功。"所有的成功都是对用功者的回报。

世界著名男高音歌唱家帕瓦罗蒂幼年时兴趣广泛，有很多爱好和向往。他想当老师，当工程师，当科学家，还想当歌唱家。他希望得到父亲的帮助，父亲对他说："孩子，如果你想同时坐在两把椅子上，你就会掉在两把椅子中间。在人生的道路上，你应该选定一把椅子。"在父亲的帮助下，帕瓦罗蒂选择了唱歌。经过七年的努力，终于第一次登台演出；又用了七年，进入了大都会歌剧院；第三个七年结束时，他成了著名的歌唱家。有人问帕瓦罗蒂成功的经验，他说："就一句话，请选定你的一把椅子。"

一个人的精力终归有限，虽心有所不甘，但力有所不逮。成功路上，必须学会做减法，学会放弃，把精力集中到最喜好的事上。

华尔街"黑石"集团的一位女执行官说："我热爱我的事业，因为我从未一秒钟觉得无聊。"

爱因斯坦说："热爱是最好的老师。"达尔文学医学、数学、神学都应归之于"慢班"学生，但他对打猎、旅行、搜集标本，却有着特殊的兴趣，谁也料想不到，正是他的"不务正业"的爱好，竟成为他通向成功的一条蹊径。

谁都很难在自己不喜欢的行当里做得出类拔萃。你有自己真正喜欢的事，就能乐于、甘于、勇于为之付出你的一切。

美国《纽约客》杂志一位名叫马尔科姆·格拉德威尔的，他研究成功规律，将所有人的成功都归之于"1 万小时准则"。即任何领域成功之关键都与天才无关，重要的只是实践——持续十年，每天付出三个小时，集中一点，持之以恒，必见成效。

有人问画家亚明，怎样才能画得好？回答："一要有杀父之仇的纪念，二要有张生追莺莺的痴情。一入画境，即进入物我两忘的境地。"

杀父之仇，铭心刻骨，不会因任何外界因素而丢弃或改变；

张生追莺莺的痴情，挚爱、执着、专一的身心投入。

妙哉斯言。

萧伯纳说："人有两种悲剧，一是万念俱灰，二是踌躇满志。"

两种悲剧殊途同归地导致勤奋努力的终止。如果不是胸怀远大抱负，勤奋的精神很难持之以恒，不是因挫折畏难而止，就是因业有小成而意满不前。

拿破仑说："我之所以能取得胜利，是比敌人早到五分钟。"

此之谓抢占先机。机遇倏忽即逝，你抓住了，你就占据了获得成功的绝对优势。

据说，能到达埃及金字塔顶端的只有两种动物：一是雄鹰，二是蜗牛。没有鹰的天赋，就效仿蜗牛的毅力也好。只要坚持不懈，同样会到达"金字塔"顶端。

著名导演谢晋说："那种从幼儿园、小学、中学、大学，在母亲的怀抱里长大的人，从来没受过挫折的人，是绝对不会成功的。百折不挠才是成功之大道。"吾信此语。

戴尔·卡内基是个天才，天才也不会单枪匹马地实现成功。他曾说："一个人事业的成功只有15%是由于他的专业技术，另有85%是靠人际关系和处世技巧。"可见，追求事业的成功需要为"关系"二字付出多大代价！因为这种无谓和无奈的付出，使我们没有更多的精神和精力用于真正有价值的事上。倘我们中的每个人都只花些许时间和精力干事，却用大部分心思周旋人情世故或讨好上司，或平衡与他人的关系，左顾右盼、思前虑后、畏首畏尾，脚下的步子怎么能迈得开？一叹！

霍利菲尔德击败世界拳王泰森，面对欢呼的人群，他说："我知道你们都曾抛弃过我，但上帝没有。"

其实是"自己没有"。是他自己没有抛弃自己，没有放弃。所有成功者都成之于自强，而毁之于自弃。

有人问球王贝利："你哪一个球踢得最好？"回答："下一个。"

这回答的哲理含义，曾经激励和启发过许多人。不能总讲过去，讲"想当年"，讲"过五关"，讲"曾经拥有"，讲"老祖宗比你阔多啦"，还是把关注点集中于"现在"这一时刻，集中于你正在干的事情上。

二月河有了很大名气，当然有了谈论成功的资格。他告诉大家：一个人成功，需三方面条件齐备——力气、才气、运气。

“力气”是自身努力，好办。“才气”那是上天赐予，就有点难。有的人才华横溢、才思敏捷，“上马击狂胡，下马草军书”，不是谁都办得了的，没法比。“运气”更不好办了。所谓“水旱之灾，关乎阴阳运数，非人智力所能及也。”（《旧唐书·韦嗣立传》）俗话说：“命中有时终须有，命中没有莫强求。”人家在树荫下凉快会儿，正巧跑来个兔子撞在树上，你天天在那树下蹲着，没准几十年也碰不上。这叫“紧走一步赶上穷，慢走一步穷赶上。”生不得气。你说人家二月河怎么就琢磨出那“三个条件”来呢？

力气，才气，运气，三条都凑上，咱草命子人就别着那个急了。

著名摇滚歌手鲍勃·迪伦说：“一个人，如果能在早晨起来，晚上睡下，其间又在干他想干的事，而且不愁衣食，那么，他成功了。”这其实并不易。许多人为追求所谓的成功，天天过着高速运转的日子，让心灵如同疲惫的陀螺，在渐行渐远的岁月深处已听不清发自内心的真实的声音。

人之不同、各如其面。不同的人对成功的理解和追求从来也永远不会一样。干着自己喜欢干的事，一家老少有饭吃，有衣穿，有事做，很满足。很满足就成功了，不一定非像苏秦那样挂上六国相印才是。

著名作家卡夫卡当了一辈子公司小职员，但这并不妨碍他成为一个作家。倘卡夫卡不当那小职员，也许写得更多，也可能写得更少，甚至一无所成。

你对你选择的路，很喜欢，又信心满满地走下去，你已经享受着实现成功的乐趣。

实现成功是一条漫长的路，需要目标专一，又需要坚持不懈。比如梅兰芳会唱戏，其实戏有多种，越剧、豫剧、秦腔、评剧等等，梅兰芳只唱京剧；你说梅兰芳会唱京剧，其实，京剧里生、旦、净、末，丑诸多角色，梅兰芳只唱旦角；若说梅兰芳精于旦角，其实旦有老旦、花旦、青衣、刀马旦诸多角色，梅兰芳只唱花旦；若说他精于花旦，其实京剧花旦有梅、尚、程、荀四大门派，梅兰芳只在“梅派花旦”这一行当里千锤百炼，炉火纯青，终成艺术大师。戏剧如此，天下百业无不如是。

人之成功，各不相同。有的是“好风凭借力”，有的靠撞大运，有的拼死拼活，有的天生带来自身的先天优势。比如姚明，不到18岁就长成两米多的个头儿，羊群里出骆驼，动作还比较协调，就是专门吃篮球这碗饭的。先天优势再加上后天努力，他没法不出类拔萃。

絮语

感到时间不充裕，感到事情做不完，感到自己能力太差，感到自己不懂的东西太多，感到工作的压力太大，跟那些整天转转悠悠、没事干或不知道干什么事又很轻松的人比，最有希望。

1990年亚运会上，获得女子100公斤级柔道冠军的张颖，曾把她的座右铭贴在枕侧：“吃常人不能吃的苦，忍常人不能忍的气，做常人不能做的事。”在成功的道路上，常人与超人同步而趋，谁付出得多，谁就先到达终点。超人区别常人处，首先是付出，其次是付出，再次是付出，最终的结果只是付出的结果。

努力不一定成功，但不努力肯定不会成功，成功是努力的积累。早给你的，天上掉下来的，不是靠力气挣来的，上帝迟早会拿回去。

耐得住是成功者必具的品格。耐得住寂寞，也耐得住热闹。人有多大耐力，就能成多大事。

辞典里“万事如意”那样的成语，大概只用于某种美好的祝愿，人生路上从来没有过。不如意事常八九，不冒点风险，只能捡别人弃之不要的东西。过度小心或不够小心的结果一样糟。

所有成功者都不一定各方面都出类拔萃。主要是他们找到了一个最适合自己的专注点，在大家习以为常的事物中付出了异乎寻常的努力。

无数景观，你不能都想去看一眼；一块土地，你不能什么都想去种一点；走进果园，你不能每一颗果子都尝一口。路多岐而树多枝，有所取必有所弃，有所不为才能大有作为。专注、专一、专心致志是事有所成的不二法门。什么都想得到就什么都得不到。当你的人生之路快走到尽头时才蓦然发现，自己的人生也只忙而已，忙忙碌碌，碌碌无为。

一个人一生围着一件事转，最终可能有许多人围着你转；一个人一生围着许多事转，最后转不动了，人们也都不再理你。

艺成于专而毁于杂，样样通不如一样精。

求变

生活中总会有无数个可套用“尽管……但是……”句式的境况，这种句式可使你从莫名的沮丧中解脱出来。当你遇到扯不断、理还乱的烦心事的时候，无妨静下心来思考一番“尽管”后面的“但是”，说不定烦心事的背后有另一种事物可以补偿它。有时，补偿的甚至超过你的失去。

不能只将眼光盯着“尽管”那个阶段，要及时把关注点移向“但是”。积极寻觅、挖掘甚至创造某种潜在的补偿，求变思维会产生使你意想不到的自信。

孤独

对于成功者来说，孤独是必要甚至必然的经历。孤独和寂寞不同，寂寞的表现是苦闷，孤独则是对喧嚣的避让，并潜藏着某种程度的愉悦。因为孤独的心境，更有益于思考。对于做人，特立独行、不随波逐流，才能成为真正的强者。你听说过哪一位伟大人物整天愁眉苦脸、到处寻找“共同语言”的？

容量

一位清华大学建筑系学生，读大四时做了一个设计方案，受到大家好评，于是兴致勃勃地请系主任梁思成先生看。梁先生看后，没说一句话，只让那位学生下楼，取一个碟子和一个碗上来，又把书架上一个小陶罐拿下来，让学生灌了半罐子水，然后说："你看这半罐子水，有人会在意它吗？可是你把罐中的水倒进碗或碟子里，直到溢出为止，这样人们会惊呼水太多了。其实，罐子里还剩许多水。记住：千万不要把自己摆成碗，更不要摆成碟子。摆成碗和碟子那就没出息了。"

迷信

迷信的症结，不在于相信什么，而在于不相信自己；不在于会得到什么，而在于首先失去了自我。迷信者难成大器。

失败

《西游记》第十四回说，《烂柯经》中论围棋之术有一段话："彼众我寡，先谋其生；彼寡我众，务张其势。善胜者不争，善阵者不战，善战者不败，善败者不乱。"这"善败者不乱"比不败更可贵。

兵败则乱。帅之指挥乱，阵之布局乱，所谓"兵败如山倒"，溃不成军之谓也。

人生败亦乱。失魂落魄，怨天尤人，信心尽失。

失败也常事。所谓"功者难成而易败，时者难得而易失"。俗语说"栽个跟头，捡个明白"。智者从失败中看到自己在向成功逐步接近，进而信心百倍地走下去。失败亦人生的一种重要财富。

死不休

齐白石早年拜胡沁园为师，胡见他的画有款无印，就跟他讲印在画中的作用，并送他几方寿山石，要他去找刻印名家丁可钧刻印自用。齐白石把石头送去，丁一副爱搭不理的样子。第二天又上门，连叫了三声也不见答话。齐白石生气了，大声叫了一下，丁才回过头来，把那方寿山石往齐身上一丢，说："拿回去磨平再来。"为一方印，齐白石跑了五趟，也没刻成。一气之下，他把石头拿回家，晚上用修脚刀自刻了一方印，上面镌"死不休"三字。后愈发奋，终成大家。

有"死不休"三字，则天下无不成之事。

一个叫罗红的山里孩子，20 世纪 80 年代末高考失利，到成都去打工。他去了一家正在招工的影楼，包吃住，不多的工资可维持最低生活。试工半天，留了下来。看到那些可以化瞬间为永恒的大大小小摄影器材，他心里有了一个梦。两年后，他拿着亲友东拼西凑的钱，自己开了一家照相馆，生意日渐红火，积累了一点资本，转行开起蛋糕作坊。到 2007 年，他在全国拥有了 600 家直销门店，员工近万人，销售收入 16 亿元。创造了中国最大的蛋糕连锁店——好利来。正当事业如日中天时，他让出了公司总裁位置，只担任董事长的“闲职”。随后，背起行囊，独自一人，足迹遍布神秘的西部各省。继而，又 14 次深入非洲，航拍了大量珍贵的照片，并应邀参加联合国 2006 年 6 月 5 日举办的“世界环境日”活动，举办了他以“地球家园”为主题的个人摄影展。作为第一个航拍非洲的中国人，他的作品被誉为“非洲大地的史诗”。

心中有太阳，前方有目标，脚下有道路，富也不休。

两条腿，一条路

澳大利亚短跑运动员贝蒂·卡斯伯特，生于 1938 年。她初入田径队时曾存有太多的向往，练跳高、跳远、游泳、自行车等多种项目，参加过不同级别的各项比赛，但无一出色，陷入迷茫而不知所从。教练对她说：“你是个有潜力的运动员，但要知道，你只有两条腿。”遂大悟。从此集中练跑，且着力在速度上打造自己的特点，成绩突飞猛进。1956 年的奥运会上她一人独揽了女子 100 米、200 米、400 米接力三枚金牌，被誉为澳之女神，成为无数青少年崇拜之偶像。有记者采访她，请她说几句激励青少年的话，她只说了一句：“两条腿走一条路。”

“两条腿走一条路”，此与著名男高音歌唱家帕瓦罗蒂的成功之道“选定你的一把椅子”，似有异曲同工之妙。

热爱是成功的基础

在美国标准石油公司有个叫阿基勃特的小职员，他每次出门只要住宾馆，总是在自己签名的下面写上一行字：“每桶四美元的标准石油”，在书信、收据等一切需要他签名的时候，都无一例外地在他的签名后面写上这么一行字。

他因此被同事叫作“每桶四美元”，而他的真名倒没人叫了。

公司董事长洛克菲勒知道了这件事，说：“竟有职员如此宣扬公司的声誉，我要见见他。”于是请阿基勃特共进晚餐。

后来，洛克菲勒卸任，阿基勃特成了第二任董事长。

这是一件谁都可以做到的事，可是只有阿基勃特这样做了，而且持之以恒、乐此不疲。嘲笑他的人中，肯定有才华、能力在他以上者，可是最后只有他成了董事长。

一个人成功，有时纯属偶然。但所有偶然中都有某种不为人知的必然，这种必然生于热爱。当热爱成为习惯、痴迷和执着时，则离成功不远。

竭尽全力

一位牧师给全班学生讲了这样一个故事：一个猎人，带着猎狗去山林打猎。猎人一枪打中一只兔子，受伤的兔子拼命逃生，猎狗则紧追不舍。追了一会儿，不追了，于是遭到猎人痛斥。猎狗不服气，说：“我已经尽力而为了呀！”

兔子跑回家，兄弟们听说它被打伤又被猎狗追赶，十分惊讶，说：“那猎狗是很厉害的呀，你是怎么逃回来的？”兔子说：“猎狗是尽力而为，他追不上我，最多挨顿骂。我可必须竭尽全力，不然一旦被它追上，小命就没了呀！”

故事讲完，牧师要求学生背诵《圣经·马太福音》第五章到第七章。那几章有几万字，又不押韵，许多人都说努力背也背不下来，太难了。几天后，只有一个十一岁的孩子站在牧师面前，把那几章从头至尾背了下来。背到最后，几乎是在朗诵，声情并茂。牧师大惊，问：“你是怎么背下来的？”男孩不假思索：“我竭尽全力。”那男孩就是后来成为世界著名软件公司老板的比尔·盖茨。

尽力而为，是“为”之始已有“不为”之念头在；竭尽全力呢，乃抱必胜之念，咬紧牙关、不遗余力、不死不休之谓也。

机遇就在身边

1998年世界歌王帕瓦罗蒂来到北京，顺便到北京音乐学院走了走。世界歌王到音乐学院的消息不胫而走，一些有背景的学生家长都百般托人，想请歌王亲自指导一下自己的孩子。帕瓦罗蒂耐着性子听着每一位学生的演唱，不置可否。这时，门外突然有人引吭高歌，唱的是《今夜无人入睡》那首名曲。唱歌的人叫黑海涛，他听说帕瓦罗蒂来了，但自己没背景，很难接近。辗转良久，突然想到用歌声来宣泄并以之自荐。帕瓦罗蒂听到窗外歌声，动情地说："这声音像我，这也许就是将来取代我的那个人，我要见他，我要收他做学生。"后来，帕氏亲自张罗黑海涛出国事宜。继而意大利举办世界音乐大赛，正在奥地利深造的黑海涛，因意大利制裁中国而无法拿到签证，求助于帕瓦罗蒂。帕亲自给意大利总统写信，终于如愿成行。

如今的黑海涛是奥地利皇家歌剧院首席歌唱家。

成功需要机遇，但所有机遇都给有准备的人准备着。

走向成功的道路

大卫·科波菲尔出生在美国新泽西州一个贫困的移民家庭。他年幼读书时，每次考试都排在倒数几名。和他同龄的孩子都不想和他在一起，老师也从不让他回答问题，因为他总是羞涩地说"不知道"。他试图努力过，但收效甚微。许多人都认为他将来肯定一事无成。

长大后，大卫·科波菲尔有一个学习魔术的机会，他兴趣盎然，显示出出类拔萃的魔术天赋，后来成为一位声名远播的世界级魔术大师。

不要一条道儿走到黑，不在一棵树儿上吊死，任何目标都不止一条道路到达，任何时候都不要妄自菲薄，此事无成，彼事或许大成。

经营自己的人生

当年美国的田纳西州有一位秘鲁移民，在他的住地拥有五六公顷山林。那时，美国人掀起的淘金热正方兴未艾，这位秘鲁移民也禁不住诱惑，卖掉家产，举家西迁。在西部他买了 90 公顷土地进行钻探，希望能找到金矿和铁矿。可是五年过去，一无所获，资产耗尽，只好无奈的重返田纳西州。当他带着全家人重返故地时，眼前景象使他目瞪口呆：那里机械轰鸣，工棚遍地，繁忙红火。原来，被他卖掉的那片山林就是一座金矿，主人正在开挖淘金。如今，那座金矿仍在开采，就是美国有名的门罗金矿。

人啊，一旦轻易丢掉自己拥有的东西，就有可能失去了一座“金矿”。

比之于人生追求，每个人都可能潜藏着他独有的天赋，他的天赋就像金矿一样埋藏在看似很平常的山林土地之中，需要的是认识和开掘。凡世间之成功者，一个共同的特点是他们都十分重视发掘自己的长处，着意经营自己的人生。

老马嘶风

他5岁丧父，14岁辍学，16岁虚报年龄参军，18岁娶妻而数月后离去。为了生活，倒腾过保险，卖过轮胎，经营过一条渡船，开过一个加油站，都无所成。之后，又在一家餐馆当主厨和洗瓶师，但政府修公路拆了那家餐馆，他失业了，生活陷入几近绝望的境地。

65岁，步入基本无望的年龄，邮递员给他送来第一份社会保险支票，105美元。他用这区区105美元保险金创办了自己的一份崭新的事业。

88岁时，他的事业终于获得了成功。

他就是肯德基的创始人哈伦德·山德士。

不是每个人步入夕阳西下年龄时都能老马嘶风、英心未泯、不顾死活地去创业；而是说，人生路上谁也不知道什么时候会出现意想不到的转机。无论怎样的天才，也不可能每件事都获得成功。失败，乃人生常态，而成功只一次就够了。

梦想成就人生

一位日本老妪，年老了，儿子怕他孤独，知道他喜欢诗歌，就鼓励她写诗，借此打发晚年独处的寂寞。她写的几近于白话的诗，虽不美，但朴实无华、明白如话，字里行间充溢着蓬勃向上的气息。《产经新闻》给她特意开了个专栏，从此一发而不可收。她从92岁开始写诗，99岁时出了第一本诗集，轰动一时，连续加印八次，仍供不应求。

梦想成就人生。老妪的成功是因为梦想，梦想没有年龄的界限，梦想征服了岁月，梦想使她变得年轻。

目标不可模糊

1952年7月4日晨，美国加利福尼亚海大雾弥漫。海岸以西21英里的卡塔林纳岛上，一位34岁的女子下到海里，开始向加州海岸游过去。女子名叫弗罗丝·查德威克。她要是成功了，就是第一位游过这个海峡的女子。可是，她经过15个小时55分钟之后，竟无奈地放弃了最后的冲击。当人们把她拉上船的时候，她才知道，此时她距离加州海岸仅还有半英里，最多再游上十几分钟时间。

事后佛罗丝说：令她半途而废的不是疲劳，不是寒冷，而是弥漫着的大雾，是大雾使她看不到目标。

是的，目标模糊最容易使奋斗者失去信心。

把小事做大

江苏昆山市有个“奥灶馆”，是个专卖面条的百年老店。每天早上，奥灶馆门前即车水马龙，门庭若市，最多时一个早晨就卖出350公斤的奥灶面。350公斤，3500碗！小小奥灶馆，竟成为一个地方品牌，名声远扬。一到周末，连上海市都常有许多人专门开车到昆山，就为吃一碗昆山奥灶面。

不一定只想干多么惊天动地的大事，也不是人人都干得成惊天动地的大事。小事情用心做，做好，做精，做到极致，就能成就一番大事业。

一生做好一件事，做到高、专、精，无与伦比，即大成焉。

铁杵磨成针

俗谚说，只要功夫深，铁杵磨成针。前提你得是一根铁杵，假如你是段木头呢？再怎样坚持不懈、持之以恒地磨下去也成不了针。你要想“成为什么”，首先得清楚自己“是个什么”。

用劲去做

陈巨来向老师吴昌硕请教治印之刀法。吴告之曰：“我只晓得用劲刻，种种刀法方式，没有的。”

陈巨来后来成为治印大家，一定是听了老师的话：用劲去做。

“用劲去做”，大概是成功的不二法门。

三宅一生被认为是日本战后最有才华的服装设计师。1973 年他第一次参加巴黎时装展，带去了“一块布（A-90C）”的新设计理念，从此成为服装设计界的标志性人物。之后，他每年去巴黎参加两次发布会，40 多年从未中断。有记者问他：“你这一辈子做了什么事？”答：“裁了一块布。”

一生只做一件事，从专一到出类拔萃。想成功，最有效的方法是做你最喜欢做的事，并全力以赴且持之以恒。

远离热闹

管宁少时与华歆同席读书，有乘轩冕过门者，歆弃读往观，宁与之割席分坐。

喜欢跑出去“看热闹”的人，常常消失在“热闹”之中。

天才 · 汗水

关于成功，有一句流行很广的话：成功是 99% 的汗水加上 1% 的灵感。其实，对于成功，汗水和灵感的重要性很难拿量化的百分比衡量的。在许多领域内，二者不可替代，没有那 1% 的灵感和天赋，其 99% 的汗水的价值几近于零。

热爱

做你喜欢的事或喜欢上你做的事，并为之全力以赴，持之以恒，则离成功不远。

一个人能把自己不擅长的事做得有声有色且出类拔萃，理由只有一个，就是热爱。热爱，从来是走向成功的不二法门。

美丽人生

美色，美味，美观。良辰美景，美轮美奂，美意延年。美好的文辞称作美文，美好的语言称作美言，美好的品德称作美德，容貌姣好的女子称作美人，“云谁之思，西方美人”（《诗·北风·简兮》）。美总是让人向往和亲近。

美色又称稔色。谷物成熟曰“稔”。古人用“稔色”赞美女人的容貌艳丽。《西厢记》中写道：“脸儿稔色百媚生，出得门来慢慢地行。”谓成熟之美。

“春有百花秋有月，夏有凉风冬有雪，若无烦事挂心头，便是人间好时节。”心中有美，生活就有美的呈现。稚子之美，美在无邪；少女之美，美在无瑕；志士之美，美在无私；壮士之美，美在无畏；老年之美，美在无为。人美其美，美人之美，美美与共。

崂山有鱼名“红加吉”，很有名。做法只是白煮，并无佐料。行家谓：凡上等鱼，烹调之法，只宜白煮，以保其真味。

真正美景，拒绝人工，美在天然；真正美人，不饰脂粉，美在本色。谢灵运诗曰：“清水出芙蓉，天然去雕饰。”得个中三昧。

春花之灿、秋叶之红，窈窕淑女，至美诗文，只要世人共同认为美的东西，都理所当然地值得称赞。称赞美是一种美德。

人生最美的东西都接近朴素。美的真谛是对简单的崇尚和对奢靡的拒绝。不邀宠，拒伪饰，一切亲近天然和恬静。比如家居、陈设、服饰之美都当出于对自己生活适意的思考而非取悦他人。

美貌和美德都是美的，但二者不是一回事。身材、容貌乃先天的资质，品德、才情则为后天的修养。二者没有必然的联系，兼具固佳，有美德和才华而无美貌同样不失为佼佼者。传说中的嫫母，貌丑而有贤德，为黄帝妃。西汉左思，容貌丑陋，口才拙涩，不喜交游，但博学能文，做《三都赋》，十年成，天下人竞相传抄，洛阳为之纸贵。三国丁仪，一目渺，但才华横溢，被曹操择为佳婿。安徒生其貌不扬，却成为世界著名童话作家，其作品天下流传。

相貌不是一切，美貌不等于美德。

1945 年博斯坦会议后，英国首相丘吉尔从权力的峰巅跌到了谷底。幸运的是，他有绘画，软着陆了。

人生，每个人都该有两手准备，一手是工作，一手是业余的爱好和情趣。工作没了，情趣在，就有精力的转移和追求，生活会依然丰富而富有生机，依然会保持着充分的自信，继续享受人生的美丽。

夕阳西下时，有人看到“西风如泣、残阳如血”的凄美，有人看到“大漠孤烟直，长河落日圆”的壮观；有人显露出“夕阳西下，断肠人，在天涯”的凄惶；有人感觉到“夕阳无限好，只是近黄昏”的人生留恋……

苏东坡的朋友佛印说 ：“心中无限好，眼中便有佛。”美在心境。

老师问：“冰融化了变成什么？”

大多数小学生齐声回答：“水！”

冰融成水，对的。

一名小学生回答：“春天。”

冰雪融后就迎来春天，多么美好的向往啊！心里有春天，才能在冰天雪地的寒冬时节想到春天。心里有对春天的向往，才会构筑起美丽多彩的人生。

微笑

英国作家萨克雷说：“生活就是一面镜子，你笑，它也笑；你哭，它也哭。”你感恩生活，生活就赐你一片阳光；你怨天尤人，生活就给你一片阴霾。常怀感恩之心，人与人之间就多一些融洽、少一些隔膜，多一些友爱、少一些猜忌，多一些理解、少一些怨怼，多一些微笑、少一些冷漠。你会由衷地感到：生活很美。

莎士比亚说：“如果你一天中没有笑一笑，那你这一天就算白过了。”

是的，笑是美的姐妹，爱的伴侣。孩子的笑，绽放着天真；爱人的笑，浸润着甜蜜；朋友的笑，表达着信赖；大家的笑，洋溢着和谐。白居易有诗云：“随富随贫且随喜，不开口笑是痴人。”真智者语。

张艺谋在拍北京申奥片时发现，最打动人的元素是人的笑容。人与人之间最短的距离是一个分享的微笑。上帝把青春送给含笑的人。我们含笑，上帝会让我们青春依旧。

人生，最令人陶醉的记忆，莫过于孩童时依偎母亲怀中展现出的甜甜的笑；作为母亲，最美的时刻则是瞩目怀中小儿女如花的笑靥。那是对伟大母爱的最难泯灭的回报。

微笑是人生美丽的符号，是传递友善的信号，是表达真诚的记号，是写在脸上标志幸福乐观的名片。微笑地面对工作，是尽职尽责的最好诠释；微笑地面对他人，是诚意交流的无声语言；微笑地面对生活，是对人生幸福最富信心的写照。

人生至美

《光明日报》1996 年 4 月 26 日《家庭周刊》版载文：河南省焦作市马村区九里山乡高寨村农民刘雨成老人，106 岁。人问其长寿之道，老人讲了四句话：“品节相明，德行坚守，事理通达，心气和平。”老人说，此乃他长寿之要诀也。

“品节相明，德行坚守”，仁也；“事理通达，心气和平”，智也。智者乐，仁者寿。

友情

朋友，或道义相助，或品行相投，或其志相得，或学问相成，或许诺相信，或气节相和。在古人看来，“友也者，友其德也。”若只声色犬马、酒肉饮博，相与往返，则与朋友之谛相去远也。人生之沉浮，常常是鉴别友谊的标尺。

最可贵的友谊是君子之交，道义之交，心灵之交。君子之交淡如水、深似海，秉赤诚、持真心。重在思想砥砺，知识互补，情感交流，怡情悦性。如莎士比亚所说：“交不在多，得一人可胜百人；交不论久，得一日可逾千古。”

爱情之美

男女相爱乃人生之至美。但世间所有美好的事物都不会完美无缺，美好的爱情，美好的姻缘，也从来都不是两个完美的相加，而是男女双方不同长处和缺憾的相容和互补的结果。古希腊大哲学家赫拉克利特说：“相互排斥的东西一旦结合在一起，不同的音调会造成最美的和谐。”爱情、婚姻如是，生活中所有美好事物无不如是。刻意追求绝对的完美反而会使美荡然无存。

美是和谐

美因“和”生。自然和则美，生命和则康，社会和则安，国家和则强。

北京故宫有“三大殿”：太和殿、中和殿、保和殿。三大殿都以“和”标其名。

古人认为，“保和太和，乃利贞”（《易·乾》）；“喜怒哀乐之未发谓之中，发而皆中节谓之和……致中和，天地位焉，万物育焉。”（《礼·中庸》）心平气和是内心的和谐，和风细雨是自然的和谐，和衷共济是社会的和谐，政通人和是国家的和谐。

“礼之用，和为贵。”和谐，是中国文化的精髓。

汉字组合的含义很有意思。比如“和谐”的“谐”，左边是个“言”字，言者说也；右边是个“皆”字，皆是都、俱之意。合起来琢磨，“和谐”就是让大家说话。人多主意多，柴多火焰高，自然创造出和谐氛围。

“和谐”的“和”，左边的“禾”泛指谷类，右边的“口”除去说话，还要吃饭。民以食为天，仓廪食而知荣辱，知谦让。穷不行，穷则生变，穷亦生乱。一碗粥三个人等着，和谐不上来。历史上凡和谐的年头儿，都有民富做根基。

中国古代有源远流长的“和合”文化，影响深远。2005 年 1 月，台湾海峡两岸交流基金会董事长辜振甫先生去世，中国海峡两岸关系协会会长汪道涵特发唁电，文曰：“两岸之道，惟和与合。和乃合之基。由和至合，势之所趋，事之必至。”当然，我们主张的“和合”文化理念，也不是大家绝对一样，千人一面，整齐划一，那般局面不一定有，也不一定好。大千世界、五花八门。八音齐鸣，才奏得出美妙的乐章；五彩缤纷，才构得成绚丽的画卷。

电视连续剧《闯关东》中那位朱开山，一次，他处理完跟潘五爷的冲突之后，夜不安睡，站在自家院子里，仰望星空，久之，对老伴说：“你看这天上的星星，你亮你的，我亮我的，不争不抢，一千年是这样，一万年也是这样。”这“你亮你的，我亮我的”，相安而非相斗，正是对宇宙间和谐状态的最朴素的解释。日月星辰各不相同，你不能要求星星们都发同样亮度的光，都走同一轨道，都运行相同的速度。倘若星星们纷纷挤上同一条轨道，那结果会不堪设想。

人与自然也需要相安而非相斗。“与天斗”其乐并不无穷。大自然被伤害了，不高兴了，不再跟你和谐，就灾害频仍。人善待自然，自然才善待人类。

和谐反映在生活细节之中。比如，早年间，出门向人问路，或因小事请人帮忙，都要先道声“劳驾”。“劳驾”一词虽是地方土语，但表达着文明、礼让、亲和之美。徐世荣编纂的《北京土语词典》就有“劳驾”一词，解释也很好：“‘劳驾’，礼貌语言，如向人请求帮助，先道‘劳驾’，说一两遍，如‘劳驾劳驾’、‘劳您驾啦’。即使不是出力帮助，例如请人让路，或向人借火点烟，或向人问路，均可用之。”你看，这“劳驾”一词，有多好。时下，常见因小小矛盾而发生口角或争斗，倘在裉节儿上说句客气话，道声“劳驾”，“借光”，当不致惹得大动肝火。和谐之美就蕴含于人们日常生活的点滴之中，只要我们耐心培护，相信人人都能沐浴在春风骀荡的美好之中。“出入相友，守望相助，疾病相扶持，则百姓亲睦。”这是古人眼中的和谐，也是今天的我们当努力追求的境界。

人的自身和谐是和谐之美的基础。庄子说："心莫若和。"心平气和，心安身健，心宽路阔。心安之要曰：复杂人生简单看。

寡欲

人都有欲望。"食、色，性也"，正常；"吃着碗里，瞧着锅里"，"手抚黄莺，心思野鹜"则为贪欲、妄念。所谓穷奢极欲、欲壑难填，凡贪欲者都难有知止的智慧。贪财迷性，好色乱行，陷身欲海者都难自拔。老子曰："祸莫大于不知足，咎莫大于欲得。"生命如舟，载不动太多的物欲和浮名。"舍得"二字乃人生之大学问，小舍小得，大舍大得。看似简单，深悟者绝少。

豁达

人之一生，不如意事常八九。理智的办法是淡而化之。其实，生活中许多不如意，细想想，也不一定能碍你多大事。调工资比别人少了一级，想吃饺子时不也照样吃？又能怎样？从原来的职位上退了下来，第二天太阳还照样升起，又能如何？人家吃鲍鱼，你没吃过，鲫鱼总吃过吧？其实，吃过鲍鱼，多数的也不过多了点吹牛和穷显摆的由头而已，不信他天天拿鲍鱼羹当棒子糁粥喝，也不致因此就百邪不犯百病不生才华横溢海屋添筹。世界上的事，有些要看得重一些，有些要看得轻一些。随它去！随它去就没什么大不了。大不如意变成小不如意，小不如意化作清风散去。"宠辱不惊闲看庭前花开花落；去留无意漫视天上云卷云舒。"

包容

和谐是一种共享。共享大海才能千帆竞发，共享长空才有百鸟和鸣。共享的前提是宽厚包容。天称其高者以无不覆，地称其厚者以无不载，海称其大者以无不容。宽厚包容，一种胸怀，一种度量，是构建内心和谐的黏合剂。

2008 年 8 月北京奥运会的主题歌令人陶醉："我和你，心连心，永远一家人。"很美的主题，很美的意境，很美的旋律。

"我和你"，美丽人生的一篇大文章，各种愉悦是以"我和你"为主题，各种苦恼是因为“我和你”的隔膜。

人与人的和谐是社会和谐的根基。“我和你”是人与人和谐的主基调。

《履园诗话》中记有一则故事:清乾隆间,浙江按察使白某和杭州太守李某,本来相处甚恰,后因事龃龉,同在一城,累月不见。李某很苦恼,甚至想辞官归里,连文书都写好了。时值酷暑,一日,白某差人送来一柄折扇,上题诗二句:“我非夏日何须惧?君似清风不肯来。”诗句风趣,比喻恰当。李读之大笑,二人僵硬的关系遂告和解。如此处理人际关系,何愁不臻人和?

真正的美丽是心的美丽

所有的美容、美饰、美服都难帮助你走近美丽的至境。真正的美丽是心的美丽。放逐平庸,培植起优美;抛却浮躁,代之以从容;远离冷漠,绽放出热烈。持久的美丽不是你有怎样的高贵,而是从心底深处亲近平常。

美在气质。美容、美肤、美发、美甲之类,虽时尚和新潮,但治标不治本,往好里说也不过有了个华美的外表,苍白而少美的神韵。只有那种举止言谈浸润着书墨之香,展示着才智之美者,才富有恒久的魅力。

美在差别。追求美不是追求时髦,而是追求差别。有差别才有个性,美是个性的展示。大家都赶时髦,大家都一样,街上流行红裙子,成群结队的红裙子招摇过市。没有差别就没有了个性,没有了个性,美即消损而不复存也。

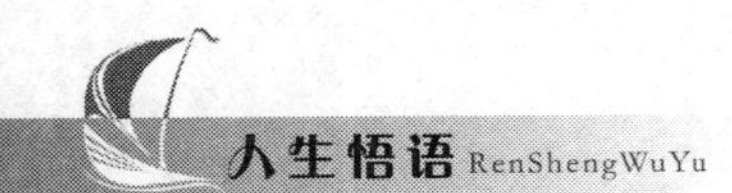

文行素养

《论语·述而》：“子以四教，文行忠信。”

关于读书

读书是一种人生需求。

读书能使人增智、拓思、塑魂、净欲。一个人的阅读史，即是心灵美的发展史。

读书增智

汉代学者刘向说过一句很有名的话：“书犹药也，善读之可以医愚。”刘向这人很了不起，他出身皇族，是刘邦的弟弟楚元王刘交的四世孙，当过很接近皇帝的辅政的官儿。他一生的主要业绩不是做官，而是读书、校书、编书。他花了20多年时间把天禄阁（皇家藏书馆）堆积如山的皇家藏书加以整理，校阅经传、诸子、诗赋等书籍，写成《别录》一书，是我国最早的图书分类目录。勘校了《战国策》，编著了《新序》、《说苑》、《列女传》、《洪范五行传》。他读了很多书，对读书的意义和作用有深刻的领悟。“善读之可以医愚”，应该说是读书的根本目的。

古人说：“一日不读书，心源如废井。”民间俗谚说：“三代不读书，后辈不如猪。”北宋诗人黄庭坚则说：“人不读书，则尘俗生其间，照镜则面目可憎，对人则语言无味。”

曾与同里诸老闲话，说起文化与人修养之关系，某叟慨然道：“有无修养在文化，有无文化看脖子。不信您留神观察，凡动不动就梗着脖子，一副要跟人干一仗的架势，不用问，有不了多少文化！”此言不谬。

读书拓思

读书必须同时思考。电视剧不用思考，读书和看电视剧虽然都用眼。都用眼是相同的一点，不同的，读书在看的同时还要用心，电视剧不用。所以读书使人聪明，电视剧使人变傻。

读而思才能有进。孔子说：“学而不思则罔”，罔是迷惑，读而不思，不会用脑筋想，会越读越糊涂。鹿善继主张“读有字书，识无字理”，联系实际的思考，才能收到“阳光驱雾”、豁然开朗之功效。

读书塑魂

一个人，一天不读书，面上的气色也许没什么不同。但一个月不读书，一年不读书，一生不读书，就会变得心灵空虚、精神麻木。空虚的心灵犹如孤舟泛海，随波逐流；恰似树上枯叶，随风飘零，完全把握不住自己。

清代钟菱说：“忧愁非书不释，愤怒非书不解，精神非书不振。”古人说，腹有诗书气自华。与书为伴，就如同与知识为友，以智慧为师，使人美丽、使人充实。

读书净欲

读书是享受寂寞和孤独的最佳方法。展卷于窗前案侧，静思于饭后茶余。有古今中外的各色人物与你对话，欣赏他们的故事，看他们不同的活动，五彩斑斓，千姿百态。与千年的精神脉络相守，同古今人物的思维共振。去愚钝、止浮躁、广学识、扩心胸、悟大道、定心志，放逐邪思妄念，秉持寡欲少求。读而有得，得而有悟，坚定恒久的人生追求，保持亮丽的人生光彩。

阅读改变人生

读书不能改变你人生的长度，但可拓展人生的宽度。在有限的人生里程内，阅读可使你思想丰富、知识渊博、胸怀宽阔、眼界远大、脱胎换骨、气质优雅。

读书不能改变人生的物相，但可以改变人生的气象。人的外在物相基于遗传而无法改变，但人的精神气质却可因知识的陶冶而与日俱新，蓬勃、葱茏。于嚣烦尘世而能自尊自重自强自立，不卑不亢、不谄不俗。

读书不能改变人生的起点，但可以改变人生的终点。读书最大的好处是拓展自己的视野，使你看到历史有多远，世界有多大，看到古往今来走过了一条怎样的道路。所谓以人为鉴、以史为鉴，如何鉴？读书是最有效的方法。而能够做到以人为鉴、以史为鉴，你就不会听任命运的安排，也不甘屈从强权的摆布。无论出身高贵抑或贫贱，阅读都可能改变你的人生坐标和轨迹。

读书之乐

发于天性的父母亲子之爱，生于纯真的夫妻相系之情，与此庶几近之者，唯读书求知之乐而已矣。

南宋胡仔《苕溪渔隐从话》中说：“世传杜诗能除疾，此未必然，是其词意典雅，读之者悦然，不觉沉疴之去体也。”此说有些玄。但读书是一件快乐事，则是肯定的。黄永玉就说过：“读一本好书，就是和一个聪明人谈话；读一万本好书，就是和一万个聪明人谈话。”翻开史书，如听历史上的哲人讲学论道；阅读现代的散文、随笔，就像聆听现代文人学者、思想家、评论家侃侃而谈。与古今智者交流，把书中的思想、智慧、方法，拿来充实自己的头脑，益智益心，修身养性。悟从疑得，乐自苦生。读书之乐，乐在品味，乐在思考，乐在收获，乐在升华。

读书是件乐事，也是件苦事。是苦中有乐，乐寓苦中。美国哈佛大学图书馆的训诫中，有讲读书苦与乐的，比如：

——此刻打盹，你将做梦；而此刻学习，你将梦圆。

——学习的痛苦是暂时的，未学到的痛苦是终生的。

——学习这件事，不是缺乏时间，而是缺乏毅力。

读书贵坚持，但坚持很不易。某大学中文系一个班的学生毕业时，师生惜别赠言。教授希望他的学生毕业后能够坚持一年读一本好书。诸生都认为这很算不得什么，不以为意。20年后，师生再度相聚，教授旧话重提，结果能坚持“一年读一本好书”者，几乎一个没有。可见坚持之难。马克思曾把读书求知的过程比作“攀登陡峭的山峰”。攀山，步步登高，步步用力，一时懈怠不得。俗语说“不疯不魔不成佛”。读书，最需要的是有点疯魔性的坚持不懈。坐得下、耐得住、吃得苦。能做到，大有益；真做到，大不易。

喻学拾粹

学如行路。为者常成，行者常至。学如涉水，“涉浅水者见虾蟹，其颇深者察鱼鳖，其尤深者观蛟龙。”学如登塔，“逐层登将去，上面一层虽不问人，亦见自得。”学如植树，“春玩其华，秋登其实。讲论文章，春华也；修身利行，秋实也。”学如雕刻，“锲而舍之，朽木不折；锲而不舍，金石可镂。”

读书，当“破其卷取其神，非囫囵用其糟粕也。蚕食桑而所吐者丝，非桑也；蜂采花而所酿者蜜，非花也。”

为学，重在自身具有强烈的求知愿望和由此而生的积极的吸纳能力。黄庭坚说：大雨滂沱下，万物喜纳之，只有庭前的大石头，雨落其上却入不得。

让大石头吸纳雨水，神仙也没办法。

学问，学习和询问。即提出问题学以解之。郑板桥说：“学问二字，须拆开看。学是学，问是问。今有人学而无问，虽读万卷书，只是一条钝汉耳。”“问”是提出问题，才是读书的目的。《易·乾》中谓“学以聚之，问以辨之。”《荀子·大略》中说：“如切如磋，如琢如磨。”古时，对骨器加工称“切”，象牙加工称“磋”，玉加工称“琢”，石加工称“磨”。可见读书求知是个很艰苦的过程。

判断

一个人，当他占据的“知识之岛”越大时，会感到未知的海域越宽；而越是半瓶子咣当的主儿，越喜欢在人群中忘乎所以地夸夸其谈，因为他站在了一个极狭小的“知识孤岛”上。

关于作文

文以识为先。文章的目的在有用于世。“文章合为时而作，诗歌合为事而作。”故为文者要有敏锐的眼光、透彻的分析、超人的见识。文贵有识。

文章的根基在于积理练识。一篇好文章，当与人不明之理，告人未闻之识。理需要言不烦，躬身可践；识当启人心扉，行事有功。理与识都不会与生俱来，无师自通，故理需积而识当练。练识如炼金，一要博古通今，二要勤于实践。在深厚的学问和丰富的实践基础上，了解事物活动的规律，洞悉时代变化的特点。因此，积理练识是一个长期乃至终生的功夫。文章之难难于此。

文章的门径在以识辨理。古人讲，为文应具“识、才、胆、力”四个要素(清·叶燮《原诗》)。而“识”，对“才”、“胆”、“力”三者则具有主导作用。无识而有才必谬、有胆必妄、有力必蛮，俱误人惑世。古人讲“学如弓弩，才如箭镞，以识领之，方可中鹄。”文章的功夫，最根本的是积理练识的功夫。

文以意为主

“意犹帅也，无帅之兵谓之乌合。”为文，第一要做的是对“命题立意”的思考。至于选材用材、引典用事，衔接过渡，都要受“意”的安排、选择、指挥、驱使。故而，“意”乃文章之灵魂。那些思想混乱、观点抵牾、文字冗杂、繁简失当的文章，很多情况下是立意不明所至。

立意，为文之一大关。

笔随思路走

写文章就是写话。你会说话就会写文章。说话是怎么想就怎么说，写文章是怎么说就怎么写。文章写得佶屈聱牙，是忘了怎么说就怎么写。

笔随思路走，就是随自己的思考走。写什么先得自己弄清楚。有感受、有认识、有想法，想给别人说说，就有了写的愿望。于是心命笔、笔随心，轻松自如，随笔流淌。没话说了，自然打住。

脑袋里没个想法，空洞无物，一片空白，只能东一榔头西一棒子的胡乱拼凑，前言不搭后语的没话找话。写文章最忌没话找话。没话可说硬找出话来，准是毫无意义的空话，少盐寡味的废话。

因此，写不出的时候要不写。旧时推崇的“为求一字稳，捻断数根须”、“一句三年得，一吟双泪流”等，太苦了。写文章是轻松的事，是美的享受，那般苦的作文法，搜肠刮肚，肯定写不出什么好文章。

文章是思考的结果

思考是用自己的脑袋思考。韩愈说“行成于思毁于随”。文也成于思毁于随。人与动物最本质的区别是人会思考。思考的高下导致事功的优劣。说一个人愚笨是说他思考的迟钝，说一个人非凡是说他思考的非常。写文章，如何思考是一个大题目。西方有一句谚语说：“我们一思考，上帝就发笑。”上帝为什么发笑，大概是笑我们没用自己的脑袋思考。你会思考，你就可以骄傲；你勤于思考，你就可能走向成功；你会用自己的脑袋思考，你就有了创作的智慧。

文贵创新

创新主要是思维的创新而不是文字，比如把“啊呀”写成“哇”之类。要用自己的思想诠释大千世界，诠释人们的生活，而不是老诠释人家的定论。明末文人徐文长为诗人叶子肖的文集作序，提出为文要“出于己之所好而不窃于人之尝言。”有异想天开的思维才有标新立异的见解，有追求卓越的激情才有独出心裁的立意。

文章给予人的，跟吃饭差不多：一讲热量，二讲营养。为文，最重要的，不可或缺的品质，除去励人振奋的激情，就是启人心智的思想。文章最能吸引人的是独到而深刻的见解。其上品，应对人们习焉不察或习非成是的现象打上一束猝然令之穷形尽相、给人豁然开朗的惊喜或“原来如此”的顿悟。

所贵者胆，所要者魂

此乃画家李可染先生 1943 年刻的两方印章上的话，借之以论文也大有益。

所贵者胆。无胆识者不能为文。有人写文章，求稳而不求新，说些四平八稳、无关痛痒，绝对没错也绝对没用的废话。鸡肋式文章，食之无味，弃之可惜。

创新首先是一种勇气。思想一旦囿于藩篱，文章也只能随人后爬行。别看一些人有勇气把黑头发染成黄头发、红头发，或一半儿黄一半儿红的头发，追求很“另类”，却没有勇气使自己的思想冲破趋同的窠臼。“放胆文章拼命酒”，豪饮如何拼命不说，文章则非放胆不可。

所要者魂。文章之魂是文章的思想。“妙笔生花”第一要“妙笔生魂”。创新，首先是思想的火花，而后才显示出智慧的灵光。思想活跃了，才能思路开阔，笔意纵横。

多储备和善调动

一篇好文章的完成需要具备这样两个条件：一是多储备，二是善调动。

多储备。知识、阅历、对生活的观察都叫储备。“世事洞明皆学问”，那是人生观察和知识储备的结果；“人情练达即文章”，则是生活阅历的总结。为文，需要知识储备，也需要阅历储备。有深广的阅历和广博的知识，自会得心应手，左右逢源。此即所谓“厚积薄发”，先“厚积”而后“薄发”。

善调动。善调动是文章技巧。如果说文章是一个点，完成这篇文章需要调动你的知识储备以支撑这个点。

风格

好文章都具有风格明快的特点。明快即实在，实话实说，不拐弯抹角，不故弄玄虚。

文章不明快，要害是不知道自己说什么。不知道说什么还要写，只好兜圈子，玩花活，抄旧书，炒剩饭。酒不够，水来凑。再不就拉拉杂杂，模模糊糊，令人不知所云。

明快即朴素。高尔基说：“一切出色的东西都是朴素的，它们之令人倾倒，正是由于自己富有智慧的朴素。”朴素是一种美。乍一看很平凡，细琢磨不简单，在单纯中蕴含着深刻，于朴拙中展现着睿智。

朴素是一种能力。学识渊博、见识深刻的人，肯定不屑于鹦鹉学舌、拾人牙慧；而胸无点墨的庸常之辈，才喜欢装腔作势唬人。日久，慢慢失去用自己的语言说话、说自己的话的能力。

写文章很费劲，大概心里总想着语惊四座，吓人一跳。你越想吓人一跳，人家越不跳。文章忌卖弄，或卖弄有学问，动辄堆砌一些华丽而没用的辞藻；或卖弄深沉，喜欢“转文”，把挺明白的话说糊涂。

上乘之文，是用朴素的语言把深刻的道理说明白，而不是用艰涩的语言把挺明白的道理弄得云山雾罩。

从容

元人黄公望作《富春山居图》，后人评其“以庸散之笔发苍浑之气，得自然之理。”为文也不能刻意为之。写作的最佳状态是用心不用力，从心所欲，信笔由之。不蹈袭，不做作。行于其所当行，止于其不得不止。写作太用力，只求不同凡响，就难平淡自然；只想“语不惊人死不休”，那就非休不可。

含蓄

古人论画，说“远山不皴，远水无波，远树无枝，远人无目。”文章含蓄才更耐得咀嚼。或句上有句，或句下有句，或句中有句，或句外有句。意尽而言止者，天下之至言也；然言止而意不尽者尤佳。意到处言不到，言尽处而意不尽，最耐咀嚼。

深刻

微言大义，一指点穴；语近旨远，一剑封喉。为文造句，入木三分。此为深刻。语言之深刻，其根基在于思想深刻，认识深刻。作者有所悟，读者才能有所感。深刻与“玩深沉”无涉。

文贵曲

“人贵直，文贵曲”。人之审美心理喜欢含蓄，喜欢曲；忌直，忌一览无余。文章之谋篇布局应似苏州之园林，亭台楼阁、曲径通幽，小桥流水、古木怪石，柳暗花明、余味无穷。孔子说：“情欲信，辞欲巧。”巧者，曲之谓也。

多观察

为文要注重生活观察。长期认真的生活观察是不可或缺的知识储备。

从维熙的获奖小说《远去的白帆》(见《1981-1983年全国获奖中篇小说集》)中写蝈蝈叫:“他把蝈蝈笼子轻轻拍打了一下;果然,那笼子中的小动物,因受惊而闭住了高亢的喉咙。”这描写就犯了常识性错误。第一,蝈蝈是昆虫,不是小动物;第二,蝈蝈叫是背上两片薄翼的扇动而非喉咙发音。知了、蟋蟀等昆虫叫都一样。文章从生活中来,对生活的无知,即使你有再高超描写的技巧也只能是瞎说一气。

简论

乔羽为个人文集写跋,只两句:“不为积习所蔽,不为时尚所惑。”言简意赅,韵味深长。国画大师徐悲鸿对艺术创作恪守两句话:“勿慕时为,勿甘小就。”八个字概括了他一生艺术创造的追求。

人有人格,文有文品;先修人格,后求文品。士先器识,而后辞章。

以天地为心,造化为师;真为骨,美为神;自然万物为友,人间哀乐为怀。世间美文多来自生活、来自大自然。得之自然者深沉,得之书斋者肤浅。

文章追求三层效果:引人入胜;动人心弦;发人深省。词作者张黎说:“一句能让亿万人记住背下的句子,胜过一万句谁也不懂的诗行。”很经典。

“文章本天成,妙手偶得之”。自然之物、自然之理,千差万别,因之文章亦千姿百态、各具个性。照葫芦画瓢、照猫画虎,难有美文。

李苦禅论画,说画有精品、神品之别。精品功力可得之,神品功力不逮者必不可得。即使具功力者亦不会必得。“须意兴所至,信手挥洒,心纸无间,笔墨契合,才情风发,妙造自然。”

为文亦当如是。

子曰："辞，达而已矣。"苏轼说："夫言止于达意，则疑若不文，是大不然。……辞至于能达，则文不可胜用矣。"把复杂深刻的道理写的深入浅出，明白通畅，文理自然，引人入胜。没有深厚的功力，难达此境。

简洁

文字贵凝练。演戏讲究"脚下无废步"，为文要追求"笔下无废字"。演员在舞台上多迈几步，多绕俩圈儿，不能生辉，只能添乱；写文章，文字冗杂，没话找话，必致金埋沙砾、思掩荒芜。"删繁就简三秋树，领异标新二月花"，文章不难于长而难于简。所谓文字功夫，说到底是一种删除废话废字的功夫。

文采

文采是文章高层次要求。"清词丽句必为邻"，或痛烈孤愤，或呕心沥血，或春水溢塘，或大河前横，必以不同的境况、风格与美结缘。这固然需要用心练习，还需要有点才气。才气是稀有资源，不是人人都有。古人说："才有情浊，思有修短，虽并属文，参差万品。"（葛洪《抱朴子》）即使环境、条件、主观努力的程度都大体一样，但因人的修养、才情的不同仍有可能千差万别。此之谓"同阅一卷书，各自领其奥；同作一题文，各自擅其妙。"（赵瓯北《闲居读书》）

执着

文章是一项寂寞的事业，拒绝凑热闹。它比之别的营生更需要放松身心、甘于寂寞。当今世界，红尘扰攘，物欲横流，诱惑多多。热闹去处，风光的机会常常跟你擦肩而过，令人心荡神摇。身近利而不急功者几稀！

有志于此道者，需要有舍弃物欲的享乐和台面上荣耀的追求。当然，也有极少禀特殊才华，智商极高又精力过剩者，能一手掌印把子、一手要笔杆子，做官做文都来得；也有人一边商海遨游，一边文坛闯荡，财富盛名兼而得之。只是毕竟不多。像我辈中、下智者，不一定弄得来。鱼与熊掌不可兼得，只能你烧你的熊掌，我煎我的小鱼。

执着就是全身心的投入，苦在其中也乐在其中。至于成就大小，因为阅历不同，资质各异，自然也难一样。有人说他“一不小心”也会弄出部《红楼梦》来，那是吃错药式的吹牛，其实他八个不小心也弄不出来。有人问契诃夫，跟列夫·托尔斯泰比，你们谁更伟大？契珂夫很清醒，说他自己是“大狗叫，小狗也叫”。叫就是了，比什么呀！你弄不出黄钟大吕、声震寰宇，多少弄出点响动也好。多大的鱼打多大浪花，多少面蒸多大馍，这就很不赖了。

文穷而后工

不是说写文章的人非受贫穷，而是说要穷源溯流、永不止步地探索和追求。写文章，过程是艰辛的，感觉是愉悦的。愉快的感觉产生于艰辛的追求之中。鲁迅说“要纠缠如毒蛇，执着如怨鬼”。智由痴得。真欲为文，最需要的大概是这般痴魔劲。明·张岱说：“人无痴，不可与之交，以其无真气也；人无癖，不可与之交，以其无深情也。”一曰“痴”，二曰“癖”，痴则赋真气，癖具有深情，悟其说则得其为文之道。

魏明伦应“中华世纪坛筹建委员会”委托，作《中华世纪坛赋》，10月27日正式接到委托书，12月1日完成交付，一月有余写出280字。

魏，蜀中“鬼杰”也。鬼杰也不是下笔千言、倚马可待，况庸常如我辈乎？

修己以敬

子路向孔子请问：怎样才能做一个君子？孔子教之曰：修己以敬。

修己，即加强自身修养；以敬，谓恭敬以正内心也。

不是所有人都能使自己伟大，但任何人都能使自己走向崇高。

人生三福：平安是福，健康是福，吃亏是福。

人生三为：和为贵，善为本，诚为根。

人生三不忘：不忘本，不忘根，不忘恩。

人生修养三要

看得清、想得开；拿得起，放得下；立得正，行得直。

三成人

古有“三成人”之说：知畏惧，成人；知羞耻，成人；知艰难，成人。知畏惧，是对法规的尊重；知羞耻，是对道义的尊重；知艰难，是对劳动的尊重。尊重法规则身安；尊重道义则心安；尊重劳动则居安。有此三知，一生平和。

察人

仁者不言，愚者多怨，智者不记。

廉耻

知廉耻乃做人之大节。不廉则无所不取，不耻则无所不为。

尊重

尊重的基础是有所选择。你尊重一切人等于谁也不尊重，谁也不尊重等于不尊重自己。

追求

知识比金钱更充实，思想比刀剑更锋利，美德比美貌更动人，思想比脚步走得更远。

忍耐

艰难时，不顺利时，遭失败时，要忍耐；顺利时、成功时，希望在即、光明在前、荣誉在握、美人在侧时，也要忍耐。

忍耐本身不一定是聪明，但忍耐中却藏着智慧；忍耐本身并非坚定，但忍耐确实离不开坚韧。忍耐是一种品格。

仰望·远离

面对崇高，也许你不能达到，但可以仰望，仰望即可向上；

面对卑鄙，也许你无力改变，但可以远离，远离即近圣洁。

重要

追求美德比追求美貌更重要；如何实现比实现什么更重要；知道不应做什么比知道应做什么更重要；知道什么是耻辱比知道什么是崇高更重要；有所不为比有所为更重要。

清醒

对人之称赞，且莫飘飘然自以为是，称赞于我并没有增加什么。多一点清醒，依旧气定神闲；对人之贬损，也不要愤愤然自乱其心，贬损于我并没有减少什么，多一点冷静，自信身正影直。

慎言

不妄加评论，不悖论人非，不信口开河。慎其言者，不是守口如瓶，而是守口如心。

管住自己

管住自己：管住嘴、管住腿、管住心。

什么饭都敢吃——管不住嘴是因为太馋；什么地方都敢去——管不住腿是因为太闲；什么妄念都敢有——管不住心是因为太难。

管人、管事、管家，要害是管住自己。管住自己，最重要的是不生妄念。不生妄念是管住心。让心沉下来，戒贪欲、去妄念，拿得起、放得下，都有了。

清白

清白做人，不只显示出你的品格和修养，而且能使你得到心灵的安定和幸福。因为清白能使你自由地呼吸新鲜空气、拥抱阳光；能使你每天回家时高高兴兴地与家人团聚，不会把日子过得战战兢兢，魂不守舍。清白，会使你在任何时候都能挺直腰杆，坦然面对各种人和事，保持着做人的尊严。

超过

那个才气远远超过你的人，是他的功力远远超过你。你缺乏赶上或超过他的信心，主要是没有信心付出如他那样超乎寻常的功力。

交友

依其财而交者，财尽交绝；恃其权而交者，权废交止；慕其色而交者，色衰交尽。历来如此，于今尤甚。

人生修养五句话：

淡泊明志，宁静致远；

心底无私天地宽；

海纳百川、有容乃大；

胜人者力、胜己者强；

千里之行、始于足下。

活法

一个人要活得精彩，很大程度上在于其性格的独特性。主要表现在：一，生来与众不同；二，敢于活得与众不同。

活得与众不同，不跟风，不苟且，不阿谀，不装蒜，不仰人鼻息，不以强者所好行事。用自己的脑袋思考，走自己选择的道路，我的事情我做主，活得自信而自如。

虚室生白

《庄子·人间世》中说：“虚室生白，吉祥止止。”“虚室”，空房子；“白”，阳光。“虚室生白”，空房子里更容易充满阳光，吉祥聚集在那里。

人心也如同一间房子。房子被各种杂物塞满了，光线势必昏暗；人心一旦被各种欲望、各种想法、各种纷争、各种不快塞满，心就会暗下来。《庄子》

释文引司马彪语曰：“虚，喻心。心能空虚则纯白独生也。”大家常说“阳光一点”，如何阳光一点？最基本的是杂念少一点。虚室生白。

面对烦恼

面对人生中的诸多烦恼，最需要的是多一些豁达和从容，而不是在怨天尤人中耗损光阴。庸人常因其自扰而凋谢了日子的生动；智者则以其对烦恼的化解而积累着生活的智慧。

谦恭

谦恭是一种美德，更是一种行为智慧的展示。无论你怎样的位高或多才，都不可以之自傲和自诩。恃其才而自诩者只会自损其才、自伤其能；依高位而自傲者，必然自贬其尊、自谪其位。路径窄处，留一步让人行；滋味浓时，减三分让人尝。古语说：圣者无名、大者无形。人之圣，其名淹淹乎成其道；天之大，其形浩浩乎成其理。遁其名、隐其形，方为至圣，方为至大，方为永恒。

安于平凡

没当过什么大官，没做出过什么大业，没有过什么大名声，你说他平凡，他准认可。一个人，承认平凡容易，安于平凡难。因为世界上的诱惑毕竟太多，诺贝尔奖奖金够不上，跟离自己近的人较劲还可以。大家都平凡，都差不多，都端一般大小的粗瓷碗喝粥，自然相揖相让，你好你好，嘻嘻哈哈，平安无事。你平地起孤丁，冒出一头去，那算怎么回子事呢？一个人由科员提成副科，芥籽大的官儿，也会使相当多的人夜不安寝、食不甘味、魂不守舍，苦死了。梁山泊108人排座次，要大家没意见，得从地下掘出个石碣来，假“上苍分定位数”安排，不然谁能安分听调？好汉说好汉，在座次先后上就不一定那么毫无争执，甘愿坐哪位哥们儿下首的一把交椅。如今发明了“按姓氏笔画排列”的办法，发明者没准儿是个天才。

诚信

汶川地震，一个被埋在废墟之下100多个小时的普通人，生死攸关之际，在自己的手腕上艰难地写下特殊的“遗书”：“我欠王老大3000元。”

一个普通人，在绝望的坚守中，面临生命结束之际，用一点点苟延气力，写出了刻在心上念念不忘的“诚信”二字！荡气回肠，撼天动地。

戒炫

一次，清道光皇帝以左思《咏史》诗中“巢林一枝”句为题，考察翰林院与詹事府官员，竟无一人能解。此时，正好大学士曹振镛在侧，道光问他知否？曹答不知。道光释然道：“连你都不知，就不好责怪他们了。”道光走后，曹即把左思诗一句不落背诵给“翰詹”诸人听，人问为何在帝前说不知？曹说：“知此何足道，不知亦无大失。炫己损人，吾不为也。”众深服其德。

夫子论学，说：“知之为知之，不知为不知，是知也。”在某些时候，知之也要说不知。从容而不趋附，自信而不窘迫，审慎而不烦躁，怡然而不显弄。戒炫己能而见其修养。

张扬·内敛

人，每当春风得意时喜欢张扬，而在条件逆转时则变得内敛。无论张扬和内敛，都当以学识和修养为支撑，以冷静和远见作铺垫。无此，其张扬多半变得轻狂，而内敛则变成矫揉造作。

蜡烛

佛说：人人都是一根蜡烛。

蜡烛的价值在于点燃。人如蜡烛，人一生的价值也因点燃而显示。不只点燃自己，也要努力去点燃别人。点燃别人，自己并不会因此燃烧得快多少，但世界却因此增加一片耀眼的光明。

知耻

谢灵顿（1857—1952）出生在英国伦敦一个贫民家庭，少年时沾染上许多恶习，遭人鄙弃。有一段时间，他喜欢上一个在奶牛棚工作的女工，便去贸然求婚，不料那女工鄙夷地告诉他：“我宁愿跳进泰晤士河里淹死，也不愿嫁给你！”遭此迎头一击，使他从迷茫中惊醒，一改积习，奋发图强，终于成为英国一位著名的生理学家，并先后任伦敦大学、利物浦大学、牛津大学当教授，1932 年获诺贝尔生理学奖。

知耻是人生最可宝贵的品格，因为知耻使人惊醒，惊醒到突然发现自己和明白自己，从而焕发起难以想象的迸发力和持久的忍耐力。知耻是走向成功的始点。知耻近乎勇。

坚守

罗伯特·科赫是德国著名的医生和细菌学家。一次，他被召到皇宫去为国王看病。国王对他说：“你给我看病，不能像给别人看病那样。”科赫平静地回答：“请原谅，陛下。在我眼里，病人都是国王。”

坚守自己。坚守自己的职业操守，坚持自己做人的准则。以真诚和勇气面对世界的一切，包括能主宰你命运乃至生命的权势。

人生底线

加强道德修养，可列出许多条，最基本的，得给自己定几条任何时候都不可逾越的人生底线。比如，人再穷不拿昧心钱，情再难不说违心话，路再窄不做亏心事，等等。

人生底线，人生之地平线，守住自己的人生底线，太阳会从那里冉冉升起。

忽然想到

想到就说

做梦

鲁迅说："做梦是自由的，但说梦就不自由了。"很对。比如，你梦坐龙庭，梦与东邻之女缠绵，也只梦中陶醉而已。不信你把梦中情景与众人说说看，那不只无颜，只怕也很危险。

奴性

梁启超骂奴性："依赖之外无思想，谄媚之外无笑语，奔走之外无事业，伺候之外无精神。"很精彩。留心观察，如此奴性似传之未绝，今仍有继之者也。

又说，凡奴性，都只"言主人之言，事主人之事。"其实，更高一级的奴才较此尤高一级，经典的是：言主人之所难言，事主人之难为之事。

话多

黄永玉画《鹦鹉图》，题之曰："鸟是好鸟，就是话多。"令人叫绝。

说话，不在多而在有用，喋喋不休但一句没用，即是废话。废话乃人间一大灾难。

鹦鹉

美国发明家莱特兄弟都不喜欢演讲。一次宴会，主持人请大莱特发表演说。

"这一定是弄错了吧？"大莱特为难地说，"演说这事是归舍弟负责的。"于是，主持人又请小莱特，小莱特站起来说："谢谢诸位，家兄刚才已经演讲过了。”推来推去，经各界人士再三邀请，小莱特只好登台道：“诸位，据我所知，鸟类中会说话的只有鹦鹉，而鹦鹉是飞不高的。”

可是，我们这里一向通行以会说叫座。飞不高不碍，咱专门管着那些飞得高但一向不会说的鸿鹄们。

实话

湖南花鼓戏有一出《喜脉案》，说皇帝的女儿玉叶公主患病，皇帝命太医院医术最好的四位太医切脉诊断。太医们切出这位未曾出阁的公主是喜脉（公主在离乱中遇难而幸得一位书生搭救，两人甘结同心而致公主有孕）。于是，四位太医处于“说出真情不得了，不说真情了不得”的两难处境。最后，聪明的太医李珙想出一条万全之策，径直跟皇帝禀告公主患的是风邪入内之症，当招一位驸马冲喜。结果招进了新科状元柳怀玉。无奈柳怀玉不肯就范，并自告奋勇为公主看病诊脉，证实公主确实有孕，直斥李瑛说谎，乃至险些送命。其实，皇帝心里明镜一般，但他需要的不是实话。

许多时候，说实话需要很大的勇气，不是人人都做得到的。

研究现在

古罗马诸神中的门神叫雅努斯。雅努斯的形象很怪，他的头前后各有一副面孔：朝后的面孔明察过去，朝前的面孔展望未来，唯独无暇顾及现在。人需要了解过去，也要预知未来，但更重要的是研究现在。明白现在更重要。

释疑

20世纪90年代末，一次，诗人流沙河陪同台湾诗人余光中参观成都武侯祠，见张飞塑像前的解说牌上写着：张飞，字益德。这令两位古典文化修养都极为深厚的文化名人大不解。《三国演义》第一回，张飞一亮相，不就自报家门：“某姓张，名飞，字翼德”吗？之后，流沙河查《三国志·蜀书·张飞传》，清晰地介绍：“张飞，字益德。”《三国志》乃记载三国历史最早文献，不能不信。看来，有疑问时，最好的办法是查一查书。查一查书，比抬杠强。

得到和没有得到

萧伯纳说："人生有两大悲剧：一个是你没有得到你心爱的东西，又一个是你得到了你心爱的东西。"

没有得到，自然是一种无法补救的遗憾；得到了呢？也不一定就有想象中的满足。世间事都这样："凡所难求皆绝好，及至如愿又平常"，与"得到"结伴而至的，很可能是一种莫名的虚无，更何况从此没有了"心向往之"的美丽。

时间

瑞士是世界上第一个使用电子户籍卡的国家。在瑞士，婴儿降生即拥有一张与成人一样规格的户籍卡。除填注婴儿的姓名、性别、出生时间、家庭住址外，还有"财产状况"一栏，瑞士人为刚出生的婴儿填写户籍卡时，在"财产状况"一栏，都无一例外地写上"时间"二字。因为在他们看来，时间是一个人拥有的最基本最重要的财富。一个人的生命过程就是一个逐渐支付生命时间的过程。人生最基本的消费是对生命时间的消费。衡量一个人成功与否的基本标准，就看其在支付生命某一段的时间过程中，赢得或创造了怎样的价值。

时间是一个很难把握的概念，因此，古今很有学问的大家都喜欢用形象的比喻论说时间。

孔子用流水比喻时光："子在川上，曰：'逝者如斯夫，不舍昼夜。'"

古希腊哲学家克拉特里克说："我们不能两次踏入同一条河流。"

南宋蒋捷《一剪梅》词中则说："流光容易把人抛。红了樱桃，绿了芭蕉。"

没有了空间物质的对应物，你能对"时间"这种无形的概念解释清楚吗？

时间的概念是由昨天、今天、明天组成的。昨天是今天的过去，明天是今天的未来。当日历翻开新的一页的时候，或春花满枝，或败柳残荷；或幼儿牙牙学语，或老翁须发斑白……世间万物都在每一个"今天"过去或到来中发生着千变万化。人类的发展、世事的变迁，也正是在无数个"今天"的积累中书写着新的篇章。

时间的特点，是不急促也不等待，不可储存、不可预支，也不可借贷。大家都在有限的时间里安排自己生命过程中想做的一切。“钟表王国”瑞士的温特图尔钟表博物馆内的一些大钟上，都醒目地刻着这样一段富有哲理的警句：“如果你跟得上时间的步伐，你就不会默默无闻。”

善哉斯言。

上帝给每个人的生命是一个时间定数，可以用来创造人生的辉煌，也可以随意挥洒、光阴虚度。屠格涅夫说：“没有一种不幸可与失去时间相比。”因为，生命过程中所需要的一切无一不需时间换取。因此，虚掷光阴无异空耗生命。

所谓青春年华，如同一天的旭日东升之时，朝气蓬勃。年轻的最大优势是有充裕时间可以支付。

年老之最大悲哀，只在于成了时间占有的穷汉。生命存时不多，来日不再方长。“日薄西山，气息奄奄，人命危浅，朝不虑夕。”没有了活力，也就淡漠了追求。所谓“老骥伏枥、志在千里”，说说而已，因为没有了可以支付的足够多的时间。“君不见，高堂明镜悲白发”，神仙也没办法。

时间就像筛子

用筛子筛粮食，没用的筛到下面，有用的留在上面。下面的丢掉，上面的收起。

时间就像筛子，把烦恼的事筛到下面，把高兴的事留在上面；把怨恨的事筛到下面，把感动的事留在上面；把我有恩于人的事筛到下面，把人有恩于我的事留在上面；把春风得意的事筛到下面，把无颜面对江东父老的事留在上面，等等。人一生，有的事情遗忘，有的事情记住；遗忘应该遗忘的，记住应该记住的。

从容

世事多绪、多舛、多艰、多怨，难免生出太多的思虑，太多的烦恼，太多的迷茫。遇此当如之何？清人金缨编著的一本小说《联璧》中说：“何思何虑，居心当如止水。”吕毖的《明朝小史》中记朱元璋告诫大臣们的一段话中说：“谨嗜好，不为物诱，则如明镜止水，可以鉴照万物。”心如止水，就能对诸多贪欲、

妄念、虚名等等，保持一份清醒、固守一份宁静。找准自己的人生角色，沉着应对未曾预料的变化，而不为之所乱、所扰、所惑、所诱，时刻保持着一种踏惊涛如履平地的从容。

英若诚当文化部长，多有人仰视之。他却对人说："我永远是一个演员。"四年后离任，他锁上办公室的门，交了钥匙，跟大家从容道别，说："明天请上首都剧场看我的《推销员之死》。"这是一种真正的从容。真正的从容，需要内在的充实和自信，反映着一种坦诚和质朴的情怀。

心态

有什么样的心态就有什么样的人生。

一种是开放的心态。开放的心态表现出积极进取、毫不畏惧的向上精神，勇于攀登、艰难跋涉的奋斗意志，善于合作、取长补短的处事智慧，心胸开阔、大度能容的人生境界。开放的心态，会使你变成为人生路上的强者。

一种是封闭的心态。保守、退让、凑合、将就，不求有功、但求无过，甘居人后、故步自封，一种"躲进小楼成一统"的围墙文化。

心态不同，则人生道路迥异，人生结局也判若天渊。

自由

人，有所为亦当有所不为。但许多境况下，你所为者不一定愿为，而愿为的又不一定能为。此类现象，或由于无奈，或出于无情，或迫于无端。无论为或不为，都可能成为人生的遗憾。德国哲学家康德说得最好："自由，不是想干什么就干什么，而是想不干什么就有能力不干什么。"能如此，当无憾。

品位

品位是文化修养的外在展示。或因机遇，或因背景，或因才气，或因地位，人可分为有钱、有权、有名、有才或一无所有。不过，这一切都不足以决定一个人的品位。人之品位主要取决于一个人所具备的教养。教养的等级越高其品位越高。金钱、权势等都支撑不起品位。

知识

人最可使用的财富是知识。当你没有值得骄傲的美貌和青春，也不具备可依恃的财富和靠山时，知识会给你自信。面对开放的世界，唯丰富的知识能使你内心充实而步履稳健。

自知

《伊索寓言》中有一则故事：赫尔墨斯想知道世间人对自己有着怎样的尊重，于是化作一个凡人，信步走进一个雕刻家的工场。见那里摆放着大神宙斯的雕像，问售价几何？答曰：一个银币。又问宙斯的妻子赫拉的雕像多少钱，雕刻家说稍贵一些。他看见自己的雕像，心想自己是掌管招财纳福的天使，人们一定要出高价请的，就问多少钱一尊？雕刻家说："你如果买了那两尊，这个就作为添头奉送。"

自己被人家视为"添头"，还自以为不赖，煞是可笑。

关注

人，多数的都在乎他人对自己的看法。被人关注、被人称誉、被人肯定，抑或被人嫉妒，都无大碍。就怕不再被人关注，有你不多、没你不少，那就很不幸。关注他人的看法，其实是关注自己，关心自己的行为、价值在他人心目中的认知度。

寂寞

多数成功者的一种宝贵品质是耐得寂寞，特别是耐得别人都热闹起来唯自己依旧默默无闻时的寂寞。人们常惊叹那傲然耸立的参天大树，却少有人留心观察、发现、研究过它的成长过程。

距离

人与人之间，越是关系密切越是要有点距离。过去乡村的农家小院，都有个篱笆隔着。小小篱笆表示着内外有别，关系再密切也得先"隔篱呼取"才能过去"尽余杯"。篱笆里面都有主人不愿示人、不便示人、不能示人的东西。

这些东西盖着“隐私”的戳记。人与人之间，无论怎样亲密，也要保持着一点距离。距离是隔开，隔开才相安，相安才和谐。“亲密有间”才有真正的亲密。

知耻

“知耻近乎勇”。对耻，有“知”之明，只能是“近乎勇”，比不知强，比以耻为荣强。“知而能改”才是真勇。比如愚昧，比如不文明，比如不正派，比如不正之风，国人皆曰耻。但要革除却大难。对耻，一要知，二要知而鄙之，知而能改。由知到改中间有一大段路。

藐视

据说，牛的眼睛看东西是放大的，所以在比它小得多的牧童面前也是俯首帖耳地顺从；鹅的眼睛看东西是缩小的，因此它敢于向比它大得多的东西发起进攻，常被人饲养之用来看家护院。

用牛眼看权贵，用鹅眼看弱小，乃人之通病，亦人之悲哀。能用鹅眼视庞然大物者，必非寻常人也。

人，需要平等，需要尊重，也要懂得藐视。孟子藐视公侯，说：“说大人则藐之，勿视其巍巍然”；陶渊明藐视权贵，说：“我安能为五斗米折腰事乡里小儿”；诸葛亮藐视曹操的83万大军，认为“如群蚁耳”；毛泽东藐视一向嚣张的帝国主义，断言“帝国主义和一切反动派都是纸老虎”。所以要用鹅眼看强势，给己自尊；用牛眼看弱者，给人和美。

诱惑

晚秋时节，枣林枝头还高高挂着三五颗枣儿，你想法捅下来尝尝，似乎那三五颗比满枝的枣儿更有诱惑力。

许多人喜欢吃瓜子，不只因为香，还因为它难以吃饱。

世间，越是不能满足的东西越是充满诱惑。

诚信

周灭殷之后，武王问一老者：“殷何以亡？”老者说：“待午时来告。”

午时至，老者未至。武王很生气。周公对他说："老者说午时至。午时不至，正是老者做出的回答——言行不一，殷之所以亡也。"

周公的解释耐人寻思。商鞅"立木为信"，以明不欺；刘邦"约法三章"，取信于民。"诚者，天下之立也。"一个社会的诚信度如何，关乎其盛衰存亡；一个人能否恪守诚信二字，决定着他人生的穷达成败。

被需要

一个人最大的需要是被需要。你说你有天大本事，才高八斗，智慧超群，力拔山兮气盖世，怎么样呢？没人需要你，天大本事等于没本事，无所不能成了一无所能。此人生之最大悲哀事。

失去

人有得到，就有失去。

财富使你活得踏实，失去财富你就失去了生活的依靠；健康使你奋发，失去健康你就失去了生命的保障；道德使你立世，失去道德你就失去了人生的根本。

"亡德而富贵，谓之不幸。"（《汉书·景十三王传》）不幸即人生根本性失败。

空话

空话是没用的话。东晋时，朝野盛行清谈之风，一帮子人整天坐而论道。群聚终日、言不及义，国家大事大多坏在清谈上。有一位叫朱伺的，在江夏做守将，太守杨珉每请守将议拒敌之计，朱伺独不语，杨珉问："朱将军何以不言？"伺答曰："诸位以舌击贼，伺唯以力耳。"

现实生活中，以舌胜人、以舌居位、以舌讨宠、以舌获名者多矣。说空话的风气不绝，务实之风必然淡之。

装傻

北宋开国元勋曹彬领兵伐太原，眼看大功告成之际，突然下令停止进攻。

副将潘美不解，曹彬说：“此前太祖亲征，在这里几番进攻不下，如今你我一举破城，那不等于找死吗？”于是装得自己无能，奏请太祖亲征，结果一举拿下，军士山呼万岁。

王翦帮秦王打天下，每出兵前，总傻乎乎的请求秦王赏赐他土地、宅院，意在让秦王相信他是个目光短浅的家伙，难成大器。“您老尽可以大放宽心”。

历史上不少聪明人在某种特定环境下都善于装傻。装傻，让他们的上司发现他没有野心，比发现他们很智慧和很能干更有用。

彩虹桥垮塌

重庆綦江彩虹桥垮塌造成很大伤亡。之前，一个小学生和同学们参观过这座新建的大桥，回去后写了篇作文，题目很骇人：《彩虹桥要垮》。文中写了一个孩子看到的桥上有多道裂缝，“我觉得太危险了，仿佛马上就要落下去。眼前像地震要发生一样，我飞快地跑下了大桥……”，可是，作文还没拿到老师那里批阅，孩子的母亲就将题目改掉，删去了上边描述的文字，并教之曰：“彩虹桥是美丽綦城的标志，要用优美的文字去描写，不要说这些不吉利的话。”

很聪明，很有头脑的孩子，其母却谆谆教以装傻，不由想到社会上乃至官场中何以存在些装傻人才。

茶热茶凉

《史记·汲郑列传》太史公语曰：“下邽翟公有言，始翟工为廷尉，宾客阗门，及废，门外可设雀罗。翟公复为廷尉，宾客欲往，翟公乃大署其门曰：‘一死一生，乃知交情。一贫一富，乃知交态。一贵一贱，交情乃见。’”这大概就是人们常说的“人走茶凉”吧？

“人走茶凉”之叹，反映出为官者退下来之后强烈又无奈的恋栈情结。其实，要说呢，“政风人去后，民意闲谈时”，为官一任，自有人品和政绩在。在位不思官大官小，去职管他茶热茶凉？是谓进也平和，退也淡然。有此心境，当无憾矣！

走出“茶热茶凉”的苦恼，先给自己定一个位：不论你原先当多大官、管多大事和怎样的声名赫赫，只要你从原先的位置下来了，就成了普通老百姓。

定位不对，心中必生懊恼；定位对了，心态自然平和。你已经是老百姓了，老百姓不都这样吗？其实，别人变不变都在其次，最重要的是你自己变了。你把这点儿想通了，还计较什么“茶热茶凉”。

窝里捧与窝里横

汉末有位孔融，“自以智能优瞻，溢才命世，当时豪俊皆不能及。”又有一位祢衡，也小有才，但目空一切，“恃才傲逸，臧否人物，见不如已者不与语。”大概属于“相旦”一类。他只看得上孔融，捧他是“仲尼不死”。孔融则吹他是“颜渊复生”。

学问不大胆子大的人，不只“窝里捧”，还好“窝里横”。有两个晕了头的少年作家，在某省的一档电视节目中，就“阅读与小说”进行讨论，炮轰众多文学大师，称老舍、茅盾、巴金等人的“文笔很差”，“冰心的完全没法看”。这属于“耗子扛枪”式的窝里横。

窝里吹、窝里捧、窝里横，越是脸皮厚越不知道天高地厚。

少拿性说事

人想出名，两个手段：或者傍上名人，或者糟改名人。而最见效的糟改是拿性说事。

比如女娲，古帝，伏羲妇。曾炼五彩石补天，断鼇足以立四极，可谓有大德于中华民族。有人硬是以己度人地推测，女娲是因为“性苦闷”才去炼石补天。于是语惊四座、舆论哗然。

尧舜禹也很伟大，但多伟大也可被性颠覆。现有央视《百家讲坛》当红之“学术超男”纪连海，就在东方电视台《文化中国》节目大胆断言：那大禹是因为有了“外遇”才“三过家门而不入”，石破天惊。

也有人另辟蹊径，推断屈原与楚王妃有染，因性苦闷而绝望投江。北京有位女教授则捕风捉影地糟践北宋女诗人李清照，断言她是个好酒、好赌兼好色的荡妇。

事修而谤兴。近年不少以“咬性”为能事者，都名噪一时而迅速走红。

一位挺有名气的女性学家声称："一切东西都应该丰富多彩，如果家庭都一夫一妻这个模式，反而显得过于单调。"专家的信口开河，如说鬼话。不信他（她），他（她）在那里聒噪；信了，直如饮鸩止渴，丧身而不择地也。

海底有一种叫"鲎"（hòu）的节肢动物，头部和咽部的甲壳呈六角形，尾部呈剑状，俗谓鲎鱼。有人发现，鲎自性成熟后，雄者就一直骑在雌者的上面，终生保持着交配状。由此推断："此物有丰富的性激素，人服之可提高性能力。"如此的推断差点儿成为鲎鱼的灭顶之灾。幸亏后来出了"伟哥"之类，才使"鲎"这一物种得以苟延。

放生

常见信佛的善男信女端着盆小鱼到河边或池边放生。一行人一边念着佛号一边把一条条小鱼扔到水里。其实，放生，伪善耳。不捕也不放才是真善。

欲望

"欲"是想得到。无论物欲、情欲、色欲，都一样。《礼·礼运》："何谓人性？喜怒哀惧爱恶欲，七者弗学而能。""欲"乃人之"七情"之一。佛教把人世间分为三界，欲界列为第一。可见，人有欲，很正常。绝对无欲，动力也没有了。人其实是为欲望活着的。

中国人拜神

中国的神们形象都很恶道。像管打雷的雷公、打闪的电母、闹水灾的龙王、降旱灾的旱魃、管瘟病的瘟神、管蝗灾的蝗神，以及地狱里阎罗，还有阎罗属下的无常、判官、牛头马面等等，一个个凶神恶煞。

中国人拜神，谁恶拜谁。比如火神，古希腊人说是普罗米修斯，因为他从天上偷火下来给人类。中国也有普罗米修斯，就是燧人氏，但在人间却鲜为人知，找了个专门放火的回禄做火神。

俗语说"虎不食醉人。"纪晓岚认为是"不知畏也。"因为"畏则心乱，心乱则神涣，神涣则鬼得乘之。不畏则心定，定则神全，神全则沴戾之气不能干。”

对付任何鬼魅大概都如是。无畏，是最正确也最有效的选择。

人生难求完美

一个心灵美好的女人，可能其貌不扬；一个灵魂高贵的男人，可能身体有缺陷。荷马是瞎子、贝多芬是聋子、拜伦是跛子。腰缠万贯的诺贝尔一生没找到爱人，米开朗基罗始终没有找到理想的归宿，安徒生孤身一人度过一生，托尔斯泰80多岁时离家出走病死在一个不知名的小火车站。

彼埃尔·居里在找到自己的妻子即后来的居里夫人前，曾在日记中写道：“完美的女性很少。”其实，完美的男性也很少。

人生是残缺的，很难完美。天道忌满。

不要为曾有过的不幸叹息，不要有意无意地去温习已经过去了的烦恼。人生福祸辩证看，不温习烦恼，自然就只剩下快乐。

人活着，虽然追求，但肯定不会拥有一切；人死了，虽然难舍，但绝对会失去一切。济慈给自己写下的墓志铭说得明白：“此地长眠者，声名水上书。”这似乎有点泄气。

脸面

中国人很看重脸面。有位乡村的财主去世，在外头做官的长子回家奔丧。按规矩，人死发丧时长子要摔一个瓦盆，就是农村土窑烧制的那种，块儿八毛一个，很便宜。这位官老爷在集市上问遍所有的瓦盆摊，一问便摇头，嫌太贱。一位聪明的卖盆老汉看出门道，张口要价10块现大洋，当即买回。于是乡间盛传：某家办丧事摔10块大洋一个的瓦盆，于是很有脸面。老舍的小说《二马》中，那位马先生在北京的时候，舍着脸跟人家借一块钱也得上亲戚家喝一盅喜酒，面子！老舍先生评之曰：“中国人的讲面子，就跟不要脸手拉手儿的。”

做梦

穷人做梦跟富人做梦不一样。

两穷人言志。一人说，我生平一直未曾满足过的就两件事。一是吃，二是睡。他年若有了钱，就是吃了睡、睡足了又吃。另一人说，我跟你不一样，有了钱，就是吃了又吃，哪还有工夫去睡?

《大河东流去》中有个王跑，逃难路上饿怕了，他偶尔得了块石头，人家说是无价之宝，能卖好多钱。他晚上睡不着觉，心里盘算：“有了钱，就买很多油饼，一次吃撑。”

一讨饭乞丐，生平没穿过一件新衣，他对人说：“倘有一天发了财，先买两件夹袄，一件花的，一件素色的。花的出门讨饭穿，素的在家穿。”

歌星王菲钱多了，跟谁也不商量，立马给她不足一岁的女儿买了一张几千万的保单，让她 18 岁以后即成为身家过亿的富婆。

有了钱，乃至钱很多以后怎么办? 真不是件轻松事。

善美和丑恶

一位圣人带着他的门徒，历尽千辛万苦，来到他们一直向往的理想国。可是，他们看到的却是满目疮痍、一派荒芜。圣人惊愕不已，找一位老人询问，老人缓缓地说：被灭了。

圣人说：怎么可能呢? 他们都是有大智慧的人啊!

老人说：正因为他们是大智慧的圣人，所以他们斗不过流氓。

相信佛、相信上帝、相信圣人，但还需要有识别并斗得过流氓的本事。

一生都在忙

一个人，偶尔在路上拣到一枚铜板，意外所得令之欣喜不已。从此，他每天都在路上低头寻找。几年、十几年，一生就这么过去了，他拣到了足有几千枚铜板、几万颗钉子和数不清的纽扣及小饰物。直至他临近生命尽头时，面对一生所获，发出几声无奈的叹息。

一些人的生命过程类此。看上去他每天都在忙忙碌碌，却错过了一生最夺目的风景。一个人的一生有无价值，不在于曾付出过怎样的忙碌，而在于生命作为一个整体，其内涵有着怎样的丰富和充实。

学不来

王羲之坦腹东床得美妻，没听说过后世有哪位用同样的办法喜结良缘的。生活中，有些东西学得来，有些学不来，有些压根儿就不能学。比如有人在树下坐着，突然跑过来一只兔子，没收住脚，一头撞在树上，死了。于是那人拣了个便宜。可能地球上打有兔子以来，就出过这么一只倒霉的家伙。

生活中的“得到”有许多种，有些是因为命运，有些是出于智慧，有些纯属瞎猫碰上死耗子。不能听风就是雨，跟着瞎起哄。

题画

齐白石画《蟹》，题之曰：“看你横行到几时。”

老百姓说：“不怕乍得欢，就怕拉清单。”俗谚云：“善有善报，恶有恶报。不是不报，时辰未到。”这大概是个规律。

漫画家詹同画过一副《钟馗图》：画中一马屁精给钟馗瘙痒，那钟馗眼眯着，很舒服的样儿。题之曰：“众鬼杀尽、独留此精。”

拍马屁的鬼能把专业打鬼的钟馗拍得如此惬意，就知马屁精们何以能薪火相传、延绵不绝了。

方成也画过一副《钟馗图》，画钟馗夤夜独行，手提灯笼，寻寻觅觅的样子。题曰：“不知他在寻鬼打，还是寻鬼讨酒喝？”

看来，什么地方有鬼魅作祟不绝，十之八九有寻鬼讨酒喝的钟馗在那里管事。

人类想过改变自己吗?

我们一向主张改造自然，结果越改造越糟，天怒人怨、灾害频仍。地球上的任何物种，大概从没有过改造自然的想法和行为，所以一直跟自然相安无事。作为万物之灵的人类，不知从几时起，自以为是地想改造并改变自然，才与自

然界弄得剑拔弩张。其实，人更重要的是改变自己。改变自己的观念、自己的认识、自己的行为、自己的生活习惯。改变自己以适应自然，实现人与自然的和谐。圣雄甘地说得最好：欲变世界，先变自身。

人类变冷更可怕

1946年4月11日，爱因斯坦在写给医生朱利斯伯格的信中曾做出一个预言："人类变冷的速度快于地球变冷的速度。"

爱因斯坦不愧是伟大的科学家，总能在我们茫然而没有任何觉察的时候发现真理。人类变冷：人心变得冷酷、人性变得冷漠、人情变得冷淡，这一切，比气候变冷更可怕。

总能想出一个理由

唐朝人义净到印度去，写了一本《南海寄归内法传》，书中记有这样一个故事：义净看到寺庙的大和尚自己不种地，把寺庙里的土地交给农民种，然后与农民分粮食。便问大和尚为什么自己不直接经营土地呢？大和尚振振有词："种地必定会杀生呀！而杀生是会堕入地狱的。最好的办法是出家人不种地，交给农民去种，如此，既可以有饭吃，又可以不杀生。"

既不劳作，又可享用，且得善名，多聪明的和尚呀！看来，无论做什么，都能找到一个堂而皇之的理由的。可是，如果农民也这样想呢？

无痛感症

新加坡《联合晚报》登过一则消息说：一个叫保罗的男孩和他的妹妹都患了一种"无痛感症"——他们无论遭到多么危险的疾病或任何伤害，都没有丝毫痛苦的感觉。他们的父亲说："爱跑爱跳的保罗只要在我们的视线下消失几秒钟，就足以招致丧命的危险。令人震惊的是，他们至死都会笑着，以为一切都是好玩的游戏。"

感觉的麻木，大概是人生最不可救药的绝症。包括肉体的和精神的。

"拉一把"和"推一把"

一位国王为公主选婿，让人把多位应选者带到一个池塘边，池塘里浮动着多条凶猛丑陋的鳄鱼。池岸观者如堵。国王宣布：谁能跳进池塘并游到对岸，就把公主嫁给谁。众闻之骇然。

大家正在踌躇中等待，忽闻扑通一声，只见一青年跳进池塘并拼命游向对岸。当众人纷纷向那勇敢的青年祝贺时，不料那青年人愤怒地喊道："谁把我推下去的？"

关键时刻，无论拉一把或推一把，都为参与者创造了试一试自己的机遇。有时，推一把比拉一把更重要。

除去做官，还会干点什么？

越战时，美国国防部长麦克纳马拉因战事不利而下野。

这位老麦先生做国防部长之前原是一位金融专家，肚子里很有点货的。部长不当了，也不慌。离开那波诡云谲的官场和硝烟弥漫的战场，立马去打理一个锱铢必较的商业银行，而且得心应手，这叫艺不压身。

一个人（当然是指当官的人），除去当官，还真该会点别的什么。

一声叹息

1987 年，大兴安岭森林大火使得大面积的森林资源受到严重破坏。大兴安岭林业管理局局长庄学义被提起公诉，以玩忽职守罪被判服刑三年。

17 年后，2004 年，庄学义被宣告无罪。因为那场大火是因为沼气自燃，属于不可抗拒灾难。

尊严

2000 年，世界轮椅基金会主席肯尼斯·贝林 72 岁。从这一年开始，七年间，他向世界各地捐赠了 30 多万辆轮椅。在中国，他向 62 个城市捐赠了 13.7 万辆。他创办的轮椅基金会宗旨，是向每一位需要轮椅生活的人赠送一部轮椅。他说："对于残疾人来说，轮椅可以让他们活动，上学和工作。最重要的，它代表着尊严。"

是的，任何人都需要尊严地活着。尊严，就是不用忐忑不安地仰望着他人的脸说话，不用低眉折腰、毕恭毕敬地向他人称是。当一个残疾人只能趴在地上活动时，他没办法顾及个人尊严。但他只要坐在轮椅上，他的生命就被赋予了平等的概念。唯平等才有尊严可言。给弱者以尊严是最大的善举。

恍然小悟

幸运

所谓幸运，大概只是给你一个机会。给你一个机会，并不同时给你智慧和能力。因此，幸运替代不了你在人生路上的任何努力。幸运不会跑步追上你，而是在你不懈地奔跑中偶尔与之相遇。

道路

关于路，最要紧的是两句话：一，路在脚下，事在人为；二，每个终点，都是起点。

交友

明代文学家苏峻论交友，说朋友分四种类型：道义相砥，过失相规，畏友也；缓急可共，生死可托，密友也；甘言如饴，游戏征逐，昵友也；和则相攘，患则相倾，贼友也。

你追求什么样的人生，大概就会有什么样的朋友。察其友则知其人。

鸡蛋和石头

石头碰鸡蛋，倒霉的是鸡蛋；鸡蛋碰石头，倒霉的还是鸡蛋。鸡蛋要保护自己，最好的办法是离石头远点。

想得开

明朝朱橚著《普洛方》，书中说：人有七情，喜怒忧思悲恐惊。“喜”只占一个。可见人生苦多乐少。总想着天天抬头见喜，事事水起风生，年年旱涝保收，一辈子都顺风顺水，好是好，但你这辈子就只能生活在失望、失意、失落之中。因为世间好事，不会人人都得到，也不会一个人全得到。得到过一生，得不到也过一生。朱熹说：“如不可求，从吾所好。”生活中的多数乐事源自想得开。看得平淡点，活得轻松点。

遗憾

人生的遗憾，总是很美的。跑了的鱼儿是大的，摘不到的果子更甜，回眸一笑的美女常令人浮想联翩，失之交臂的机会最容易令人惋惜不已。心里装着一种遗憾，就是装着一种思念，一种珍惜，一个梦，一种美。

人生最大的遗憾是没有遗憾。

模糊

古人造出的许多词儿很耐人寻味。比如“熟视无睹”、“充耳不闻”这样的成语。

许多时候，对许多事，你别看得太清、听得太准，别太热衷于打听事，太喜欢刨根问底。许多情况下，模糊点好。古人讲“察渊鱼者不祥”，你倒霉，就因为你“知道”；他走运，是因为他难得糊涂。

跑步

人一生，每个人都有自己的一条跑道，每个人的跑道都有各自不同的起点和终点。所以，你只要尽力跑就够了，未必非豁出命把哪个比下去。要明白你跟人家不是一样的起点和终点，也不在一个赛场，人家悠哉悠哉地就达到了你想都不敢想的地方，你累得吐血也不行。人能成事，除去尽力乃至拼搏之外，还有许多别的因素。

以手握沙

以手握沙，越是用力攥住的越少。细想，人一生，想占有的东西，无论实的虚的，其实都没那么重要。有，固然好；没有也没什么不好。终究你手里能握走几粒沙？

路程

生命是一段路程，谁也不知道未来的路有多长。你把每一步都看作新的开始，但落下脚去，也可能就是生命的终结。

点燃

生命就像一盏灯。点燃，就是活；油尽灯枯就是生命的结束。点亮自己的一盏灯，照亮自己周围一个小小的空间，你会感到活着的美好；每个人都点亮自己的一盏灯，世界就一片光明。

小烛燃灯

上帝在每个人的生命灯盏里都注进了同样多的油，但人与人的活法不一样，有的人总想活得惊天动地，把灯燃烧得亮如白昼，很快油尽灯熄。有的则把灯草捻细，灯头拨小，不张扬、不折腾，小烛燃灯，平淡却能持久。适度节制，把拥挤的生活打理得脉络清晰，不失为一种明智的人生选择。

人生如茶

人生如茶，半盏茶。每个人都是半盏。上帝早安排好了，不管你多大的杯，也是半盏。人生忌满，满则溢。你感到满足了，没有了活力，没有了生气，没有了追求，也就到生命结束的时候了。还是轻松地饮自己的半盏茶好。

人生如棋

人生如棋。悟其道、懂布局、知进退、明得失，从容自如。

唯从容，才不为物所役，不为欲所累，不为表象所惑，不为假象所蔽。淡泊自守，乐观旷达。用舍由时，行藏在我。

人生如月

你无论怎样尽心竭力地想把每一天、每件事都做得圆圆满满，无奈天不由人，多数时候，人生的月亮总或大或小的缺那么一块。“人有悲欢离合，月有阴晴圆缺此，此事古难全。”明白人生不会圆满或不总是圆满，才不会为残缺叹息。

人生如钓

一竿在手，有希望，有等待，也有舒缓的悠闲。人活世上，需要一些舒缓的空间和可以进退的余地。不让自己太满、太过、太急促、太张扬和张狂。留一点余地，日子才过得轻松快乐，气定神闲。

王朔在《顽主》中说：“人生就是踢足球，一帮子人跑来跑去，可能整场都踢不进一个球，但还是玩命踢，因为观众在玩命地喝彩打气。人生就是跑来跑去，听别人叫好。”

其实，跑来跑去只是现象，跑来跑去的本质是竞争。人生就是个大赛场，不管你愿意不愿意，高兴不高兴，不管有没有人给你叫好（绝大多数人也许一辈子听不到一声叫好），你都得在不同形式的竞争中活着，而且所有竞争都有严格的规矩，有明确的界限，有不可逾越的底线（比如禁服兴奋剂之类）。总之，人生不能越界，底线必须坚守。正是因为有了亿万大众的“跑来跑去”，才有了大千世界无限璀璨的万般景象。

俗话说“人往高处走”。其实，无论任何人，无论爬得多高，最终都是要下来的。只不过当他红光满面地往上爬的时候，自以为他会一直在上边待着，别人也那样恭维。其实不会。因为多数人爬到一定高度的时候都难免犯晕，一直到他下来之前都这样。

活出自己

以刀剑为喻，锋利时批评你太单纯，成熟时又失去了应有的锋利。其实，最能使你舒心适意的办法很简单，只需活出自己而已。

活法

有的人，活着时拼命地奔忙，似乎永远不会死去；死去后又没人记起他曾经忙了些什么，似乎从来没有活过。

人，可能有许多种活法，这是最糟糕的一种。

钱多了以后

少一点张扬，你会获得多一些宁静；少一些奢靡，你会获得多一些健康；少一点对路边野花的觊觎，你会获得多一些家庭的美满。

人，钱少时为难，钱多时危险。如何挣钱是件大事，如何花钱是件难事。

人情

身份的变化决定着人情的冷暖。当你平步青云时，更多的人对你笑脸相迎；身退势微时，则难免人走茶凉。“一贫一贱，交情乃见”，古今如是。无论你是一帆风顺、如日中天，还是举步维艰、江河日下，第一要紧的是摆脱对自己身份、地位变化的焦虑。

得到与失去

凡有得到必有失去。因为任何得到的同时，必然付出相应的代价，只得不失的事从未有过。正确认识人生路上的得与失，才会在得到的时候做好失去的准备，也会在失去的时候，记住不同时失去自己。

被人议论

“唯一比被人议论更坏的是没人议论”，这话是王尔德说的，王尔德说过很多有意思的话，既有意思又有价值的首推这一句。

被人议论，说明被人注意，或被人嫉妒，或被人羡慕。一个人，没有任何人议论，说明已被人遗忘。人家视你已没有价值、没有作用、没有希望。有你不多，没你不少；既不可怕，也不可爱。那很可悲。

知不知，上

儒家说：“一物不知，儒者之耻。”不靠谱。自以为“万事通”者，多数的“半瓶子咣当”，乱蒙事罢了。

因此，自诩无所不知者常常比无知更可笑可怕且不可救药。

道家有句话，叫作："知不知，上。"知道自己不知道什么，那才是"上"。才是很高深的修养，才是大境界。

怀才不遇和遇不怀才

"怀才不遇"是一种不幸，但"不遇"并没有判定你不行。是金子总会发光，大可不必怨天尤人。孔子不遇，集中华文明之大成，几千年不衰；屈原不遇，成《离骚》之千古绝唱，光耀后世；李白不遇，其斗酒诗百篇的才情流芳千古；蒲松龄有一部《聊斋志异》，遇与不遇，照样确立了他在中国文学史中的地位。身负经天纬地之才，无论怎样坎坷都可通向成功。

"遇不怀才"则是一种悲哀，机遇选择了你，无奈才力不逮，只能放弃。剩下的只有毫无意义的等待。因为机遇，从来只给那些有准备的头脑准备着。

饭局

许多时候，饭局中的所谓"饭"，其实与中医处方中的药引子差不多：吃什么已不是目的，更关注和看重的是因为"吃"而引出的另一种"什么"。

富有及其他

富有不决定于拥有财富的数额，而决定于内心的满足；贫穷不一定因为金钱的短缺，而多数因为心灵的空虚；幸福不取决于他人的评价，而取决于自己的感觉；希望不是前面的那颗星，而是蕴含在心里的一团火。

常想的不一定常说，常说的不一定真实。

沽名钓利

有个成语叫"沽名钓誉"，谓虚伪矫饰以猎取名誉。生活中喜欢名的都喜欢利，只要名的不多。沽名钓誉实际上是沽名钓利。名和利放在一块，利更重要。名和利，不可得兼，取利而舍名者也。如贪官之机关算尽，只为贪财，而非贪名。只要有利可图，命都可以不顾，况名也耶?

物之相配

物唯相配才有和谐之美。比如雪天小酌，“绿蚁新醅酒，红泥小火炉”就相配。世间的所谓好东西，是好到“正好”的东西，而不是好到“最好”的东西，“最好”的东西反而会转化为一种负担，而不是美的享受。物之外，包括友谊、包括爱情等等，人生诸事大半如此。

印象

印象这个词奇怪极了，有时真说不清、道不明，如魔法一般。比如某人精明而勤奋、诚实而付出，大家都说他不错。可惜，唯独在他的顶头上司那里印象不佳，而恰恰此人握着他命运的咽喉。你可知道，领导的印象，在许多情况下，比实际能力和成绩都重要，这往往是我们这里一出悲剧连着一出悲剧的原因。印象，是一副什么药呢？能让你如有神助般的平步青云，也能使你糊里糊涂的命堕泥沙。

人与兽的区分

所有灵长类动物都不会像人一样直立行走，他们中有的能站起来（比如黑猩猩），但站不直。以此，神的判断尺度是：站不直的是兽，站直了的是人。

奴才

奴才最大的要害是没有脑袋，因为有脑袋也不算数。因此，凡不能、不会、不想、不敢用自己脑袋思考的，大半只能做奴才。

名人的想法

张爱玲说她平生有三恨：一恨鲥鱼有刺，二恨海棠无香，三恨《红楼梦》未完。

名人想法与常人异，不信你跟你老婆说你也有此三恨，试试，你老婆准以为你吃错了药。

说装

咱们的文化，通常是：只要你不冒尖，就不会被掐；只要你没棱角，就不会被磨；只要你不强出头，就不会被打。与人处，怕奸不怕傻，怕灵不怕愚，怕精不怕呆。傻、愚、呆，多数是装出来的，装孙子有时比装大爷更容易立稳脚跟。不过，“装”毕竟是一种很难受的压抑。

不解

花自己没挣到的钱，买自己不想要的东西，向自己不喜欢的人炫耀，打听跟自己不相干的事。你能参透个中奥秘?

晚上参加禅修班，回到家接茬儿熬夜上网；花费半生精力和心机赚到足够多的钱，却没有时间和心情去享受生活；几次更换越来越大的房子，却越来越少住在家里；不断闯荡和熟悉外边的世界，对自己的内心世界却一片茫然。

瞎操心

饭只能吃小碗了，钱还在拼命地赚，说不清赚那么多钱干什么；一顿饭三个地方吃，一夜觉两个地方睡，也不明白如此活法累不累；一件事，对同事一个说法，对上司又一个说法，也不知道跟谁说的是真、跟谁说的是假；跟情人心肝儿宝贝的如胶似漆，跟老婆照样恩恩爱爱、百般呵护，也不明白他自己是一个人还是两个人。

没人阻拦你平庸，但绝对有人阻拦你出众。平庸者常常有不错的人缘儿，而出众则往往与不少人的关系弄得很紧张。你说是平庸好还是出众好?

如果一个刚结婚的男人看上去很开心，人们当然知道为什么；如果一个结婚 20 年的男人看上去很开心，人们就想知道为什么。

高龄的杜拉斯对他的情人说：“假如没有我，你可怎么办啊！”人老了大概都有点犯糊涂，俗话说：“有山靠山，没山独立。”他的情人大概有的是办法，有可能比老杜活着时候还滋润呢。

知畏即能做好人

俗语说“有贼心，没贼胆”，大概是多数男人共有的一种心理。人世间花花绿绿，逗惹得心荡神摇，萌生出一星半点儿贼心来，难免。孔夫子还是圣人呢，见了一回南子，忙着指天发誓地表白，说若生杂念，“天厌之，天厌之！”没生杂念表白什么呢？可见心虚。

其实，“有贼心”很正常，“没贼胆”才是重要的。“没贼胆”是知畏：畏法律、畏舆论、畏老婆闹，畏天谴，畏死后下地狱。不管畏什么吧，反正把贼胆吓回去了。孔夫子说君子有三畏：畏天命，畏大人，畏圣人之言。知畏就能做好人，或能成为好人。用不着“狠斗私字一闪念”，“两闪心”也不碍。不知畏就容易走上邪道，成为坏人。好人、坏人，都是做出来的。古人讲：“万恶淫为首，论迹不论心，论心世上无完人。”很对。

远离诱惑

央视主持人崔永元说，有人请他给一个楼盘剪彩，开价 50 万元，没去。杨澜问他为什么不去？他说：“我觉得我抵御不住那一剪子。我想，一旦我爱上了剪彩这样的事，谁都拦不住我。我唯一的办法就是不去碰它，别沾那个事。我如实地告诉你，我还是非常爱钱的，我就是不敢用这种方式去挣。”

能拒金钱美女之惑，比如恪守“坐怀不乱”以及“天知地知你知我知”那样的修养，固然伟大，但做到很难。不怎么“伟大”的人，最好的办法是远离那种诱惑，别打算试试自己有无“坐怀不乱”的定力。离“坐怀”的事儿远点儿，比效仿“坐怀不乱”可靠。

辨识

美女蛇比蛇可怕；披着羊皮的狼比狼可怕；陆谦比高俅可怕；魔鬼带上人的面具比人带上魔鬼的面具可怕。

凡熟于拍马的人都是为骑马，所有趋炎附势的人都是为狐假虎威，精于为君者讳的人都是为己而讳，告诫人怎样服服帖帖，也会告诉当权者怎样横行无忌。

专挑你的毛病，不留情面地批评你的人是你今天的“敌人”，明天的朋友；专夸你的本事，不讲是非地吹捧你的人，是你今天的“朋友”，明天的敌人。

人群中有大人物、有小人物，小人物中有大人物，大人物中有小人物，挺复杂的。

小人物中的大人物多数是笨蛋。是笨蛋，又不承认自己是笨蛋，人五人六，趾高气扬，讲半天话没一句有用。

大人物中的小人物，挨骂时知道低头不语，半句好话就受宠若惊，挺可怜，又不叫人可怜。

尾巴

钱钟书《围城》中对猴子的尾巴有一段精妙的比喻：“一个人的缺点正像猴子的尾巴。猴子蹲在地面的时候，尾巴是看不见的，直到他向树上爬，就把后部供大众瞻仰。”可见，那臀部的尾巴本来就有，并非地位高了的新标识。

越是身居高位，越被人关注，其缺点也被人看得越清。最好的办法是品格自珍，廉洁自守。“官益大而心益小，位益高而德益宏”。如此，则尾巴无须顾及也。

狂妄和孤独

有人热衷于打听和猜测他人的倒霉，有人喜欢议论和羡慕他人的走运。对别人的隐私怀有异乎寻常的兴趣，对自己的能力则表现出不可一世的狂妄。在大庭广众之下说着愚不可及的话，在权贵跟前则表现出奴颜媚骨的卑下。于是，他们身不由已地忘乎所以并在忘乎所以中变得孤独。

妄念

人和人不一样，别人能干的事，你不一定能。武则天自己造了个“曌”字做自己的名字，你造一个试试，你行吗？别以为“和尚动得，我动不得？”，动辄想入非非。想入非非，很可能离倒霉不远。

交谈

有人说，如果你拿着计时器观察拿沃伦·巴菲特，会发现他醒着的时候有一半时间是看书，剩下的大部分时间用来跟一些非常有才干的人进行一对一的交谈。

古人论交友，主张“无友不如己者”，很对。坊间俚语云：“跟着啥人学啥人，跟着巫婆跳大神。”挨着粪堆出狗尿苔。群聚终日，言不及义，或者变得狂妄，或者变得愚昧，不可不慎。

思考

多数人在多数情况下，思考一件事情的时间，往往跟这件事情的重要性成反比。更多的人往往对一些小事纠缠不休，因为他们懂得那些小事。许多人习惯于回避复杂问题，是因为对那问题摸不清头绪，狗咬刺猬没地方下嘴。

规律

因贫穷而发奋，因发愤而获绩，因获绩而得意，因得意而忘形，因忘形而败事。察古今之贪赃枉法的官儿，几乎无一不沿着这一规律走向毁灭。

平庸

物无全美，人无完人。人有所长必有所短，避其短而扬其长则多有所成。看上去没什么短处的人，一般也不会有什么长处。一个人没短处也没长处，注定平庸。在时间的长河里，他们的名字仿佛被写在沙滩上，一个海浪打过，留痕全无。

自信

聪明人都很自信。聪明人的自信是因为他聪明。他相信自己的头脑里装着愚昧的人不会有的想法。

愚蠢人也很自信，愚蠢人的自信是因为他愚蠢，所以无论多愚蠢的想法都坚信自己无比正确。

当官

聂绀弩说：“人只要想当官，在官场里混，还要想尽办法混得不错，那就很容易变成非人的。”

其实当官也是一种不错的选择，可怕的是想很轻易地当官，很轻松地在官场里混，很轻巧地往上爬，又要超过比自己能力强、行为正、德行好的人，最容易选择的捷径只有当小人。

所有官儿的架子都是抬轿子的人抬出来的。没人抬轿子，架子摆不成。你摆你的架子，我走我的路，正眼也不看你，架子摆给谁看?

人才的标准

什么是人才？大概不同时代、不同地方有着不同的标准。就是真有个公认的标准，也看那标准谁掌握着。假如刘备掌握着，他大抵以诸葛亮最符合；要是赵构呢，很可能以秦桧为典型。坊间有民谚曰：“说你行你就行，不行也行；说你不行就不行，行也不行。”

贫穷或富有

贫穷或富有都是人生的一种状态。人活世上，贫穷时要懂得仰起头活出尊严，富有时要知道低下头赢得尊重。仰头和低头都是活出人样。

活明白些

踮起脚能够到的东西，就去够，那叫尽力而为；如果蹦起来也够不着的东西，就别费那个劲了，那叫想入非非。人和人是有差异的，比如，没事儿你可以打打篮球什么的，只是别动辄想超过姚明，累吐血也不行。有人说他一不小心也弄出部《红楼梦》来，那是瞎掰，八不小心也弄不出来。不用理他。

判断

对生活中行为的判断需要理论，也需要经验和智慧，而有时候经验和智慧比理论更重要。比如，理论说：两点之间直线距离最短。但生活中不一定都能行。比如走路从 A 地到 B 地，明明可以直线过去，但所有人都不走，你最好也别走，说不定那里或有豺狼当道、强人翦径，或掩着索命的陷阱。

说不清

你越认为熟悉的东西往往越陌生，比如你的身体，你了解多少？

你越认为清晰的东西往往越模糊，你越认为距离很近的东西往往越遥远，比如情人的惜别，你知道离别后她的去向是哪里？

盛怒时的决定

一个公司的老板视察工地，发现一个工人竟坐在地上看漫画书。老板最恼恨工人偷懒了，于是沉着脸问道："你一个月挣多少钱？"那工人轻松地说："3000 块！"老板立即叫来工地的主管给工人 3000 块钱，然后对那工人大声叫道："拿了钱给我滚！"

怒气平息下来后，老板问工地主管："那工人如此懒散，是谁介绍来的？"主管说："老板，他不是本公司的人，是其他公司来送料的。"老板气结无语，呆若木鸡。

萧伯纳有一句名言："以愤怒开始的事情，往往以悔恨告终。"任何情况下的暴跳如雷都是无知的表现。

跟着笑

一个企业老总口拙，口拙又喜欢讲段子，讲的段子都不好笑。不好笑是不好笑，但每次讲完大家都不约而同地大笑，很开心的样子。一次，老总来了兴致，又讲了个段子，讲完，发现一职员没笑，遂问道："你为啥子不笑？"那人说："我用不着笑了，早上你已经把我解聘了。"

走出无知

无知并不可怕，无知就如一片待开垦的处女地，人的所有智慧，都诞生于无知的茫茫原野。重要的是用勤奋犁出一条通向原野深处的大道，用创造的火

焰把无知的原野点燃。可怕的是无知与懒惰比邻而居，那样一来，无知就会在心灵的荒芜中结出持久的愚昧。

“娜么爱你”

前两年，就是韩国艺人张娜拉到北京开演唱会，很多地铁站张贴着巨幅广告。海报上的张娜拉明艳动人，特别在那充满诱惑的红唇旁边写着四个很性感的字：“娜么爱你”。说不定许多人看了都会怦然心动，乃至想入非非。其实真想悄悄告诉你：“娜”一点都不爱你，哪怕你再怎么“非非”也白饶。那只是广告玩儿的花活而已。

窝囊

《王蒙自传》中记已故作家张光年（光未然）说过的一句名言：“一个人活一辈子，连个人都没有得罪过，太窝囊啦！”

窝囊，生而无气之谓也！无刚气、无志气、无骨气，对人好好好，对上是是是。唾面自干而心无挂碍，“别人打你的左脸，还要亮出右脸来。”固然可以消弭许多纠纷，恐怕也过多地纵容了恶者。

做事

做事的一般规律是：多做多错，少做少错，不做不错。做事的不如混事的。那些终日悠哉悠哉混时混事者，永远在那里指指画画，永远在事后评头品足，永远嘲笑干事的傻X，永远站着说话不腰疼。至于有些领导，从来不看混事的（他们混得自在着呢！），只盯着做事的，不是盯着他做得如何，而是盯着他做错了多少。令干事者叹息，叹息完了再干。

钟馗过生日

钟馗生日，妹差一鬼挑担送礼，一头是一坛酒，一头是一个鬼，捆作一团。外附一信，写道：“酒一坛，鬼一个，送与哥哥做点剁。哥哥若嫌礼物少，连挑担的是两个。”

钟馗阅信毕，便命将两个鬼都送进厨房。捆着的鬼对挑担的鬼说：“我是没法了，你何苦挑那个担子？”

生活中，这样先挑担后挨剁的鬼何止一个？

最怕“什么都不怕”

有些年我们曾发疯般宣扬“什么都不怕”。“天不怕，地不怕”，“喝令三山五岳开道，我来了。”“我来了”怎么样呢？大自然略施颜色，就够呛！“天不怕、地不怕”，喊叫一阵子，后悔几辈子。轻者吃不了兜着走，重者遗祸子孙、累及后代。

站在弱者一边

日本作家村上春树，在领取耶路撒冷文学奖发表演说时讲：“在一座高大坚实的墙和与之相撞的鸡蛋之间，我永远站在鸡蛋一边。”“无论墙多么正确，鸡蛋多么错误，我都站在鸡蛋一边。”

这很不容易，因为无论在任何语境下，鸡蛋都没有正确的时候。弱者遭遇强者，话语权从来在强者一边。比如麦收前夕，丰收在望，老天爷突然降下一场冰雹，将全村人赖以生存的数千亩小麦打得颗粒无收。你骂老天爷？那你就理所当然的错了，谁能站在你这一边跟老天爷较劲呢！

胴体

娱记们经常把女性的裸体写作“胴体”（胴，音 dòng）。何为“胴体”？不解。于是查辞书。

《辞源》有“胴体”条，注释为“牲畜屠宰后的躯干部分”。《辞海》则更具体，不但指出“胴体”是“牲畜屠宰后的躯干部分”，又说“商业上猪的胴体指除鬃毛、内脏（保留板油及肾脏）、血、头、尾及四肢下部后的整个躯体；而牛、绵羊则须再去皮。”《康熙字典》和《中华大字典》在“胴”字下则引《玉篇》释为：“大肠也。”也不知哪位想象力丰富的文人最先把“牲畜屠宰后的躯干部分”跟妙龄女性的裸体拉扯在一起，莫非女性的裸体美与猪屠杀后煺毛的躯体之光鲜细腻庶几乎？总之匪夷所思。

回避开放

“开放”是一个是时兴的字眼，我们又正赶上一个开放的时代。不过，没有一个公众美女说自己开放。相反，她们更喜欢说自己“传统”，强调“我其实是个蛮传统的女孩。”

说自己开放，虽然吻合了时代，但容易让人产生不大美好的联想。把开放跟性无端扯在一起，这得需要多丰富的联想力呀！

善算计

美国有个叫威廉的心理学家，此人一大特长是善算计，事事先算计而后行。如何呢？不但没得到什么好处，还落得一身病。后来，他幡然醒悟，开始对“算计”进行研究。他跟踪调查数百人，大量的事实证明，凡善算计的人，大都时运不济，命运多舛。他的著作发行到50多个国家和地区。

善算计者都具小聪明而乏大智慧。藏奸取巧、损人利己，又往往事与愿违、得不偿失。一般看，算计的过程很苦恼，算计的结果很无奈。

叹息

早年，曹聚仁先生在赣州主持过《正气日报》。一次，他去赣州青年业余补习学校演讲。演讲中，评析了老庄哲学和孔孟之道。讲完，一青年就孔子所说“唯女子与小人为难养也”一语的解释提出不同看法。曹先生当即请教：“那就听听你的见解吧。”

——我认为“难养”的意思应该理解为“难产”。

——“唯女子与小人”又怎样解释呢?

——这难道还不够清楚？“难产”嘛，就是女子和小孩的事，岂有男子汉难产的呀！

曹先生在学术问题上一向善辩，当仁不让。只有这次，他算真服了。忍俊之余，跷起拇指连呼：“高见、高见，仁兄高见！”

郑板桥说“难得糊涂”，你碰上真糊涂的也只有徒唤奈何而已。

学会闭嘴

一个年轻人想跟苏格拉底学习演讲艺术，为了表现自己有这方面的才干，就滔滔不绝地讲了许多话。讲毕，苏格拉底告诉他需要交双倍的学费。年轻人不解，问："为什么我要比别人多交一倍的学费呢？"苏格拉底笑道："因为我在教你演讲艺术之前，得先教会你怎样闭嘴。"

学会什么时候不说话，可能比学会滔滔不绝更难。

阿上

《世说新语》中记有一则故事：晋武帝司马炎登基时，卜卦占了个"一"字，武帝不悦，群臣无语。唯侍中裴楷上前奏道："臣闻天得一而清，地得一而宁，帝王得一而天下恢宏达道。"武帝大悦。

自古以来，事君之道即妾妇之道，一点不错。

人间物语

山水情怀

孔子说，“知者乐水，仁者乐山。”山和水的品格图解着人生修养的重大问题。

老子说“上德若谷。”谷即山谷。山谷，上仗巍峨高山之气象，下涌潺潺不绝之流水，兼具刚与柔、重与轻之两脉，故有川有谷才有山水，才有大山包容的襟怀。

登山

《艾丰随想》中有一条《登山赋》，只四句：“登小山，飘飘然；登大山，茫茫然；登深山，惶惶然；知然也。”

小山，多在平原或丘陵处，不高，但登上去也有高人一头的感觉。谁不想高人一头呢？于是飘飘然。大山，多在崇山峻岭之中。面对苍茫群山，一座比一座高。再攀登，没有了底气，于是茫茫然。深山，云雾缭绕，古木参天，虎啸猿啼，望之骇人，于是惶惶然。

最值得警惕的是飘飘然。求知识，做学问，干事业，都一样。小有成绩则以为了不起，其实离登上大山，进入深山，远着呢！

冰山

海明威说：“冰山之所以壮丽，是因为它把三分之二藏在海水底下。”

张扬源于浅薄，虚心基于丰富。冰山已令人惊叹，它的水下部分更深不可测。

从善如登

古人讲“从善如登，从恶如崩。”（《国语·周语下》）人之好学、向善、上进，如步步登高，很不易，这叫“从善如登”。但堕落、下滑、糟耗，不费劲，如山崩一样，一下子拉倒，拽都拽不住，没救。

上善若水

老子说，“上善若水，水利万物而不争。”不争功，不嫉妒，不显弄，不伪饰。古今有美好修养的人都有如水的美德。

奔腾

人生如江河。江河的生命在于奔腾。一旦放弃奔腾，湾在一个地方，不动了，就会慢慢干涸、死亡。

要么奔腾，要么死亡。人生面对着这样两种选择，无一例外。

江河的智慧

江河一路奔腾，遇到大山，直冲过去，然后被大山撞回来。不能把山冲开，又不能爬过去，于是借势取径、绕山而行。绕过去，继续奔腾向前。因为江河知道，它的目标是海，不是山，不能半路途中停下来跟山较劲。没有哪条江河从源头流下就一路平坦、无阻无拦流到大海的。

人之一生，也少见有谁能一直顺顺当当、无磕无碰地走向成功，总会有各种各样的困难和挫折。也不是所有的困难和挫折都能战而胜之。努力了，不能改变它，不如学习江河，在山脚下寻找低处，借势取径，绕山而行。走出困境，需要勇气，也需要智慧。高山阻路是困境，困境的旁边是办法。

水之就下

水往低处流。“海之所以为百谷王者以其善下之”。人多行也别高高在上。当上个小官，有了点小钱，就翻起眼皮，自以为多么了不得，虚怀若谷才能受人所长。

小溪、小河的生命不竭，最智慧的办法是容于海。“水向低处流”，是对

海的向往。

小溪·大海

从山中蜿蜒而下的小溪，浅显而清澈。水草荡漾，鱼翔浅底。溪水画着美丽的涟漪，一路唱着欢乐的歌。

大海呢？大海永远波涛汹涌，深不可测。它深沉而威严，深沉创造了海的威严，但城府也销蚀了海的快乐。

尊崇大海，但还是愿做那浅浅的小溪，因为学不来深沉，也不想因深沉而失去快乐。

滴水入海

一滴水，滴在了沙滩上，瞬间就没有了踪迹；滴进大海，就有了海一样的生命。

浪花

任何一朵浪花都不会引起人们的特别关注，亿万朵浪花则能展现波涛汹涌的奇观。

大海中的浪花有如恒河沙数，但任何一朵浪花只要离开大海就不复存在。

雨中看海

去海边看海，遇风雨。惊涛如雷，浪涌如山。于天海茫茫处，但见出海渔船随狂涛上下，时淹于巨涛之内，时跃出浪峰之巅，令人惊骇。

雨中看海，看到海的深邃，海的壮阔，海的变幻，海的力量；雨中出海则是以身之所历感受海。看海和出海乃两种境界：一种是把眼睛给了海，一种是把生命给了海。

天下事也如看海和出海，用眼睛或用生命。

瀑布

乔羽为贵州黄果树大瀑布写歌词，想到自古及今写瀑布的诗词很多，李白、苏东坡那样的大诗人都写过。人家说“疑是银河落九天”，你还说“落九天”？落十八天也不新鲜呀！于是就想换一个角度，不直说瀑布，而是由瀑布说人。有景有情，娓娓述说人生哲理：“人从高处跌落，往往气短神伤；水从高处跌落，往往神采飞扬。人有所短，水有所长，水可以成为人的榜样。”耳目一新。

人，最不可挽救的失败是从高处跌落下来之后的气短神伤、一蹶不振。水不一样，水之跌落不只展现神采飞扬的奇观，而且咆哮呐喊，继续奔腾向前。人，不经过七跌八落的磨难者难成大器。以水为师，此其一也。

草木有灵

紫云英

紫云英又叫红花草，很短很细的杆儿，极密极密微如芝麻粒大小的花。长满了红花草的原野，灿如花海，艳若云霞。

杆儿长成了，花开过了，翻到地下，沤烂成肥。它，活着不拔地力，烂了肥性儿特好。紫云英从大自然索取极少，向大自然奉献甚多。

串红

串红的花很小，很普通，但盛开时有着如火焰般浓烈的红。

人之一生也当如串红那样，哪怕你怎样的普通、渺小，也无须低看自己和仰视他人。要活就活的红红火火，要开就开得百分之百。哪怕只是一瞬，也要不遗余力，不虚此生。

昙花

为了很短的一瞬，需要经过长期的默默地积累。没有张扬，也没有喧哗；没有前呼后拥的陪衬，也没有一惊一乍的做作。只为把默默积累的最美的东西奉献出来，竟不惜漫长的努力。虽然绽放只是短暂的一瞬。

“死不了”

“死不了”是一种极普通的花，种植和养护都极省事，掐一截儿，插土而活，无论晴天雨天，水多水少，都可。而且开得五颜六色，花团锦簇。

“死不了”又叫太阳花。吁！也只有“死不了”才能叫太阳花。

罂粟花

罂粟花色彩娇艳、硕大富丽，但它结出的果实的汁却能熬制大烟土。

外表的华美并不一定品质高洁。看上去诱人的美丽的花，结出的竟是罪恶的果实。

风信子

希腊神话中，植物神是一位名叫海辛瑟斯的美少年。不幸的是，海辛瑟斯因一次误伤而失去性命。在他鲜血染红的土地上生长起一株美丽的花，那花就是风信子。

风信子是海辛瑟斯的生命之花，他用自己的生命为世界呈现着独有的美丽。因此，人们赋予风信子的花语是：只要点燃生命之火，便可永享美丽的人生。

扶芳藤

野生的扶芳藤是生长在果园里的一种灾害性杂草。它缠绕果树而生，致果树枯萎，果农恨而刈之但刈而不尽。有人把它移植于庭堂，作为观赏性绿色花木，它竟有极强的净化室内空气功能，被主人管理得叶肥花美、生机盎然。同样的扶芳藤，因生长的地方不同而命运各异。

舞台不在大小，只在于是否适合自己。

地中海的蒲公英

地中海东部的沙漠中有一种蒲公英，恶劣的生长环境使他们不能按季节舒展自己的生命。如果没有雨，它们就默默地等待着，等多长时间也不开花。一旦等到一场雨，无论雨大雨小，也无论什么时候下，它们都能即刻抓住那难得的时机，迅速绽放出自己的花朵。而且在雨水蒸发之前，迅速完成授粉、结籽、传播等生命繁衍的全部程序。

人生机遇，不是常有，不会永存，当学沙漠蒲公英的品格，善于抓住哪怕一闪而过的机遇，并通过自己的努力，完成生命过程中必须完成的使命。

南美洲高原的普雅花

在南美洲安第斯高原海拔4000多米的地方，人迹罕至，却顽强地生长着一种普雅花。普雅花的花期只有两个月，花开之时极为绚丽。然而，为了这两个月的花期，普雅花需要默默地等待上百年。漫长的百年岁月，它们伫立在寂寞的高原上，栉风沐雨，采集着太阳的光芒，汲取大山的营养，积蓄着力量，等待着百年后的灿烂绽放。

坚持也是等待，积极的等待。人，不总会春风得意，也很少有轰轰烈烈，更多的时候，是在默默地坚持中等待。人生的过程，从某种意义上是一种等待的过程。

赏花

如同世间万物一样，对花的欣赏不能求全。艳丽的花大多不香，香花大多不艳，艳丽且芳香的花又可能多刺。高明的赏花者都懂得：面对艳丽的花则取其艳而容其不香，对香花则闻其香而容其不艳，对艳丽且芳香但有刺者则取其艳香而容其有刺。世间人事亦如是看，善用人者无废人，善用物者无弃物。

落花

纷纷落下的花瓣是一种标志、一种宣示：标志着花的成熟，宣示着果实的孕育。

花的凋谢看似生命的终结，其实是另一种形式的新生命的开始。花朵在贡献了芬芳之后，便让位给后来的果实。

草木有本心

青草，平凡而卑微。凡与草相连之人、之事、之物，都标明着平凡而卑微的特点。比如：一介草民、视如草芥、草莽英雄、草根文化，粗俗不文者称作草包，出身卑贱者自谓草命。

然而，卑微如草者同样有十分宝贵的骨气。一种不寻求强者庇护的自立，

一种不受施舍不甘役使的自尊，一种对自己生存能力的自信，一种依靠自己就能世代繁衍的自强。任凭人踩车碾、畜食虫齧，经得起荒火焚烧、耐得住风雹旱涝。历史上许多高大的树种不见了，草仍延绵不绝。

于是我们明白了，为什么从古及今，大凡雄才大略创立霸业的政治枭雄，很少出自繁华大邦之都，而多生于穷乡僻壤之地。

几乎所有的草都有很强的生命力。一茎春草，即使被压在瓦砾之下，也一样顽强地突破障碍，然后吐其绿、发其华、结其实。不讲条件，不论环境，临冬而枯，至春即萌，年年如此。即使在荒无人烟之地，只有草，照样生长的铺天盖地。

人类的生命，也需要像草一样柔韧，像草一样忍耐，像草一样无争，像草一样等待。草原枯黄季节，没有了一点生气；春风吹过，转眼又是一片葱茏。

花有花的芬芳，草有草的气息，花以美艳赏心，草借绿意悦目，是花不必自娇，是草无须自贱。

竹

据说，竹子的种子种下以后。5年之内不会发芽。5年，按时为它浇水、施肥，日复一日，好像什么事都没有发生。5年过去。竹子的种子开始慢慢出芽。然后，6天之内它会突然长高到60英尺。

任何成长和成功，都有一个能量积累的过程，而后才有突变性跨越。

竹子做成器皿，如竹床、竹几、竹椅、竹席，以及筐、篮、筛、篓和笙、管、笛、筝等等。竹子成材了，但没有了往昔的风里婆娑、雨中瑟瑟。竹林中未被派上用场的竹子是快乐的，它们因未被竹匠选中，而继续享受着大自然的美好。

世界上没有绝对的成功。世人所谓的成功是按照某种通行的尺度衡量的，是按照他人的意志塑造自己。

银桦树

云南有银桦树，生长极快，树冠也极壮观，一些城市一度用做绿化树。但很快发现，正因为它生长快，故木质差，极易倒伏。每逢暴风骤雨常常刮倒一片，甚至对房屋、行人造成危害。

自然界的树木，凡材质坚实者，无不是一年一年地积累能量，一寸一寸地深扎大地，一枝一叶争取阳光，一次复一次地经风历雨。唯此，才能享长久之寿，并成有用之才。

黄山松

黄山松长在大山石头的缝隙中，没有土壤、没有养分，贫瘠而艰难。不能活下去，又要活下去，于是挣扎。因此黄山松才长成各种各样形态，那是在恶劣生存条件下挣扎的结果。倘在黄山松幼株时就移植于浩渺无垠的松林之中，那里有肥沃的黑土，充沛的雨水，肯定能长成笔直的参天大树，当然也就没有了黄山松。

胡杨

新疆塔克拉玛干沙漠有胡杨树。相传，胡杨活着 1000 年不死，死后 1000 年不倒，倒下 1000 年不朽。每一株胡杨树都是一座生命抗争的雕像。

胡杨是精神之树，在沙漠中完成生命的壮观，在天宇下长成一树苍凉、一树孤单。无生无死，虽死犹生，历经千万年，活成千里大漠中的生命之魂。

胡杨树有母株、子株之分。每盛夏时节，在沙漠烈日的暴晒之下，稚弱的子株难以经受炙烤的煎熬，枝干叶枯，似乎很快就要死去。当此时也，母株胡杨那伸得长长的主干瞬间嘎然断裂，树枝把小胡杨覆盖在下面，使其不致被烈日晒死，而母株则因此失去了一只“手臂”，甚至可能因此失去了生命。

万物之性亦与人性相通。大爱无言、大爱无垠，他们都用人间大爱诠释着生命的真谛，用人间至慈生出超越平凡的勇气。

共生则荣

地球上所有的植物似乎都有着一种共同的本性。一株植物倘单独生长，会显得孤独、枯燥、缺乏生机，而众多植物集群共生，就分外枝繁叶茂，生机盎然。

共生则荣现象，在人类社会中也普遍存在。大家相互扶持、相互影响、群

策群力，最容易形成一种奋发向上的成长环境。

大树拔地而起，参天扶云，有了顶天立地的豪迈。却失去了众木共生的快乐；独享着温暖和煦的阳光，但没有了众望所归的拥戴。大树之下，其草不值；盛名之下，众心难聚。

一棵树，一开始就生长在深深的谷底。它一直努力向上，终于有一天，它长成一棵很直很高的大树。它抬头仰望，却发现大山顶端的荆棘都自鸣得意地生长在自己的头顶上，它很泄气。

大树终于明白了：很多时候，你无论怎样努力，也很难改变生长在谷底的命运。

根深叶茂。草木赖其根深扎于泥土，吸收着大地的营养和水分。根深叶茂，说明着根对叶的护持；叶落归根，见证着叶对根的依恋。“根本不美，枝叶茂者，未之闻也。”（《淮南子·缪称》）

俗话说：“木秀于林，风必摧之。”

其实不一定，特别是不一定“必”。风摧之不催之，主要不因其是否“秀于林”，而在于是否有牢固的根。你看那参天古木，深深扎根于大地，千百年经风历雨，不照样巍然屹立？

鸟兽虫鱼

林中鸟和笼中鸟

林中鸟和笼中鸟都在啼鸣，前者礼赞的是太阳，后者等待的是食物。

苍鹰和燕雀

长空，对鹰是一种向往，对燕雀是一种威慑。志向决定着心态。

天鹅

天鹅之美，摄影师从艺术的角度欣赏，偷猎者从价格上盘算，癞蛤蟆从占有的幻想上垂涎。他们都看到美，但不一定看到同样的美的价值。

鹦鹉

齐白石画鹦鹉，题之曰：“汝好搬弄是非，有话不对汝说。”

请记住少跟“鹦鹉”们套交情。

猫头鹰

且莫指责猫头鹰的叫声凄厉，因为那不是对生命的赞歌，而是给鼠辈们敲响的丧钟。

教子婴孩

老鹰教小鹰学飞，就是从窝里抓出来往空中一扔；麻雀们则反复叮嘱小麻雀牢记窝外边的种种危险。

鹰的快乐和猪的快乐

鹰，翱翔长空、搏击风雨，一路唱着快乐的歌。

猪，天天吃饱、日日睡足，一直哼着快乐的歌。

鹰乐，猪亦乐。猪乐不如鹰乐乐。

羚羊和狮子

羚羊们最喜欢悠闲地啃着露水洗过的青草，然后惬意地卧在草地上晒太阳。后来狮子出现了，于是羚羊学会了奔跑……

危机是教人奋起的最好的老师。

狐狸

狐狸因为太爱惜它的皮毛，世间才有了打猎的职业。

鼠

跳进米缸里的老鼠很少活着出来，因为贪欲的终极只有死亡。

骆驼

凡有沙漠的地方总有骆驼跋涉的足迹，由此想到史书中为大禹们留下的传记。

猫

猫儿的哲学：要维护在人类家中的地位，既不能不捉老鼠，也不能把老鼠们赶尽杀绝。

龟和兔

《龟兔赛跑》的故事真不知比方的是什么。我们的习惯思维，似乎只要锲而不舍就值得赞美。像乌龟那样地慢慢爬是锲而不舍吗？假如兔子不打盹儿，乌龟一万年也赶不上它。不能因为兔子睡了一觉，就把事物的性质改变了。

相争·相安

两只狗为一根骨头相争，没有骨头的时候则往往相安无事。

几乎所有的争斗都是这样那样的利益之争。不过，没有了利益也就没有了进取，最终在相安中死去。

牛

老牛瞪眼睛甩尾巴，牛虻照样往它身上叮。世间许多看上去挺大的东西，有时拿很小的东西没办法。

羊

羊站在高高的屋顶上，下面走过一匹狼。羊冲着狼大骂。狼说："别自以为是。骂我的不是你，而是你所在的位置。不信你下来试试。"

羊赖着不下来。它知道它下去什么也不是。

狮子·狐狸

传说，早年，狮子并不捕食其他弱小动物的。后来，有一天，狐狸跑到狮子那里献计，告诉它吃掉别的动物以立威。狮子想了想，觉得这主意不错，于是对狐狸说："那就从你开始吧。"

能有狮子的思维方式，狐狸们的献媚伎俩则难逞矣。

狼黠

两只饥肠辘辘的狼行走在旷野中觅食。走着走着，它们发现了一片丰茂的草地。

一狼大喜过望。另一狼不解，问道："草又不能吃，你高兴什么呀？"

"可是羊喜欢吃呀，有如此丰茂又鲜嫩的青草，还愁羊们不来吗？"

别看很简单的推理，许多狼不懂，许多人也不一定能懂。

笼中鸟和空中鸟

笼中鸟很向往空中鸟展翅飞翔的潇洒和自由，空中鸟则羡慕笼中鸟吃喝无忧的安闲和自在。一日，两只鸟儿自愿交换了它们的环境。但没几天，它们都死了。因为，笼中鸟得到展翅于长空的自由，却没有同时学会野外捕食的本领；空中鸟呢？换得了待在笼中的安逸，却难有在狭小空间生活的心境。于是，它们一只死于饥饿，一只死于忧郁。

不要羡慕他人的"幸福"，他人的幸福放在你身上，也许正是某种程度的不幸。

蜗牛

蜗牛的苦恼不在于攀爬之苦，而在于背负之重。"放下"真是一件很难的事吗？

蜘蛛捕虫

一只昆虫撞在蛛网上。据说，蜘蛛在夺命前，会分泌一种毒液，让网中的猎物在麻醉中陷入梦幻，在梦幻的沉迷中死去。

死于情网和死于蛛网大概相类。

蜘蛛结网

蜘蛛结网于两檐之间，从一个檐头起，打结，顺墙而下，一步步向前爬行，小心翼翼翘起尾部，不让丝粘在地面上的沙石或别的物体上。然后爬过空地，再爬上对面的檐头，高度差不多时，将丝收紧，直到成一条直线。收第一根丝要半个多小时。

蜘蛛不会飞，但它照样结网空中。

世间的奇迹大半是执着者创造的。

蜜蜂

蜜蜂整日忙碌，受到赞美。蚊子也不停地奔波，连夜晚都搭上，但受到诅咒。

多忙不重要，为什么忙才重要。

荆花蜜

蜂蜜中有荆花蜜，据说有化痰止咳及养生之效，所以很名贵。

荆花蜜采于荆花，荆棵的花。荆棵低矮，枝条杂乱，一丛一丛，既无树木之材，也无摇曳之姿。荆花米粒般小，星星点点，不见花色之美。就是这荆棵开的小花，经千百只蜜蜂的千百次采集，最终酿造出名贵的荆花蜜。以荆棵之卑，蜜蜂之微，它们依据勤奋这条通则，都活出了生命的璀璨。

觅食

都是虫儿，有的生在蔬菜上，专啮食菜叶儿；有的生在枣树上，专吃枣木棍儿。把枣树上的虫儿放到蔬菜上，把蔬菜上的虫儿放到枣树上，它们都会饿死。熊猫只吃竹子，蚕儿只吃桑叶。天底下许多事不能问为什么，有的是奋斗得来的，有的奋斗到死也得不来。最需要的，是遵从规律、适应自然，心理和谐。

马来西亚人捕猴

马来西亚的猎人捕捉猴子，是在树上挂一个小木箱，木箱里放上猴子爱吃的花生之类干果，箱子的一侧只留一个猴爪能伸进去的小洞。猴子把爪伸进去，抓住干果再退不出来。把干果放下当然能出来，但又不甘心，于是被猎人轻易捕获。

其实，世间的人们也会面对大小不等的“木箱”，里面装着各样“干果”：金钱、官位、名利、美色等等。为贪欲所使，人比猴子聪明不到哪里去。

兔子和狐狸

兔子坐在山洞的洞口，来了一只狼，要吃它。兔子说：慢着，等我做完了博士论文，老师在里边等着哩。狼讥之曰：就你这小样儿，还做博士论文？兔子说：不信，你进去看看吧。狼进去再没出来。片刻，又来了一只狐狸，兔子还是那套话。狐狸聪明，自然不信。兔子领它进去证实。狐狸看见一只狮子趴在那里，嘴上沾着狼毛，结果可想而知。

厉害不厉害，许多时候，不在于你是谁，而在于你的老师是谁。

一只狐狸来到一个山洞口，发现洞里竟有非常好吃的葡萄。狐狸垂涎欲滴，想钻进去，无奈身子大了些，洞口小了些。狐狸很聪明。就坐在洞口不吃不喝的饿了三天，把身子饿得精瘦，钻了进去。在洞里吃够葡萄，肚子吃得滚圆。吃饱想出来，出不来了。于是故技重施，又饿了三天，饿得精瘦，钻出来。饿瘦了钻进去，再饿瘦了钻出来，然后坐在洞口慢慢回味尝到葡萄的满足。

人生路上也有各种形式的“葡萄”。惑人的权势、诱人的名利、迷人的美色，等等，都是。一些人，终生都做着“尝到”的努力和“尝后”的回味。为了“尝到”，困毙于“洞中”的也有，但记住教训的不多。

猫捉老鼠本领的退化

猫吃老鼠是猫的天性。可是，如今的猫们早已不再捉鼠，因为猫已提升为有闲人陶冶性情、排遣忧闷的宠物。城里的时尚女人们怀抱中抱个猫咪，挺风雅的。倘那猫咪刚刚叼过一只老鼠，岂不大煞风景？还风雅得上来吗？被宠着

的猫们，平日有营养成分科学搭配的“猫食品”享受，过着悠哉悠哉的日子，“乐不思鼠”，鼠子们自然无所顾忌地为所欲为。猫不再捉老鼠，是猫被宠的结果。

猫不再捉老鼠，也因为猫的本领的退化。它们平时玩个“猫洗脸”、滚个绣球什么的小杂耍，又轻松、又省力，还讨主人喜欢，比陪上司玩个八圈、跳个迪斯科什么的还惬意。无危机则无压力，不想再受那份摸爬滚打的辛苦。天长日久，自然失去了捉老鼠的本领。想当年那八旗子弟，原是一支骁勇善战的劲旅，后来不行了，因为他们不用练本事也每月领 5 两饷银、领 5 斗米口粮。平时，这些“子弟”们只会提笼架鸟、养蝈蝈、玩蟋蟀、做票友。那蝈蝈笼、蟋蟀罐儿都能弄成艺术精品；登台唱两口京戏，比正式科班出身的名角毫不逊色，就是不会打仗。这也像不捉老鼠的猫。不捉，是因为它们已没有能力再跟鼠辈们进行殊死较量。

如今的猫们与鼠子辈已不再有直接利害冲突。“硕鼠硕鼠，无食我黍”（《诗经·魏风·硕鼠》）；猫们已不再为此愤愤焉——吾自有专配猫食品享受，尔等“食黍”就食吧！鼠不犯猫，猫不犯鼠，和平共处，相安无事可也。当年，孙权为公孙渊所骗，欲亲征讨，恨恨曰：“近为鼠子所前却，令人气涌如山！不截鼠子头以掷于海，无颜复临万国。”（《三国志·吴主传》注引《江表传》）如今的猫们，不问鼠辈嚣张，没有了“自截鼠子头，以掷于海”那样“气涌如山”的愤慨。猫不捉鼠，是猫们责任意识的弱化。

或许也有个把的猫们尚没有完全忘却捉鼠的职责，而且掌握鼠子们出没的规律，但却顾及老鼠们拉扯上某些有头有脸的关系，决心难下。比如住在社庙里的老鼠，猜想猫们就不大敢到里边去捉。“社”是土地神，那里的老鼠自然就有了仗恃。对此，春秋时齐相晏婴早看得很清楚：“夫社，束木而涂之，鼠因往托焉。熏之则恐烘其木，灌之则恐败其涂。此鼠之所以不可得杀者，以社故也。”（《晏子春秋·问上》）

成语中有“城狐社鼠”，即喻倚势为奸。杂剧《长生殿》有句道：“不提防押虎樊瑞，任纵横社鼠城狐。”（《长生殿·疑谶》）“社”之庇护，致鼠成患，

“社”成了鼠子们的保护伞。

最可怕的是猫的异化。不只做鼠子们的保护伞，而且跟鼠子交朋友、拜把子，成了鼠子们的猫老大。《新唐书·五行志》载，唐高宗“龙朔元年十一月，洛州猫鼠同处，鼠隐伏，像盗窃；猫职捕啮，而反与鼠同，像司盗者废职容奸。”此即所谓“猫鼠同眠”。电视连续剧《生死蜕变》中，通海市一帮子鼠辈们成了气候，为非作歹，杀人越货。他们的老大称作“王爷”。后来查出，那“王爷”竟是原通海县公安局长。“官仓老鼠大如斗，见人开仓也不走”，胆子比猫大。《聊斋志异》中讲，明“万历间，宫中有鼠，大与猫等，为害甚剧，遍求民间佳猫捕制，俱被啖食。”这真是猫们的悲哀。

动物园里的动物

动物园里，狮、虎、苍鹰、麋鹿、海豚们都被圈在一个狭小而舒适的环境里，那里有吃、有喝、有窝，无忧无虑。

鹰隼在那里失去了长空，不见了“孤飞一片雪，百里见秋毫”的本领；狮虎在那里失去了森林，不见了咆哮山林、威震平岗的勇猛；麋鹿在那里失去了原野，没有了千里奔驰、倏忽如风的迅捷；海豚在那里失去了海洋，没有了击水千里、大海遨游的风采……

乔羽《笼儿不是鸟儿的家》中唱道：金丝笼儿无价，玉石碗儿豪华，这生涯，十分幽雅，不是咱，鸟儿的家。

动物园里的动物，最大的得到是吃喝无忧，最大的失去是失去了自我。由此想到青楼之妓、后宫女子、帮主保镖、老爷的美妾和御用的才子。

天堂·地狱

有人问佛陀天堂、地狱之事，佛陀说：天堂、地狱都在你心里。”

心存善念，就在天堂；心存恶念，即在地狱。境由心造。只要心怀光明，连死亡都是美丽的。清代李汝珍在《镜花缘》中说：“一念之欲之不能制，就会踏进地狱之门。”

有人向智者请教天堂、地狱之事，智者指了指天上飞着的鸟儿，又指一指水中的游鱼，说：天空是鸟儿的天堂，江河是鱼儿的天堂，给它们交换一下地方，就成了它们各自的地狱。

庄周在濠上说：“鱼儿们真快乐呀！”它们跳上岸就不快乐了。人也是鱼。

人都有欲望，但欲望不能过头，过头的欲望常常成为坠入毁灭的灾难。撒旦本来是神，因妄想上帝之位，坠入万劫不复之渊。有时候，从天堂坠入地狱，只是因为某种贪欲的膨胀。

盛夏当午，暑热如蒸。甲乙二人手里各有半瓶水。

甲看看手中的水瓶，自语道：“我有半瓶水。”满足，自信，热情洋溢。乙也看了看手中的瓶子，晃一晃，叹道：“瓶子的大半是空的。”一副无奈状。

上帝听到他们的自语，语人曰：“甲正在天堂，乙已进地狱矣。”

一位传教士向上帝请问天堂、地狱情状。上帝领他走进一个房间，房间正中放着一大锅煮熟的肉，一群人各持一把汤勺围桌而坐。只是汤勺的柄太长，谁也无法把肉送进嘴里，那些人个个面带饥色。上帝语之曰：这些人在地狱中。

随后，上帝又领他走进另一个房间，房子的大小、屋内的陈设与第一间完全相同。同样的一锅肉，同样的一群人，同样的长柄勺。不同的是这些人个个面色红润。上帝说：这些人在天堂中。

教士不解，问上帝：同样的一锅肉，同样的长柄汤勺，为什么这里是天堂？上帝说，你没看见这里的人彼此用汤勺喂进对方口中么？这就是天堂和地狱的区别所在。

一人，终生行善，有口皆碑。去世后，大家都说他一定进入了天堂，可是没有。因为灵魂引导者的粗心，在通往天堂的登记簿上没有找到他的名字，就直接把他送进了地狱。

在地狱，同样没有查到他的名字，这个人进去就住下了。他一住下，就与那里的人友爱相处，倾听他们的诉说，大家相互拥抱，使冰冷的地狱充满了爱和阳光，连地狱的首领撒旦都没办法，就去找上帝反映。上帝说：尔不知，一个人，只要心里装着真诚和善良，无论到哪里都是天堂；而充满仇恨、褊促和嫉妒，任何地方都是地狱。

美国有一首乡村歌曲，专说他们国家的纽约：“如果你爱他，就把他送到纽约，因为那里是天堂；如果你恨他，就把他送到纽约，因为那里是地狱……”

成为冒险家天堂的地方，很容易成为穷困求生者的地狱。世界上从来没有过让穷人和富人得到同样享受的天堂。

2007年春，莫名其妙地刮起一股疯炒普洱茶的邪风。仿佛一夜之间，广州茶市老牌“大益7452”从一斤4000多元涨到8000多元，很快又升至12000元、18000元、22000元，乃至上演了一天三价的神奇。先是马帮声势浩大的进京，再现茶马古道之神韵；继而100克“宫廷普洱茶”在广州拍卖出16万的天价。数月间，不断走高的普洱茶在广州芳村茶市制造出成百上千的百万富翁。一夜暴富似从天而降。就在许多人筹资追涨、囤积下大量普洱时，竟毫无征兆地跌进没顶深渊。昨日的百万、千万富翁瞬间变得一贫如洗。看来，贪而不足、贪

得无厌，天堂和地狱仅一步之遥。

三做：做人，做事，做官。做人贵正，做事贵公，做官贵清；按本色做人，按角色做事，按特色定位。

人一生，有失意时，有得意时。无论失意或得意，都等闲看。失意不失志，得意不忘形。昂首做人，埋头做事，抬头看路。

做人要低调，做事要高调；做人讲过程，做事重结果；做人一辈子，做官一阵子。悟此三条，则大体参透做人、做事、做官之精髓。

做人贵老实，老实也许不会使你得到什么，但不老实肯定迟早会使你失去什么；做事贵实在，实在也许不一定比别人有更多的快乐，但虚伪迟早会带给你摆脱不开的烦恼；做官贵清廉，清廉也许不一定给你怎样显赫的位置，但贪婪没准儿引你陷入没顶之渊。

在孔夫子看来，做人的最高境界是“仁”，做事的最高境界是“权”，治学的最高境界是“乐”。仁者爱人，所谓“己欲立而立人，己欲达而达人。”“权”是权衡，随事势而采取的适宜办法。“乐”是喜悦，“知之者不如好之者，好之者不如乐之者。”乐在其中，大概是治学、做事的最高境界。

三做诠言

正说做人

古有“三成人”之说：知畏惧，成人；知羞耻，成人；知艰难，成人。

做人三句话：立得正，行得直；看得清，想得开；拿得起，放得下。身正邪佞去，行直挚友聚；看得清见其卓识，想得开见其胸怀；拿得起是一种担当，放得下是一种气度。

文贵曲，人贵直。做人要坦荡正直，坦荡即心底无私，正直即表里如一。

人活一世，不一定能使自己伟大，但肯定能使自己崇高。

在人之上时，要视别人为人；在人之下时，要视自己为人。

与人相交重在信任，与人共事重在信用。信任和信用相依相生、互为表里。没有信用的付出，就没有信任的获得。同样，没有信任的土壤，信用之花也会无奈地凋谢。

做人、做事，第一重要的是实。从底层垒起，层层夯实。底处不实，高处不稳。

做人贵在能容。海纳百川，有容乃大。有恢宏的气度，有博大的胸怀。容人之短，尤其要容人之长；容人之过，更要容人之能。虚怀若谷，从善如流。

能容是一种修养、一种境界、一种力量。容人、容事、容言。容人，远距离看人，近距离看己。严于律己、宽以待人；容事，“大度能容，容天下难容之事”。事纳胸中，如一叶之舟泛于沧海。容言，讽刺你两句，短不下两尺。

轻浮，傲慢，耳软心活，自己不拿自己当回事，大概没人拿你当回事。人立于世，不重不威，不信不得。

清白做人。清白是一种幸福。清白能使你呼吸新鲜空气，拥抱灿烂阳光；使你能享受同家人团聚的温暖，不会日子过得胆战心惊；使你任何时候都活得心安理得，任何地方都能挺直腰杆走路，保持着应有的尊严。

“言诺不与，其怨大于不许。”你答应人家的事，却不去兑现，招致的怨艾比你不答应还要大。不轻诺，诺必践。

古人说“女为悦己者容”。女人的打扮是给倾慕她的男人看的。《花为媒》中那个张五可，人家不欣赏她，就气得不得了。

男人其实也是活给别人看。贾雨村落拓葫芦庙时，穷困潦倒，还一直想着“玉在椟中求善价”；李白多才，性豪放，照样拍韩荆州的马屁，直白：“生不用封万户侯，但愿一识韩荆州。”为的是“一登龙门，则声价十倍。”所谓“诗万首，酒千觞，几曾抬眼看侯王？”多数的是吹牛。

《灵鬼记》中说，嵇康夜间弹琴，来了一个鬼，嵇康看了他一眼，吹灭了灯，说：“予耻与鬼魅争光。”

跟鬼魅保持距离，有畏惧、厌恶、不屑几种。不屑是最大的鄙视。“耻与鬼魅争光”，是不屑。

人生一世，短不了碰上个巴鬼魅的时候，嵇康的处置是个不错的办法。

人活世上，知道自己需要什么是一个人的本能，而知道自己不需要什么是一个人的智慧。

生存依靠本能，生活需要智慧。

人生有两种失败，或在挫折中沉沦，或在赞美中迷失。

或问：做人，聪明点好还是糊涂点好？不能看死。一般看，小事无妨傻点，该粗心的粗心，该忘记的忘记，不斤斤计较，不求全责备。大事不可，大事则当精虑慎行。精虑无失，慎行少错；备而无患，深谋无虞。“诸葛一生唯谨慎，吕端大事不糊涂”，此之谓也。

道德和智慧，做人之两大支撑。道德的良知孕育智慧，智慧的良能涵养道德；以道德立世，靠智慧助成。如此，美好道德的土壤才生得出最富生命力的智慧之花。

关于做人，孔子讲过一个很简单的衡量标准。

子贡问孔子：“乡人皆好之，何如？”（一个人，全乡的人都称赞他，说他好，这人怎么样呢？）子曰：“未可也。”（这个不能肯定。）又曰：“乡人皆恶之，何如？”（又问：全乡的人都厌恶他，说他不好，这人怎么样呢？）子曰：“未可也。不如乡人之善者好之，其不善者恶之。”（这也不能肯定。不如全乡的好人都赞美他，全乡的恶人都厌恶他。）

“乡人之善者好之，其不善者恶之”，这个标准真棒。研究怎样做人和识人，这一条当列为第一。

三国时魏人嵇康，有名的“竹林七贤”之一。他工诗文、精乐理，丰神俊逸、博洽多闻，以藐视庸俗、远离庙堂、玩世不恭名世。但他在训导子孙的《家诫》中，却教导儿子如何事故，告诉他：遇到有人争论，不可去掺和，最好走开，以免是甲非乙；碰上同事拜望上司后被送出来时，千万不要走在最后跟上司套近乎，以免有汇报告密之嫌。与其平素所为完全判若两人。

人，多数的，都具有两面性。他说的和做的，嘴里说的和心里想的，跟你说的和跟别人说的，很可能不一样，认识他人与认识自己一样，都很不易。

罗伯特·科赫是德国的一位著名的医生和细菌专家。有一天，他被召到王宫给国王看病，国王说："你给我看病，不能像给别人看病一样。"科赫回答："请原谅，陛下！在我眼里病人都是国王。"

做人贵正，做事贵实。先有做人贵正的理念，而后才能有做事贵实的原则。

越剧表演艺术家袁雪芬说："做人，应该把人字正楷写出，不能像草字一样，潦潦草草、歪歪扭扭。"

把人字写好，一撇一捺；把人做正，一生一世。

著名学者、复旦大学教授贾植芳，一生四次入狱（早年进国民党政权的监狱，后因扯进"胡风事件"入共和国监狱），曾著《狱中狱外》记其充满传奇般灾难的一生。他说："每当中国历史发生震动的时候，我总在监狱里。"

人生九十二年，历经八十一难。他由衷地感慨："在上帝给我铺设的坑坑洼洼的生活道路上，我总算活得还像个人……生平最大的收获，就是把'人'这个字写得比较端正。"

人一生，最值得回顾的是一直像人一样活着；最值得骄傲的是一直活得像一个人。

胡絜青给自己的书斋提名曰"朴竹室"。她说："我这个人喜欢为人忠厚老实、虚心向上。一生要求自己老老实实地画，老老实实地写，老老实实地做人。"

古今所有业有所成且为人敬佩者无不如此。京剧表演艺术家袁世海说："堂堂正正问心无愧做人；一丝不苟精益求精做事。"

有堂堂正正人品，才有精益求精事功。

"文革"年代，有人强逼丁聪揭发他的一位朋友的"罪行"，并列举此人种种"劣迹"进行诱导。丁聪装傻，慢悠悠地说："我同他相交那么多年，他做了那么多坏事，居然一点也不告诉我，天底下竟有这么坏的人。可气，可气！"为此，他挨了一顿棍棒，头破血流。

在鼓励告密的年代，身处性命攸关时节，仍守住做人的底线。有友如此，不枉也。

曾做过新中国成立后第一任中央人民政府副主席的张澜，以“四勉一戒”为座右铭。四勉，即“人不可以不自爱，人不可以不自修，人不可以不自尊，人不可以不自强。”一戒：“人不可自欺。”曾语人曰：“人不自爱，必无志气；人不自修，必陷鼠目之境；人不自尊，必为庸俗之人；人不自强，志必中途夭折也。”

能自勉则知进，能自戒则知止。知进者有事功、知止者不可以势利诱也。

漫话做事

做事三原则：一、有勇气改变可以改变的；二、有度量接受不可以改变的；三、有智慧分清二者的不同。

热爱

认真做事，需要刻苦，尤其需要热爱。刻苦，多能把事做成；热爱，则能把事做得出色。

两种悲剧

萧伯纳说："人有两种悲剧，一是万念俱灰，二是踌躇满志。"

如果不是胸怀远大抱负，勤奋的精神很难持之以恒。或因挫折而畏难止步，或业有小成而意满不前。两种情形会殊途同归地导致勤奋的终止。

失败的规律

满而溢，怠而失，刚而折，骄而败，富而咎。凡事无成者，其规律大抵如此。

多做

多做才会做，多练自老练，常压才耐压。勤奋的努力是成事之基。除了生命本身，人的任何才能都来自后天的勤奋。坐享其成无异坐以待毙。

原地踏步

世界上有两种人会永远在原地踏步：一种是不按规则办事的人，另一种是

只按规则办事的人。

才华·本领

才华可恃又不可恃。有才华固然好，但更重要的是才华转化为本领。不然，所谓才华便只是一无所用的“屠龙之技”。

脚踏实地和惊天动地

人不能总想着惊天动地，多数人一生也许永远干不出什么惊天动地的事。只要默默地做，扎扎实实地干事，品质在默默的做中显示出来。先有脚踏实地而后有惊天动地。只要脚踏实地不惊天动地也可贵。

认真做和用心做

把事干好，一要认真去做，二要用心去做。认真去做能把事做对，用心做事才能把事做好。

优秀的实干家，一个先决条件是把脑袋长在自己的颈项上。方法，用自己的脑袋思考；是非，用自己的脑袋判断。奴才哲学干不成大事，是因为奴才没有脑袋，有脑袋也不算数——人最不可救药的是自己的脑袋不算数。

辨识

只看其工作，有两种人可预见其很难有出色的发展：一种是，任何时候都不能很好地完成领导交付工作的人；另一种是，除去完成领导交付的工作就不再关心和做任何事情的人。

干事的“三个不一样”

一、下班后还想着上班干什么和上班时想着下班干什么的人责任心不一样；二、干着眼前之事想着未干之事和只干眼前的事不想以后的事的人思路不一样；三、平时就想着要干的事和干时才想干着的事效果不一样。

做事“二八开”

把要做的事情二八开，把自己的精力二八开。用八分精力做二分最重要的事，用二分精力做八分不重要或不太重要的事。当然前提是要弄清哪些是最重要、哪些事不重要或不太重要。

关注今天

据说铁托和高尔基都有一个相同的工作习惯：他们的办公桌没有抽屉。理由也一样：今天的事绝不拖到明天。

人一生做的所有事都是“今天”完成的。没有虚度的人生，就是没有虚度人生的每一个今天；有价值的人生，就是人生的每一个今天都有价值。

做事的笨与巧

笨极生巧、巧寓笨中，先有笨功而后有巧劲，是做事的一个很有意思的话题。古人讲“观千剑而后识器”，勤于实践才能驾驭变化，掌握规律才能熟于技巧。志坚不疑、神凝不乱、锲而不舍、痴心不改。不胆大妄为才有真为，不偷奸取巧而后生巧。

“知之能行，行其所知”

1979 年邓小平访美时接受费城坦普尔大学授予荣誉法学博士学位，他在致辞中讲了上面的一句话，精辟且富哲理。

“知之能行。”知是为了行。知后继之以行，不能知而不行或知行不一。“行其所知。”行，是对知的检验，不盲从、不妄为，专注专一，心无旁骛，为其所能为。

“知之能行，行其所知”，知与行的辩证法。

陌生·熟悉

通常人在两种情况下容易犯错误：一种是对他从事的事情不熟悉。不熟悉又不想熟悉，盲目行事、瞎马闯槽，很容易把事情办糟；第二种是对从事的事务太熟悉。因为太熟悉就会心不在焉、率意为之，结果越是在走过无数次的道路上越是容易摔跟头。

一位哲人说：陌生阻止你认识陌生的事物，熟悉妨碍你理解熟悉的事物。善哉斯言。

行成于思

一天的深夜，现代原子物理学家卢瑟福看到一位学生还在埋头实验，问他："上午你在干什么？"学生回答："做实验。""下午呢？""做实验。"又问："那你晚上呢？"回答："也在做实验。"卢瑟福望着学生："那你什么时间思考呢？"

一些人很勤奋，一天到晚都在忙，但忙的成效甚微。古人讲"行成于思"。学会用脑比学会用力更重要。

关键条件

赤壁之战，周瑜、诸葛亮合谋火攻之计，蒋干中计成功了，黄盖诈降成功了，庞统献连环计成功了，但"万事俱备，只欠东风"。没有东风，还构不成充分条件，"火烧战船"之计仍不能实行。"东风"这个条件对于其他条件起着决定性作用。诸葛亮胜过周瑜处就在于它弥补了这个决定性条件。事虑周全，主要是对关键条件的考虑周全。所谓"前功尽弃"，主要在于关键条件的缺位。

知道自己不能做什么，有时候比知道自己能做什么更重要。

同样做事，路径不一定相同；做同样的事，结果不一定相同。普通人用力做事，聪明的人用脑做事，智慧的人用心做事。

一个和尚挑水吃，两个和尚抬水吃，三个和尚没水吃。事在人为，但只有人不一定就有为。人多力量大，人多也能盖塌房。一只羊带着一群狮子，胜不了一只狮子带领的一群羊。碳元素的不同排列，可以成为石墨，也可以成为金刚石。

人事制度的弊端，使一些有本事的高等级人才在低层次、低级别运行；又把一些没本事的低等级庸才放到高层次、高级别的职位滚动。于是高者和低者都不能不用一个“混”字来抵挡，或无所事事，或无所适从。从“当一天和尚撞一天钟”到不知怎么撞钟。既不做事也不做戏。无序、无为、无成。

都说工作着是美丽的。其实，只有做你喜欢的工作才是美丽的，因为美丽是一种心的感受，唯喜欢才会倾之以真情、付之以全力。内心充满着乐趣，一种别人感受不到的乐趣。

把每一件简单的事做得出色就不简单，把每一件平凡的事做得出色就不平凡。

平庸和愚笨都是相似的，而不平庸则各有各的辉煌。

对于有准备的人来说，世上没有偶然的机会；对于无准备的人来说，世上没有偶然的惊喜。

闲话做官

碎思录

一个好人不一定能做成一个好官，但一个好官必定首先是一个好人。凡为官，无论多大能力、多大魄力，只要人品不佳，少有为官清正者。

权威，权势和威信。一朝权在手，便把令来行。权与官常如影随形，但威信并不一定与官位同步而趋。一个人在获得官位的同时，要得到百姓的信赖就没那么简单了。

凡事说“不”的领导不是明智的领导，凡事说“是”的下属不是合格的下属。

羡慕当官大多是羡慕为官者手中的权力。殊不知权力从来具有两面性：既可构筑起事业的丰碑，也可能掘开毁灭的陷阱。

同声相应，同气相求。看一个人怎么样，只消看他交什么样的朋友；看一个官怎么样，只要看都是哪些人在围着他转。

你当官时，别人没把你当官看；你不当官了，别人还能记得你曾经办过的事。这样的为官生涯就很值了。

官的学问

官大学问也跟着大，闲人瞎起哄也罢了。倘为官者也如坐云端般生出如此错觉或幻觉，那才是最可怕的。

看兵识将

慵懒官带不出勤奋的兵，昏庸官带不出干练的兵，贪腐官带不出爱民的兵，“太平官”带不出刻苦的兵，“语言官”带不出实干的兵……

俗语说：“一将无能，累死千军。”西谚说：“一只羊领着的一群狮子，敌不过一头狮子领着的一群羊。”兵如武松交给武大带领，只能学会卖炊饼；街亭失守，不是兵不行，过在马谡无能。

懒官之忧

慵懒的官只当官不干事。或不想干事，或不会干事。敷衍应付，拖拖拉拉，得过且过，得混且混，“当一天和尚撞一天钟”，或当和尚不撞钟、不念经、不理佛事。

懒于思考。上边怎么说，他也怎么说；上边不说，他也不动。一无主见，二无动力。依样画葫芦，省心又省力。

懒于调查，情况不明，问题不清，上应付领导，下糊弄群众，“月亮走我也走”，拖过初一，再拖十五。他那里早问题成了堆，还敲着梆子喊“太平无事”，其实并非“无事”，也不一定怎么“太平”。“太平无事”云者，自欺欺人而已。

懒于干事。他那里门也好进，脸也好看，话也好听，就是事情难办。“红帽吭兮黑帽哈，老爷打道看梅花”。永不走路，永不摔跤，能力不行，人缘儿不错。不想干事或不会干事，失去了为官的基本资格。

“兵僚主义”

官不大，僚不小；权不大，事不小；葫芦不大，架子不小。瞒上欺下，两种手段；谀上唬下，两张嘴脸。颐指气使、咋咋呼呼，欺软怕硬、狐假虎威。

老百姓怕官僚主义，更怕“兵僚主义”，因为他们见到“兵僚”的时候更多，最惹不起的又躲不开的是“兵僚”。

官的品格

受民称美的好官，都禀赋一种浩然正气、蓬勃朝气、昂扬锐气，敢于跟是非不清、敷衍搪塞的人较真；敢于跟不讲原则，漠视群众利益的人较劲；敢于跟恃强凌弱，横行霸道的人较量。百姓看官，最根本的，是看有没有敢于较真、较劲、较量的品格。

为官贵正

孔子论政，说："政者，正也。子帅以正，孰敢不正？"为官，第一要紧的是把自己搞正确。包括常修为政之德，常思贪欲之害，常怀律己之心；不为私心所扰，不为名利所累，不为色欲所惑。做到用人上正派公道，处事上客观公正，作风上廉洁清正，做人上光明正大。做人正，做事正，心正，行正，基本上就是好官。

诠注"领导"

过去叫官，现在叫领导。"领"是带领，率领，引领；"导"是引导，指导，疏导。"领"的基本要求是"在前边"，学在前，干在前，吃苦在前。"在前边"才能"导"，在后边吆喝，那叫驱，叫赶，叫牧。俚语云："人无头不走，鸟无头不飞。"丢掉了"领"的能力，也就失去了"导"的资格。

为官"三不宝"

"不宝"，不珍惜、不看重之谓。明·朱国祯撰《涌幢小品》记：明嘉靖间，有个叫郭文通的将官，作战勇敢有功，一路升迁。他对人讲带兵打胜仗的诀窍："吾有三不宝，官也，钱也，命也。"作者赞叹："嗟乎，不宝官，高士也；不宝钱，清士也；至不宝命，则忠孝大节皆从此出。"

为官不重官、不爱钱、不惜命，自得清正之名。旧话说："文臣不爱钱，武将不惜命，天下太平矣！""三不宝"者，为官之至境也。

"套娃"理论

奥吉瓦尼·玛斯广告公司是世界上很有名也很受人信赖的广告团体之一。

这家公司的创始人大卫·奥吉瓦尼很重视人才引进。每当公司引进一位新的高层管理人员时，他都要赠送一套“俄罗斯套娃”。所谓“套娃”，是一个比一个大的五个套娃套在一起。在第五个最小的套娃里面，放着一张奥吉瓦尼写的字条：“倘若我们每一位管理人员所重用的人都比我们矮，我们的公司就会变成矮人公司；倘若我们每位管理人员所重用的人都比我们高，我们的公司将成为巨人公司。”正是这样一个“套娃理论”，使得奥吉瓦尼·玛斯广告公司人才济济，日益兴旺，成为一个举世闻名的广告团体。

自负和自专

凡太自负的官儿一般都自专。他们喜欢“堂上一呼、堂下百喏”，挥挥手，开步走；无杂音、无异议。兵随将令草随风，一个声音喊到底。百分之百通过。殊不知，再怎么能干的领导也有自身的不足或不能。独断必然专行。一个掌权者，一旦太自负其能，对百姓绝不是一件好事。

清醒

你不是官，你没有钱，你什么也不是，你很寂寞。你当官了，你有钱了，你成了人物。这样那样的“友谊”也不期而至。接不清的电话，赴不完的饭局，听不绝的赞语。于是忘乎所以，以为自己真很了不得和不得了。因此，人一旦出名或当上官，更要多一点清醒，明白自己并没有因当官变得怎样非凡。清醒会使你脚踏实地。

少讲点“只有”，多讲点“如何”

许多官都喜欢讲“只有怎样，才能怎样”。比如“只有不断加强学习，才能提高自身素质”，“只有不断优化环境，才能增强区域优势”，等等。这些“只有如何，才能如何”的道理都很对，但更重要的是多研究些“如何”。没有对“如何”的回答，任何“只有”的号召都只能是“正确的空话”。

官的“架子”

官的“架子”与官的大小并不成正比（当然也不成反比）。《三国演义》

中着张飞鞭打的那个督邮，官不大，架子就不小。

官儿摆出的架子给人的感觉是装蒜。望之可笑，更望而生厌。什么时候从官位上下来，架子不逐自消。官没了，架子也没了，架子与官位如影随形。

官的做法

懒惰乃为政之大忌。不读书、不看报、不调查、不思考，腹内空空，语言无味。日久，必思想僵化，知识退化，能力弱化。

《聊斋志异》中有一则很短的故事，题曰《鬼哭》。故事说王学院家里闹鬼，这位学院大人举着宝剑吓唬鬼："你们不知道我王学院吗！"鬼们不怕吓唬，"但闻百声嗤嗤，嗤之以鼻。"蒲松龄议论说："出人面犹不可以吓鬼，愿勿出鬼面以吓人也。"

官位不等于本事，威风比不上威信，为官者，还是多办点正事，少扮点鬼脸好。

某君为官有年，对做官事颇有心得。一日遇而小酌，微醺时，为余念叨起"为官心得"，虽寥寥数语，却颇见才华。语曰："真着急，假生气；热问题，冷处理；敢碰硬，不硬碰；走正道，拐活弯。过去的事不后悔，眼前的事不攀比。一心一意干工作，全心全意保身体。"归而忆记之，默念一过，漫思：官就如此为之乎？继而复叹：世间许多官儿不就这般做的吗！

多年前，从杂志上看到一则故事：武夷山管理局有个不太显赫的官儿叫陈建霖，责任是山林管护。他自己刻了一枚"官印"；"狗官陈建霖"。语人曰："我是武夷山的一只看家狗，谁来砍林我就咬谁。我就是狗官。"

自古以来的中国官场上，自称"狗官"者罕闻。有位比陈建霖职位高得多的官儿问他："你怎么能自称狗官？"陈答："我是说我自己，跟你无关。每个月去领工资，盖上这个印，我就得想一想自己做了什么？亏心不亏心？是不是白拿了人民的血汗钱？这武夷山我看好了没有？"

何等忠诚的表白啊？为官，决心像"看家狗"那样忠于职守，看护着人民的利益。好官，难得。

一位总统，偶尔问起他的警卫："你父亲是做什么工作的？"警卫回答："是爬电线杆子的电力维修工。"总统听后说："哦，你父亲的工作和我的工作有一个很大的共同点。"警卫十分惊讶："是吗？"总统说："是的，我们都得保证身在高处而不昏头。"

是的，对掌权者特别是位高权重的官儿来说，做到居高而不昏头，恐怕是很基本的修养。头昏则智乱，智乱则误事，误事必苦民。居高头昏，很危险。

清朝时有个曹振镛，能力平平，却历任乾、嘉、道三朝，并被道光皇帝视为肱股。穆彰阿曾问他为官之道，曹笑道："此亦无他，唯多磕头、少说话而已。"

此真千古做"太平官"之秘诀也。"人无风趣官多贵"，自古如此。

明·张岱《夜航船》记一事：汉成帝时，郑崇为尚书，好直谏，贵戚多潜之，上责之曰："君门如市，何以欲禁贵戚？"崇对曰："臣门如市，臣心如水。"

臣心如水者则无所求。无所求则无所畏，脊直如柱，贵戚云者能奈我何！

为官政绩的基本显示是政通人和。唯政通才有人和，前提是政通。情感沟通，问题疏通。渠道畅通。中医论病，认为痛则不通、通则不痛。

人之症候，多为气血郁结所致。社会、人生诸事亦然，水不通则溢，情不通则隔，心不通则疏。为政，说到底是做"通"的工作。

《吴下谚联》中说："士人赴官谓之上任。任者，担也，盖将担子在身上。"做官即挑担子，一种吃苦的差事。窃思时下那些费劲巴力跑官买官的人，大概少有人想到这一层。

春秋时期，孙叔敖由布衣而被任楚相，吏民都来祝贺，唯一位老人却穿粗衣戴白帽来吊。敖问："人尽来贺，子独来吊，岂有说乎？"老人曰："有说。身已贵而骄人者民去之，位已高而擅权者君恶之，禄已厚而不知足者患处之。"

敖听罢，向之请教，老人说：“位益高而意益下，官益大而心益小，禄已厚而慎不取。”孙叔敖尊其说而行，楚国称治。

这三条，对今天的官儿来说，仍管用。

漫画家廖冰兄说：“位高一寸，人缩一尺。”但能做到的极少。

电视连续剧《黑脸》中有一个情节：县纪检委书记姜峰爱人的姑表弟因涉嫌贩卖假药被查处，判了刑。为此老岳父找上门。

姜峰：“爹，您还是为那事来的吧？”

岳父生气地说：“还能为啥事儿？你把孩子关进去半年多了，我老姐姐天天哭着要我来找你。我这么大岁数了，轻易不跟你开口，就算我最后一回求你啦，你给县里写封信，把我外甥放了吧！”

姜峰：“他是您的亲外甥，我是您的亲姑爷，您让我把他放了，那公安局就得把我送进去，您就愿意呀！平日，您老人家不是爱看清官戏吗？清官就得主持公道不是？您外甥卖假药，那是坑人害命。我放了他，我不成昏官啦！”

岳父急了：“咱俩啥关系？”

姜峰：“啥关系，您姓张，我姓姜，因为您女儿跟我过日子，咱俩才有了关系。您把女儿领走，咱俩不就没关系啦！”

老人气得抬腿走了。

情与法掺和在一起，最不好办，也最能检验一个官的言行真伪。

为官重廉

自古穷不苟求，为人所难；临财不贪、见贿不受，为官所难。以廉自持才能处事公正，约己而爱民，令人高其行而服其德。人服其德，如风行草偃，不令而行，故可为民表率。

为官，倘说话没人听，做事没人帮，非智所不逮，多德所不称也。

古人将廉分为三个档次：有见理明而不妄取者，有尚名节而不苟取者，有畏法度而不敢取者。不妄取曰明，不苟取曰清，不敢取曰慎。不妄取、不苟取、不敢取，贵在不取。不取即廉，即得百姓看重。

为官两道坎，一曰金钱，二曰女色。有钱能使鬼推磨，英雄难过美人关。三国时曹操欲收关羽为己用，无非金银、美女两个手段。刘备枭雄，周瑜同样用物质和美人把他困在江东。如今的贿官手段千变万化，也不过在两道坎上设障。为官清廉之道无他，无非在“两道坎”前，一要识得破、二要忍得过而已。

江西景德镇市浮梁县保存有我国江南最完整的古县衙，古县衙最出名的三堂楹联，其一曰：“得一官不荣，失一官不辱，莫说一官无用，地方全靠一官；吃百姓之饭，穿百姓之衣，莫道百姓可欺，自己也是百姓。”

“自己也是百姓。”这认识很了不起。

一官，以廉自持，讲他对金钱的态度：“以我之贫，求汝活我而不可得，我固无奈汝何；以我之不贪，汝欲杀我而不可得；汝亦无奈我何！”

此之谓廉则刚。

清廉是不阿的前提。没有清廉这个条件，官的腰杆没法儿硬起来。

为官清廉，才能使你毫无顾忌地挺直腰杆做人，也才能使你无怨无悔地俯下身子干事。为官不廉，必然引起一些人趋炎附势、投其所好，使得好人学坏，坏人无所顾忌。权利能促人自律，也能加快人的堕落。

19 世纪英国思想史家阿克顿勋爵说过一句具有铁律性质的格言：“权力导致腐败，绝对权力导致绝对腐败。”

当权力失去制约而成为绝对权力时，罪恶就必然产生。因此，只要官的权力失去制约机制，那是很可怕的事，亦绝非百姓之福。

贪腐之官，其心态和轨迹，古今大体一致。东晋时有个诸葛长民，官至豫州刺史、领淮南太守，都督豫州、扬州之六郡军事，权倾一时，炙手可热。此人性贪鄙、好奢靡，财宝美女，豪华府邸，应有尽有。然而愈是无穷富贵，愈

是寝食难安，疑虑重重，夜多噩梦。曾叹：贫贱多思富贵，富贵必履危机。不久果为刘裕所杀，不幸言中。可见，为官者一旦无休止地追逐和占有金钱、财富，很多时候，会离安全愈远，离灾祸愈近。

北宋蔡京，权倾朝野，狂敛天下钱财，享尽人间富贵，末了被贬逐岭南韶关。他载了满船的金银财宝，带了三名佳丽，上路攒行。在他想来，权没了，有金钱，照旧可享无限荣华。不料，上路不多时日，就遭遇他想不到也躲不开的厄运。从开封到长沙，3000 多里路，走了还不足一半行程，但他一路上很难买到一碗饭、一碗茶。旅店不让住，有钱用不上，饥寒詈骂、痛苦难捱。到了长沙，住进一座破庙，困顿而死。

古语说："蜗牛升壁，涎不干不止；贪人求利，身不死不休。"贪得无厌，有时要付出生命的代价。

可以为鉴

清·孙嘉淦在乾隆时任左都御史，曾上《三习一弊疏》。"三习"，一是"耳习于所闻，则喜谀而恶直"。比如您当皇上，"出一言而盈廷称圣，发一令而四海讴歌"，这样日子长了，会不由得喜欢上誉美颂扬之声。二是"目习于所见，则喜柔而恶刚"，每天看到的是谄媚趋附，日久，则会疏远了敢于规谏的正直之臣。三是"心习于所是，则喜从而恶违"，习惯了"好好好、是是是"的绝对服从，必然厌恶违背己之所好的官员。"三习"养成，必生一弊："喜小人而远君子"。

这位孙嘉淦很有点头脑和眼光，他说的"三习一弊"，几乎在一切位高权重的官员身上都可能发生。不可不察，不得不虑焉。

为官不自由

权势限制着权势者的自由。比如一个人自由地在野外散步，称得上是一种不错的享受。饭后百步走、活到九十九，美吧？但宫廷里边的皇上就不行，他一抬屁股那叫"起驾"，就得一帮子人前呼后拥的跟随，自然没有了信步而行的意趣。当很大官的人要接触普通百姓，必须得"微服"。官位使他们离现实世界越来越远。

赫鲁晓夫一次访问丹麦。其间，参观过一个小农场，见农场管理得井井有条。赫鲁晓夫自以为精通农业，遂问："您搞农场有多少年头了？"农场主随口答道："哦，我是丹麦前首相。"于是老赫对腐朽的资本主义不搞领导终身制不禁肃然起敬。

曾任外经贸部副部长的龙永图，对记者说起他一次去意大利出席一个国际会议，地点是一个小镇的小酒窖里。会场不设领导席，也没有嘉宾席，与会者随意就座。一位老太太独自进来，坐在他身边，与之寒暄良久。会后问人，告之曰：老太太是荷兰女王。（据 2007 年 10 月 11 日《南方周末》）

中国人喜欢摆谱儿。"谱儿"是一种身份的标志。但支撑身份的不是多大"谱儿"，而是他的德行、才华、学识和能力。女王有"谱儿"可摆但不摆，你能说她没"谱儿"？

冗官

《水浒传》108 位好汉中，"青面兽"杨志称得上是一个十分了得的人物。只看他在大名府校场上箭射周谨、抢拼索超，真虎虎有生气！但后来梁中书派他押送"生辰纲"，却被吴用小施计谋，一桶酒、几捧枣子，便轻易地将 11 担金珠宝贝弄走。这跟头栽的有点儿窝囊。

到底金圣叹有眼力，他评点《水浒》，在这一回总批道："夫一夫专制，可以将千军；两人牵羊，未有不僵于路者也。今也，一扬志、一都管，又二虞侯，且四人矣，以四人而欲押此十一禁军，岂有得乎？"11 个禁军，4 个官儿，太多了。杨志丢了生辰纲，只怕就倒霉在这官儿太多上。鸡多不下蛋，官多瞎裹乱。南宋杨万里写过一篇《冗官》，指出："数人而居一官，则不兢其功公而兢其私；数人而治一事，则任其功而不任其责。"官吏繁多，势必人浮于事，鱼目混珠、滥竽充数之弊难绝。押送生辰纲，杨志以外又加上一都管二虞侯，这种"两夫牵羊"的任事方式，无非增多了扯皮而已。名义上"依杨志提调"，但都管、虞侯等三人，就像联合国的常任理事国，都有否决权。况且他们虽对太师府中"头路甚熟”，但对黄泥冈上的阵势则完全是“没分晓”的角色，他们只会说闲话、发牢骚、瞎裹乱，甚至全不顾大局，只热衷拉拢、拆台、扯皮，弄得杨志话没人听、令不得行，最后不得不同意在十分危险的黄泥冈上歇脚，完全是一种无奈的让步，他也不得不让步。过去读《水浒传》，觉得开始写杨志好生了得，只为衬托吴用的多智。其实，更奥妙处在于反射“数人而治一事”的弊端。你想，有如此大本事的杨志尚且拙于应付，可见扯皮的厉害。施耐庵真不愧是大手笔，他一方面写“七星聚义”，吴用用智，一方面写老都管几个人的扯皮。光写吴用的用计，读者难长这么大的见识，非写扯皮不行。最后扯到吴用计成，10万贯金珠宝贝装在了他七辆江州车子上。

为官三畏

清正不贪，要在知畏。畏法度、畏民意、畏己知也。如陈毅诗所诫：“手莫伸、伸手必被捉。”是畏法度而不敢取；如于谦诗所道：“清风两袖朝天去，免得闾阎论短长”，是畏民意而不妄取；如杨震之拒贿所称：“天知、地知，你知、我知”，是畏己知而不能取。官有“三畏”，则能廉。

袁枚在《随园诗话》中记有清朝黄煌拒贿故事：黄做泰州别驾时，一日夜间，有人上门赠以金钱，他当即题句退回：“感君厚意还君赠，不畏人知畏己知。”畏己知，不因法严的威慑，不为人知的顾虑，而是在内心竖起一面道德的屏障，是怕自己的良心为此负起污迹的沉重，此乃为官清正之第一关键点。

去职

无论曾怎样杀伐果断、气魄非凡的官儿，一旦从位置上退下，即刻变得心涣神散、怅然若失，秋草霜打一般。又时发“人走茶凉”之叹。明朝陈继儒在《安得长者言》一文中说：“宦情太多，归时过不得；生趣太多，死时过不得。”寥寥数语，说到了根儿上。去职时凄凉，估计是当官时感觉太好，在位时享受太多故也。

为官去后

去后，是对为官者的最终检验。

东汉董宣，光武帝时为北海相，又为洛阳令，清廉刚正。光武帝的姐姐湖阳公主家一个恶奴白日杀人，逃匿公主家，吏不能捕。董宣率人候公主于道，面斥公主，格杀恶奴。湖阳公主诉于帝，光武帝强使董宣向公主叩头谢罪，董双手据地，终未低头。被光武帝呼为“强项令”。京师豪强闻而丧胆。这样的“强项令”历史上大概没几个。

董宣活了74岁，逝后，帝遣使监视，“唯见布被覆敝簏（yìng, 竹筐），妻子对哭，有大麦数斛，弊车一乘”。帝闻而叹道：“董宣廉，死乃知之。”

明朝海瑞，身历世宗、穆宗、神宗三朝，任过淳安、兴国知县，户部主事，应天巡抚，南京佥都御史，南京吏部右侍郎等职，经受过罢官、入狱、遭受排挤等磨难。或起或伏，始终持身廉洁，疾恶如仇。73岁卒于官。逝后，佥都御史王用汲去探视，见他家中“葛衣敝簏，有寒士所不堪者。因泣下，醵（jù）金（凑钱）为殓。”

清廉刚正，唯清廉才能刚正。没有清廉这个条件，为官的腰杆挺不起来。

北宋范仲淹，仁宗时官至陕西四路安抚使，与韩琦率兵拒西夏。西夏人相告曰：“小范老子胸中有数万甲兵。”入朝主政后，任参知政事。为官几十年，俸禄日高，但生活日贫，把省下来的钱置下千亩义田，“以养济群族之人，日有食，岁有衣，嫁娶丧葬者皆有赡。”他自己则“贫终其身”，“殁之日，身无以殓，子无以为葬。”

明朝戚继光，嘉靖中任浙江参将，奉命抗倭，“一年三百六十日，多是横刀马上行”，一生未离军旅生涯，不积金钱，不置产业。逝后，“野无成田，囊无宿金，惟集书数千卷而已”。

一生为官，晚景凄凉如此，叫我们现在的人去想，只怕怎么也想不明白。

诸葛亮为蜀相，公元234年出兵伐魏，病倒在五丈原。病危时上表蜀主，对自己的个人家产做了申报，表示“若臣死之日，不使内有余帛，外有盈财，以负陛下。”《三国志·诸葛亮传》在这一段文字后写了六个字：“及卒，果如所言。”

为官，一生得此六字之评，足矣。

晚清重臣张之洞，做了40多年官，光是任两广总督、两江总督，湖广总督那样的封疆大吏，就近30年。他1909年病逝，临终遗嘱中说及：“为官40多年，到死房不增一间，地不增一亩，可以无愧祖宗。”诸语。

当了一辈子官，而且是很不老小的官，能说死后“不使内有余帛，外有盈财”，能说“到死房不增一间，地不增一亩”，今天的官有多少敢如此说并得如此评耶？

清朝的于成龙，被康熙称作“天下第一良吏”，他官至两江总督。逝后，拣点其遗物，仅床头一件旧官袍和瓦罐盛的一点粗米及腌制的豆豉。

透过其简陋遗物，足见其闪光的人品。

清朝还有位汤斌，他是顺治九年进士，官至江苏巡抚、工部尚书。汤为官崇俭朴、戒奢靡，摒绝一切请托，杜绝官吏间馈赠。个人日常生活每餐只一盘青菜豆腐，鸡鸭鱼肉概不入衙署，百姓称其为“青菜汤”。离任时，衣被之外别无长物。逝后，苏州人民为纪念他，于胥门外之接官厅建一石坊，上刻“民不能忘”四字。

有此四字之评，远胜于载名史籍。

清光绪十一年（1887）7月27日凌晨，74岁的左宗棠在福州去世。是夜，福州暴雨倾盆、霹雳大作，东南角城顿时裂开一个几丈宽的大口子，而城下居民却安然无恙。民谓：左宗棠死了，乃上天之意，毁我长城。

“政声人去后，民意闲谈时。”一个做官的人，在人们心中的分量，多在死后才更看得出来。

1915年12月25日，蔡锷等在云南发动护国战争讨袁。袁世凯恼羞成怒，责令湘督汤芗铭查抄蔡锷家产，汤查抄后报表：蔡为官多年，在邵阳的老家依旧寒素贫微，“实无财产可查封”。

历史学家李剑农说蔡锷:“盖棺后，家室萧然无长物，堪为当世军人之楷模。”

当官不为钱，才能干大事；当官不想钱，才能成大事。古今官员，无不如是。

教育家张伯苓，早年在天津创办南开大学、南开中学、南开女中，又在重庆创办重庆南开中学。他个人则房无一间、地无一垄，亦无存款，去世后口袋里仅有六元七角钱。

胡适于 1962 年 2 月 24 日在台北“中央研究院”举办的一次酒会上，因心脏病发猝然离世，逝后他留下的遗产是四五大包、一尺多厚的遗稿和 135 美元现钞。

是的，他们没有给子孙留下怎样丰厚的财富，但在中华文化的丰碑上，却将永远镌刻上他们的贡献。

南窗录话

里巷琐言

三驼图

明朝有位叫李世达的画家，画过一幅《三驼图》，画三个驼背人路边相遇闲话的情景，题之曰：“张驼提盒去探亲，李驼遇见问原因，赵驼拍手呵呵笑，世上原来无直人。”

《荀子·修身》中说：“是谓是，非谓非，曰直。”但真做到，不易。历史上和不太远的现实中，人们更多看到的，是一大片一大片的正直之士，倒在了坚持“是谓是，非谓非”的直言直行上；更多看到的，是“甘泉必竭，直木必伐”；更多听到的是“直如弦，死道边；曲如钩，反封侯。”看到和听到的多了，总结出来：“世上原来无直人。”“哈哈笑”，笑得无奈。

贼惦记

大太监刘瑾向翰林学士关俨索贿，关俨不理。大概他以为没什么把柄落在刘瑾手里，也奈何他不得。可是，当吏部会同都察院考察百官时，刘瑾照样让他提前退休，理由是说他“帷幕不修”。“帷幕”即女眷居住的内室。就是说，你这个风流学士私生活太不检点，在家中跟妻妾纵情玩乐。你说这不是理由？但他的官还是当不上了。

这叫“何患无辞”。你清白正直、洁身自好，他说你跟老婆 行为不文明。狗扯羊皮，叫你撕捋不清。俗语说“不怕贼偷，就怕贼惦记。”贼惦记上你了，还有好儿吗？

上帝掷的骰子

香港巨富王德辉，1983 年和夫人龚如心被匪徒绑架，缴纳了 1100 万美元的赎金才好歹保住二人性命。1990 年 4 月，王德辉再次被人绑架，绑匪索 6000 万美元而不得，从此王德辉下落不明。据后来落网绑匪供述，王德辉已被他们扔进了大海。

王德辉留下 400 亿港元遗产。龚如心与其公公王廷歆曾耗时 9 年争夺丈夫的巨额遗产，并最终成为唯一继承人，被称作“亚洲第一富婆”。然而两年后，龚如心撒手人寰。

《圣经》中说：“世人行动实系幻影。他们忙乱，真是枉然。积聚财富，不知将来有谁收取。”上帝掷的骰子，我们永远猜不着。

弄不清

张学良晚年时对人说，他十几岁时认识一个人，姓舒。那舒先生有两个太太，两个太太是一对姐妹。这一对姐妹花很不安分，当着丈夫的面就勾引男人，丈夫则视若不见，置之不理。别人都叫他舒“支个”（乌龟）。后来，丈夫生病死了，两个太太都跟着自杀殉节。张学良说他 100 岁了，还没想明白那件事，“你说这是什么道理？所以这人呐，有些事情，你不知道这个底细，你没法子揣测到底是怎么回事。”

常道“揆情度理”，不揆其情者自然难度其理。世间事有许多弄不清，弄不清最好勿妄议。

无知而又无所不知

一个僧人与一士子同宿夜航船。士子以博学自诩，众人前高谈阔论。僧自卑，悄悄“踡足而寝”。过了片刻，僧听出士子侃侃而谈中破绽，遂大着胆子问道：“敢请教，那书上写的澹台明灭是一个人还是两个人？”士子道：“自然是两个人。”又问：“那尧舜是一个人还是两个人？”士子道：“那是一个人。”僧笑道：“这等说来，自待小僧伸伸脚。”（澹台明灭，字子羽，孔子弟子。）

无知，可悲但不可恨；无知而又不自知者，可怜而不可畏；无知缺硬装出一副无所不知的模样，则可笑亦复可悲。正如林语堂所谓：“愚可奈，俗不可奈；

痛可忍，痒不可忍。”现实生活中时见无知而张狂如“士子”者，大可置而不理，岂止“自待小僧伸伸脚”哉！

史书所记

历史书上记载的，基本是权势者的历史，是帝王将相们的“丰功伟绩”。连皇上的吃喝拉撒、调情做爱都有秉笔太监实录，名曰：“起居注”。那些匍匐在皮鞭底下替周王朝铸鼎的人，那些累死累活为秦王朝烧制兵马俑最后被埋在地下的人，那些荷枪执戟替汉武帝攻打匈奴的人，则湮没于历史的长河中，没人知道他们的喜怒哀乐、爱恨情仇、幸与不幸。就是我们今天修地方志，大大小小的官员都名列其中（恐怕还有昏庸脏滥之官吏在内）。伟人说：“人民，只有人民，才是创造历史的动力”，可是，浩如烟海的史籍中，却少有对贩夫走卒、引车卖浆者流的记载。

少数

我们一向把少数和多数的关系说成“一个指头和九个指头”。但从历史和现实看，对“少数”实在轻忽不得。癌细胞跟健康细胞比，再怎么转移也是少数；本·拉登在世界总人口中是少数。许多时候，坏事就坏在少数上。少数败坏着多数，叫多数无可奈何。阿斗出城投降是少数，多数没办法。贪官是少数，吸毒、贩毒者是少数，人群中的坏种是少数，秦桧、张邦昌、阮大铖、汪精卫是少数。一颗老鼠屎坏一锅汤，一个指头癌变，九个指头保不住。

忘记苦恼就是快乐

与朋友闲话，他总喜欢念叨已经过去很久的苦恼，不断翻腾是是非非的陈年旧账，偶尔叹息失之交臂的天赐良缘。他很希望日子过得快乐，但又经常生活在叹息中。他问怎样做才能感受到人生的快乐？吾忖之良久，语之曰：一阵风吹散阴霾就是蓝天，有智慧忘记苦恼就是快乐。

不说话

翁同龢是光绪皇帝的老师，因支持变法为慈禧忌，遂威迫光绪下旨将其勉职回籍。翁回到家乡常熟，仍关注着朝廷变法事。不久京都传来变法失败、谭嗣同等被杀、光绪帝遭囚禁消息。他深知慈禧居心险恶，为防杀身之祸，在居室墙壁上写下“瓶庵”二字，决心守口如瓶，以防因言致祸。

不说话，不是不想而是不能。人一旦失去说话的自由，已与死无异。

机遇

在阿根廷布宜诺斯艾利斯的富人区，有一个叫妲妮拉的拾荒女孩。一个偶然的机会，世界著名项链设计师玛丽娜·冈萨雷斯发现了她。当时，妲妮拉正在把翻找过的垃圾一点一点放回垃圾筒。玛丽娜对她说：“别人都是翻过垃圾就走的，更何况等会儿环卫工人就会来收拾。”妲妮拉回答：“这块草坪多漂亮啊，毕竟环卫工人要等一会儿才来，即使瞬间也要让这儿尽可能美丽，不好吗？”

于是玛丽娜震惊了，于是她发现了妲妮拉，不但发现了她姣好身材和脸型，更发现了一个孩子心灵内在的美丽。“懂得了瞬间也要美丽的人，想一生不美丽都难。”在玛丽娜的帮助下，三年后，这个拾荒女孩接连击败1000多名竞争对手，夺得“世界精英模特大赛”阿根廷赛区选拔赛第一名的桂冠。

有美丽的心灵，必有美丽的人生。多数情况下，任何成功的机遇都是自己创造的。

长寿奥秘

1981年4月3日，世界卫生组织公布了世界上三个长寿地区：巴基斯坦的车扎、苏联的高加索和厄瓜多尔的卡邦巴。这三个地区的百岁老人的比例高过其他地区8—12倍。

这一信息，引起了美国一位出版商的极大兴趣。他叫萨拉·何塞，是纽约洛兰德出版公司的老板。他发现这一信息蕴含的金钱价值，当即决定出版一套探索这三个地区人的长寿奥秘的书，并立即派遣六名记者分赴三个地区调查，要求他们两周内交上书稿。萨拉·何塞果然预见得不错，书还没编，就收到了650万册的订单。

萨拉·何塞没有预料到的是，6位记者因种种原因没能如期赶回并交上书稿。

因出版推迟不得不交付违约金。萨拉·何塞紧张、焦虑，引起脑溢血突发，不治身亡，时年52岁。

萨拉·何塞逝世后，这套研究长寿奥秘的书出版了，6位记者不约而同地总结出三个地区百岁老人的长寿真经，最重要的，一条而已：心态平和。聪明的萨拉·何塞只想到用全世界三个长寿地区的长寿真经赚取金钱，却不由自主地违背了可以长寿的关键因素：心态平和。结果暴死，令人叹息。

事物的利和弊

生活中的事或物没有绝对的好或坏，常常利弊共集于一体。比如说艾滋病，想来是极坏的了，但当初正因为艾滋病在西方国家的流行，也从反面警戒和约束了那里青年男女的道德行为。塑料袋和塑料包装给人们的生活带来方便，也给人们的生活环境带来极大麻烦又无可奈何。越来越多的塑料垃圾，既不会烂掉，又不能燃烧，更难以回收。有报道说，近百年来，人类死于汽车交通事故的数字，远远超过死于历次战争人数的总和。但世界各地仍川流不息地奔跑着各式各样的汽车。生态学家有一种普遍的看法，认为古埃及和古巴比伦文明的衰落，很大程度上与那里资源的过度开发及由此换取的繁荣有关。高大宏伟的金字塔如今仍静静的卧于沙漠之中，似乎在告诉人们，事物之极盛会悄无声息地走向它的反面。

世间事物，就是这样否定之否定，成败利钝相互转化着，“祸兮福所倚，福兮祸所伏”，利和弊，从来如一枚钱币之两面，关键只在于人们有无趋利避害、化弊为利的见识和能力了。

富贵如花

常人都贪慕富贵。古人有言：“富贵名誉，自道德来者，如山林之花。自是舒徐繁衍；自功业来者，如盆栽之花，便有迁徙兴废；若以权力得者，如瓶中花，其萎可立而待矣。”自古及今，有多少贪官污吏，靠贪赃枉法，弄了数不清的金银宝贝，怎么样呢？少有不如“瓶中花”者，转瞬即萎。唯惜前车覆后车亦覆者多闻，以之为鉴知惧知慎者罕见也。

乐天知命

中国文化对人生的最高修养原则是“乐天知命”四个字。

乐天，就是知道宇宙的法则，使行为与自然相和谐，无妄念；知命，就是知道生命的道理、生命的真谛、生命的价值，不妄为。

生命中的痛苦、艰难、困阻、挫折等等，都是生命过程的一个阶段，“得意”也是。一切事物都在变，人永远处在变化之中，你不会总倒霉或总得意。知变，故能乐天知命！随遇而安。辛弃疾写过一首《水龙吟》词，其中说：“乐天知命，古来谁会。行藏用舍，人不堪忧。”

真智者语。

活法

你要明白你是在过自己的生活，而不是过别人的生活。你不必为取悦或迎合别人而决定做什么或怎样做，不必因别人的看法去遵循或改变什么。活出自己才能活得精彩。

生活如同烹饪。一样的材料能做出不一样的味道；同样的菜谱不同的人会做出风味各异的菜肴。

一样的味道，不一样的口味。你喜欢口重，他习惯口轻，难较优劣，不必强求一律。

一样的菜肴，今天吃与明天吃，会有不一样的感受。“饥食糟糠甜如蜜，饱了吃蜜也不甜”——菜肴没变，你变了。

一人品尝和与人分享会有不一样的体验。人生，没有绝对正确的唯一的道路；生活，没有完全相同的唯一的方式。

危机

自然的危机都出现在人类自以为是、嗜望“与天斗其乐无穷”的时候；事业的危机都出现在攀上高处、晕晕乎乎“一览重山小”的时候；爱情的危机都出现在陶醉中的想入非非、“这山望着那山高”的时候；人生的危机都出现在贪得妄求、永无餍足的时候。

凡能远离或避开危机者，一半源于智慧，一半在于清醒。

谦逊

谦逊是一种风度，一种修养，一种美德。对长者谦逊，反映着内心的尊重；对同事谦逊，表达着态度的和善；对下级的谦逊，显示着为人的亲和；对所有人的谦逊，则构建起人生的安全。古人讲：“满招损，谦受益。”达·芬奇说：“微少的知识使人骄傲，丰富的知识使人谦逊。所以，空心的秆高傲地举头向天，而充实的谷穗却低头向着大地。”不张扬，不显弄，低调，礼让，也许失去了人前的热闹，但背后则隐含着真正的丰富。

眼界胸怀

有多大的胸怀就有多宽的眼界，有多宽的眼界就有多大的世界。想得远就能看得远，看得远就能走得远。

世情冷暖

《史记·汲郑列传》，太史公曰：下邽翟公有言，始翟公为廷尉，宾客阗门；及废，门外可设雀罗。翟公复为廷尉，宾客欲往，翟公乃大署其门曰：“一死一生，乃知交情。一贫一富，乃知交态。一贵一贱，交情乃见。”其实，此亦世情之常，翟公何怪乎哉！

某局长生病住院，探视者蜂拥至焉：送“信封”的、送卡的、送人参、燕窝、虫草的，络绎不绝。又有许日，有好事者探知，局长乃罹患胰腺癌晚期，苟延之时日有限。之后，局长病榻前唯发妻泪眼相伴矣。

旧时有俗谚云：“娘子死了满街白，老爷死了没人抬。”当年下邽翟公之叹，至今无大变。

爱的判定标准

时间是一个人拥有的最宝贵的资源。判定一个男人是否爱自己的妻子、子女，是否爱自己的父母，一般人习惯用金钱去衡量。其实，每个人所能支配的金钱有很大差别。最客观的标准只有一个，就是时间。因为生命是一个时间定数，付出之后就绝不会再补充上。看一个人对时间的分配，就清楚他对人生重要程度的价值判断。比如男女相爱，“一生相守”的承诺，“百年好合、白头偕老”的心愿，都最难得、最宝贵，做到也最不易。因为要经过“一生时间”的检验。

赖斯

当过美国国务卿的赖斯，原在斯坦福大学任教务长。她从国务卿的位置上下来后，希望能重回斯坦福大学任职。资历自然不成问题，但该校师生并不欢迎她。一位教授明确表示：“赖斯为之服务的政府破坏了正义、科学、专业、正直等最基本的学术价值观。斯坦福不应该让她回来。”许多网友的帖子更为尖锐：“赖斯请你离开！我们不想让一个造成民族大屠杀的人在我们的学校任教。”斯坦福大学校长也表示：很明显，有人对她任国务卿期间的所作所为感到不满，他们认为学校不应该允许她回来。

看来，在“垂死的资本主义国家”那里，符合当大官的人不一定能当大学教授。在我们这里，似乎这一条就不好理解。这些年，不少能演皇上，演小品的“星”们都堂而皇之地当上大学教授甚至院长。我们的大学教授甚至院长好像不怎么值钱，门槛也不那么高。

高尔夫球

据说，高尔夫球那玩意儿，原是苏格兰人牧羊时闲得无聊而自娱自乐的一种游戏。苏格兰人用一根棍子，将一颗圆石击入野兔洞中，用于打发无聊的时间。日久，有人从中得到启发，发明了高尔夫球运动。但当时的苏格兰贵族，曾十分鄙视如此粗俗的运动。1457年3月，代表苏格兰贵族的王室还颁布了一项“完全停止并且取缔高尔夫球”的法令。之后，高尔夫球就逐渐成为平民大众的游戏。再后来，随着草场的昂贵，平民逐渐退出了高尔夫球。平民没能力参与了，高尔夫也由粗俗变成高雅，成为有钱人独享的运动。高尔夫，从它起源到今天，都与贵族无关，只因为耗费的钱多，才成了有钱人的身份象征。

在金钱主宰一切的时代，尊贵、高雅的判定尺度，也唯金钱而已矣。

表态·表演

刘秀醉斩姚期，赵匡胤醉斩郑恩，谁知跟曹操“梦中杀人”是不是一类把戏？所谓“悔不该酒醉斩了郑贤弟”的追悔，只怕是说给别人听听的。

生活中，有些很有身份人的表态，一如戏剧舞台上的表演，是不能不信也不可全信的。

鬼怕正气

一个叫陈鹏年的人，夜独宿，一女鬼来扰。女鬼“耸立张口吹陈，冷风一阵如冰。”陈于危难之际，忽然想到“鬼尚有气，我独无气乎？”于是鼓气向鬼吹去，未料人之正阳之气远胜于鬼的阴邪之气，气到之处，小鬼顷刻如轻烟散尽，不复见矣。

凡鬼魅横行之处，人多忘了自己的正阳之气。殊不知，人生天地间，从来邪不压正。只要正气在胸，则百邪不敢犯校。

没有绝对一致

世界是复杂的，世界上的人是复杂的，人对事物的认识是复杂的。无论你有怎样显赫的身份和地位也做不到让所有的人对所有的问题认识绝对一致，大家一般齐，一二一齐步走，草随风偃，一个声音喊到底。没有这样的事！你说好，不一定大家都跟着拍巴掌；你对某人佩服得五体投地，有人就贬得他一文不值。陀思妥耶夫斯基与别林斯基、屠格涅夫不和，契轲夫对托尔斯泰不服气，托尔斯泰干脆把莎士比亚一股脑儿地否定，你这里尽管对莎士比亚神一般供着。

不一致就不一致，不一致也没什么不好，由它去！你以为大家绝对一致就天下太平了？不一定。

皇帝不会错

康熙皇帝给灵隐寺题字，把繁体灵字上面的雨字头写大了下面不够写了，很尴尬。有位臣子从旁献招:“臣下猜想皇上是要题‘云林禅寺’吧？”康熙一听，这主意不错，于是灵隐寺从此多了一个名字。

乾隆给江苏吴县的浒墅关题字，误写成许墅关，也没人敢说题错了。因为皇帝不会错。

长官也不会错。有位领导一直把“酗酒”念成“汹酒”，字不离母嘛，到他退休前一直这样念。后来退休了，不再是官，才有人告诉他，那个字不念“汹”。他说他这样念了 20 年了，那人说“那你错了 20 年。”可怜。

少有人敢指出领导错。因为，难道你比领导还高明?

倒过来试试

一位年轻的画家，勤奋创作，画出的作品挂在画店里寄卖，挂了一年，却少有人问津，很沮丧。就去请教阿道夫·门采尔（德国著名油画家、版画家）。

门采尔问：“你画一张画用多长时间？”

青年画家：“不到一天。不过卖出一张等了一年多时间。”

门采尔告诉他：“你不妨倒过来试试，用一年时间画一张，也许用不了一天就能卖出去。”

“功夫不负有心人”。当你的付出得不到预想的结果时，“倒过来试试”，或许是一条最好的途径。当然不止作画如此。

一天怎样过

没黑天没白日的上网聊天，割不断舍不了的电子游戏，打不清的电话，发不完的短信，推不开的各样聚会，无休止的网上生涯，线抻鬼赶般的迪厅狂舞，不舍昼夜的麻将痴迷，现代的社会生活充斥着各种手段、各种工具、各种形式的娱乐，消磨掉许多人的有限年华和精力。谁也不思考，谁也不在意，疯狂不已，乐此不疲。你的每一天都趋于迷茫，你的一生就只能收获叹息。

求无餍足

一个地主去拜访一位部落首领，请求部落首领给他一块土地。部落首领说：“你从这儿向西走，你不想做了就停下来，做一个标记。只要你在太阳落山之前走回来，从这儿到那个标记之间的土地就都归你所有。”

太阳落山了，地主没走回来，因为他走得太远了，累死在路上。

“求无餍足曰贪”（《吕氏春秋》高诱注）。“贪夫徇财兮，烈士殉名”（《史记·贾谊列传》），一切贪心的人都不可能自觉地止步。贪无餍足之本性会使他们越走越远，最终走不回来。

珍惜拥有

人总是这样：拥有时浑然不觉，失去后才知其宝贵。在道路上行走的人大概从未意识到走路有什么幸福，而架拐行走步履艰难者，却对路上匆匆走过的人羡慕不已。厌倦了城市车水马龙的喧嚣，向往结庐乡村的宁静，久居乡村的人则羡慕城市的繁华，时而萌生走出农村的冲动。青春年少时对老成持重的成年人心生敬重，年逾不惑时又对少年天真的不复存在生出追念之情。尚未品读过情爱美好的男女，对婚后的恩爱之美时生无限想象，而一旦走进婚姻殿堂，又为夫妻间的龃龉所苦，时而蒙生一窥“城”外风光的非分之想。拥有的想放弃，没有的想拥有，是多数人常有的一种十分有趣的心理。但生活一次又一次告诉人们：有些东西可能失而复得，比如金钱，比如地位；有些则如东去逝水一样一去不返，比如青春，比如生命。

人生幸福，大概源于珍惜。

有一个很有钱的爸爸

美国一位叫狄龙的汽车公司的老板，一次对他的儿子说：“有我的遗产，你可以一辈子什么都不干；假如你真的什么都不干，那么你的儿子就肯定什么都得干了。”

坐享其成——坐吃山空——坐以待毙。无论贤愚，无一例外。

尧舜至今尚在

曾有一僧，被诏见驾，叩首呼万岁。皇上说：“人生百年尚不可得，何云万岁？”僧曰：“尧舜至今尚在。”上大悦。

这是清·雍正皇帝撰写的《悦心集》里的一个小故事。看来，凡给人民做了好事的，人民感激他，会活在世世代代人民的心里，哪怕他并不热衷听到“万岁”的称颂。

时间的快和慢

爱因斯坦对一个年轻人解释相对论：当你对面坐着一个美女的时候，你会觉得时间过得很快；假如换成一个糟糕的老头，你会觉得时间过得很慢。

当一个人充满着积极的情绪时，往往觉得时间过得很快；而为消极情绪所左右时，则会觉得无精打采、度日如年。平淡幸福的一生过得快，贫寒难耐的日子过得就慢。

张果老撑铁船

南宋时有个叫杨元皋的士子，到京城参加科举考试。夜里做梦，梦见有神对他说：若想考中，除非见到张果老撑铁船。张果老，八仙之一。莫说撑铁船，木船他也不去撑呀！看来考中的希望是渺茫了，于是心绪大坏。又想难得来京一趟，没有了希望也就没有了负担，瞎逛吧。这天，他逛到一座古庙，欣赏庙中壁画，无意中竟发现有一幅画，画的竟是张果老撑铁船，不禁喜出望外，认为应了梦境。几天来的郁闷心情一扫而空，信心十足地进场应试。数日后发榜，果然考中。

其实，庙中画一些神话故事的壁画是常有的。杨元皋因担心考试落第，做那样的怪梦也不为怪，有意思的是恰恰碰巧与其梦中事对景，自然精神焕发，答出了理想的答卷。

“若要苦成全，张果老撑铁船”——干事，精神焕发比垂头丧气强。

吴阶平的养生之道

吴阶平教授年近九旬时，依然精神矍铄、身体硬朗。或请教其长寿秘诀，曰：“我的秘诀就是没有秘诀或不要秘诀。”饮食上他不刻意讲究，凡是认为好吃的东西都吃，不好吃的东西就少吃。“心里没有负担，胃口自然就好，吃的东西就能很好消化。再辅以腿勤、手勤、脑勤，自然百病不生。脑勤、我认为尤其重要。”

“安时而处顺”，不要那么多禁忌和规则，不刻意强迫自己做那些自己难以做到的事。精神愉快，乐观豁达，顺其自然，就必然有益于健康长寿。

许诺

拿破仑曾问四名在一次战役中立过战功的军官有什么愿望，而且承诺将无条件地满足他们。有三位军官的愿望分别是：拥有一所大房子；开一家旅馆；开一家酿酒厂。唯第四位军官是希望得到半个月的休假，于是他马上得到了满足。大家都说他亏了。这位军官说："皇上日理万机，能记得那么细小的事吗？再说眼下离战争胜利还十分遥远，我们应该请求即刻能实现的承诺。"

这位军官是智慧的。"远水不解近渴"，"怀揣不如手拿"。所有未来的再怎样美好的愿望，在吃饱饭的前提下，或说或想都挺美的；但饥肠辘辘时，任何遥不可期的许诺，都不如一碗稀粥更实际和更管用。

山不在高

山东有峄山，在邹县东南，又名邹山、邹峄山。峄山山峦陡峭，松柏葱郁。主峰五石并立，状若芙蓉，曰五华峰。又有白云洞、居龙洞、玉帝洞、朝天泉诸名胜景观。秦始皇二十八年曾登此山刻石记功。"峄山刻石"传为李斯所书。

峄山不高，只海拔555米，即使在邹县镜内也不是最高的山，但峄山很有名。秦始皇之后，刘邦、曹操、朱元璋、乾隆来过。历史上，孔子、孟子、老子、庄子来过；司马迁、李白、杜甫、王安石、苏轼、黄庭坚、于慎行、董其昌、王士祯、郑板桥、袁枚、刘墉来过；张衡、华佗、赵孟頫、徐霞客来过。

峄山古有嘉木，曰孤桐，乃制作琴瑟之良材。峄山孤桐所制琴瑟音色纯正，清脆嘹亮，闻之如"秋风入松，万古奇绝"，后人因以"峄阳"作为琴之别名。相传第一个拿峄阳孤桐制琴者是伏羲氏。

峄山历史上有春秋书院、孤桐书院、峄阳书院、子思书院，培养出过无数时代精英。春秋书院在大通崖下的巨大洞穴中，相传乃孔子教授生徒处也。

此正所谓山不在高，有仙则名。人也如此。

平和

人一生，或许有过春风得意、繁花似锦、红火热闹的时候，但无论是谁，不能总是一直红火热闹下去。大部分人生命的大部分时间是在默默无闻、平平淡淡中度过的。接受平凡、耐得平淡、亲近平和，你会得到一种平和安静的享受。

人到最后，才会发现安静平和才是真正的繁花似锦。

人生如旅

人生像是一次行程或长或短的旅行。有的人相信前面一定有最美的风景，一直都匆匆往前走。真到了最后，回首走过的道路，几乎没留下任何值得振奋的印象，只有疲惫和迷茫；而有的人，从来不着急，因为他认为生命是个极漫长的过程，一直悠悠荡荡、信马由缰，任时光流逝，看生命变老。当他最后抬头前望时，才发现耽搁了太多的前程，“前边”的许多风光再没有了经历的机会。

人生如旅。真正快乐的旅行者，懂得跑跑停停、缓急有度。对于生命的每一段行程，重要的不是得到过，而是经历过。生命四季，夏有夏的美丽，冬有冬的气象。因为哭过，笑才灿烂；因为爱过，生命才记下斑斓。人生旅程的每一步都有值得驻足欣赏的风光，唯有经历，生命才永远收藏起曾有过的丰富。

方竹杖

唐朝李德裕在浙江做官时，常去游览甘露寺，跟寺中的一位老僧熟了，任满去职时赠老僧一竹杖留念。那竹杖很特别，它不是常见的那种圆筒式的竹子做的，而是四棱形，“节眼须牙，四面对出”。据说那方竹出自大宛国，李平时甚宝爱之。

几年后，李德裕再次出任浙江，路经甘露寺，过访老僧。问起当年所赠竹杖，僧答“至今宝之”。当即从禅房双手捧出，递上。李一见，不禁愕然。原来，那方竹杖已被老僧“规圆而漆之矣”。不仅棱角全无，而且表面涂了一层漆，特色尽失。李无语，怏怏离去。

老僧不知，“其仗虽竹而方”，正是其宝贵处。可是，在幽居古刹的老僧看来，凡竹，都应该是圆杆儿的，是方的就该规圆。大家都一样，谁也不能个色。你羊群里出骆驼，那算怎么一回事呢？比如油煎大头鱼，未庄人几辈子都是加半寸长的葱段，城里人却加切得很细的葱丝，这在阿Q想来，那是错的，可笑。国人留了200多年的辫子，自然该宝贝一样留下去，突然要剪掉，一派惊惶，简直活不下去。“既成的习惯，即使并不优良，也会因习惯而使人适应，而新事物，即使再怎样优良，也会因不习惯而受到非议。”（《培根论人生》）

老僧或许知道方竹杖很值钱，但就是看它个色、不顺眼、不喜欢。没法子的事。

难以自知

清朝沈起凤《谐铎》中记有一则故事，说清乾隆年间，陈永斋中了状元，回乡时路过一个小村落，向一位老媪夸耀自己乃新科状元。媪问："状元何物？"曰："读书中进士，名魁金榜，入词垣，掌制诰，以文章华国，为天下第一人，名曰状元。"媪复问："第一人几年一出？"曰："三年。"媪哂曰："吾谓状元是千古一人，原来三年一个。此等角色，也值得向人喋喋不休？"

中了状元，意气扬扬，甚自得也。见着个老媪也炫耀一番。无奈老媪不睬，真的很无趣。子思谓孟轲曰："自大而不修其所以大，不大矣。"（《孔丛子·居卫》）状元也一样。

鞭打快牛

《暴风骤雨》中有个老孙头，他是个当地有名的车把式。有时窝住车，他都是使劲拿鞭子抽那楱马。人家问他："老孙头呀，你光打楱马，不是心眼儿太偏了吗？"他说："这不能怨我，怨它劲大。"他的理论是"车窝在泥里，不打有劲的拉不出来。你打有劲的，它能往死里拉，一头顶三头。你打那差劲的家伙，打死也不顶事。"

鞭打快牛，干事多挨的打多，生活中这类事常有。多挨打是一种鼓励？肯定？抑或奖赏？令人心气难舒。

拍马有术

一次朱元璋钓鱼，无奈鱼不上钩，颇懊恼。翰林大学士解缙献诗曰："数尺丝纶落水中，金钩抛去永无踪，凡鱼不敢朝天子，万岁君王只钓龙。"

拂面和风浑不觉，"拍"似春雨了无痕。高一层次的拍马大概很需要一点学问的。

一次，纪晓岚陪乾隆皇帝游览一寺庙，走进大殿，迎面是一尊弥勒佛。乾隆问："弥勒为什么对着我笑？"纪答："此乃佛见佛笑。"乾隆很高兴。当他往佛像侧面走了几步，回头一看，见弥勒也冲纪晓岚笑呢，又问："弥勒佛为什么也对着你笑？"纪微微一怔，回道："他笑我今世不能成佛。"

把学问和机敏用在拍马上，怎么想都觉得是一种悲哀。

奴隶

歌德说："当一个人成为奴隶时，他的美德就失去了一半。"对这一论断，阿诺德补充说："当他想摆脱这种努力状态时，他又失去了另一半。"

人被奴役或挣脱奴役的枷锁时都最容易失去自己本应禀赋的美德。被人役使时容易卑躬屈膝甚至助纣为虐；而一旦有力量挣脱身上的枷锁时，又最容易变得飞扬跋扈、伤及同类。

宋玉吹牛

宋玉跟楚王吹牛，说他对美女有怎样强的吸引力。比如那位"东邻之女"，超级漂亮那是不用说了，"眉如翠羽，肌如白雪，腰如束素，齿如含贝；嫣然一笑，惑阳城、迷下蔡。"阳城、下蔡，那可都是楚国贵族的封邑呀。然而，那绝色小女子每天扒着墙头偷偷看他，看了三年。那宋玉呢，硬是没动心。有这样的事吗，你说？

一个人，只要听他把自己吹乎得很玄，十之八九得打上一个问号。

骗子发言

《儒林外史》中有个严贡生，其为人也，行如猪狗乃至等而下之。但在生人前的表白却大言炎炎，自诩之曰："小弟只是一个为人率真，在乡里之间，从不晓得占人十缕半粟的便宜。"可谓行恶言伪。

在骗子眼里，除去同行，天下人都是傻瓜——这是他们最大的"职业依据"。

女人容貌

对女人来说，容貌很重要，但容貌不是唯一。黄帝时代有嫫母，貌丑陋，但智高德嘉，被黄帝欣赏并娶为妻子。战国齐之无盐邑有女名钟离春，多才而貌丑，自谒齐宣王，陈"四殆之义"，挽齐于倾覆之际，宣王纳之为后。东汉孟光，貌丑但品行高洁，与当时名士梁鸿结为夫妻，二人耕织于霸陵山中，后随鸿至吴地，为人佣工。光每为具食，均举案齐眉，传为佳话。

不过，话说回来，女子的容貌之丑，无论如何不是一件值得骄傲的事。所谓"嫫母、倭傀（也是古代丑女），善誉者不能掩其丑。"（《文选·四子讲德论》）丑女并非因丑而可爱，而是扬长避短开掘其心灵之美才可爱的。正如美女之貌美并不必然等于心灵美一样，丑女的形象绝不会因其丑而令人心驰神往。重要的不因貌丑而压抑、而自卑、而失去求取上进的信心。容貌不是生命的一切。淡漠貌丑而去开创全新的生活，虽丑犹乐；依持貌美而典当其美貌与节操，虽美犹悲。美丑不由人，美丑也由人，全在其先天与"后天"的转换与规律之中。

尽管如此，美的容貌、美的气质、美的品行，俱令人神往。但不能不说，相貌的缺陷毕竟是一种遗憾。

礼数

人与人交际需要讲求某些礼数。比如，与人共饮，不要比别人喝得更深；与人闲话，不要比对方说得更多；给朋友回信，不要比来信写得更长；送客之礼，不要比客人走得更快。等等。礼数也是一种文明、一种文化、一种修养，规范、调整着人与人的关系，展示着人间的美好。

民魂

卢沟桥事变后，北平的大中学生、宛平附近的乡民，宛平城内的工人、商人，纷纷捐物献力。一六旬老妇，家无长物而不甘，端了一盆清水到街上，供官兵磨刀之用。

民力当惜，民气当聚，民心可恃。民族之魂，天地间最可宝贵的财富。气如长江大河，洋洋乎不可绝；势若崇山峻岭，凛凛乎不可侵。

感恩父母

崔琦，美籍华人，出生于河南农村。因家贫，10岁时还没入学读书，在家放牧猪羊。之后，他妈妈找到一个在教会学校读书的机会，于是他去了香港读书。没想到这一去竟成了他与父母的永别。父母在后来的大饥荒中饿死了。学成，他在美国普林斯顿大学做教授，继而获得1998年度诺贝尔物理奖。获奖后，记者采访时问："如果那个时候妈妈没有送你出去读书，你如今会怎样？"记者认为他会听到"知识改变命运"之类的回答。不料，崔琦说："我宁愿当年妈妈没有送我出来。农村里有一个儿子是很重要的。如果我当时留在农村，或许我一直不识字，但我父母或许不致饿死。"记者闻之震撼。

人，终其一生，最不能忘怀的，是父母的养育之恩。人间最伟大、最不可代替的感情是对父母的感恩之情。这是人与其他一切生命最根本的区别点。

欧洲有句谚语："父母是我们潜在的屋顶。"

我们天天在有屋顶遮护的房屋中，习以为常。可一旦没有了屋顶呢？"八月秋高风怒号，卷我屋上三重茅"，仅仅是被风吹走了屋顶的茅草，诗人就那般捶胸顿足的呼号！父母离去，就像永远的被置身于没有了屋顶的废墟中，凄风苦雨，无奈无助。

关于做官

旧时，世间百行百业，都有专门研究如何入门、如何提升、如何求精的指导性书籍。比如《考工记》讲百工之事，打仗得研究《孙子兵法》，当茶博士得熟读《茶经》，做行医郎中先背《汤头歌》、《濒湖脉学》入门，如此种种。世间百行，唯当官没有《做官入门》之类。因此，自古官儿成千上万，或大或小，只要能当上，大概都可以无师自通的。李鸿章说："你连做官都不会，还干得了什么？"可见一斑。

玩笑

张作霖有一天早上上街散步。凌晨，街上静悄悄的，刚转过一个拐弯，劈面转来一人，猛然厉声高喝："卖包子来！"张作霖毫无准备，一时惊得寒毛直竖。回过神来，不禁勃然大怒："给我抓起来，毙掉！"小贩于是被抓起来，跪在地上准备为他这一喝付出生命的代价。张大帅亲自执法，端着枪，在小贩身后砰地就是一枪！过了半天，小贩才睁开眼，原来没死。大帅很得意地告诉他："你吓老子一跳，老子也吓你一跳！"

想来那卖包子的小贩，也许并无恶意地想跟陌生人开个小玩笑，不料碰上张大帅，这玩笑就开大发了，差一点把小命搭上，够悬！看来，所谓玩笑，只是在身份差不多的人中善意逗趣的一种行为。千万别跟身份比你高一大截的人开玩笑。比如，焦大跟贾雨村开玩笑吗？人家好不容易弄了个老是板着脸的资格，你一个玩笑又把他拉回跟你差不离的一个台阶上，那还了得！你不把他吓一大跳吗，好！立马给你个眼里插柴，把你吓个魂飞天外，就像那个卖包子的小贩一样。

人生留白

帮助越王勾践完成了灭吴复国大业的文种，最终被猜忌他的越王赐死；而功成不受赏的范蠡却将美好的形象留在越王的记忆里，悠哉悠哉地享受着另一种生命的美好。

“月盈则亏”是一个规律。文种的悲剧只在于他没有为他的人生留下一点空白，陶醉于“战士还家尽锦衣”的成功喜悦里，而看不清自己已岌岌可危的处境。

车轴之所以能带动轮子转动，就在于设计者为它和车轮间留下了一点适当的空间。同理，给自己的人生留下一点空白，才能“恢恢乎，其游刃必有余地。”

母爱

生命规律大概都有一定的人生道理蕴含其中。比如，男人的生育能力可以延续到六七十岁，而女人的生育能力只能维持到50岁左右。这种规律就是要保证一个孩子出生后，妈妈有足够的生命时间和精力抚养他长大成人。人生幼年，倘不幸失父，是失去了世界的完整；而失去母亲，则是失去了整个世界。旧时民间有俗谚云：“宁死当官的爹，莫死讨饭的娘。”这是一代代人总结出来的一种无奈的选择。一个人，从出生到发育，成长的过程中，母爱具有极强的不可替代性，因失去母爱而导致精神损伤的不幸，其他任何形式的关爱都难以弥补。

圣人亲见

孔子带着他的弟子一行周游列国，落魄于野，几近断炊。一次，孔子偶尔发现颜回煮饭时偷着从锅里抓粥吃，心情大坏。连最器重的大弟子尚且如此，他在思想和主张还有多大说服力呢！于是，他把弟子们招致近前，说："我刚才做了一个梦，梦到回的父亲让我拿最干净的食物给他祭祀。"他想以这样的题目来检验一下颜回的忠诚。颜回听老师说完，即刻答道："那就只好再做了，因为我刚才做饭时不小心，锅里掉进灰尘。为了让大家吃的干净些，我就把被灰尘污了的粥用手抓着吃了。"孔子听了，知道自己错疑了颜回，大为震动。亲眼所见尚且不准，何况道听途说的传闻。

孔子不是圣人吗？圣人所见也难免远离真实，圣人所言也不是每句话都绝对正确。我们何以曾经那么痴迷"句句是真理"、"一句顶一万句"那样连傻子都知道荒唐的"理论"呢？

享受劳动

非洲某土著部落有一位老人，每天，他都坐在一棵大榕树下编草帽。编完，就以每个10元的价格卖给游客。一位精明的美国商人向老人提出订购一万顶，并希望价格优惠。老人说："那样的话，就要20元一顶。"美国商人不解，老人告诉他："我每天坐在大树下，没有任何负担地编草帽，那是一种享受。一万顶草帽的合同，虽然能让我一下赚很多钱，但那就成了一种负担，失去了轻松愉悦的享受。要多一倍的价钱，是对这种失去的补偿。"

宁静，简朴，超然物外。不为外物所役的健康心态和生活情趣，在劳动中享受着人生的自我平衡和满足。劳动是一种享受，也可能成为一种苦役。老人是一位生活的智者。

做正确的事和正确地做事

做事，首先要明确是在做正确的事。没有这样的选择，只是按照上司的要求把事做正确，很可能与做事之初衷南辕北辙。因此，做正确的事远比把事做正确重要。

林海音

林海音在文化界才德相侔，久负盛名，曾一度传闻她可能出任台湾“文化部部长”。在她80岁寿辰时，文化界人士400多人出席祝贺。余光中在致辞中说：“一个人做了林海音，还稀罕做‘文化部部长’吗？”一时传为佳话。

确系妙语。你想啊，能当“文化部部长”的人选绝对不止一人，林海音却没谁能顶替得了。

蜜蜂和黄蜂

蜜蜂和黄蜂都是蜂，但蜜蜂和黄蜂却有种不同的生活习性。

蜜蜂孵化的最佳温度是27℃至28℃。有人做过实验，将蜂箱内的温度提升到30℃，箱内所有的蜜蜂都会伏在卵巢上扇动翅膀降温。再把温度提高1℃，平时严禁进入的其他蜂箱中的蜜蜂，也被允许进来帮忙扇风。千万只蜂的翅膀如同一个巨大的散热器，保障了蜂卵孵化的最合适温度。幼蜂出巢后，所有蜜蜂共同负起喂养之责。正是加了这种强烈的群体意识，才使种群得以繁衍。

黄蜂就不同了。他们虽然也群居同巢，但在巢中却是各自为家，幼蜂也是各自喂养。若大黄蜂回不来，幼蜂就只能活活饿死。有人试验，将数十只大黄蜂放进一个薄板的木箱，几天后打开，黄蜂俱死。木箱上，留下许多被咬出的洞，有的距咬穿只差薄薄一层。假如他们懂得轮番咬一个洞，将会很容易地逃出。可惜，群体意识的差异成为两种蜂成功和失败的分水岭。

察物而知人，两种蜂不同的生活习性，对人也是一种启示。

拥有金钱

一则旧闻：1923年，一群名噪一时的美国大亨聚集于芝加哥。他们中包括美国最大的钢铁公司总经理、最大的公用事业公司总经理、最大的小麦投机商、纽约股票交易所总经理、一名总统内阁成员、最大的生意投机商、一个大银行的行长、世界垄断集团的头目，等等。当时，他们掌握着超过美国国库的财富。

25年后，如何呢？钢铁公司总经理死于穷困潦倒，死前的五年靠借贷度日；公用事业总公司经理流亡他乡，身无分文，葬身异国；小麦投机商也因破产死于国外；股票交易所总经理释放于某监狱；内阁成员服刑期间获赦之后死于家中；投机商、银行行长、垄断头目先后自杀，一个不存。正如《红楼梦》中一句名言所谓："落了片白茫茫大地真干净。"

中国有一句旧话说"三十年河东，三十年河西"，但只讲出现象未道及实质。还是一位外国资深学者说得好："他们学会了赚钱，却没学会怎样生活。"看来，学会怎样生活比学会怎样赚钱更重要。也许他们到死也未必明白：拥有金钱并不就等于拥有了一切。

活法

人生如同做一篇文章，其价值不在于篇幅的长短，而在其内容的平实、丰富和文字的精彩。或许多数章节都是平铺直叙，但总要有那么一二段落，或在起承转合的几个关键点上，能让人回味、让人感动、让人震撼。比之于人之一生，只需要努力活出点精神，活出点追求，活得不委顿，不干瘪，不窝囊，活得像自己，就不辱没生命的价值。

灯下翻书

仓颉造字

《淮南子·本经篇》中说:“仓颉作书而天雨粟,鬼夜哭。”鬼们为什么夜哭?大约文字一造出,天地之奥秘揭示出来,鬼魅于暗中作祟的通道被阻塞了。《孟子·滕文公下》、《史记·太史公自序》都说:“孔子作《春秋》而乱臣贼子惧。”文字这种东西,一直让鬼们或干鬼事的人们怕。

周勃少文

汉朝周勃,跟刘邦是同乡,会编织蚕箔,还能吹一口好箫,有人家办丧事,他常参加吹吹打打的行列,赚口小酒吃。刘邦在沛起兵,他就跟着,打仗非常英勇,以军功为将军,封绛侯。刘邦评价他“厚重少文,然安刘者必勃”。果然,刘邦死后,勃与陈平等谋,共诛诸吕。周勃持符收归北军,为刘恒登上帝位做出了巨大贡献。文帝执政后,他任右丞相。

一、成功需要一个机会,没有刘邦起事,周勃只能在送葬的队伍里吹吹打打,混口酒吃,也许一辈子成不了大器。

二、周勃少文,但忠诚干事,作战勇敢。人的本事,只能取其最具优势的方面,不能求全。

沉沦

魏公子牟运行,穰侯末送,并教之以致仕之道曰:“君知夫,官不与势,期而势自至乎?势不与富,期而富自至乎?富不与贵,期而贵自至乎?贵不与骄,期而骄自至乎?骄不与罪,期而罪自至乎?最不与死,期而死自至乎?”(《明

人百家小说》）

毛泽东批注：有理。

无论古今，人一旦当上官，大概都容易飘飘然，继而昏昏然。因为他们有了更多的可能，或沉醉于酒，或沉迷于色，或沉没于财，或沉沦于权。沿着穰侯警戒魏公子牟讲的规律，一路下滑。故为官第一当知畏，知畏才知止，才有可能免于沉沦。

资本

战国时张仪游说诸侯，受辱回家。其妻问他：“你不是很有学问吗？怎么会受这样的污辱呢？”

张仪张开口让妻子看，问道：“视吾舌尚在否？”妻笑答：“在。”张仪说：“这就够了。”

有资本就有自信，张仪的资本是舌头。

理由

人办事，总要有一个之所以办的理由。人和人不一样，他们强调的理由也不一样：有的有理有据，有的强词夺理，有的口是心非。

宋太祖要收拾南唐，理由是：“卧榻之侧，岂容他人鼾睡？”虽然霸道，却很坦白。

曹操杀吕伯奢，杀错了，陈宫责问他，他说：“宁教我负天下人，休叫天下人负我。”曹操，奸雄也，但奸雄不失奸雄面目。

秦桧杀害岳飞，韩世忠责问他：飞何罪？秦以“莫须有”答之。韩愤言：“莫须有三字何以服天下乎？”秦桧只是要一个杀岳飞的理由，他想都没想你天下人服不服。

盖棺论定

梅思平曾是五四运动领导的学生之一，“火烧赵家楼”的第一把火就是他放的。可是，日本侵华后，谁料这个当年曾标榜最爱国的梅思平竟摇身一变，成了汪精卫投敌的策划人，铁杆正牌汉奸。

古人云："盖棺公论定，不泯是人心。"（宋·李曾伯《挽史鲁公》诗）汪精卫、梅思平辈的名字早已被钉在了历史的耻辱柱上。明·张煌言曾有诗曰："莫道古人多玉碎，盖棺论定未为迟。"（《张苍水集〈甲辰九月狱中感怀〉》）公道自在人心，此之谓也。

送礼

《四世同堂》中冠晓荷讲他给权势人物送礼的经验，说："只要你肯送礼，你几乎永远不会碰到摇头的人！只要他不摇头，他，无论他是怎样高傲的人，便和你我站的肩膀一边齐了！告诉你，我一辈子专爱惩治那些挑着眉毛自居清高的人。怎么惩治？给他送礼！礼物会堵住一切人的嘴，会软化一切人的心……接受了我的礼，他便什么威风也没有了。"

所有送礼行贿者，讨论他出于什么目的，无论其心灵多么龌龊，但对其贿赂对象都一无例外地心怀一种天然的鄙视。官，视之巍巍然，但在冠晓荷那般行贿者看去，竟是如此的不堪！此真乃令官们悲哀的事。

行贿价码

元人陈锋在一首小令《北双调·沉醉东风》里，写一位乡里的里长："小词讼三盅薄酒，大官司一个猪头。"里长，古代的下级小吏。官儿不大，办事索要的好处也真不算高。如今，莫说大官司，小词讼一个猪头办得了吗？

贿，约定俗成的一种社会风气。你不贿，他贿；他的事成了，你的事黄了。所以自古贿风难绝。

詹光这号人

《红楼梦》中写了詹光，单聘仁一帮子"清客"。"清"这个字多好听啊，"夙夜惟寅，直哉惟清"（《书·舜典》）。但"清客"跟"惟寅惟清"（恭谨而持心清正）一点都不相干。贾府的一帮子清客什么真格的本事也没有，他们有事没事只会跟着贾政屁股后头闲逛，扯顺风旗，说奉承话，傍吃傍喝，跟风拾屁。这个主子倒了，就再找一个。留心观察，凡有点威势的官儿，周围总或隐或现地有那么三五个詹光这号人。

拍马有术

张昌宗以姿貌得武后宠幸，人称六郎。有个杨再思，专拍张昌宗的马屁，谀之曰："人言六郎面似莲花，再思以为莲花似六郎，非六郎似莲花也。"颇显拍之品味。

可见拍马有术，不是人人都学得来的。

是何出身

《三国演义》中有个着墨不多的小人物督邮。督邮是古代官名。汉朝时，一郡分三五部，一部设一个督邮，专门负责督察纠举所领县违法之事。官不大，事不小，所以很牛。《三国演义》中的那位督邮，无名无姓，只露过一次面。他登场亮相的唯一使命就是叫张飞鞭打一顿。他也着实欠揍，只看他刚一露面的那副德行："及至驿馆，督邮南面高坐，玄德侍立阶下。良久，问曰：'刘县尉是何出身？'"

千百年来，天下英才为"是何出身"所累、所苦、所困者真难以数计。罗贯中借翼德之鞭痛打这厮一顿，也叫人出一口鸟气！

识人

把帝王之位让于圣贤谓之禅让。当年赵匡胤搞陈桥兵变、夺后周之皇位时，周恭帝柴宗训才 7 岁，恭帝母徐太后无奈屈从。虽说无奈，但人家赵匡胤不承认夺权，只准说禅让。不过，事发生得太仓促，要举行禅让大礼了，才发现还没有起草禅文。情急之下，只见后周的翰林学士陶谷不慌不忙从怀中掏出一份事先拟就的禅文，从容递上。那禅让文书写得引经据典，把逼宫篡位之恶行，编造成恭帝畏天命，顺民意，识大贤，法圣尧的竭诚之举。对赵匡胤歌功颂德，极尽阿谀之能事。禅让大礼仓促而行却能圆满而就，依陶谷之所盼，新登大位的皇上必予厚奖，委以重任。孰料皇帝只给他物质奖励，让他依归做翰林学士。

识人乃掌权者之要事。对他人不忠者，对你说不定也是反叛。不可不察。

学习礼貌

波斯诗人萨迪在他的训世故事集《蔷薇园》中写有这样一段对话——

有人问史格曼："你向什么人学来的礼貌？"

史格曼："向那些没有礼貌的人。凡是他们要不得的动作，我都不会去做。"

知道不应该怎么做与懂得应该怎样做有着同样的价值，当然不只限于学习礼貌。

难于治吏

康熙说："吏治不清，国无宁日。"太皇太后说："整顿吏治，不是还要靠这些人吗？"

这大概是个历史性难题。

《大风歌》与《菩萨蛮》

刘邦初得天下，江山未稳，作《大风歌》："大风起兮云飞扬，威加海内兮归故乡，安得猛士兮守四方。"

据南唐尉迟偓《中朝故事》，唐昭宗乾宁三年，凤翔节度使李茂贞攻长安，皇帝李晔逃到华州，尝登上城西的齐云楼眺望，写下一首《菩萨蛮》词，叹道："安得有英雄，迎归大内中。"至天复间（901—904），宦官韩全海和握有重兵的权臣朱全忠相争斗，朱全忠兵逼长安，韩全海劫持李晔到凤翔，后还长安，又迁都洛阳，被朱全忠所杀。

皇帝夺帝位、保帝位、失帝位时都会想到英雄。帝位坐稳了，无一不杀戮功臣，"狡兔死，良狗烹"。

曹操的五色棒

曹操20岁举孝廉，除洛阳北部尉。"初入尉廨，缮治四门。造五色棒，悬门左右，各十余枚。有犯禁者，不避豪强，皆棒杀之。"后数月，灵帝爱幸小黄门蹇硕的叔父夜行被棒杀，毫不通融。于是"京师敛迹，莫敢犯者"（《三国志·武帝纪》引《曹瞒传》）。

坊间俗语："拧的怕愣的，愣的怕横的，横的怕不要命的。"凡恶势横行，猖獗无忌处，多为当政者疲软或与之沆瀣一气。

上行下效

官场风气，从来是上有所好，下必甚焉。明武宗朱厚照是个流氓式皇帝，他当上皇帝第二年就诏造“豹房”，在西华门内。那“豹房”就是专供他淫乐的所在。从此不听政，不上朝，耽于安乐，昵近群小。当皇帝16年头上死于豹房，年仅31岁。明·王世贞《正德宫词》中说：“玉水垂阳面面裁，豹房官邸接天开。”皇帝如此，官员能好到哪里去？明朝中晚期，从皇帝到官员一体放纵。官吏狎妓纵酒、放浪形骸，无所不为。社会风气大坏。你看《金瓶梅》、《肉蒲团》之类的小说，都在明朝问世，因为它们正赶上了那样的气候和土壤。

小事

小事悟道。

旧时有一则民谣说：“钉子缺，蹄铁卸；蹄铁卸，战马蹶；战马蹶，骑士绝；骑士绝，战事折；战事折，国家灭。”——一颗钉马掌的钉子，竟然会导致一场战争的失败，乃至国家的灭亡。天下事，大由小组成，小与大相连，“放小节者不能行大威”（《后汉书·冯衍传》），小事不可小觑。

小事可悟大道。如：“莫见乎隐，莫显乎微”——从隐微之事而悟修身之道；“一屋不扫，何以扫天下”——从一屋之扫而悟成功之道；“不贵尺璧而重寸阴”——从“寸阴难求”而悟生命之道；“一粥一饭当思来之不易”——从“一粥一饭”而悟节俭之道；“受一文我为人不值一文”——从“一文不受”而悟清廉之道；“一枝一叶总关情”——从“一枝一叶”而悟爱民之道，等等。小事悟道，大道理往往蕴含于平平常常的小事之中。2000多年前，梁惠王听庖丁论“解牛之技”，说：“善哉，吾闻庖丁之言，得养生焉。”（《庄子·养生主》）连治理国家那么大事，老子都说“治大国若烹小鲜”，又浅显，又生动，又深刻。人们都吃过煎小鱼，可谁又从煎小鱼那样的小事中悟出过治国之道来？

小事识人

苏轼与章惇原来关系不错。章惇任商洲令时，苏轼任凤翔府节度判官。一次，二人同游仙游潭，那潭的前面是悬崖峭壁，只一独木小桥相通，桥下深渊。章惇请苏轼过桥，在绝壁上题几个字，苏轼不敢。章惇呢，只见他很轻松地走过独木桥，系绳于树，如猿猴般攀崖，在绝壁上写了“苏轼章某来此。”苏轼抚其背叹道：“能自拼命者能杀人也！”章大笑。苏轼认为，一个人，如果连自己的生命都不知珍惜，也不会珍惜别人的生命。后来，章惇当上宰相，果然心狠手辣，整治起政敌来毫不手软。他甚至提出掘开司马光的坟墓，暴骨鞭尸。又因与苏轼政见不和，即把他贬到边远惠州。苏轼在惠州曾作诗曰：“报道先生春睡美，道人轻打五更钟。”据说这诗传到京城，章惇看见了，认为此人竟还如此惬意，即怒而再贬他到儋耳，见其心胸之狭并手段之狠。

细节

朱棣发动靖难之战时，建文帝朝的谢缙与胡广、吴溥、周是修、王艮、胡婧、方孝孺等7位名士相约为建文皇帝死节。之后，谢缙悄悄命家人暗窥胡广动静。家人回报：“没什么动静，只听胡大人问‘喂猪了没有？’”谢缙听了，说：“一猪尚不肯舍，况性命乎？”于是心安理得地活下来。永乐初官至翰林学士，兼右春坊大学士，直文渊阁，总纂《太祖实录》、《永乐大典》，深为成祖所重。

洪承畴被清兵俘，曾绝食。清廷苦于无计招降。太后亲去探察，回来后，对人说：洪承畴并无肯定的赴死之心，招降并非无望。因为她暗中观察时，看到洪坐狱室中，屋顶有灰尘落在他的衣袖上，他很郑重的拂拭干净。“一衣之惜如此，宁不惜命乎？”后果然降清。

明朝徐树丕《识小录》中记一事：严世蕃从王抒家强索《清明上河图》，令汤勤辨真伪。汤勤审之良久，说：“我听先人说过，清明上河图皆寸马豆人，中有四人樗蒱（音 chú pú，古代一种游戏名，以掷骰决胜负），五子皆六而一子犹旋转，其一人张口呼六。汴人呼‘六’当嘬口，而这幅画画的是张口，是操闽音，以此可识其是伪作。”

关注细节，察事识人，皆如是，非只鉴画之真伪也。

苏联卫国战争中的一则故事：一次激战前夕，苏军一名侦察兵发现，当风吹过时，远处树林中的树木多向一边倾斜，唯独一棵树的树枝却倒向另一个方向。这名士兵敏锐的判断林中定有埋伏，便迅速报告上级。指挥官也采纳了他的建议，指挥部队予以炮击。次日，苏军果然在林中炮轰过的地方，发现了一批伤亡的德军士兵。原来，这是一支专门偷袭苏军指挥部的精锐特种部队。其中一名士兵因为疾病和疲劳，把枪支和水壶挂一棵小树上，以致暴露。此之谓因细节而成亦因细节而败也。

黔娄家贫

战国时期齐国有个叫黔娄的隐士，家贫，不求仕进，齐鲁之君先后聘请都拒而不受。黔娄死，曾子往吊。见以布被覆尸，衾不蔽体，覆头则足见，覆足则头见。曾子说："斜引其被则敛矣。"黔娄妻答道："斜而有余不如正而不足。"（见刘向《列女传》）

斜而有余不如正而不足，娄妻诚有见识者也。人生所求之则大抵如此。

严嵩老病

严嵩，明弘治十八年进士，因善谄媚皇帝，累拜英武殿大学士，入直文渊阁。明世宗（嘉靖）时，官至少傅兼太子太师。但他揽权贪贿，永无餍足。凡直言时政、劾其窃权网利者皆遭其害。《明史》中说他被抄家时，抄没"黄金三万余两，白银二百余万两，其余珍宝不可数计。"末了，竟落了个"老病寄食墓舍以死"的结果，名列《明史·奸臣传》。《左传·昭公十四年》中说：为官"不修其政德，贪昧而无餍足"，"以逞其愿，欲久，得乎？"严嵩，只其一也。

扑满

旧时，有一种叫"扑满"的什物，黏土烧制。扑满有肥硕的圆肚，形如小猪，背有一孔，平时或有零散铜钱，从"背孔"置入。进而不出，日久钱满，用时碎之。西汉有公孙弘者，狱吏出身，学习春秋杂说，熟悉文法吏事，深为朝廷所重。之朔中，由御史大夫升任丞相，有友人邹长倩者就送他一个扑满相贺。

公孙弘很聪明，他明白那扑满的含义，是邹长倩要他警惕入而不出、积而不散之危。身居高位要知进知退，懂得聚积也要知晓散施。否则，如扑满

那样，以土吞金，只进不出，腹满之日，即身毁之时也。

国人善从细小事物中悟人生之大道。如从竹之有节、莲之出淤泥而不染，悟人品格修养之道；从大河东去逝者如斯，悟短暂人生当有所为；从“天行健”而悟“君子当自强不息”。公孙弘能悟友人赠扑满之意，诚智者也。

慎其所好

《聊斋志异》中有一篇《聂小倩》，说女鬼之惑人，手段一般有二：“狎昵我者，隐以锥刺其足，彼即茫若迷，因摄血以供妖饮”；不谐，则投以金，“非金也，乃罗刹鬼骨，留之能截取人心肝。二者，凡以投时好耳。”

常人之好，金钱、女色二事而已矣。不贪金钱，不惑女色，鬼也不能犯。

不能说

乾隆喜欢写诗，光保留下来的就有四万余首，写得多，但不大好。有个叫沈德潜的大臣，好诗，写的没那么多，但写得好，深得乾隆赏识，因此就担负起悄悄给乾隆诗作修改、润色的任务。给皇上修改诗稿，很荣耀的，但不能说。沈德潜一直在乾隆身边，也一直没说过。后来退休了，死前留下遗嘱，遗嘱中透露出这一信息，而且终于被乾隆知道了，大怒。找了个茬，“夺德潜赠官，罢祠削谥，仆其墓碑。”

有些事很荣耀很长脸的，但不能说；有些话心里想着挺开心的，但不能说。不说是乐，说了是祸。

谈何容易

明·冯梦龙著《谈概》，记朋友对他说的一段话：“不有学也，不足谈；不有识也，不能谈；不有胆也，不敢谈；不有牢骚郁积于中而无路发泄也，不欲谈。”

不学而强谈者，必东拉西扯；无识而妄谈者，会无的放矢；无胆而畏谈者，常轻描淡写；无愤懑郁结于中，不欲谈而谈者，多发搪塞敷衍语也。

因此，谈不容易。

人贵真诚

北宋丞相张知白向朝廷推荐晏殊，正逢真宗皇帝主持殿试，即命晏殊参加。晏殊看过试题后，对真宗皇帝说：“此题我十天前刚刚作过，请皇上另出考题。”晏殊的真诚令皇帝十分称赞，即命他担任了馆职。

之后，太子之东宫缺官，内廷批示授晏殊担任。主事官不明所以，真宗说：“近来听说馆阁中官员，大多热衷宴乐佚荡，唯晏殊与兄弟埋头读书。如此谨慎持重，正可以担任东宫官。”晏殊接受任命时，真宗又当面对他说明任命他的原因。晏殊说：“臣下也并非不喜欢宴乐，只不过因为贫穷没有条件而已。”皇上对他的真诚更加赞赏。

仁宗时，晏殊以刑部尚书居相位。

人贵真诚。真诚是做人的起点，又是做人的归宿；是道德和人格的起码标准，又是做人的最高境界。

谎言

蒋子龙的《乔厂长后传》中讲了一个有趣的寓言：真理和谎言两个同去洗澡，谎言趁真理没注意，偷走了他的衣服。从此，谎言就罩上了真理的外衣，而真理却是赤裸裸的。

看来，谎言之所以迷惑好多人，因为谎言的外表都是美丽的，而真理从来拒绝伪装。一些人为谎言所惑，不一定因为愚昧，而是喜欢亲近美丽。

诽谤

乐羊，战国时魏将，魏文侯三十八年，他受命率兵越过赵国攻打中山，其子为中山人所获。乐羊不顾，攻益急。卒拔中山。归而论功，文侯出示谤书一箧（《战国策·秦策一》）。乐羊子乃曰：“此非臣之功、非臣之力也。”

你本事不大，能力不强，功不成名不就，灰头土脸，悄没声息，有你不多，没你不少，明摆着成不了大气候，没人拿你当回子事。你本事大了，成就突出了，打击和诽谤也接踵而至。“木秀于林，风必摧之”。能力、成就、名声都是好东西，但又往往与“谤书”成正比。

治吹牛

陆灼《大言》中说，赵国有个方士向艾子吹牛，说他是经历了三皇五帝到西周厉王数千年的寿星。艾子听了，笑而退之。又过了些日子，赵王坠马受伤。医生说，须千年血竭敷患处，方有望痊愈。赵王正为不知从哪去找千年血竭犯愁，艾子进言：此地有一方士，已有数千年寿龄，可杀之取血。赵王信实而欲杀方士。方士慌了，忙坦白求饶，说是他母亲过60寿辰，自己贪杯，酒后醉言。赵王“斥而赦之”。

艾子是个高人，他知道方士说大话，你跟他争辩，徒非口舌，最好是让他尝点说大话的苦果。刀架在脖子上，取你的千年血竭，看你还瞎吹不吹！

“大跃进”年代，我们这里曾一度吹风盛行。当年反“五风”，其一即“浮夸风”。浮夸风，吹风也。吹风屡禁不止，就是没有艾子的办法。

“穷”论

“兽穷则触，鸟穷则啄，人穷则诈。自古及今，有穷其下能无危者，未之有也。”（刘向《新序·杂事第五》）

穷是困厄。所谓“穷不失义，达不离道”（《孟子·尽心上》）；“穷且益坚，老当益壮”（《后汉书·马援传》）。

穷是贫苦。《荀子·大略》说：“多有之者富，少有之者贫。”穷则变，变则通，通则久。“穷则独善其身，达则兼济天下”。故“穷其下能无危者”很了不起。

才非天下之善物

清朝李渔，曾为《琴楼合稿》写过一篇序，文中说：“男子而才，为求富贵利达也难矣；妇人而才，为求得良匹、居正室，免于摧残困厄，得遂其中怀也难矣。如果偶得，则不数年而夭。”

《琴楼合稿》的作者是父女二人，有才而短命。李渔说，倘若此女才华不那么出众，长相不那么漂亮，婚姻不那么美满，则造物之相夺恐怕也不会那么快。由此感叹：“才非天下之善物也。”

看来，人不要奢望什么都得到。通常，上帝给你一些东西时，会同时拿走本属于你的另一些东西。造物对人爱憎相伴。两全其美的事很少有也很难持久，故古今多才者都难多福。

鱼儿快乐吗？

庄周跟惠子在河边看鱼儿戏水。

庄周说："鱼儿们真快乐呀！"

惠子问："子非鱼，安知鱼之乐？"

庄子说："子非我，安知我不知鱼之乐？"

世界上许多事，看似弄清了，其实弄不清。别猜测，也别轻易相信别人的猜测。事业上遂心不遂心，感情上满意不满意，生活上幸福不幸福，"子非鱼，安知鱼之乐？"别人的估计、猜测算不得数，还是听一听自己内心的声音可靠。

关于优势

一个人，优秀不定成为优势。《墨子·亲士篇》中说："是故比干之殪（音yì，死），其抗也；孟贲之杀，其勇也；西施之沈，其美也；吴起之裂，其事功也。"

四位都因某一方面的非凡而招惹祸端。

什么是优势？优势很重要的一条是用当其时。西汉时有位颜驷先生，为朝廷干事，一生不遇。到老年时，曾对武帝感叹自己的时运不济："文帝好文而臣好武，景帝好老而臣尚少，陛下好少而臣已老。"三世不遇，蹉跎终生。你以为是优势，但生不逢时，就不是。悲哀从这里生出。

人才长短论

唐代陆贽论人才的选拔，说："人之才行，自昔罕全。苟有所长，必有所短。若录长补短，则天下无不用之人；责短舍长，则天下无不弃之士。"有峰必有谷，有浪必有波，有突出才华者往往有明显的个性；优点突出者其弱点也更容易引人议论。不求全责备，当是选贤用能之重要原则。

物之成材论

庄子与弟子们在山中行走，看见有人在伐木。一棵大树长得枝叶茂盛，伐

木人却不伐，庄子问为什么？伐木人说：别看这棵树长得高大茂盛，但材质不好，没用。庄子听了，对弟子们说：你们记住，这棵树因为不成材活下来。

庄子走出山，住在一个朋友家。朋友很高兴，叫家人杀一只鸭招待。家人问杀哪一只？主人说，就杀那只不会叫的吧。庄子听了，对弟子们说：你们记住，这只鸭因为不成材而命短。

树因不成材活下来，鸭因不成材被杀。世间事是复杂的，好与不好，因时因事而定，没一个单一的绝对标准。

枳也有用

《周礼·考工记·序目》："桔逾淮而北为枳。"枳如桔而小，枝乌绿，叶多刺，春生白花，至秋成实，果小味酸。其小而未熟者叫枳实，大而成熟已干者称枳壳，俱能入药。《晏子春秋》中说："桔生江南则为桔，生于江北则为枳。"其实，桔和枳，相似而已，桔味甜可食，枳味酸入药，谁也代替不了谁。枳也有用。

总统的保镖

法国的《巴黎竞赛画报》曾刊载《里根总统的保镖丹尼斯·麦卡锡谈美国总统的安全保卫工作》，文中讲道：一天，约翰逊总统想让他的保镖替他遛遛狗，保镖理所当然且毫不犹豫地拒绝了总统。

一次，基辛格下车时有意不拿他的手包，想让保镖代拿。不料保镖下车后对他说："请原谅，基辛格博士，您把手提箱忘在车里了。"给他碰了个不软不硬的钉子。

卡特总统呢，对他的保镖常在他身边颇为厌烦，但却无可奈何。"我们是国会派来的"，保镖直截了当地提醒总统。

人尽其职，责有所归，始为向上一路。

嫉妒

汉邹阳《狱中上梁王书》中说："故女无美恶，入宫见妒；士无贤不肖，入朝见嫉。"郑玄为《诗经·召南·小星》序作笺："以色曰妒，以行曰嫉。"《离骚》"各兴心而嫉妒"句注："害贤为嫉，害色曰妒"。译成现代语言：嫉，大概相当于今天所谓之“红眼病”，侧重点在才能和仕途；妒，如同人们所说的“吃醋”，侧重点在爱情和性。撮其要旨，一贤一色，男才女貌，最容易招人嫉妒。没人嫉妒愚蠢的窝囊废和难看的丑八怪。世间所有的嫉妒都源于己不如人。嫉妒虽可鄙，但可怜。

妒前无亲

唐朝诗人李贺有个表兄，极其嫉妒李贺的才华，嫉妒又比不过，干生气。李贺 27 岁不幸英年早逝，令人痛惜。但这位表兄解气了，竟把李贺的诗统统收集一起，然后全部“投溷（hùn）”，就是扔进了厕所。这件顶级嫉妒的事记在唐朝张固的《悠闲鼓吹》里。

所有嫉妒都是因为己不如人，不如人又不争气。羡慕嫉妒恨，李贺这位表兄是顶级的。俗话说：“炎凉之态，富贵甚于贫穷；嫉妒之心，亲友过于外人。”人家奥巴马当总统了，比你强老鼻子了，你嫉妒他吗？不嫉妒是因为他离你太远。距离产生美，近距离产生嫉妒。《世说新语》中有“妒前无亲”一语，“妒前”就是嫉妒你跟前超过你的人。培根说：“可以容忍陌生人的发迹，但绝不能忍受身边人的上升。”所谓“同行是冤家”，那是在一个市面上做同样经营的同行。比如你在保定府卖炸糕，跟天津“耳朵眼炸糕店”成得了冤家吗？可见，嫉妒的产生一般有两个条件：一是离自己太近，二是比自己很强。

商人理念从不得政

吕不韦，这位秦阳翟（dí）的大商人，在赵国都城邯郸遇见为人质于赵的秦公子子楚，认为“奇货可居”，继而入秦为之活动，使得归国嗣位，为庄襄王。襄王用吕为相，封文信侯。三年后，秦嬴政年幼即位，尊吕为仲父，主政。用了不到 10 年的时间，吕不韦就登上了相国的高位，成为经济上和政治上的暴发户。从经商的角度看，他是个大赢家。如果就此止步，安安分分地做他的相国，捎带手儿编他的《吕氏春秋》，也许能在相国的职位上求个善终。可惜吕不韦骨子里就缺少安分的基因，贪得无厌，终因嫪毐反叛事牵连获罪，身败名裂，自杀身亡。

贪乃万祸之源。无论贪财、贪色、贪权，从来欲望难填，没有收住脚的时候，直至陷入灭顶之灾。商人心理乃从政之大忌，吕不韦坏事就坏在把经商的那一套用到了从政上。

难得清醒

吴越争霸，范蠡与文种共同辅佐越王勾践，终于灭吴。大功告成之日，范蠡“自与其私徒属乘舟浮海以行”，飘然离去。并写信给文种说：“飞鸟尽，良弓藏；狡兔死，走狗烹。越王为人长颈鸟喙，可与共患难，不可与共乐。子何不去？”文种犹豫不决，“称病不朝”，最终遭人谗陷，“越王乃赐种剑”，“种遂自杀。”二人都是勾践的智囊人物，但其智慧度却大相径庭。

看来，在大事的去从抉择上，万不可“难得糊涂”。更多的时候，更要紧的，是难得聪明，或者叫难得清醒。

关于吃蟹

《梦溪笔谈》中讲：直至宋代，秦州人还把蟹视为怪物。有人收藏干蟹驱鬼，凡患阴疾者，以为有恶鬼缠身，便将干蟹挂于自家门上，驱之以保平安。在古人眼里，连鬼们都怕蟹，何况人呢？蟹披硬甲，两螯八足，横行，没人吃它之前，看上去或许是很可畏的，要不怎么鲁迅说第一个食蟹者是勇士呢！

“神农氏尝百草，殆死者数十。”有剧毒的河豚，肉质鲜美，须妥善清除有毒物质才能食用。想那去毒手段，不会一次就弄明白的。俗语说“拼死吃河豚”，不知曾有多少人为之丧命。因此，凡事第一为之的都可称之为勇。

且说武松等杀人

读《水浒传》，少有不欣赏武松、李逵等杀人之气概者。你看那武松之血染鸳鸯楼，杀张都监和蒋门神，同时一连杀了丫鬟、仆人、马伕等十三人。那黑旋风李逵在江州劫法场时，“抡着大斧，只顾砍人”，“不问军官、百姓，杀得尸横遍野、血流成河”。

没有道德约束的人，自然也没有来自道德的痛苦和纠结；没有来自道德的痛苦和纠结的人，也就没有道德的负担和顾忌；没有道德负担和顾忌的人，常常显得果敢而有力，并为许多人赞美和崇拜，为许多历史的讲述者津津乐道。恶，在许多时候比善更显得有力量。对这种力量的欣赏、赞美、崇拜淹没了人的良知。

学问代替不了品行

讲做人，品行永远是第一位的。有学问固然好，但学问代替不了品行。

南宋秦桧中过状元，自然长于论文，世间何曾有一字流传？明朝严嵩，著《钤山堂集》35卷，而今只怕大图书馆也难找到了，倒是京剧《打严嵩》久演不衰。

钱谦益，明末公认的文坛领袖，黄宗羲说他是王世贞之后明末清初最伟大的学者。有一年，他家藏书楼遭遇火灾，他望着大火喊："你能烧掉我楼中藏书，烧不尽我肚子里藏的书。"但自他以"太子太保、礼部尚书兼翰林学士"衔率众朝官迎降之后，就已声名狼藉，为士林不齿。连乾隆都斥他"有才无行……本节有亏，实不足齿于人矣。"

还有一位龚鼎孳，博学多闻、诗文并工。明崇祯时官兵部给事中。李自成打进北京，他投降，授直指使；清军入关，他又投降，累迁左都御史，再谪再起，仕至兵部尚书。有人问他：当初你不是说要以死殉国吗？他脸皮都没红一下，辩道："我是想啊，无奈小妾不肯。"他之所谓小妾者，乃当时秦淮八艳之一的顾眉也。那龚鼎孳，连他老爹死了都依旧兴高采烈地携妓冶游，其行几近于非人。

又有吴梅村，明崇祯时官至翰林院编修，以诗名世。清兵入关，同样变节降清。康熙朝出任国子祭酒，虽恶名稍逊于钱、龚辈，但也自愧终身。钱谦益、龚鼎孳、吴梅村齐名，称"江左三大家"，最终"三大家"一家不家。

无论做人或做官，主要是两条：品行和学问。以水为喻，德若水之源，才若水之波，源远才能流长；以木为喻，德若木之根，才如木之枝叶，根固才有枝繁叶茂。失去了品行的根基，水竭根枯，什么也谈不上。

要言不烦

管辂是三国时代一位研究《易》学的专家。一次，何宴传管辂到他家去，邓扬也在座，邓问管："大家都说你精通《周易》，为何一句也不说《周易》的辞义呢？"管辂即应声答之曰："精通《周易》的人是不谈论《周易》的。"何宴笑而赞之曰："这回答可谓要言不烦也。"（《三国志·管辂传》注引《管

铬别传》)

说者不懂，懂者不说。尝见云里雾里、夸夸其谈、不着边际的神侃者，他谈论的正是他不懂的东西。

慎说

《孔子家语》中说：“孔子观周，遂入太祖后稷之庙，庙堂右阶之前，有金人焉。三缄其口，而铭其背曰：古之慎言人也。”

慎言人者，不是无话可说，而是不能说，不敢说也。

慎者，小心也。《书·益稷》：“禹曰：‘都！帝，慎乃在位。’”慎言，小心说话。一句话说出来就是火，一句话说出来就是祸。小心引火烧身，因说致祸。“都！尔，慎乃开口。”

慎，千万，表示禁戒。刘邦告诫刘濞说：“然天下同姓为一家也，慎无反！”慎言，即告诫你：“慎无说”。

情话变迁

《诗经》中记一对情人幽会，女子悄声提醒男子：“舒而脱脱（音 duī）兮，无感（同撼）我帨（古代女子系于腹前的一块巾子，又叫“蔽膝”）兮，无使尨（长毛的狗）也吠。”意思是慢慢地，轻轻地，别动手动脚，别惹得狗儿也叫。

贾宝玉则悄声细语地告诉林妹妹：“你放心。”

阿Q看上了吴妈，直截了当：“我和你困觉，我和你困觉！”令之猝不及防而惊恐万状。

如今的“新新人类”则告诉情人曰：“你是我的唯一”。

语言表达方式变了，总之还是那回子事。凡直接而大胆地在当时都可称之曰“前卫”。

虢季子白盘

在我国考古文物中，有著名的三大古青铜器：毛公鼎、散氏盘、虢季子白盘。其中虢季子白盘在清道光间出土于陕西宝鸡市陈仓区，盘有铭文110字，记述了虢季子白奉周王命征伐玁狁，受赏于周朝事，为传世体积最大的西周时代青铜器。此盘曾一度流失于常州，被淮军士兵用作马槽。清朝名将刘铭传发现并送回家乡，一直收藏在安徽合肥刘老圩刘铭传的老家。新中国成立后刘的后人刘肃曾将之献给国家。

想那虢季子白盘原被视为国宝，当它被当作马槽使用时，谁曾想到它的价值呢？所谓“马伏皁而不用，则驽与良而为群；士齐僚而不职，则贤与愚而不分。”人才掩于荒芜，则贱如草芥。

沉住气

苏东坡与僧佛印善。东坡被贬黄州时，与居之西山寺的佛印仅一江之隔，时有往还。一日，偶有所感，豪情大发，写了一首诗：“稽首天中天，毫光照大千，八风吹不动，端坐资金链。”诗写完，即刻封好，差家僮过江送给佛印禅师。佛印拆开看了，心里明白：东坡表面是赞美他所居西山寺大雄宝殿中释迦牟尼坐像，其实乃夫子自道。于是写了评语，交家僮带回。东坡以为定是好评，拆开一看，佛印竟只批二字：“放屁”。东坡沉不住气了：“岂有此理！”，当即过江，直奔西山寺，却见寺门紧闭，大门上贴了张纸条，上书一行字曰：“八风吹不动，一屁打过江”。

据说，佛和菩萨有 10 种法力，其三为定力。坚信精进、事忍坚定之心。

唐朝钱起有赞高僧诗曰：“定力无涯不可称”。那是佛才有的法力，平常人不会有，顶好的修养叫“沉住气”而已。苏东坡那么大学问，自信可以“八风吹不动”，佛印稍稍激了他一下，如何？一“风”没用，沉不住气了。俗语说“沉住气，成大器”，可见是一种大修养。

守静之道

翁同龢，清咸丰状元，光绪帝师，先后任刑、工、户部尚书，两度担任军机大臣。他曾写过一句话：“每临大事有静气，不信今时无古贤。”

丰子恺说：“既然无处可逃，不如喜悦；既然没有静地，不如静心；既然没有如愿，不如释然。”

齐白石成了大画家，有人问他：“如何从一个木匠成为一代绘画大家？”齐答：“作画是守静之道，涵养静气，事业可成。”

守静，即让自己的内心保持虚静，排除主观成见或损益，以顺应事物之理而偶合之，则能得到对事物的正确认识。

寒山子、拾得对

寒山子、拾得，唐贞观间的两位僧人。智慧，善诗，友善，常相唱和。

一次，寒山子问拾得曰："世间有人，打我、骂我，辱我，欺我，吓我，骗我，谤我，轻我，凌辱我、非笑我，以及不堪我。如何处置乎？"

拾得对曰："只是忍他。教他，畏他，避他，让他，谦逊他、莫睬他，一味由他，不要理他。再待几年，你且看他。"

日常，如果你碰到疯狗或牛二，最好的办法是远远躲开。无论怎样的情况下，人跟疯狗或泼皮搅和在一起总不是个事。清者自清，浊者自浊。人类自古洎今的规律，凡乍得欢的东西都活不长。

襟怀

司马光说："吾无过人者，但生平所为，未尝有不可对人言者。"你以为这很简单？这句话，自古洎今，真做到的没几个。

妖由人兴

《阅微草堂笔记》中一则故事说：有位教书先生怕鬼又好讲无鬼，某生有意戏弄他，夜间向他窗户上撒土，又击其户。问"何人"答"吾鬼也。"先生大怖。只得呼两个弟子守护。天明，仍委顿不起。有朋友来探问，唯呻吟有声。既而知是某生所为，莫不拊掌。然自此鬼魅果真大作，抛石掷瓦、摇户撼牖无虚夕。开始还以为仍是某生之恶作剧，后来才发现真的闹鬼，吓得搬走了。

纪昀写完这则故事，说：这位先生先受惊恐，继而惭愧，其气已馁。鬼魅原是怕人的，你气虚了，鬼就会乘虚而入。妖由人兴，此之谓也。

因此说，气壮则鬼慑，气虚则鬼扰。你想什么有什么，怕什么来什么。不怕鬼，第一是心里没鬼。

欹器

欹（qī），倾斜。欹器即倾斜易覆之器。据说，欹器是中国仰韶文化时期的一种器皿。这种器皿状如人形，两头尖，越往中间越大，最中间缩回去，像个亚腰葫芦，中间拿绳儿拴起，往里面注水。器中一点没有时，欹器是倾倒的。水注到一定程度，欹器直立起来。继续注入，水满时，欹器就会倾倒。当年孔子在鲁恒公之庙看到这种器皿，问守庙人："此为何器？"答之曰："此为宥坐之器。"孔子说："吾闻宥坐之器者，虚则欹，中则正，满则覆。"（《荀子·宥坐》）"宥"同右，古人将欹器置于座右，提醒自己虚心戒满，如后世之座右铭者。

人，倘什么都不懂、什么都不学、什么都不会，那叫虚。虚而欹；太满了也不行，满则覆，会栽跟头。置欹器于座右，时刻提醒自己：虚则受，满而覆，"谦谦君子，卑以自牧也"。

谦虚是很宝贵的品格

《易》中 64 卦，每一卦有 6 个爻，每个爻都有说明文字，即爻辞。64 卦中 63 卦的爻辞都是有吉有凶，唯有"谦卦"的爻辞都是吉，六连吉。可见，谦虚在人生修养中多么重要。

谦卦，坤上艮下。坤象征地，艮象征山；地在上山在下。你以为大山巍巍耸立就万年牢？不会！多牢固的山也有崩塌的时候。你看那山体滑坡，多厉害！山藏在地下，那才是真正的"稳如泰山"。做人亦如是，不显弄、不张扬、不骄傲、不自以为是、盛气凌人。"地中有山，君子裒多益寡，称物平施。"（裒，póu，意为减少，削减。"裒多益寡"，即削减多者以补不足）不显山，不露水，不折腾，不乍唬。"谦尊而光"，尊者有谦而更光明盛大。

赠友人

友人某，聪敏而勤奋，惜时运不齐，命途多舛。然淡泊自守，心安而诸事安也。曾书赠数语相勉并自勉耳——

我行我素， 我走我路；
平和是金， 平安是福。
宁静如山， 淡泊如水；
无得无失， 无甘无苦。
用舍由时， 行藏在我；
穷也可处， 达也可处。
何以处众， 诚以待人；
惟淡惟和， 不争不妒。
源洁流清， 行端影直；
抱朴守真， 厚德载物。
不求长生， 不虚此生；
我曾活过， 此已足矣。